Marion Stadler

Felsenkraxler

Ein Provinz-Krimi mit Herz

Marion Stadler

Felsen-kraxler

Ein Provinz-Krimi mit Herz

SüdOst Verlag

Bibliografische Information der Deutschen Nationalbibliothek

Die Deutsche Nationalbibliothek verzeichnet diese Publikation in der Deutschen Nationalbibliografie; detaillierte bibliografische Daten sind im Internet über http://dnb.dnb.de abrufbar.
ISBN 978-3-95587-765-1

MIX
Papier aus verantwortungsvollen Quellen
FSC® C014138

Für uns, die Battenberg Gietl Verlag GmbH mit all ihren Imprint-Verlagen, ist Nachhaltigkeit ein wichtiger Teil unserer Unternehmensphilosophie. Daher achten wir bei allen unseren Produkten auf den Einsatz umweltschonender Ressourcen und Materialien.
Dieses Buch wurde auf FSC®-zertifiziertem Papier gedruckt. FSC (Forest Stewardship Council®) ist eine nicht staatliche, gemeinnützige Organisation, die sich für die verantwortungsvolle und ökologische Nutzung der Wälder unserer Erde einsetzt.

Unsere Partnerdruckerei kann zudem für den gesamten Herstellungsprozess nachfolgende Zertifikate vorweisen:
- Zertifizierung für FOGRA PSO
- Zertifizierungssystem FSC®
- Leitlinien zur klimaneutralen Produktion (Carbon Footprint)
- Zertifizierung EcoVadis (die Methodik besteht aus 21 Kriterien in den Bereichen Umwelt, Einhaltung menschlicher Rechte und Ethik)
- Zertifikat zum Energieverbrauch aus 100% erneuerbaren Quellen
- Teilnahme am Projekt „Grünes Unternehmen“ zum Schutz von Naturressourcen und der menschlichen Gesundheit

1. Auflage 2021
ISBN 978-3-95587-765-1

www.battenberg-gietl.de

Vorweggesagt!

Mittlerweile kennen meine treuen Leser ja schon meine Angewohnheit, mich, bevor es mit dem eigentlichen Krimi losgeht, an euch zu wenden. Denn es gibt immer was, was ich euch erzählen will, worüber ich Fragen gestellt bekomme und was mir am Herzen liegt. Und so ist es auch diesmal!

Immer wieder werde ich zum Beispiel gefragt, wie ich auf die Ideen für meine Krimis komme und warum ich schreibe.

Die erste Frage ist schnell beantwortet: Ich lasse mich inspirieren vom alltäglichen Leben. In ihm erlebe ich, wie wahrscheinlich jeder von euch, Situationen, die vielleicht nicht für einen Psycho-Thriller oder einen Lebensratgeber reichen, aber doch für Geschichten, die ich in meine Krimis einbauen kann. Außerdem bin ich ein Kind des Medienzeitalters, in dem man von allen Seiten mit Ereignissen, Sensationen, Obskurem, Tragischem, aber auch Schönem und Lustigem versorgt wird. Aus den Medien erhalte ich also genug Material, um meine kriminalistischen Synapsen anzuregen und um mich an den Laptop zu treiben. Und das beantwortet eigentlich auch schon die zweite Frage, warum ich schreibe. Kurz gesagt, es überkommt mich einfach. Was da im Endeffekt genau in meinem Gehirn vorgeht, kann ich nicht sagen. Inzwischen sehe ich es als eine Gabe, die mich beim Schreiben in eine Art Parallelwelt abtauchen lässt. Mary Weidinger, ihre Familie und ihre Arbeitskollegen sind mir ans Herz gewachsen und es macht mir Spaß, an ihrem Leben teilzuhaben – besser noch, zu bestimmen, was ihnen widerfährt. Ob sie lachen, weinen, grantig, ratlos oder überfordert sind, heiraten, Kinder kriegen, krank werden, ausflippen, Sex oder Geistesblitze haben oder einfach glücklich sind, es liegt in meiner Macht, sie all das durchleben zu lassen.

Ich als normaler Mensch und Mitbürger in diesem Deutschland habe keinen oder nur wenig Einfluss auf Konflikte, Kriege oder anderes Unrecht, oder kann es gar ändern. Wie oft habe ich bei XY vor dem Fernseher gesessen und mir gewünscht, die Frau würde auf dem Heimweg durch den dunklen Park einfach umdrehen, um ihrem wartenden Peiniger nicht in die Arme zu laufen. Oder in den Nachrichten würde nicht über ein vermisstes Kind berichtet werden.

Diese Ohnmacht und erzwungene Tatenlosigkeit kennt wohl jeder und dieses unangenehme Gefühl kann ich beim Schreiben ablegen. Ich bin Herr über das Geschehen und ich habe die Macht, Morde passieren, aber auch dazu, am Ende alles auflösen und Gerechtigkeit walten zu lassen. Das ist ein ziemlich befriedigendes Gefühl. Und das ist auch ein Grund, so nehme ich es zumindest an, warum Krimis so gern gelesen werden: Man weiß als Leser, dass es immer oder jedenfalls meistens gut ausgeht. Ganz anders, als es oft im richtigen Leben läuft. In jedem von uns steckt wohl eine friedliebende, nach Gerechtigkeit und Harmonie strebende Seele.

Wie üblich sind meine Personen und Ereignisse auch in diesem Krimi frei erfunden. Ähnlichkeiten sind rein zufällig und nicht beabsichtigt. Ich habe mir die künstlerische Freiheit genommen und Grafenau eine Wurstfabrik, Altessing den Steininger-Hof und dem alten Ludwig-Kanal ein neues Baugebiet verpasst. Real bleibt aber meine schöne Heimat Essing mit ihrer idyllischen Landschaft und den reizvollen Sehenswürdigkeiten.

Abschließend möchte ich mich wieder einmal bei meinem Verlag bedanken: bei meiner Lektorin Carina Weigert für ihre geduldige Korrektur; bei Manuela Bonfissuto für ihre Überzeugung, dass auch der vierte Krimi bei den Lesern gut ankommen wird; bei Verena Hönicke für jedwede Anliegen von mir; bei Josef Roidl für seine Treue zu mir und bei allen Mitarbeitern, die in irgendeiner Art und Weise mit meinem Geschreibe etwas zu tun haben.

Mein Dank gilt auch meinen Testlesern, die sich inzwischen daran gewöhnt haben, ein „Da, lies moi!“ von mir zu hören und ein Manuskript gemailt oder unter die Nase gehalten zu bekommen. Danke für eure Ratschläge, Korrekturen, Kritiken, anatomischen Beiträge und euer Lob!

Ich hoffe nun, euren Gerechtigkeitssinn und eure Harmoniesucht auch in meinem vierten Krimi zufriedenzustellen und wünsche euch viel Freude beim Lesen!

Eure Marion Stadler

Prolog

„So, jetzt weißt du also die ganze Gschicht!" Der alte Mann lässt seine runzligen Hände langsam in seinen Schoß sinken und schaut den jungen Burschen ihm gegenüber forschend an. Er sieht sich selbst in ihm, seinem Enkelsohn, als er so jung war. Damals in der Wirtschaftswunderzeit: so voller Tatendrang und Hoffnung auf ein neues, schöneres Leben in sorgenlosem Wohlstand und Selbstbestimmung mit dem eigenen Besitz. Diese Hoffnung hatte ein paar Mal ein jähes Ende genommen. Aber dieses Mal sollte es nicht so weit kommen!

„Es tut mir leid, wenn ich dir mit dieser Wahrheit dein Bild über mich zerstört hab'", entschuldigt sich der Alte und beobachtet seinen Enkel weiter, wie er wohl darauf reagieren wird.

Der Gesichtsausdruck des Jungen ist ungläubig, verwirrt und steht voller Fragen. „Warum erzählst du es mir dann, Opa?"

Der steht von seinem Sessel auf und wandert hinüber zum Fenster, aus dem er sinnierend hinausschaut. Sein Blick geht hinüber zu den hohen Fichten, die hier schon immer stehen und ihm die Sicht versperren. Aber sie bieten auch Schutz vor neugierigen Blicken.

„Vor ein paar Tagen haben sie die Leiche von der Katharina in Essing gefunden."

Sein intelligenter Enkel kombiniert blitzschnell die Geschichte seines Opas mit dieser Information und ist alarmiert. Ihm schwant die Bedeutung dieses Fundes mit einem Schlag.

„Das war doch in den Fünfzigern, hast du gesagt! Dann besteht die doch sowieso nur noch aus Knochen! Und was sollen die da schon noch finden?"

Sein Opa seufzt tief. „Das will ich ja eben in Erfahrung bringen. Und eventuell, wenn nötig, das Schlimmste verhindern. – Und dafür brauch' ich dich!"

„Mich?"

Der Großvater geht auf seinen Enkel zu. Trotz seines hohen Alters ist er immer noch gut auf den Beinen. Immer schon war er ein kräftiger Kerl, den nichts so leicht aus der Bahn geworfen hat, aber in dieser Sache macht er sich Sorgen. Wirklich ernste Sorgen! Sein ganzes Lebenswerk war in Gefahr!

Er packt seinen Enkel eindringlich am Arm. „Du bist mein Nachfolger. Du wirst nach deinem Vater einmal diesen Betrieb hier übernehmen. Das war mir schon klar, als du noch ganz klein warst. Du bist fleißig, entschlossen, gescheit und zielstrebig, so wie ich, und darum bist du mein ganzer Stolz."

„Das weiß ich, aber ..."

„Es wird keine Firma mehr geben, wenn das alles rauskommt, was ich dir erzählt hab'. Die Presse wird mich in der Luft zerreißen und unser Ruf wär' dahin."

Was sein Großvater da sagt, beunruhigt ihn immer mehr. „Aber, du bist doch so alt ..."

Der Großvater lacht sarkastisch. „Eben! Ich will in Ruhe daheim sterben und nicht in einem Gefängnis!"

Sein Enkel stellt sich vor, wie es sein würde, wenn sein Opa wirklich des Mordes angeklagt werden würde, und er kann dessen böse Ahnungen gut nachvollziehen. Und auch, welche Folgen das für ihren Betrieb und die ganze Familie haben würde. Es wäre eine Katastrophe, die sie zugrunde richten würde, erkennt er. Seine Gedanken rattern weiter und suchen nach Auswegen, während Adrenalin durch seine Adern jagt, genau wie in einer Steilwand beim Klettern.

„Aber seit damals sind über siebzig Jahre vergangen!"

„Mord verjährt nicht!"

Schweiß drängt sich aus den Poren der jungen Haut des Enkels, der jetzt unruhig wie ein Tiger im Käfig im Zimmer auf und ab läuft. Dann bleibt er entschlossen vor seinem Opa stehen.

„Was kann ich also machen?"

Aus seiner Stimme hört der Großvater Unerschrockenheit heraus und er kann sich ein Schmunzeln nicht verdrücken. Sein Enkel war ihm wirklich unheimlich ähnlich.

„Genauso kenn' ich dich!", freut er sich, klopft ihm anerkennend auf die Schulter und lässt sich wieder in seinem Sessel nieder. Er kramt einen zusammengefalteten Zettel aus seinem Jackett und hält ihn seinem Enkel hin. „Ich hab' da diesen Brief gekriegt."

Der Junge nimmt ihn, faltet ihn auf und liest die krakelige Schrift darauf.

Ich weiß, dass Sie die Katharina auf dem Gewissen haben! Ich kenne die ganze Geschichte und auch Ihren richtigen Namen! 500.000 € wäre Ihnen doch sicher mein Schweigen wert! Hinterlegen Sie das Geld innerhalb einer Woche in dem Schließfach 223 am Hauptbahnhof in Regensburg. Der Schlüssel dazu liegt bei! Falls nicht, wäre die Polizei sicher sehr interessiert an meiner Geschichte!

„Das ist Erpressung!", stellt er dann aufgeregt fest und wirft das Papier verächtlich auf das kleine Tischchen, vor dem sein Großvater in seinem Sessel hockt.

„So schaut's aus. Und da können wir zwei doch nicht tatenlos herumsitzen oder sogar darauf eingehen! Diesem Kriminellen muss das Handwerk gelegt werden!", regt sich der Alte auf.

„Aber wie?", kann der andere keinen klaren Gedanken fassen.

Sein Großvater kramt einen weiteren, kleineren Zettel aus seinem Jackett und hält ihn seinem Enkel hin.

Der frisch gebackene Spion liest leise, was darauf steht: „Alfred Steininger, Elisabeth Steininger, Vinzent Spangler, Magdalena Hartl, Josef Novotny."

„Mach' diese Personen ausfindig und bericht' mir, ob sie noch leben und was sie so treiben. Dann sehen wir weiter!"

„Aber wie? Und was ist mit Mama und Papa?"

„Vorerst einmal brauchen sie nix davon erfahren. Außerdem sind sie eh grad in Dubai", beschwichtigt sein Opa eifrig und schwenkt dann auf ein anderes Thema um. „Ich find', du hast dir auch eine Auszeit verdient von deinem Studium: Du kletterst doch so gern. In Essing gibt's dazu genügend Gelegenheit. Ich quartier' dich in einem Hotel dort ein. Du wirst sehen, es wird dir gefallen!"

„Aber …"

„Nix aber!", unterbricht ihn sein Auftraggeber, der schon den Telefonhörer in der Hand hat, um alles in die Wege zu leiten.

Kapitel 1 – Eine Woche davor

An meinem freien Tag bin ich unterwegs bei meiner üblichen Nordic-Walking-Runde, die mich auf dem Jurawanderweg am nördlichen Waldrand in Richtung Kelheim bis zum Aufgang zur Tropfsteinhöhle *Schulerloch* entlangführt. Dort überquere ich die Staatsstraße 2230, die Verkehrsachse des unteren Altmühltals, und stöckle zurück auf dem Radweg am neuen Rhein-Main-Donaukanal, der das Tal nun schon seit den Achtzigern prägt. Dabei passiere ich schnaufend die alte Schleuse samt dem kleinen Schleusenwärterhaus des alten Ludwig-Donaukanals. Beide sind beim Bau des neuen Kanals erhalten geblieben. Vor mir liegt also die schnurgerade Allee, deren uralte Kastanien- und noch junge, nachgepflanzte Ahornbäume den etwa 20 Meter breiten Kanal zu beiden Seiten säumen. Dieser Teilabschnitt der einstmals von König Ludwig I. in Auftrag gegebenen Wasserverbindungsstraße zwischen Main und Donau ist etwa einen halben Kilometer lang und das Postkarten- bzw. Kalendermotiv schlechthin. Jetzt im Frühling sprießt überall frisches Grün und die Knospen der Laubbäume lassen den Wald, der sich an den Talhängen links und rechts von mir erhebt, rötlich schimmern. Ein paar Stockentenmännchen auf dem Wasser balzen um die Gunst der Weibchen und um mich herum zwitschern und pfeifen die Vögel wie verrückt. Ein wunderbares Idyll!

Was allerdings dieses Idyll seit letztem Jahr durchbricht, ist das Neubaugebiet auf der anderen Seite des Kanals, das früher einmal ein Feld zwischen dem Schleusenwärterhaus und den letzten Häusern meines Heimatdorfes Altessing gewesen war. Frisch erschlossen mit 16 Bauplätzen schießen hier die Häuser wie Schwammerl aus dem Boden. Alle paar Wochen mache ich einen Umweg, verlasse meine übliche Strecke zwischen neuem und altem Kanal, überquere die kleine Brücke über den engen Schleusenkanal und spaziere die frisch geteerte Straße durch die Baustellen entlang, um mir den Fortgang der Bauarbeiten und die entstehenden Häuser anzusehen. So auch heute. Ich stutze neugierig, als ich um einen Rohbau herumkomme und mir allzu bekannte Fahrzeuge ins Auge stechen. Sie parken neben einer noch fast unberührten Parzelle, auf der aber schon ein Bagger steht.

Die Polizeiautos gehören meinen Kollegen von der Inspektion in Kelheim und der weiße Kleinbus mit dem Regensburger Kennzeichen zu Dr. Leo Zucker, unserem zuständigen Rechtsmediziner. Hier ist also eindeutig eine Leiche gefunden worden, schwant mir nix Gutes.

Ohne mich groß von dem rotweißen Trassenband, das meine Mitarbeiter hier weiträumig um den Bagger samt dazugehörigem Loch gezogen haben, aufhalten zu lassen, marschiere ich direkt zum Zentrum des Interesses: der Schaufel des gelben Baufahrzeuges.

Die umringen der Koller, der Schubert, der Bär und Jo in gebührendem Abstand. Meine Kollegen aus der Dienstgruppe, die ich als Kommissarin in der Polizeiinspektion Kelheim leite, tragen jetzt schon seit mehr als einem Jahr die neue dunkelblaue Uniform, aber immer noch fremdle ich mit ihr. Sie kommen mir darin vor wie Bahnschaffner oder Zugführer und einfach nicht mehr so autoritär wie in der alten, grünen Amtstracht. Ich habe auch so eine neue daheim, aber habe sie noch nie getragen, außer damals zur Anprobe für die Bestellung. Da bin ich doch lieber die Kommissarin in Zivil, heute allerdings in Sportklamotten, bestehend aus einer grauen Softshelljacke, schwarzer Trainingshose und Turnschuhen.

Der Baggerfahrer in seinem Blaumann lugt seitlich aus seinem Führerhaus und schaut wie gebannt in die von ihm gegrabene Baugrube, die noch gar nicht so tief ist. Beim Näherkommen sehe ich unseren Leichendoc, wie wir den Pathologen, der für unsere wenigen unnatürlichen Todesfälle zuständig ist, intern betiteln, vor eben jener Baggerschaufel im Dreck knien. Inzwischen weiß ich, wie Leo Zucker ausschaut, um ihn auch in seiner Tatort-Arbeitskleidung zu erkennen. Offenbar hat er sich für diesen Außeneinsatz Verstärkung mitgebracht, denn ihm gegenüber hockt noch ein Exemplar seiner Gattung im weißen Overall mit Schutzbrille und OP-Maske im aufgewühlten Erdreich. Wenn die ihre Leichen auseinandernehmen, hantieren sie wie die Metzger in ihrer Rechtsmedizin, drum nennen wir ihren makabren Arbeitsplatz in Regensburg nur abfällig Schlachthaus.

Eine Gänsehaut läuft mir über den Rücken, so wie immer, wenn ich einen Tatort betrete. Dann bemerkt mich der Bär und steigt ein paar Schritte auf mich zu. Das fällt ihm gar nicht so leicht, weil an seinen Schuhsohlen bereits eine dicke Schicht Lehm von der Baugrube klebt und der Untergrund ziemlich uneben ist. Baustelle halt! Oder liegt es vielleicht daran, dass er eher unsportlich ist, sein Körperumfang vergangenen Winter weiter zugenommen hat und er einem Bären noch ähnlicher geworden ist? Nur sein blonder, spärlicher Pelz auf dem runden Kopf mit den Pausbäckchen und dem Doppelkinn reduziert sich weiter, aber das sieht man ja unter seiner adretten Dienstmütze nicht so. Seine Füße dürften inzwischen nicht mehr nass werden, wenn es regnet, jedenfalls nicht von oben! Er ist mein Partner in der PI Kelheim: Hauptwachtmeister Markus Bärnreuther. Wir kommen gut miteinander aus und treffen uns auch ab und zu privat, weil er halt auch ein Essinger ist, genau wie ich. Allerdings ein Neuessinger!

„Ah, Mary! Ich hab' schon ein paar Mal versucht, dich zu erreichen. Wo treibst du dich denn schon wieder rum?"

Ich hebe wie zum Beweis meine Nordic-Walking-Stöcke hoch. „Servus erst einmal! Ich hab' heut' frei! Schon vergessen?"

Die Kollegen grüßen zurück, nur der Bär nicht, der ironisch meint: „Als einzige Kommissarin unserer PI hast du immer Bereitschaft!"

Ich ziehe eine missbilligende Lätschn und gehe noch ein paar Schritte näher, wobei es sich nicht vermeiden lässt, dass ich mit meinen neuen Laufschuhen mitten in den lehmigen Baaz der flachen Baugrube hineinsteigen muss. Endlich kann ich das Corpus Delicti sehen: einen skelettierten Schädel, eindeutig menschlich, der bleich aus dem dunkelbraunen Erdreich heraussticht.

„Der Baggerfahrer sagt, er hat an dieser Stelle angefangen, den Humus wegzukratzen und dann auf einmal den Schädel drin gehabt", erklärt mir der Bär bereitwillig.

„Ich hab' sofort aufgehört und euch angerufen!", schreit der Fahrzeuglenker beipflichtend von seinem Bagger herunter.

Jo, einer meiner jüngsten und auch attraktivsten Kollegen Anfang Dreißig und seit gut einem Jahr mit meiner Schwester Ulli liiert, fährt fort: „Ich bin mit dem Bär als Erster hier gewesen und hab' gleich den Leichendoc informiert."

Leo Zucker schaut auf und winkt uns zu sich.

Während der Bär und ich seine gestenreiche Aufforderung, näher zu kommen, befolgen, will mein Partner meine Stöcke begutachtend wissen: „Bringt das was mit denen?"

„Mir tut's gut!", bestätige ich und mustere ihn in seiner Uniform, deren dunkelblaue Dienstjacke der Größe XXXL über seine Wampe spannt. „Würd' dir auch nicht schaden!"

Er grunzt abfällig.

An dieser Stelle muss ich wohl erklären, dass mir mein Physiotherapeut nach meiner Schussverletzung an der Schulter vor einem Jahr vorgeschlagen hat, regelmäßig Nordic Walking zu betreiben. Diese belächelte Sportart, seinen Körper ohne große Überanstrengung ein bisserl zu betätigen, ist wirklich ideal für mich und meine begrenzte Ausdauer. Inzwischen walke ich mindestens zweimal die Woche. Es steigert meine Kondition nicht nur fürs Wandern, was ich mit meinem Mann Toni während unserer Urlaube in den Alpen praktiziere, sondern es ist für mich auch eine erfolgreiche Methode, um meine Gedanken zu sortieren und runterzukommen, denn beschäftigen tut mich, schon von Berufs wegen, immer wieder irgendetwas.

„Was gibt's?", frage ich den Leichendoc, als wir bei ihm angekommen sind. Er hat den Schädel in der Baggerschaufel mittlerweile fast vollständig freigelegt und die mit Erde gefüllten Augenhöhlen starren uns unheimlich an.

„Menschlicher Schädel, wahrscheinlich weiblich, circa 17 bis 21 Jahre alt."

Das alles kann er von so einem Knochen ablesen?

Er bemerkt wohl mein Staunen und weist seinen Mitarbeiter neben ihm gelangweilt an: „Erklär' es ihr, Alf! Aber für sie verständlich!"

Wie auf Kommando legt der große, ziemlich dünn in seinem weißen Ganzkörperanzug aussehende Kollege von Leo voller Eifer los: „Der weibliche Schädel ist kleiner als der männliche, hat eine schmälere Nase, stärkere Ausbildungen der Stirn- und Scheitelhöcker, weniger ausgeprägte Augenbrauenbögen, eher runde Augenhöhlen und einen stumpferen Kieferwinkel." Während er mir das erklärt, deutet er mit dem behandschuhten Zeigefinger der rechten Hand auf die beschriebenen Stellen des Schädels. „Die Suturen, also die Nähte zwischen den einzelnen Schädelknochen, sind noch nicht ganz verknöchert, was bei den meisten Menschen erst nach Abschluss der Pubertät stattgefunden hat. Und dann hätten wir da noch die Zähne: Geringe Abnutzung und normalerweise brechen die Weisheitszähne zwischen dem 17. und 25. Lebensjahr durch, was bei diesem Schädel noch nicht passiert ist." Sein Finger zeigt auf den Kiefer, der uns grimmig seine Zähne entgegenfletscht. „Ergo: weiblicher Schädel, zum Todeszeitpunkt 17 bis 21 Jahre alt."

Das war mal eine ausführliche Analyse! Doch ich werde einen Teufel tun und mich dafür bedanken oder gar das Wissen der beiden Leichendocs loben. Schließlich haben die das gelernt!

„Habt ihr noch mehr gefunden?", frage ich sie darum gänzlich unbeeindruckt.

Aber nur der Bär fühlt sich angesprochen. „Der Leo und der Alf haben grad erst angefangen ..."

„Wo ein Schädel ist, muss auch der Rest irgendwo sein, oder nicht?", werfe ich in die Runde.

Schulterzucken, Nicken, Seufzen und fragende Gesichter um mich herum.

„Dann suchen wir mal!", befehle ich und schaue den Baggerfahrer auffordernd an, der sich sogleich in seinen Sitz fallen lässt und den Motor anwirft, dass es nur so aus dem Auspuff raucht und in unseren Ohren dröhnt.

„Moment!", schreit Leo aufgebracht. „Ich muss den Schädel erst sicherstellen!"

Eilig kratzen er und sein Kollege die restliche Erde um den Schädel weg und nehmen ihn vorsichtig aus der Schaufel. Dann entfernen sie sich schnell, denn der Arm des Baugeräts schwenkt schon zur Seite. Mit gekonnten Handgriffen an den Bedienungshebeln kippt der Fahrzeugführer die grobkörnige, dunkle Erde aus und tatsächlich kommen weitere bleiche Knochen zum Vorschein.

Leo und Alf winken aufgeregt, so dass er seinen Bagger sofort wieder ausstellt.

Der Bär neben mir stöhnt. „Wie es ausschaut, hast du recht gehabt! – Schon wieder eine Leich'!"

„Vielleicht ist es nur ein Neandertaler", tut der Koller, der Dienstälteste auf unserem Revier, ab. „Dann sind wir gar nicht zuständig."

Tatsächlich haben hier im unteren Altmühltal vor Tausenden von Jahren in der Würmeiszeit, Bronze- und Jungsteinzeit diese unsere Vorfahren in den unzähligen Felshöhlen, die es heute noch hier zu entdecken gibt, gelebt. Das weiß eigentlich jeder Essinger, der sich ein bisserl für Geschichte interessiert, so wie ich. Bei Ausgrabungen in der Sesselfelsgrotte, direkt unter dem Felsmassiv in Neuessing, wurden sogar einige Knochenbruchstücke eines Fötus aus dem Mittelpaläolithikum entdeckt. Genauso wie die von Höhlenbären, Wildpferden, Wollhaarnashörnern und Mammuts.

Und in der Klausenhöhle haben die Archäologen Anfang des 19. Jahrhunderts das vor ungefähr 18.000 Jahren bestattete, männliche Skelett eines Cro-Magnon-Menschen ausgegraben. Dieser Fund gilt als die früheste Bestattung Deutschlands, außerdem ist er das älteste gefundene Fossil des modernen Menschen in Bayern. Der erste Bayer war also ein Essinger!

Aber es existieren auch Siedlungsnachweise aus der Kelten- und Römerzeit, teilweise zu bestaunen im Archäologischen Museum in Kelheim und anderen Museen Deutschlands. Die Menschen haben eben damals schon bemerkt, wie schön es hier ist, und sich niedergelassen!

Darum gibt es hier, bevor ein Bauvorhaben in die Tat umgesetzt wird, archäologische Probegrabungen, um auszuschließen, dass noch wichtige Beweise aus früheren Jahrhunderten unserer Geschichte im Erdreich schlummern und bei Baumaßnahmen verloren gehen könnten.

Ich rümpfe die Nase und hoffe, dass der Koller Recht hat. Allerdings weiß ich aus dem Marktblatt, das unsere Gemeinde jeden Monat herausgibt, um seine Bürger auf den neuesten Stand des Gemeindelebens zu bringen, dass dieses frühere Acker- und Wiesengelände bereits archäologisch untersucht worden ist, noch bevor das neue Baugebiet erschlossen worden ist. Die Boandlgraber, wie wir hier die Archäologen ein bisserl abschätzig nennen, haben aber nix finden können. Boandl = Gebeine; und Graber = Ausgräber. Bitte nicht zu verwechseln mit dem Boandlkramer, also dem allseits bekannten, tollpatschigen Sensenmann aus dem Film „Der Brandner Kasper und das ewige Leben".

Des Weiteren ist es aber auch eine leidliche Tatsache, dass wir in den letzten Jahren schon drei Morde in unserem beschaulichen, idyllischen Luftkurort, wo im Sommer die Radl-Touristen in Scharen das untere Altmühltal erobern, gehabt haben. Nächste Woche ist Ostern und die ersten von der Sorte werden hier als Vorhut eintrudeln, was mich unweigerlich auf den Bürgermeister Weinzierl bringt. Der scheint mir für die Kapitalverbrechen in seinem geliebten Essing irgendwie eine Mitschuld zu geben und befürchtet jedes Mal, dass sie die Touristen abschrecken, was aber noch nie vorgekommen ist. Schließlich habe ich eine Aufklärungsrate von hundert Prozent!

Ich werde von zwei verdreckten Kleinbussen, die mit quietschenden Bremsen auf der Straße angehalten haben, aus meinen Gedanken gerissen. Die Türen der Fahrzeuge fliegen auf und ein ganzes Geschwader an jungen Leuten stürmt auf uns zu, ohne die Absperrung zu beachten.

Eine kesse Brünette mit Pferdeschwanz und in einem hautengen Tarnanzug tut sich hervor und beschimpft Leo und Alf scharf: „Lasst sofort diese Überreste in Ruhe! Ihr zerstört wichtige Artefakte ..."

Die beiden Pathologen sehen staunend auf und halten in ihrer Arbeit, die neuen Knochenfunde zu inspizieren, inne.

Der Bär geht unbeholfen dazwischen, denn der Baaz an seinen Schuhen hindert ihn an einem würdevoll taktischen Eingriff. „He, he! Was soll denn das! Das ist ein Tatort und Sie haben hier keinen Zutritt!"

Die aufgebrachte Brünette stemmt die Arme in die Hüften. „Das sagt wer?"

Der Bär wirft mir einen hilfesuchenden Blick zu.

Ich springe ein und baue mich vor der mir durch ihr wichtigtuerisches Verhalten völlig unsympathischen Tussi auf. „Kriminalpolizei Kelheim, Kommissarin Maria Weidinger."

Sie mustert mich abwertend in meinem Walkingoutfit. „Ausweis?“, fordert sie schnippisch.

„Ich hab’ heut’ eigentlich frei ...“, bedauere ich und fühle mich irgendwie ertappt.

„Sie gehört schon zu uns!“, hilft mir der Koller aus dem Hintergrund und Jo pflichtet ihm bei: „Sie ist unsere Chefin!“

„Na gut!“, gibt sie sich zufrieden und streckt mir die rechte Hand hin. „Ich bin Melanie Hasenedl, Archäologisches Institut München. Wir sind hier im Altmühltal mit den archäologischen Ausgrabungen betraut.“

Ich schüttle ihre unerwartet raue und kräftige Rechte.

„Ihr seid aber schnell zur Stelle!“, kommentiert Leo verdattert, der einen Knochen in der Hand hält. Schaut aus wie ein Schlüsselbein oder so was.

Melanie Hasenedl grinst selbstgefällig. „Wir graben grad in Dietfurt, wo ein neuer Supermarkt entstehen soll.“

„War ja klar!“, kommentiert der Bär genervt. „Überall wo gebaut wird, taucht ihr auf!“

Ich verstehe seinen Unmut. Natürlich bin ich dafür, dass unsere Geschichte ergründet und dokumentiert werden soll, aber den meisten Bauherren sind diese Forscher ein Dorn im Auge, denn wenn sie auftauchen, heißt das erstmal Baustopp. Und in Anbetracht der zähen Geschwindigkeit, bzw. der exakten Genauigkeit, die diese Boandlgraber an den Tag legen, kann das dauern! Und bekanntlich ist Zeit ja Geld! Geld, das ein Bauherr meist nicht in seinem knapp kalkulierten Budget übrig hat!

„Wer hat euch denn Bescheid gegeben?“, fragt Leo irritiert, nachdem er sie von oben bis unten eingehend gemustert hat.

Offenbar findet er Gefallen an der schlanken, energischen Frau Mitte Dreißig mit den dunklen langen Haaren und den rehbraunen Augen, die lange dichte Wimpern zieren. Sie erinnert mich irgendwie an Lara Croft aus Tomb Raider, nur ihre Oberweite ist nicht ganz so beachtlich.

Für sie lüpft Leo jetzt sogar seinen Mundschutz, den er sich eilig unters Kinn zieht, worauf er ihr dann seine behandschuhte Hand hinhält. „Leo Zucker, Rechtsmedizinisches Institut Regensburg. Ich bin der zuständige Pathologe für den Landkreis Kelheim. Meine Freunde nennen mich Leo …"

Verlegen weicht er ihrem kühlen, abweisenden Blick aus, der wohl so viel sagen soll, dass sie seine behandschuhte Hand niemals schütteln wird. Stattdessen lässt sie ihn einfach stehen und geht zu Alf am Erdhaufen hinüber.

„Servus, Alf!", begrüßt sie den anderen Leichendoc und widmet sich auch schon dem Schädel in seinen Händen. „Gut, dass du mich angerufen hast! Aber ich hatte doch gesagt, ihr sollt alles so lassen, bis wir kommen!"

„Du hast sie angerufen, Alf?", stellt Leo verdattert fest.

Sein junger Kollege nimmt ebenfalls den Mundschutz ab und nickt verlegen. „Ich fand es eine gute Idee, denn dann können wir vielleicht vor Ort gleich aufklären, wer nun zuständig ist, und das Alter der Knochen mit ihrer Hilfe datieren."

Leo ist sichtlich grantig über die Eigeninitiative seines Kollegen. „Wer von uns beiden ist hier der Boss?"

„Du!", bestätigt Alf kleinlaut.

„Und du informierst sie einfach, ohne mit mir vorher darüber zu reden?"

„Meli ist eine alte Studienkollegin von mir … Sie hat wirklich was drauf!", beteuert Alf eifrig.

Die Hasenedl dirigiert inzwischen ihre Leute, die eilig Koffer und Planen aus ihren Bussen bringen. So schnell können wir alle gar nicht schauen, spannen sie auch schon ein kleines Zelt über dem Erdhaufen mit den Knochen auf, bauen Tische auf und kramen ihre Werkzeuge aus Koffern und Taschen. Sie nimmt dem verdatterten Alf den Schädel ab und platziert ihn auf einem der Tische, um ihn eingehend zu begutachten.

„He!", regt sich der überrumpelte Leo auf. „Das ist mein Schädel!"

„Wer sagt das?", faucht ihn die Archäologin an. „Diese Knochen sind alt! Das kann ich allein schon an ihrer Beschaffenheit feststellen!"

„Kann sein! Aber sie liegen auf keinen Fall länger als hundert Jahre hier“, gibt auch Leo von seinem Wissen Beweis. „Das fällt also eindeutig in mein und nicht in Ihr Ressort! Sie sind umsonst hierhergekommen!“

Die Hasenedl lacht sarkastisch. „Sie haben ja keine Ahnung!“

„Oh doch und wie ich die habe!“, schreit Leo aufgebracht und schaut sich in der flachen Baugrube um. „Wie Sie sehen, lagen die Knochen in der obersten Humusschicht, also viel zu weit an der Oberfläche, um als Grabstätte aus vergangenen Zeiten durchzugehen. Außerdem haben wir bisher weder irgendwelche Grabbeigaben oder sonst welche verrosteten Metall- oder Keramikbruchstücke gefunden …“

Ist er so sauer, weil sie sein Können missachtet oder weil sie ihn grad eben links liegen hat lassen?

So habe ich ihn jedenfalls noch nie erlebt und staune. Die wenigen Male, die ich bisher mit ihm zu tun hatte, war er immer die Ruhe und Gelassenheit selbst. Aber sie hat wohl seinen männlichen Stolz gekränkt, auf welche Weise auch immer.

Und die attraktive Archäologin provoziert ihn weiter: „Bitte, Herr …“

„Zucker!“, springt Alf ein.

„Herr Zucker, gehen Sie zurück in Ihr Rechtsmedizinisches Institut, kümmern Sie sich um Ihre fleischigen Leichen und überlassen Sie die Knochen jemandem, der sich wirklich auskennt!“

„Also so kommen wir nicht weiter!“, unterbreche ich die beiden, weil’s mir jetzt langt von der Auseinandersetzung.

Und Leo springt auf meine Intervention gleich an: „Mary, du bist die leitende Kommissarin! Entscheid’ du!“

Auch die Hasenedl wendet sich eindringlich an mich: „Lassen Sie mich die Knochen ausgraben und nach München in unser Labor schaffen, Frau Kommissarin! Wir werden eine Radiokarbondatierung machen und so genau feststellen können, wie alt sie sind.“ Sie verschränkt entschieden die Arme vor ihrer Brust und schaut zwischen mir und Leo hin und her. „Und sollten sie nicht älter als hundert Jahre sein, dann bringe ich sie eigenhändig in die Rechtsmedizin nach Regensburg.“

Neben mir höre ich Jo seinem Kollegen Koller zuraunen: „Ich wette, sie gewinnt!“

Mit ihrem Vorschlag bin ich einverstanden, denn ich will schließlich nicht schuld daran sein, wenn sich herausstellen sollte, dass es sich bei den Knochen um irgendeine Keltenprinzessin handelt oder meinetwegen auch um die erste Essingerin, die hier in einer Strohhütte gecampt hat. Insgeheim hoffe ich aber auch, dass es so sein könnte, denn dann habe ich meine Ruhe und nicht noch einen weiteren ungeklärten Todesfall in unserem idyllischen Markt.

Ohne meine Antwort abzuwarten, wendet sich die Archäologin wieder dem Schädel vor sich zu und grinst triumphierend.

„Tut mir leid, Leo!", bedauere ich und ahne, dass ich jetzt bei ihm verspielt habe.

Er gibt ein abfälliges Grunzen von sich, während er mich mit zusammengekniffenen, bösen Augen anschaut, seinen Koffer packt und dann aus der Baugrube stampft.

Alf greift sich ein Herz und geht zu seiner Studienkollegin. „Das war nicht fair, Meli!"

„Pff!", tut sie ab, ohne von ihrer Untersuchung abzulassen.

Dann folgt er wie ein reuiger Köter seinem Chef zu ihrem Fahrzeug und steigt ein. Der wuchtet seinen Edelstahlkoffer geräuschvoll in ihren Bus und haut die Schiebetür zu. „Ich freue mich schon auf Ihren Besuch mit den Knochen bei mir in der Rechtsmedizin!", ruft er der Archäologin noch siegessicher zu, bevor auch er einsteigt und mit quietschenden Reifen davonfährt.

„Schöner kann kein Krimi im Fernsehen sein!", frohlockt der Schubert hinter mir.

„Allerdings!", stimmt ihm Jo freudig zu. „Und ich dachte immer, Boandlgraber sind ungepflegte, dreckverschmierte und unzivilisierte Menschen, aber die Hasenedl ist ja direkt ein schnuckeliges Häschen …"

Die Kollegen lachen ziemlich süffisant über seine Bemerkung und ich drehe mich zu ihnen um.

„Ihr seid im Dienst, meine werten Kollegen!", mahne ich sie und wende mich dann direkt an meinen Schwippschwager: „Und du bist mit meiner Schwester beinand! Vergiss das nicht!"

Der Angesprochene verdreht die Augen.

Die Archäologin ist mittlerweile so vertieft in ihre Arbeit, dass sie glücklicherweise nichts mitgekriegt hat. Die Furie ist im Stande und hängt meine Kollegen hin wegen ihres machomäßigen Verhaltens. Eifrig weist sie ihre Helfer an und kratzt, wedelt und pinselt an dem Erdhaufen herum, dass es mir nur ein verwundertes Kopfschütteln entlockt.

„Wenn die so weitermacht, dann liegen die Knochen in hundert Jahren noch da. Dann kriegt sie der Leo niemals!“, meint der Bär und grinst.

„Aber sie hat alles unter Kontrolle“, bemerkt Jo unverhohlen bewundernd, während er sie fasziniert beobachtet.

„Na, na, Kollege!“, rempelt ihn der Koller an. „Du wirst doch deiner Ulli nicht untreu werden wollen?“

Jo grinst in seinen akkurat gestutzten, braunen Vollbart. „Appetit werd' ich mir ja holen dürfen ...“

„Was ist jetzt mit der Baugrube?“, schreit der Baggerfahrer von seinem Bagger zu uns herunter. „Ich muss das Loch bis heut' Abend für den Bauherren fertig haben!“

Ich zucke entschuldigend mit den Schultern. Ab jetzt geht mich dieser Tatort, wenn man ihn denn so bezeichnen mag, nix mehr an. „So wie es ausschaut, kannst du Feierabend machen!“

Kopfschüttelnd klettert der Fahrzeugführer von seinem Baugerät und wir verlassen das Dreckloch.

Auf der Straße haben sich inzwischen einige neugierige Schaulustige eingefunden, um zu sehen, was hier los ist. Unter anderem entdecke ich auch den Opa unter ihnen. Ist ja logisch!

„Protokoll kannst du ohne mich schreiben, dann geh' ich jetzt heim“, verabschiede ich mich vom Bär. „Wir sehen uns dann morgen!“

Der brummt noch was, während er und unsere Kollegen sich den pappenden Lehm am Randstein des Gehwegs von den Schuhen abstreifen.

Dann gehe ich zum Opa und den Schaulustigen.

An dieser Stelle sollte ich wohl erklären, dass der Opa einer der neugierigsten Menschen auf diesem Planeten ist. Zusammen mit Katzmeier Rita und Achhammer Kathi sind sie die Ober-Ratschkathln unseres idyllischen Marktes und immer auf dem neuesten Stand der Gerüchteküche. Darum ist es auch selbstverständlich, dass er hier ist.

„Ich glaub', du hast dich verlaufen, Opa! Die Rita und die Kathi wohnen im Dorf und nicht hier in der Neubausiedlung, falls du zu ihnen wolltest."

„Du immer mit deinen ironischen Bemerkungen!", motzt der Opa mich an. „Ich wollt' doch nur nachschauen, was hier los ist …"

Die, die mich und meine Lebensumstände inzwischen kennen, wissen, dass der Opa eigentlich nicht mein Großvater ist, sondern mein Schwiegervater. Genau genommen mein ehemaliger Schwiegervater, weil er der Vater meines ersten, vor fast acht Jahren tödlich verunglückten Ehemannes Martin ist. Das klingt kompliziert, ist es aber nicht. Er wohnt mit mir und meinem zweiten Mann Toni in meinem Haus mitten im Ortsteil Altessing und frisst mir die Haare vom Kopf mit seinem gesunden Appetit. Vinzent Spangler ist weithin nur als *der Opa* bekannt wie ein bunter Hund. Mit seiner Neu- und Geldgier und seiner Eigeninitiative und Tratscherei hat er mich schon oft in Teufels Küche gebracht, denn er mischt sich andauernd in meine Ermittlungen ein. Trotzdem liebe ich ihn und könnte mir ein Leben ohne ihn gar nicht vorstellen. Und schließlich hat er meiner Familie und mir bei einer Geiselnahme schon einmal das Leben gerettet. Ja, man mag es kaum glauben, der dreiundachtzigjährige, gebrechlich daherkommende Alte mit den vielen Falten im Gesicht und der Halbglatze hat schon zwei Herzinfarkte überlebt, Fernsehinterviews gegeben, eine Demonstration organisiert, eine Bürgerwehr in Essing gegründet und einen bewaffneten Kidnapper in arge Bedrängnis gebracht. Aber das sind andere Gschichten …

Er zupft an meiner Softshelljacke. „Was habt ihr denn Interessantes in dem Loch gefunden?"

Ich schaue hinüber zur archäologischen Ausgrabung. Meine Kollegen fahren eben mit ihren beiden Dienstfahrzeugen davon.

„Ein Skelett", sage ich, denn morgen wird er es eh aus der Zeitung erfahren.

Ein Journalist der Lokalzeitung, den ich durch meine Arbeit kenne, ist inzwischen eingetrudelt und unterhält sich mit einem Fotoapparat bewaffnet angeregt mit Melanie Hasenedl vor dem Erdhaufen mit den Knochen.

„Aha." Aber lange gibt sich der Opa mit dieser dürftigen Information nicht zufrieden und hakt nach: „Historisch, was? Weil die Boandlgraber auch schon da sind!"

Ich zucke mit den Schultern. „Das wird sich rausstellen."

Der Opa schmunzelt. „Da wird sich der Steininger-Junior aber ärgern."

„Wer?"

„Na, der Steininger-Sohn wollt' hier sein Haus hinbauen. Der Bauplatz gehört doch ihm."

„Dem Steininger Michael gehört dieser Platz?"

Offenbar ist es mir entgangen, dass nicht nur meine Söhne schon so erwachsen geworden sind, um das elterliche Heim zu verlassen und sich ein eigenes zu schaffen, sondern auch die Kinder anderer Dorfbewohner.

Der Opa nickt eifrig und deutet in Richtung Dorf, wo ganz am Rand, direkt im Anschluss an das neue Baugebiet, der Steininger-Hof liegt. „Ja! Das ganze Feld hat seinem Vater gehört, bevor die Gemeinde ein Baugebiet draus gemacht hat. Da hat sich der Steininger eine goldene Nase verdient, der oide Geldsack. Als hätt' der nicht schon genug!"

Die anderen Gaffer, ausschließlich Einheimische aus dem Dorf, die unser Gespräch mit spitzen Ohren belauschen, nicken und raunen zustimmend.

Mich interessieren solche Vorgänge und wechselnde Besitzverhältnisse im Dorf nicht besonders. Allerdings hält mich der Opa damit immer auf dem Laufenden, ob ich will oder nicht, oder ich lese darüber, wie schon erwähnt, im Gemeindeblatt oder der Zeitung. Und daher weiß ich auch, dass die Bauplätze der älteren, nördlich vom Ortskern gelegenen Kreuzsiedlung IV weggingen wie warme Semmeln. Das ungebrochene Interesse der Bauwilligen zeugt also von der guten Lebensqualität hier und dem anhaltenden Bauboom. So musste die Gemeinde ein weiteres Baugebiet ausweisen. Darum hat sie diesen Acker am östlichsten Ende von Essing dem Steininger abgekauft und in ein solches verwandelt: Ludwigallee I. Nicht, dass es hier am alten Ludwig-Kanal mit seiner malerischen Baumallee nicht schön wäre, aber die Staatsstraße 2230, die

Altessing außerhalb umgibt und auf der jeden Tag Tausende von Autos und Lastwagen vorbeifahren, ist halt auch nicht weit weg.

Als hätte der Opa ihn mit seinem Gerede heraufbeschworen, rauscht auf einmal ein sportlicher, schwarzer 3er BMW heran, hält mit quietschenden Reifen und ein junger Bursch Mitte Zwanzig steigt aus. Aufgeregt hüpft er über das Absperrband und stürmt auf die Archäologen in der Grube zu.

Von unserem etwa fünfzig Meter entfernten Standort können wir nicht alles verstehen, was der ihnen grantig und aufgebracht alles an den Kopf schmeißt. Aber ganz offensichtlich ist er absolut nicht einverstanden mit dem, was auf seiner Baustelle geschieht. Schließlich tut sich ein Helfer von der Hasenedl hervor und versucht, den Steininger-Junior zu beruhigen. Das gelingt ihm auch, denn sie diskutieren noch eine Zeit lang hin und her und dann verschwindet der Bauherr wieder, wie er gekommen ist.

„Das wird ein Nachspiel haben! Das sag' ich dir!", meint der Opa vorausahnend.

„Nachspiel?"

„Ja! – Die Steiningers regeln doch alle Streitigkeiten vor Gericht!"

„Was du so alles weißt!", wundere ich mich.

„Ich interessier' mich halt für das, was in unserem Dorf so vorgeht!"

Wenn ich das genauso handhaben würde wie der Opa, dann käme ich sonst zu nix anderem. Aber eine richtige, bayerische Dorfratschn wie er ist halt täglich im Ort unterwegs, um alle Neuigkeiten und Gerüchte aufzunehmen und weiterzugeben, und zwar so, dass man hier und da noch einiges ausschmückt oder hinzufügt, um alles noch ein bisserl sensationeller zu gestalten. Er und seine beiden Ratschkathl-Freundinnen sind allesamt verwitwet und leben allein. Sie haben also viel Zeit, um sich täglich zu treffen und ihrer Sensationslust nachzugehen.

Der Name Steininger ist mir aber natürlich auch ein Begriff. Ihr stattliches Anwesen liegt wie gesagt am östlichen Ende von Altessing ein wenig außerhalb. Soweit mir bekannt, ist der Steininger der Einzige weit und breit, der allein von der Landwirtschaft lebt. Und wer ein bisserl Ahnung hat, der weiß auch, dass sich das nur rentiert, wenn man modernisiert und sich stetig vergrößert. Beides trifft bei den Steiningers zu. Die letzten Jahre wurde eifrig gebaut und renoviert. Die meisten Felder um Essing und darüber hinaus gehören zum Hof, außerdem zwei nagelneue, riesige, moderne Traktoren eines bekannten deutschen Landmaschinenherstellers der Farbe Grün. Wenn dir so ein Trumm Gefährt entgegenkommt, musst du auf unseren kleinen Straßen auf Gehwege und über Randsteine hinaus ausweichen und fühlst dich sogar im Auto wie ein Zwerg.

Ich kenne Werner nur noch aus meiner Kindheit und vom Sehen her auf dem Bulldog. Er und sein Bruder, ich glaube, er hat Peter geheißen, müssen ein paar Jahre älter sein als ich, weil sie jedenfalls nicht mit mir in eine Schulklasse gegangen sind. Schon damals waren die zwei Außenseiter und haben sich in der Dorfgemeinschaft nicht oft blicken lassen. Soweit ich mitgekriegt habe, hat der Ältere von den beiden, also Werner, den Hof von seinem Vater übernommen und ebenfalls einen Sohn, Michael, den jungen, aufgebrachten Bauplatzbesitzer, den ich gerade eben beobachtet habe.

Eigentlich könnte mir das alles wurscht sein, wenn nicht die kommenden Ereignisse mein Interesse wieder auf diese Familie lenken würden. Und der Opa ist daran wieder einmal nicht ganz unbeteiligt, wie sich zeigen wird.

Noch vor dem Abendessen, ich decke grad mit Toni den Tisch, ertönt die Bayernhymne. Sie ist schon, seit ich ein Handy habe, mein Klingelton, weil ich Patriotin bin!

Der Weinzierl! Das zeigt mir jedenfalls das Display meines Wischerhandys an. Ich mache mich gefasst auf das, was mich unweigerlich erwarten wird, denn ich kann mir schon denken, was unser Dorfhäuptling von mir will.

„Guten Abend, Herr Weinzierl!“, grüße ich unseren Bürgermeister übertrieben gut gelaunt.

„Wie ich höre, haben wir einen archäologischen Fund in Essing und Sie halten es wieder einmal nicht für nötig, mich zu informieren!“, schimpft er sofort auf mich ein.

„Es steht noch nicht fest, ob es ein solcher ist …“

„Ja, was soll denn das sonst für ein Skelett mitten im Baugebiet sein? Der Friedhof ist ja meilenweit weg davon!“, unterbricht er mich geschäftig. „Und die Archäologen sind auch schon vor Ort, wie ich höre. Die kommen doch nicht einfach so!“

Ich mache einen weiteren Versuch, ihn zu beruhigen. „Die zuständige Archäologin will die Knochen in ihrem Institut erst genau datieren …“

„Papperlapapp!“, fährt er mir wieder dazwischen. „Vielleicht handelt es sich um ein ganz besonderes Skelett, wie damals in der Klausenhöhle der erste Bayer. Das wäre eine Sensation! So wie der Ötzi damals in Österreich!“

Unser Bürgermeister spinnt sich da eindeutig was zusammen. Sogar ich habe erkennen können, dass es sich am Fundort um keine besonders bestattete Leiche gehandelt hat. Es gab weder Grabbeigaben, irgendwelche Waffen noch Schmuck an den Gebeinen.

„Es ist eher ein weibliches Skelett, Herr Weinzierl …“, will ich ihm erklären, doch er lässt mich nicht weiterreden.

„Noch besser! Dann ist es halt die erste Essingerin!“, ist er immer begeisterter. „Nennen wir sie doch … Essi! Essi! Das klingt doch gut!“

Ich schnaufe tief durch. Wenn ich seine Sensationslust richtig deute, dann will er den Knochenfund für seine Zwecke ausschlachten, um sein Essing in den Fokus der Öffentlichkeit zu rücken.

„Also, ich würd' die Ergebnisse von der Radiokarbon-Dingsbums abwarten, bevor Sie …“

Doch er überhört voller Entzücken über seine Idee meinen Einwand. „Die Presse hat schon eine Anfrage für ein Interview bei mir gestellt, nur wusste ich da dank Ihnen noch nix von dem sensationellen Fund. Ich werde gleich morgen Kontakt mit denen aufnehmen. Das wird Schlagzeilen machen! – Essi …“

Zack und schon hat er aufgelegt.

„Meinetwegen!“, sage ich noch und lege auf. „Aber lassen S' mir bittschön meine Ruh' mit dem Schmarrn!“

„Wer soll dich in Ruhe lassen?", fragt Toni neugierig, der das Gespräch mitverfolgt hat und in der Küche die Brotzeit aus dem Kühlschrank auf ein Tablett stellt.

„Der Bürgermeister! Er glaubt, dass wir einen Essinger Ötzi ausgegraben haben", spotte ich und schüttle verwundert den Kopf.

„Aber du hast mir doch erzählt, dass es sich nur um blanke Knochen gehandelt hat, die der Leo nicht älter als hundert Jahre geschätzt hat."

Ich zucke gleichgültig mit den Schultern. „Der Weinzierl hat mich ja nicht zu Wort kommen lassen. – Jedenfalls will er morgen der Presse über den sensationellen Fund berichten."

Toni haut die Kühlschranktür zu. „Da wird er sich aber sauber blamieren!"

Ich hole das aufgeschnittene Bauernbrot und ein paar Tomaten aus der Speis und grinse. „Soll er doch!"

„Außerdem hast du mir doch gesagt, dass es eine Frau gewesen sein soll …"

Natürlich habe ich Toni, als er von der Arbeit heimgekommen ist, sofort von dem Knochenfund in der Neubausiedlung erzählt, so wie ich mich immer mit ihm bespreche.

„Er hat sie Essi getauft", mache ich mich lustig über die seltsame Namensgebung vom Weinzierl.

Toni grinst über sein ganzes, kantiges Gesicht. „Mary gefällt mir da schon viel besser." An seinem schelmischen Ausdruck sehe ich, dass er mich ärgern will und in seinen dunkelbraunen Augen sprühen Funken. „Aber Gott sei Dank bist du noch keine hundert Jahre alt …"

Mit übertriebener Empörung spiele ich mit und haue ihm auf seinen muskulösen Oberarm. „He! Du bist grad auch nicht mehr der Jüngste!"

Er zieht mich an sich, und obwohl ich mich dagegen wehre, zwar nur halbherzig, gelingt es ihm ohne große Mühe. Ich spüre seine Kraft und Energie, als er mich umarmt. Sein sportliches Programm, um als Hauptkommissar fit zu bleiben, ist also nicht umsonst, obwohl er im Polizeipräsidium in Regensburg fast nur am Schreibtisch arbeitet. Wieder einmal bewundere ich insgeheim seinen Ehrgeiz und seinen tollen Körperbau und bin glücklich, dass er zu mir gehört.

„Das sind wir doch beide nicht mehr!", frohlockt er, küsst mich und schaut mir tief in die Augen. „Aber das ist uns doch wurscht!"

Ein verächtlich grunzender Ton von der Tür her unterbricht uns.

„Bäh, was macht ihr denn schon wieder da? Könnt ihr das nicht ins Schlafzimmer verlegen!", motzt der Opa und verzieht sein faltiges Gesicht. „Ich dacht', es gibt endlich was zu essen!"

Toni seufzt, verdreht die Augen und denkt gar nicht daran, mich loszulassen, obwohl wir wissen, dass dem Opa solche öffentlichen Liebesbezeugungen zuwider sind. Überhaupt mag er keine Gefühlsduseleien oder Zärtlichkeiten, denn er ist ein verklemmter, konservativer und verschämter Eisblock, was Liebesdinge betrifft. So ist er aufgewachsen und so steckt es halt drin in ihm.

„Wir busseln doch nur!", verteidige ich mich amüsiert.

Und demonstrativ küssen Toni und ich uns noch mal, was dem Opa einen erneut missbilligenden Grunzer entlockt.

„Dann geh' ich halt wieder! Bin ja nur am Verhungern und wollt' nur wissen, ob es von dem Skelett was Neues gibt …"

Kopfschüttelnd und schwerfällig schlurft er zur Tür hinaus.

„Dann setz' dich halt an den Tisch! Brotzeit ist ja schon unterwegs!", rufe ich ihm hinterher.

Schon dreht er um. Seine Schritte durch die Küche hinaus ins Esszimmer sind jetzt bedeutend schneller.

Kapitel 2

Der Obeth kommt zwei Tage später ins Büro, als ich grad den Bericht zum Überfall auf Alis Laden, einen türkischen Gemüsehändler in Affecking, bearbeite. Der Bär ist grad aufs Klo.

„Mary, könntest du dich mal beim Leichendoc nach dem Skelett erkundigen! Immer wieder rufen Leute von der Presse hier deswegen an und ich muss sie abwimmeln. Ich muss endlich mal für die was zusammenschreiben und brauch' Infos dazu. Und deinen Bürgermeister hab' ich auch schon mehrmals dran gehabt deswegen."

In der Tat habe ich seine Anrufe auf meinem Handy ignoriert und in der Zeitung war nur ein sachlicher, kleiner Artikel über den Knochenfund zu lesen. Doch von einer Sensation über eine Essi war nicht die Rede. Wahrscheinlich war der Weinzierl doch so gescheit und hat sich zurückgehalten, bevor er sich in der Presse blamiert. Oder weiß er schon mehr als ich?

Natürlich geht mir das Skelett auch nicht aus dem Kopf, aber ich habe es bisher nicht gewagt, mich bei Leo zu erkundigen, weil er ja sauer auf mich ist. Und die Hasenedl ist mir von Haus aus unsympathisch. Außerdem ist die Baustelle wieder „grabungsfrei", folglich also keine archäologische Ausgrabungsstätte mehr und die Baugrube fertig ausgehoben. Das hat mir zumindest der Opa erzählt. Und auch er bedrängt mich immer wieder wegen der Knochen mit neugierigen Fragen. Also werde ich den ganzen Neugierigen und auch mir mal einen Dienst erweisen.

„Okay, ich erledig' das schon!", verspreche ich dem Obeth, der in unserer PI für die Pressearbeit zuständig ist.

Zufrieden nickt er. „Soll ich dann die Journalisten auf dich verweisen?"

„Kommt gar nicht in Frage!", wehre ich mich. „Du bist unser Mann für die Öffentlichkeitsarbeit und dabei bleibt es auch! Ich geb' dir dann schon deine Infos."

Der Kollege, Mitte Vierzig, mit dem drahtigen, blonden Lockenkopf seufzt, nickt zerknirscht und geht. Eigentlich ist der privat verschlossene und zurückhaltende Obeth ungeeignet für den Job als Pressesprecher unserer PI, aber er hat halt ein paar Semester Journalismus studiert, bevor er sich für den Polizeidienst entschieden hat, und somit ist er logischerweise prädestiniert für dieses unbeliebte Ressort.

Ich wähle also die Nummer des Schlachthauses und rüste mich gedanklich für den beleidigten Leo. Doch er ist anscheinend nicht nachtragend.

„Servus, Mary!“, begrüßt er mich mit einer Spur Ironie in der Stimme. „Hab’ schon mit deinem Anruf gerechnet. Nur ein bisserl eher!“

„Und?“, ignoriere ich seine Bemerkung.

Er tut ahnungslos. „Was und?“

„Na, hat dir die Hasenedl die Knochen schon gebracht?“

„Ich dachte, du bist davon überzeugt, dass sie mich nix angehen ...“

„Es war doch erst mal wichtig, herauszufinden, wie alt die Knochen sind, und die Hasenedl hat als Archäologin eindeutig die besseren Methoden, oder nicht?“, unterbreche ich ihn.

„Das mag sein, aber ich kenn’ mich in forensischer Anthropologie auch aus. Und ich hätte gegebenenfalls meine Spezialisten hinzuziehen können.“

Ich weiß, dass Leo gut vernetzt ist unter seinesgleichen. Er war sogar schon ein paar Mal in Amerika auf einer sogenannten Body Farm, wo Leichen beim Verwesen beobachtet und untersucht werden. Noch dazu ist er ein wirklich eingefleischter Vertreter seines grausigen Fachs. Mich erschreckt immer wieder, wenn wir gezwungenermaßen mit ihm zu tun haben, welch großes Wissen er hat, was er uns auch gern kundtut.

„Anthropologie, Archäologie! – Wo ist da bitte der Unterschied?“, blicke ich nicht mehr durch.

„Das habe ich auch schon versucht, eurem Bürgermeister klar zu machen.“ Leos Stimme wirkt gelangweilt. „Und den Presseleuten, die ständig hier anrufen!“

„Ach, dich belästigen sie also auch?“, stelle ich fest.

„Das nervt, sag’ ich dir!“, regt er sich auf. „Ich bin Pathologe und Rechtsmediziner und nicht der Pressesprecher der Kelheimer Polizei!“

„Wir kümmern uns drum!", besänftige ich ihn und will endlich zum Punkt kommen. „Also, was ist jetzt mit der Anthrodings und Archäodingsbums?"

Ich höre, wie er tief durchschnauft. „Der Unterschied zwischen Anthropologie und Archäologie liegt in der Zeit, die seit dem Tod, bzw. Vergraben, der gefundenen Knochen vergangen ist. Und diese Zeit beträgt 70 Jahre vor dem aktuellen Datum, kann aber variieren", teilt er mir geschäftig mit.

Meine Neugier steigert sich immer weiter. „Und wie schaut's da bei den Knochen aus Essing aus?"

„Die Meli hat sie mir gestern schon gebracht, wenn du es genau wissen willst!"

Ich sehe sein triumphierendes Lächeln direkt vor mir und seufze innerlich. Mein Gefühl hat mich also wieder einmal nicht getäuscht. Doch ich habe auch noch etwas anderes vernommen: „Die Meli also!"

Leo überhört meine Bemerkung und fährt fort: „Ich hatte spätestens heute Abend vor, dich anzurufen und dir meine Untersuchungsergebnisse mitzuteilen."

„Die da wären?"

„Die Radiokarbondatierung von Meli, also Frau Hasenedl, hat ergeben, dass die Knochen nicht älter als siebzig Jahre sind. Plusminus fünf Jahre."

Ich rechne im Kopf. „Dann ist die Tote zwischen 1946 und 1956 auf dem Feld vergraben worden. Also Anthrodings ..."

„Genau. Damit fällt sie in meine Zuständigkeit", freut er sich direkt.

Ich fluche in mich hinein. In die meinige dann auch! „Und die Gebeine sind eindeutig die einer Frau?"

„Eindeutig. Das Becken ..."

„Und sie war eine junge Erwachsene?", würge ich ihn ab, weil ich nicht wieder sein ganzes Wissen vorgebetet bekommen will.

„Ja, wie der Alf am Fundort schon sagte, muss sie zwischen 17 und 21 Jahren alt gewesen sein ..."

„Ich weiß schon, wegen der Weisheitszähne und der Su ... na, der Nähte da!"

Er verbessert mich eifrig. „Suturen, meine Liebe! Suturen werden die Schädelnähte zwischen den Knochenplatten der Schädeldecke …"

Ich verdrehe die Augen. „Woran ist sie gestorben?"

„Wie du sicher gesehen hast, waren es nur Knochen, die wir gefunden haben", verdeutlicht mir Leo grantig. „Ich habe einen befreundeten forensischen Anthropologen hinzugezogen. Es ist Sisyphusarbeit, jedes einzelne Fragment genau zu untersuchen …"

„Es wird also noch dauern", stelle ich fest.

Leo schnauft genervt durch. „Warum unterbrichst du mich eigentlich ständig?"

„Für mich zählen nur die Fakten, Leo!", erkläre ich ihm. „Wer, wann, wo und wie, verstehst?"

„Dann sollten wir uns erst wieder unterhalten, wenn ich mehr darüber weiß", meint Leo beleidigt und legt einfach auf.

Der Bär kommt zurück und kriegt grad noch mit, wie ich seufzend den Hörer auflege. Er braucht nicht erst zu fragen, denn ich erkenne seine Neugier auch so, darum berichte ich bereitwillig: „Der Leichendoc! Er hat jetzt die Knochen von der Baustelle in Essing."

Mein Partner grinst und lässt sich mit einem Haferl Kaffee in der Hand auf seinem ächzenden Bürostuhl mir gegenüber an seinem Schreibtisch nieder. „Hab' ich mir's doch gedacht."

„Diese Radiokarbondatierung hat ergeben, dass die Knochen ungefähr schon 70 Jahre da rumliegen."

„Und die hat der Steininger während der ganzen Zeit nicht mit seinem Grubber oder Pflug ans Tageslicht befördert, obwohl die Knochen so nah an der Oberfläche waren?", wundert er sich, weil er sich als Einheimischer genauso mit den Besitzverhältnissen in unserer Heimat auskennt.

„Dort war doch immer schon eine Wiese. Früher ist eine Schupfa dagestanden, in der der Steininger jedes Jahr im Sommer das Heu für den Winter eingelagert hat. Das hat mir zumindest der Opa erzählt", grüble ich.

Der Bär erinnert sich jetzt auch: „Ja genau! – Ich kann mich noch an das windschiefe Ding erinnern. Ist irgendwann nach einem Schneesturm eingestürzt, als ich noch ein Kind war."

Offenbar können sich der Bär und der Opa an alles von früher gut erinnern, aber ich nicht. Mein Langzeitgedächtnis ist wohl nicht das allerbeste und das ärgert mich.

„Hat dir der Leo auch gesagt, woran sie gestorben ist?“

„Nein, er untersucht noch.“

„Aber der Schädel war doch hinten total eingedrückt. Die hat bestimmt was auf den Kopf gekriegt, das seh’ sogar ich als Laie!“

Ich schaue ihn neugierig an. „Du hast das erkennen können? Ich hab’ den Schädel nur von vorn gesehen, leider.“

„Der Hinterkopf hat nur noch aus Knochensplittern bestanden, weil ich mich noch gewundert hab’, wie der überhaupt noch zusammenhält.“

Mich graust es. „Das könnt’ aber auch von den siebzig Jahren unter der Erde oder der Baggerschaufel verursacht worden sein.“

„Oder doch von irgendeiner Feldmaschine“, fügt der Bär nachdenklich hinzu.

„Oder so. – Jedenfalls müssen wir auf die Ergebnisse vom Leo warten.“

„Was hat denn der Opa noch dazu gesagt?“, will er dann wissen.

Ich schaue ihn verdutzt an. „Wieso?“

Er gruscht auf seinem Schreibtisch, der direkt gegenüber dem meinen steht und immer ausschaut, als hätte eine Bombe eingeschlagen, herum. „Na, weil er offenbar mit dir über die Knochen geredet hat, oder?“

An dieser Stelle muss ich wohl dazu erklären, dass meine Kollegen den Opa schon gut kennen. Er ist, wie gesagt, das Essinger Unikum und über die Grenzen des Marktes hinaus für seine Schrullen bekannt. Und der Bär weiß auch aus den vorherigen Fällen, die wir schon gemeinsam bearbeitet haben, dass der Opa spionageartige Anwandlungen hat.

„Ja, er war doch am Fundort.“

„Wie alt ist der Opa eigentlich jetzt?“

„Dreiundachtzig. – Warum?“, argwöhne ich immer mehr.

„Dann war er damals ein Teenager, genau wie die Tote.“

„Das Jahrzehnt nach dem Krieg – grob gesagt“, erinnere ich mich an den genannten Zeitraum vom Leo und erkenne, dass der Bär Recht hat. „Dann war er damals 8 bis 18 Jahre alt. – Worauf willst du hinaus?“

„Vielleicht solltest du deinen Schwiegervater mal fragen, ob damals irgendein junges Mädel einfach so verschwunden ist."

„Ja … das sollte ich vielleicht mal machen", sinniere ich.

Jetzt erst und nach Bärs Bemerkung fällt mir auf, wie gezwungen beiläufig, aber immer wieder, der Opa mich nach den Knochen gefragt hat. Da steckt doch mehr dahinter! Auf einmal habe ich tausend Fragen an ihn im Kopf. Doch ich spüre, dass ich dabei taktisch vorgehen muss, sonst schaltet er wieder auf stur.

Aber leider ergibt sich die nächsten zwei Tage keine rechte Gelegenheit dazu.

Kapitel 3

Brav und neugierig wie der Bär und ich also sind, folgen wir dem Anruf unseres Rechtsmediziners zwei Tage später und fahren zu ihm nach Regensburg in sein Institut. Dieses Mal sind wir nicht ganz so beklemmt wie sonst, denn wir wissen ja, dass unsere Tote nur noch aus Knochen besteht. Es gibt also wenig, woran man sich noch ekeln oder wobei einem schlecht werden könnte. So ergeht es jedenfalls dem Bär immer, wenn wir dort aufschlagen. Er hält es nie lange im Schlachthaus aus und seine Gesichtsfarbe wechselt unaufhörlich zwischen grün und weiß. Dabei haben wir es bisher immer geschafft, den kühlen, weiß gefliesten Seziersaal mit den drei Edelstahltischen links liegen zu lassen, und direkt ins Büro von Leo zu marschieren. Und so halten wir es auch diesmal.

Er ist auch schon da und erwartet uns ganz offensichtlich. Wie immer ist er ziemlich altmodisch gekleidet in Karohemd, Bundfaltenhose, handgestrickten Socken und Biolatschen. Sein burschikoses, rundes Gesicht erinnert mich an Harry Potter mitsamt den Sommersprossen, der kecken Nase, auf der eine Brille mit runden Gläsern sitzt, und dem seit Neuestem braven Haarschnitt à la Pilzkopf. Mir ist es suspekt, wie man sich als junger Mensch so altbacken kleiden kann. Leo ist halt kein normaler Mann, davon zeugt schon seine außergewöhnliche Berufswahl.

Sein Büro, oder besser gesagt Labor, ist mit mordernster Technik und Geräten ausgestattet. Ich komme mir darin immer vor, als wäre ich in einem CSI-Krimi.

Wir begrüßen uns und bleiben vor dem an einem Mikroskop sitzenden Leo stehen.

„Also!“, fängt er an, uns eine Zusammenfassung zu geben, während der Bär gefasst die Arme vor seiner breiten Brust verschränkt. „Skelettierte Leiche, weiblich, mitteleuropäischer Herkunft, ca. 17 bis 21 Jahre alt, 165 cm groß; zu Lebzeiten muss sie so zwischen 45 und 55 Kilogramm gewogen haben ...“

„Das ist ja nahe der Magersucht!“, unterbreche ich ihn erschüttert.

„Das kannst du feststellen?“, fällt auch der Bär mit ein.

Leo verdreht die Augen. „Könntet ihr mich einmal aussprechen lassen?“

Wir nicken entschuldigend und er greift sich ein Tablet, auf dem er eifrig zu wischen beginnt. Wie wir mittlerweile schon aus den vorhergehenden Mordfällen wissen, hält er immer Anschauungsmaterial auf dem großen Bildschirm an der Wand für uns bereit. Und tatsächlich können wir darauf die zu einem kompletten menschlichen Skelett zusammengesetzten Knochen sehen, um die sich wie von Zauberhand virtuell Muskel- und Fettgewebe legen.

„Anhand der Sehnenansätze an den Knochen muss die junge Frau ziemlich hart gearbeitet haben, denn ihre Muskeln waren sehr ausgeprägt. Wir haben erste Abnutzungserscheinungen am Schultergelenk und an den Halswirbeln C3, C4 und C5 festgestellt. Eher ungewöhnlich in dem Alter.“

„Vielleicht war sie eine Bauerstochter, die daheim auf dem Hof mithelfen hat müssen“, schlussfolgert der Bär. „In den Fünfzigern war das noch so üblich.“

„Möglich“, stimmt ihm Leo zu und wischt wieder.

Das Bild zoomt auf den Schädel zu und das Gewebe verschwindet wieder, bis wir den Hinterkopf vor uns haben, der ziemlich demoliert aussieht.

„Schweres Schädel-Hirn-Trauma, hervorgerufen durch einen stumpfen, flachen Gegenstand wie einen Spaten oder eine Schaufel. Mehrere Frakturen am Os occipitale und Os parietale. Die Knochensplitter sind ins Gehirn eingedrungen. Weil das Weichteilgewebe ja fehlt, stell’ ich mir folgendes Verletzungsmuster vor: Perforation der Dura mater, massive Einblutungen und sofortiger Atem- und Kreislaufstillstand. Schon der erste Schlag muss tödlich gewesen sein, wobei der Täter noch mindestens zweimal nachgelegt haben dürfte.“

„Auch dann noch, als sie schon dahingestreckt dalag?“, hakt der Bär angewidert nach.

Leo nickt. „Offenbar steckt ein hohes Gewaltpotenzial in dem Täter …“

„Oder eine enorme Wut“, füge ich Leos Vermutung hinzu, und er tippt auf sein Tablet.

Es beginnt eine Animation auf dem Fernseher zu laufen, auf dem wir zwei Personen sehen: eine schmale weibliche und eine geschlechtslose mit einer Schaufel bewaffnet, die von hinten auf sie einschlägt. Nach dem ersten Schlag gleitet die Frau durch die Wucht des Aufpralls vornüber zu Boden und bleibt mit dem Gesicht nach unten liegen. Dann schlägt die andere Person noch zwei Mal auf den Schädel des Opfers ein.

Ich schnaufe bei diesem makabren Schauspiel tief durch. Da müssen schon viel Hass, Wut und Gewaltbereitschaft mit im Spiel gewesen sein und der Kopf danach nicht mehr gut ausgesehen haben.

„Der Bagger war's also nicht", meint der Bär genauso erschüttert und schluckt schwer.

„Es hätt' auch gereicht, wenn du uns das gesagt hättest, Leo", bemerke ich, weil mir jetzt doch mulmig geworden ist.

„Hab' ich doch: Frakturen am Os occipitale und ..."

„Immer auf Deutsch, bittschön!", mahnt der Bär und verdreht die Augen.

Noch bevor Leo intervenieren kann, lenke ich ihn ab. „Sie hat also den Täter nicht kommen sehen?"

„Vermutlich nicht."

„Oder sie ist vor ihm davongelaufen", fällt dem Bär ein.

Ich schaue ihn erstaunt an. Irgendwie scheint er mir in dem Fall interessierter und engagierter als sonst.

„Naja ...", bemerkt er meinen Blick. „Stellen wir uns doch einmal vor, es wäre zum Beispiel wieder 1950. Auf dem Tatort steht eine alte windschiefe Schupfa, mit Heu vollgestopft. Sie dient vielleicht einem Pärchen als Liebesnest. Eines Tages werden sie entdeckt und jemand ist darüber so in Rage, dass er sie an Ort und Stelle erschlägt, als sie die Flucht ergreifen will."

„Ach, ihr habt schon Nachforschungen angestellt?", mischt sich Leo ein.

Der Bär schaut mich dabei auffordernd an. „Das wollt' die Kommissarin eigentlich machen. – Nicht wahr, Mary! Hast du den Opa schon danach gefragt?"

„Wie kommst du jetzt ausgerechnet darauf?", bin ich irritiert.

„Na, soviel ich weiß, war er damals im passenden Alter für so ein Techtelmechtel!"

„Sag' mal, spinnst du!", rege ich mich auf. „Den Opa in so was hineinzudichten! Das ist ja absurd!"

Doch er lässt sich nicht davon abbringen. „Du hast mir doch einmal erzählt, dass der alte Nepomuk gar nicht damit einverstanden gewesen ist, dass sein Knecht, der Vinzent, was mit seiner sauberen Tochter gehabt hat."

Es stimmt, dass ich einmal ein Gespräch zwischen dem Opa und einem Lehrer, den ich beschützen habe müssen, belauscht habe. In eben jenem Gespräch hatte mein Schwiegervater davon erzählt, dass sein Bauer, jener Nepomuk Hartl, bei dem er als Knecht gearbeitet hatte, nicht mit der Verbindung zwischen ihm und seiner Tochter Magda einverstanden gewesen sei. Darum hatten sich der Opa und sie auch heimlich getroffen.

Der Bär zuckt entschuldigend mit den Schultern. „Ich mein' ja nur …"

„Der Opa hat seine Magda 1960 geheiratet. Sie haben zwei Kinder gekriegt und sie starb vor acht Jahren. Schon vergessen?", bin ich aber weiter wütend.

„Trotzdem solltest du ihm einmal auf den Zahn fühlen", bleibt der Bär hartnäckig. „Vielleicht hat er ja damals was mitgekriegt, wenn er schon nicht direkt beteiligt gewesen sein mag."

Jetzt verschränke ich die Arme vor der Brust. „Das tu ich schon, keine Sorge!"

Ich übersehe das triumphierende Lächeln vom Bär.

„Also ich würde als Erstes die Vermisstenlisten von damals durchgehen", erläutert uns Leo, der unsere Unterhaltung interessiert mitverfolgt hat.

„Gibt es so was überhaupt noch aus der Zeit?", hinterfragt der Bär.

„Falls das Mädel natürlich damals vermisst gemeldet worden ist", bedenke ich. „Und zehn Jahre sind eine lange Zeitspanne für Vermisstenfälle, die vor 70 Jahren aufgenommen worden sind."

Auch der Bär hat Zweifel. „Haben wir ein Polizeiarchiv für so was?"

Diese Frage bringt mich auf Jo. „Wenn das jemand herausfinden kann, dann der Jo!"

Entschlossen, unseren IT-Spezialisten der PI sofort zu beauftragen, verabschiede ich mich kurz angebunden vom Leichendoc und stürme hinaus, dicht gefolgt vom Bär.

„Ich muss euch leider enttäuschen“, teilt uns Jo kurz vor Feierabend mit, als er mit seinen Ergebnissen in unserem Büro aufkreuzt. „Ich hab’ das Zentralarchiv durchforstet. Es gibt zwischen 1946 und 56 nur zwei vermisste Frauen hier im Landkreis, die alterstechnisch zu euren Knochen passen. Allerdings ist keine davon aus Essing.“

Er reicht mir seine Rechercheergebnisse auf einigen Blättern Papier.

„Danke dir!“

Ich erwarte, dass Jo wieder geht, aber es scheint so, als hätte er noch etwas auf dem Herzen.

„Habt ihr die Hasenedl beim Leo im Schlachthaus noch mal getroffen?“, rückt er dann raus.

Fragend schauen der Bär und ich ihn an.

„Nein, wieso?“, will ich wissen.

„Einfach so ...“, tut er ab, gesteht dann aber doch: „Na, die war doch ein heißer Feger, oder nicht, Bär?“

Ich sehe, wie die zwei Männer süffisante Blicke tauschen.

„Allerdings!“, stimmt ihm mein Partner lüstern grinsend zu. „Fast so heiß wie Lara Croft!“

„Jetzt ist aber a Ruh, Kruzinesn!“, empöre ich mich über ihre Geiferei und mahne Jo: „Und du reiß’ dich bloß zusammen! Wenn ich das meiner Schwester erzähl’, wie du hier von einer anderen Frau schwärmst ...“

„Das kannst du ruhig tun, meine liebe Schwägerin!“, fordert mich Jo dann gelassen auf. „Sie hat nämlich seit Neuestem beschlossen, dass wir eine offene Beziehung führen!“

Sagt’s und haut dann einfach ab.

Verdattert sitze ich da.

Und auch der Bär schaut mich fragend an. „Was meint der mit offener Beziehung?“

„Die Frage ist doch eher, was Ulli darunter versteht“, schlussfolgere ich.

„Dann solltest du sie mal fragen!“

„Das ist jetzt deine Lieblingsbeschäftigung, was?“, motze ich.

„Was?“

„Na, mir anzuschaffen, meine Familienmitglieder auszuquetschen.“

Der Bär legt mit einem ironischen Gesichtsausdruck den runden Kopf schief. „Na, das käm’ wohl ein bisserl blöd an, wenn ich den Opa nach seinem Gspusi in den Fünfzigern und deine Schwester nach ihrem Verständnis von einer Partnerschaft fragen würd’, oder?“

Ich stelle mir vor, wie er von beiden eine schallende Watschn für seine neugierige und schamlose Indiskretion kriegen würde, und muss schmunzeln.

„Was gibt’s da zu grinsen?“, frotzelt der Bär spöttisch.

„Nix!“

Weiter kommen wir nicht, weil dann schon unser zuständiger Staatsanwalt ins Büro hereinrauscht. Und hereinrauschen trifft’s ziemlich gut, denn er ist wie immer in Eile und knallt uns seinen edlen schwarzen Lederkoffer, den er stets mit dabeihat, auf einen der beiden Gästestühle neben unseren Schreibtischen.

„Wie ich höre, haben wir einen neuen Fall?“, kommt er gleich zur Sache.

Ich schnaufe tief durch und tausche genervte Blicke mit dem Bär. Da ist es wieder, dieses Wir! Das ist immer seine Masche, um mit uns ein Gemeinschaftsgefühl heraufzubeschwören. Derweil ist er unser Weisungsbefugter und wir seine Untergebenen und es hat noch nie funktioniert.

An dieser Stelle muss ich wohl dazu erklären, dass wir unseren Staatsanwalt mit dem schönen Namen Dr. Herbert Übelacker nicht leiden können, weil er ein aufgeplusterter, penibler und von sich und seinem Können sehr überzeugter Gschaftlhuber ist, der sich gern in der Öffentlichkeit sonnt. Der kleine Jurist ist sozusagen ein Landkreisprominenter und gebürtiger Oberpfälzer, der allerdings nur edelstes Hochdeutsch spricht. Nur, wenn er in Rage ist, und dazu bringen der Bär und ich ihn zugegebenermaßen schon ab und zu, verfällt er in seinen Dialekt. Dann läuft sein runder Kopf knallrot an und die Franz-Josef-Strauß-Gedächtnis-Falten auf seiner hohen Stirn werden zu Kratern. Dazu muss ich sagen, dass er und ich uns seit meinem letzten Mordfall duzen, weil wir quasi eine Geschäftsbeziehung eingegangen sind, aber das ist eine andere Gschicht …

Allerdings scheint er das wohl vergessen zu haben, denn, so selten wir uns auch sehen, er siezt mich wieder. Und dass er das tut, ist mir ehrlich gesagt lieber, denn das wahrt Distanz, denn wirklich warm werde ich mit dem Obergschaftl niemals werden.

„Wann hatten Sie vor, mich zu informieren, Frau Weidinger?"

Ich zucke mit den Schultern. „Wir waren dabei, zuerst die Zuständigkeiten zu klären."

Der Übelacker öffnet mit seinen manikürten Fingern seinen Koffer, zieht eine braune Mappe heraus und wedelt mir damit vor dem Gesicht herum. „Ich glaube, das ist bereits geschehen, denn das hier hat mir der Rechtsmediziner zukommen lassen. Es ist die Kopie einer Obduktion an einem weiblichen Skelett, gefunden bereits vor vier Tagen in ihrem Heimatort Essing."

Ich seufze, weil ich gedacht hatte, Leo klar verständlich gemacht zu haben, dass alle Ergebnisse zuerst immer über mich laufen sollten.

„Ja, das stimmt", gebe ich zu.

„Vier Tage!", mahnt der Pedant. Seine listigen, grauen Augen hinter der eckigen Brille wandern unruhig zwischen dem Bär und mir hin und her. „Wann wollen Sie also dann gnädigerweise endlich anfangen zu ermitteln?"

„Na, der Täter ist nach siebzig Jahren wohl schon längst über alle Berge, wenn er überhaupt noch lebt! Und da spielen doch vier Tage hin oder her auch keine Rolle mehr", verteidigt sich der Bär gelassen.

Der Staatsanwalt wirft die Mappe verächtlich auf meinen Schreibtisch. „Das ist mal wieder typisch: Ihr beider Arbeitseifer und -tempo lassen sehr zu wünschen übrig!"

Jetzt ist es also wieder so weit! Er fordert es geradezu heraus, dass ich ihn auflaufen lasse, und ich meine voller Ironie: „Wie wir ja wissen, ist Ihr Arbeitsethos auch nicht perfekt."

Damit spiele ich auf den letzten Fall an, bei dem einiges schief gelaufen und der Übelacker daran nicht ganz unschuldig gewesen war. Und er versteht mich sofort, denn er zuckt kaum merklich zusammen.

Aber er weiß sich zu verteidigen und verschränkt überlegen die Arme vor seiner schmalen Brust. „Wärmen Sie keine alten Geschichten auf, Frau Weidinger. Die Untersuchungskommission hat damals alles aufgeklärt und jeder war zufrieden, auch Sie, was Ihren Schwiegervater angeht, soweit ich mich erinnern kann. Wir sind also quitt."

Ich hatte damals vor dieser Kommission das unvorschriftsmäßige Handeln des Staatsanwaltes übergangen, das schließlich zu der dramatischen Geiselnahme meiner gesamten Familie geführt hatte. Und dafür hatte er im Gegenzug den Opa, der mit einer ziemlich gewalttätigen Eigeninitiative eingegriffen hatte, um uns zu retten, nicht juristisch belangt. Tja, so ist das in Bayern, bedauere ich innerlich. Eine Hand wäscht die andere und damit bin ich ja einverstanden. Aber es ist halt immer wieder einmal notwendig, den Staatsanwalt darauf hinzuweisen, dass auch er nicht unfehlbar ist.

„Was haben Sie also bisher unternommen?", hakt er, zur Sachlichkeit zurückgekehrt, nach.

„Nix!", gibt der Bär offen zu.

Ich reiche dem Übelacker schnell die Rechercheergebnisse von Jo. „Das ist eine Liste der vermissten Frauen aus den Jahren 1946 bis 1956, die leider auf unsere Kriterien nicht passen."

„Dann bleibt uns wohl nichts anderes übrig, als eine Gesichtsrekonstruktion machen zu lassen", schlägt er vor, als er die Blätter überflogen hat. „Zuerst muss das Opfer identifiziert werden, bevor wir den Täter dazu finden können."

„Gut aufgepasst!", lobt der Bär übertrieben.

Der Jurist überhört diese Ironie aber und fährt fort, uns an seinen Gedankengängen teilhaben zu lassen: „Allerdings wird es schwierig werden, weil das Opfer schon siebzig Jahre tot ist. Es wird sich kaum noch jemand finden lassen, der sie identifizieren wird können …"

„Der Opa wär' ein Überlebender aus der Zeit", wirft der Bär ein.

Ich strafe ihn mit einem mahnenden Blick. Es passt mir nicht, wie er meinen Schwiegervater immer wieder mit in diesen Fall hineinzieht.

Der nachdenkliche Gesichtsausdruck des Staatsanwaltes erhellt sich. Er kennt den Opa ja aus eben jenem glimpflich ausgegangenen

Fall letztes Jahr. „Wie alt ist Ihr Schwiegervater inzwischen, Frau Weidinger?“

„Dreiundachtzig. – Aber …“

„Nix aber! Vernehmen Sie ihn bitte …“

„Und wenn es keine Einheimische war?“, bezweifle ich. „Es könnte genauso gut jemand gewesen sein, der durch Essing durchgekommen ist und eine Leiche loswerden hat wollen.“

Der Bär zuckt mit den Schultern und weiß, worauf ich anspiele. „Könnte sein! Aber damals hat's noch kaum Touristen hier gegeben.“

An dieser Stelle muss ich wohl dazu erklären, dass Essing, eine kleine Tausend-Seelen-Gemeinde im unteren Altmühltal sechs Kilometer vor Kelheim am Rhein-Main-Donau-Kanal gelegen, touristisch gut besucht ist. Und das ist auch verständlich, denn bei uns ist es landschaftlich wirklich reizvoll mit den hohen Felsmassiven, der Burgruine darauf, dem historischen Marktplatz samt Brunnen, Rathaus und dem Torturm, der einst der Eingang ins mittelalterliche Essing gewesen ist. Attraktionen gibt es hier also genug, genauso wie schöne Hotels und Wirtshäuser und auch gut ausgebaute Radwege, die in den Sommermonaten von Heerscharen von Radlfahrern bevölkert sind. Wie es allerdings mit dem Tourismus früher ausgeschaut hat, weiß ich nicht genau und nur aus ein paar Erzählungen. Ich bin ja erst 1974 geboren. Allerdings haben in den Fünfzigern schon viele Einheimische in ihren eh schon knapp bemessenen Wohnräumen Sommerfrischler einquartiert, um sich ein bisserl was dazuzuverdienen. Meistens hat es sich um Preißn gehandelt, die hier in Bayern die Idylle und das gute Bier genießen wollten.

„Dann recherchieren Sie auch das!“, erteilt uns der Staatsanwalt noch einen Auftrag.

Ich bin irritiert. „Was jetzt genau?“

„Na, ob damals eine junge Touristin verschwunden ist!“

„Das wird sich kaum noch nachvollziehen lassen …“

„Dazu gibt es doch Archive und Gästebücher von den damaligen Hotelbetrieben“, wendet der Pedant ein.

Der Bär schmunzelt. „Ich glaube nicht, dass die damals schon so genau Buch über ihre Urlauber geführt haben.“

„Und die meisten damaligen Privatvermieter haben ihre Beherbergungsbetriebe schon längst aufgegeben und wahrscheinlich alle alten Unterlagen weggeschmissen“, stimme ich dem Bär zu, denn ich sehe darin keinen Ermittlungsansatz. „Außerdem würde das den Rahmen sprengen, finden Sie nicht, Herr Dr. Übelacker?“

„Dann gründen Sie eine Sonderkommission und holen Sie Ihren Mann mit an Bord!“

Genau das ist, was mir am Übelacker am meisten stinkt: Er traut mir meine Arbeit nicht zu. Darum hat er mir bei meinem ersten Kapitalverbrechen, dem Fund eines toten Babys vor nunmehr drei Jahren, einen Hauptkommissar aus Landshut zur Unterstützung aufs Auge gedrückt. Es war Toni, ein Kollege, den ich aus früheren Jahren kannte, in den ich mich verliebte und den ich vor eineinhalb Jahren auch heiratete. Er ist mein zweiter Mann und irgendwie ist er immer in meine Mordfälle involviert, woran ich eventuell nicht ganz unschuldig bin. Natürlich hat er als Kriminalhauptkommissar wirklich was drauf, aber er ist halt im Landkreis Kelheim nicht zuständig, weil er in Regensburg arbeitet.

„Wie der Bär ja schon so schön festgestellt hat, liegt im vorliegenden Fall keine Dringlichkeit vor. Wir gehen also Schritt für Schritt vor“, weiche ich aus.

Der ungeduldige Jurist merkt wohl, dass er bei uns nicht durchkommt, seufzt theatralisch, streicht sich durch sein lichtes, graues Haar und ergibt sich. „Na gut! Aber alle Berichte immer sofort zu mir, verstanden!“

„Jawohl, Herr Dr. Übelacker!“, befolgen der Bär und ich synchron seinen Befehl und tun unterwürfig.

Schnaubend schließt er die Schnappschlösser seines Aktenkoffers, packt ihn und rauscht durch die wie immer offenstehende Bürotür davon, genauso eilig, wie er gekommen ist.

Der Bär stöhnt. „Der schon wieder!“

„Als wüssten wir nicht, was wir zu tun haben!“, spotte ich.

„Ja, was haben wir denn jetzt zu tun?“

Ich erhebe mich entschlossen. „Feierabend!“

Er grinst freudig. „Das gefällt mir!“

Wir fahren unsere Computer herunter und verlassen unser Büro.

In der Amtsstube, die hinter dem Empfang am Eingang liegt und in der ein paar meiner Kollegen ihre Schreibtische haben, rufe ich Jo an den Tresen. „Kannst du mir bis morgen eine Liste von allen Essingern machen, die älteren Semesters sind?"

„Wozu denn das?", wundert sich Jo, der ahnt, wie viel Arbeit das für ihn bedeutet.

„Mach es einfach!"

Er seufzt ergeben und zückt einen Notizblock. „Von welchen älteren Semestern reden wir hier?"

„Sagen wir, zwischen 1920 und 1945 Geborene", mischt sich der Bär neben mir ein, der meine Idee erkannt hat.

„Du müsstest doch selbst wissen, welche Methusalems es in deinem Heimatort gibt!", spottet Jo daraufhin.

„Jene Methusalems schließt natürlich auch die ein, die in dem Zeitraum 1946 bis 1956 dort gewohnt haben und dann weggezogen sind", erschwere ich seine Arbeit weiter.

Er verdreht die Augen und ich klopfe ihm aufmunternd auf die Schulter. „Und grüß mir meine Schwester!"

Dann verabschieden der Bär und ich uns und gehen.

Kapitel 4

Es ist kaum zu glauben, aber ich bin ja nun schon länger Besitzerin eines Wischhandys und habe sogar *Whatsapp*! Lange Zeit habe ich mich dagegen gewehrt, wohl aus reiner Überforderung und Angst, damit nicht klarzukommen. Doch inzwischen habe ich mich wunderbar in die Thematik dieser neuen Kommunikation eingearbeitet und feststellen müssen, dass so ein Smartphone doch viel praktischer ist als mein altes, klobiges Tastenhandy. Nur der Klingelton ist geblieben: die Bayernhymne, gespielt von einem original bayerischen Blasorchester!

Allerdings hat das Ganze Suchtpotenzial, denn ich schaue heute öfter auf mein Handy, als ich es je zuvor getan habe. Und ausschalten, so wie ich das früher ab und zu gemacht habe, wenn mich die ständigen Nachrichten und Anrufe genervt haben, geht gar nicht mehr, aus Angst, etwas zu versäumen! Jedes Mal also, wenn mein Handy *Blingbling* macht, bin ich sofort zur Stelle und schaue nach, wer mir da schreibt.

Dieses Mal ist es Toni, der mir eine Nachricht schickt: *Ich hab die Spezialistin zu Leo geschickt, damit sie sich wegen der Gesichtsreko zusammentun.*

„Toni hat für die Gesichtsrekonstruktion jemanden organisiert. Die setzt sich mit Leo in Verbindung“, informiere ich den Bär, der mir gegenüber an seinem Schreibtisch hockt.

„Du hast deinen Gatten also schon wieder in den Fall eingespannt?“

Mit zusammengekniffenen Augen schaue ich meinen Partner an. Er weiß doch, dass ich mich immer mit Toni über meine aktuellen Fälle berate, genauso wie er das wahrscheinlich auch daheim mit seiner Frau Karin tut. Was hat der Bär also momentan? So kritisch und direkt feindselig gegen mich und meine Familie habe ich ihn selten erlebt.

„Passt dir daran was nicht?“

Er schüttelt den Kopf. „Wenn der Opa seinen Spion-Zinken nicht mit reingesteckt hat und nicht wieder die wildesten Gerüchte im Dorf verbreitet, dann ist mir das wurscht.“

Seine Antwort ist mir eine Spur zu zynisch. Ich setze mich in meinem Bürostuhl senkrecht auf und gehe auf Konfrontationskurs. So kann es zwischen dem Bär und mir nicht weitergehen. Besser, ich stelle ihn gleich zur Rede, was er für ein Problem hat.

„Sag' mal, was ist eigentlich los mit dir?"

Ich habe eine gewisse Schärfe in meine Stimme gelegt, darum schaut er auch von seiner Schreibtätigkeit auf und mich mit gerunzelter Stirn an. „Was soll denn los sein?"

Wir arbeiten inzwischen lange genug zusammen, als dass ich ihn nicht gut genug kennen würde, und diese seine Frage ist eindeutig ausweichend.

„Na, du bist auf einmal so feindselig mir gegenüber", verdeutliche ich ihm. „Hab ich dir was getan?"

Er tippt sich mit seinem wurstigen Zeigefinger an die breite Brust und tut empört. „Ich? Feindselig? – Dass ich nicht lache!"

Doch ich mustere ihn weiter mit zusammengekniffenen Augen, was ihn nervös macht. Schließlich verdreht er die seinen und stöhnt. „Na gut, Karin hat mich auf Diät gesetzt!"

Ich muss mich zusammenreißen, um mir einen Lacher zu unterdrücken. Es ist nicht so, dass ihm das nicht guttun würde, doch ich kann ihn mir einfach nicht vorstellen, wie er an trockenem Knäckebrot und an Karotten nagt. Und ich kann mir noch weniger vorstellen, dass seine Frau das bei ihm durchsetzen kann. Zwar weiß ich, dass sie in ihrer Ehe eindeutig die Hosen anhat, doch das war bisher nie ein Problem zwischen den beiden. Solange Karin ihn ausreichend bekocht hat, natürlich!

„Ja, lach' du nur! An diesem Schmarrn seid nämlich du und der Opa nicht ganz unbeteiligt!", schimpft er mich spöttisch.

„Ich und der Opa?", kann ich es nicht glauben.

Der Bär nickt eifrig und sein sonst rosiges Gesicht ist puterrot angelaufen vor Ärger. „Jetzt tu' nur nicht so unschuldig! Die Karin hat beim Kramer ganz genau gehört, wie die Rita am Ratschkathl-Treff herumposaunt hat, dass der Opa ihr erzählt hat, dass du mich für zu dick für den Polizeidienst hältst."

Zuerst einmal bin ich baff, doch habe ich auch gleich eine Antwort parat: „Aber daraus hab' ich doch noch nie ein Geheimnis gemacht. Auch nicht dir gegenüber!"

Kann sein, dass ich so ganz nebenbei beim Essen daheim mal eine flapsige Bemerkung über den Gewichtszuwachs meines Partners habe fallen lassen.

„Muss es dann der Alte gleich überall herumerzählen?“, braust der Bär auf.

„Du kennst doch den Opa!“, tue ich ab und mustere seine Wampe. „Und außerdem ist es für jedermann klar ersichtlich, dass du in den letzten Monaten zugelegt hast.“

„Fall mir nur weiter in den Rücken! Du hörst dich schon an wie die Karin!“, regt er sich weiter auf. „Und jetzt hat sie mir diese Diät aufs Auge gedrückt! Es gibt nur noch Vollkornbrot, Vollkornnudeln, Vollkorndinkelbratlinge und den ganzen Mist! Und das alles nur, weil sie glaubt, die schmeißen mich raus, weil ich zu fett bin!“

Wieder gelingt es mir nur schwer, mir einen Grinser zu verdrücken. „Ah, geh! Es wäre ja direkt ein Skandal, wenn die bayerische Polizei ihre Mitarbeiter wegen ihres Übergewichts entlassen würd’! Das wär’ Diskriminierung und wir sind sowieso chronisch unterbesetzt.“

„Das hab’ ich der Karin auch gesagt, aber sie meint, es schadet mir so oder so nicht, ein bisserl abzunehmen.“

Jetzt tut er mir direkt leid. Ich weiß, wie gern er Leberkässemmeln und Schweinsbraten isst. Die unzähligen leeren Metzgereitüten auf der Rücksitzbank unseres Dienstaudis sind stumme Zeugen davon.

„Naja, vielleicht hat sie ja Recht …“, wage ich es zu sagen.

Sein eisiger Blick zeigt mir, dass ich es besser nicht getan hätte.

An dieser Stelle muss ich der Ehrlichkeit halber noch hinzufügen, dass ich zugegeben auch so meine Gewichtsproblemchen habe, schon allein wegen des Hormonwechsels, der sich momentan in mir vollzieht. Aber natürlich liegt es auch an meinen typisch bayerischen, herzhaften Essgewohnheiten. Doch nach meiner Schussverletzung, der anschließenden Kur und dem Rehasport habe ich ein paar Kilos abgespeckt. Mag sein, dass meine anfängliche Appetitlosigkeit auch an dem Trauma der Geiselnahme gelegen hat. Egal, ich war nach zwei Monaten wiederhergestellt, hatte ein paar Sitzungen mit Leiki, meinem Polizeipsychologen, und bin wieder im Dienst, wenngleich ich schon hin und wieder schweißgebadet aus einem Albtraum aufwache.

Jedenfalls schweigt der Bär den Rest des Tages, selbst als Jo kurz vor Feierabend mit einigen Blättern Papier in unser stilles Büro hereinkommt und uns den Ausdruck der Gesichtsrekonstruktion der jungen Frau hinhält. „Das ist grad vom Leo reingekommen!"

Ich nehme ihm das erste mir gereichte Papier ab und betrachte das Porträt. Es ist Wahnsinn, was der Fachmann mit seinem Computerprogramm geleistet hat, denn es wirkt fast wie ein reales Bild eines sehr hübschen Gesichts einer jungen Frau. Oval und vielleicht eine Spur osteuropäisch mit hohen Wangenknochen, großen Augen und einem schmalen Kinn. Der Haaransatz sitzt ziemlich tief und herzförmig auf der Stirn. Die Augenbrauen sind elegant geschwungen, genauso wie die schmalen Lippen, die ausdruckslos unter der feinen, geraden Nase liegen. Der Spezialist hat ihr lange, blonde und wellige Haare verpasst, aber das, so habe ich mir sagen lassen, liegt in seiner Interpretation.

Jo schmunzelt. „Ihr ahnt nicht, wer das Phantombild gemacht hat?"

Der Bär und ich sind irritiert über seine Frage. „Ein Fachmann für so was halt."

„Und der Leo!", fügt er hinzu.

Das Grinsen auf Jos Gesicht wird immer breiter. „Es war eher eine Fachfrau! Nämlich die Hasenedl!"

„Die Archäologin?", staune ich.

„Genau die! Ich hab' mich ein bisserl über sie erkundigt. Sie ist in ganz Deutschland und sogar drüber hinaus die Expertin in Sachen Gesichtsrekonstruktion."

„Respekt!", staunt der Bär ganz unverhohlen. „Hätt' ich der gar nicht zugetraut!"

„Die Frau ist nicht nur ein heißer Feger, sondern auch eine ziemliche Koryphäe auf ihrem Gebiet", bewundert Jo Melanie Hasenedl ebenfalls ganz offen.

Ich sehe ihm direkt an, wie er sie, den fleischgewordenen Männertraum, vor seinem geistigen Auge anhimmelt. Das geht mir zu weit und ich räuspere mich lautstark.

„Zurück zum Fachlichen, meine geifernden Kollegen, bittschön!“

Ich besinne mich wieder auf die Gesichtsrekonstruktion.

„Eindeutig slawische Gesichtszüge, findet ihr nicht?“, meine ich dann, um die Männer aus ihren Phantasien zu reißen.

„Schon möglich“, gibt sich Jo vage.

Weiß er etwa schon mehr?

Er reicht mir einen weiteren Zettel mit jeder Menge Namen, Daten und Adressen darauf. „Damals nach den beiden Kriegen war ein ziemlicher Wirrwarr mit den ganzen Flüchtlingen und vermissten oder gefallenen Soldaten. Ein ständiges Zu- und Abwandern. Ich habe in den Archiven vom Bürgermeister Weinzierl in Essing geforscht und war schier erschlagen von den ganzen An- und Abmeldungen in den Jahren 1920 bis 1945, so wie du es mir aufgetragen hast. Die Papiere waren lückenhaft, teilweise nicht vorhanden oder so unleserlich, dass ich es aufgegeben hab’. Es sind nur mehr eine Handvoll Personen, die heute noch leben, übrig geblieben. Unter anderem übrigens auch der Opa. Ab 1939 ist die Bürokratie aber anscheinend besser geworden.“

Er deutet auf die Liste mit ungefähr zwanzig Namen samt ihren Adress- und Geburtsdaten darauf. Auch den Opa, Vinzent Spangler, kann ich darunter finden. Einige andere kenne ich auch noch, wie die Reitinger Res, die 1930 geboren ist und somit stolze 91 Lenze zählt. Sie ist die Oberratschkathl vom Ortsteil Neuessing, das inzwischen mit dem zusammengewachsenen Altessing die kleine Marktgemeinde Essing bildet. Ob diese Zeitzeugin sich noch an die relevanten Jahre zwischen 1946 und 1956 erinnern kann? Mich graust es davor, das alte Weiblein danach zu fragen, denn sie erzählt immer sehr ausschweifend und kommt nicht zum Punkt.

„Tja, bei den Nazis herrschte halt Zucht und Ordnung!“, kann sich der Bär eine zynische Bemerkung nicht verdrücken.

Aber Jo lässt sich damit nicht von seiner Berichterstattung abbringen. „Jedenfalls ist nach dem Krieg ein großer Zuzug von Flüchtlingen aus dem osteuropäischen Raum zu verzeichnen. Allein in Essing waren es 56 Personen.“ Er reicht mir ein weiteres Blatt Papier. „Ich hab’ ab dem Jahr 1939 alle gefiltert …“

„Gefiltert?", wundert sich der Bär.

„Ich hab' sie durch ein Raster laufen lassen. Alle, die ab 1939 weggezogen, vermisst oder verstorben sind, sind rausgeflogen. Die restlichen hab' ich mit den jetzt noch dort Lebenden verglichen ..."

„Aber das war doch gar nicht dein Auftrag!", unterbreche ich ihn.

Er verdreht die Augen, wohl, weil ich seine Arbeit zu wenig würdige. „Ein einfaches *Das war eine wunderbare Idee, unserer anonymen Leiche auf die Spur zu kommen, mein lieber, überaus kompetenter Kollege!* wäre hier angebrachter, meine werte Chefin! – Denn ich habe ein Ergebnis!"

„Und?", bin ich extrem neugierig, weil er es gar so spannend macht.

„Es gibt da eine Differenz von zwei Personen!"

„Kapier' ich nicht!", gesteht der Bär frei heraus.

Jo schnauft tief durch und setzt neu an: „In Essing sind momentan 1089 Personen gemeldet, und wenn euer Bürgermeister bzw. seine Angestellten und ihre Vorgänger korrekt und gewissenhaft gearbeitet haben, dann sind da zwei Personen, die zwar ab 1955 in Essing gemeldet, aber weder verstorben, vermisst noch weggezogen sind."

„Das heißt, sie müssten eigentlich noch bei uns wohnen?", versuche ich ihm zu folgen.

Er nickt. „Genau! Tun sie aber laut den aktuellen Adressenlisten aus eurem Rathaus nicht."

Ich schaue gierig auf das nächste Blatt, das mir Jo hinhält, um die Namen zu erfahren. Josef Novotny und Katharina Novotny steht da. Die beiden Namen sagen mir nix. Und auch die Adresse besteht nur aus einer Hausnummer 10 in Altessing. Damals hat es anscheinend noch keine Straßennamen gegeben.

Dann kommt der Obeth dazu. Er ist ziemlich geschäftig drauf. „Ich hab' gehört, wir haben ein Phantombild zu dem Skelett. Wenn ich jetzt noch schnell einen Bericht an die zuständigen Pressestellen schreib', dann ist es morgen samt einem Aufruf in der Zeitung."

„Was pressiert es dir denn so damit?", forscht der Bär verwundert.

Verlegen zuckt der Obeth mit den Schultern, als wir ihn alle drei recht neugierig anschauen. „Na, der Übelacker hat zu mir gesagt, ich soll sofort an die Presse gehen, sobald wir was haben, damit die anonyme Leiche schnellstmöglich identifiziert wird."

Der Übelacker also wieder! Hätte ich mir auch gleich denken können, dass der seine eigenen Befehle gibt und sich in meine Arbeit einmischt. Damit beschneidet er meine Kompetenz schon wieder eigenmächtig und das stinkt mir gewaltig. Wie steh' ich denn da als Chefin vor meinen Kollegen!

Grantig krame ich auf meinem Schreibtisch nach dem Obduktionsbefund vom Leo, lege die Gesichtsrekonstruktion von der Hasenedl dazu und reiche sie unserem Pressesprecher. „Da, schreib' deinen Pressebericht! Ich will nicht vom Übelacker angeklagt werden wegen Behinderung der Staatsgewalt!"

Peinlich berührt nimmt der Obeth mir die Papiere ab und schleicht sich, genauso wie Jo.

Der Bär und ich machen uns am nächsten Tag auf, um die Liste der Methusalems von Jo abzuklappern, aber auch um den nach der Veröffentlichung des Phantombildes in den regionalen Zeitungen mit Sicherheit massenhaft eingehenden Anrufen zur Identifizierung des Skeletts auszukommen. Ich bin ja nicht zum Telefondienst abgestellt! Das hätt' der Übelacker wohl gern!

„Ich übernehme den Opa und zwar allein!", bestimme ich neben dem Bär auf dem Beifahrersitz unseres Streifenwagens sitzend, als wir Kelheim auf der Staatsstraße 2230 in Richtung Essing verlassen. „Du kannst dich ja derweil mit der Reitinger Res vergnügen!"

Der Bär verzieht das Gesicht. „Die alte Krähe!"

Eben jene Krähe war bereits einmal Zeugin in einem Mordfall, als nämlich ihre Nachbarin ermordet worden war. Wie gesagt war es ziemlich nervig, die wichtigen Details aus ihrem nicht enden wollenden Geschwätz herauszufiltern. Es ist ein Wunder, dass das alte Weiblein in ihrem hohen Alter immer noch allein in ihrem Haus direkt unter den Felsen am Marktplatz lebt.

„Dann befragst du halt den Steininger Alfred oder die Dengler Traudl …“, biete ich an, aber die sind dem Bär laut seinem zerknirschten Gesichtsausdruck auch nicht genehm.

„Können wir die nicht einfach alle gemeinsam der Reihe nach abhaken, so wie wir das immer machen?“

„Wenn wir uns trennen, wären wir halt schneller durch“, weise ich ihn hin. „Außerdem erwart’ ich mir eh nix Informatives von den Greisen.“

„Warum machen wir das dann?“

Ich werfe ihm einen ironischen Blick zu. „Damit wir nix auslassen! Sonst kriegen wir wieder Ärger mit dem Staatsanwalt.“

„Wennst meinst!“, stimmt er mir mürrisch zu. „Aber dann verfahren wir so wie immer!“

Ich schnaufe tief durch. „Also gut! Dann fangen wir laut dem Alphabet mit der Dengler Traudl an.“

Die Dengler Traudl, 1935 geboren, weiß noch, dass damals viele Flüchtlinge in Essing untergekommen waren, und gibt verschämt wie ein Mädel mit roten Wangen zu, dass sie auch mal mit einem jungen Deutsch-Tschechen was gehabt hatte. Es dauert eine geschlagene Stunde, in der sie uns von ihrem Ex-Lover vorschwärmt, teilweise mit wirklich peinlichen Details, bis wir endlich ihre Wohnung im Erdgeschoss des Mehrfamilienhauses bei der geschwungenen Holzbrücke verlassen.

Der 91-jährige Noack Hans war selbst einmal Flüchtling und kam 1947 mit seinen Eltern und drei Geschwistern nach Essing. Ausschweifend erzählt er uns über die schwierigen Lebensumstände und immer wieder fällt der Satz: „Wir haben ja nix gehabt damals!“ Doch an das Gesicht der unbekannten Frau, das ich ihm vor seine schrumpelige Knollennase halte, kann er sich nicht erinnern, obwohl er, wie er stolz behauptet, über alle schönen Mädchen im Dorf damals gewacht hat wie ein Gockel.

Die gebrechliche und klapperdürre Reitinger Res nötigt uns bettelnd und redend in ihre Küche mit der kleinen Eckbank des alten, schnuckeligen Wohnhauses direkt unter der Felswand in Neuessing am Marktplatz. Sie drängt uns zwei Tassen Kaffee und Marmorkuchen auf, der so staubtrocken ist, dass der Bär sich daran verschluckt und einen Mordshustenanfall kriegt.

Aber auch sie kann mit unserer Gesichtsrekonstruktion nix anfangen, die sie auch schon in der Zeitung gesehen hat. „Mei, damals sind wir ja nirgendwo hingekommen. Wo hätt' ich die Frau auch treffen können?", jammert sie uns her.

„Vielleicht hat sie in Essing gewohnt …", will ich ihr Erinnerungsvermögen ankurbeln, während der rotkopferte Bär immer noch darum kämpft, seinen Hals freizukriegen.

Doch Res schweift schon wieder ab: „Zu der Zeit war Kelheim eine Tagesreise weg, weil wir alles zu Fuß gehen haben müssen. Nicht einmal ein Radl hab' ich gehabt, so arm waren wir!"

Nach Kelheim sind es sechs Kilometer. Daran hat sich in all den Jahren nix geändert und ich tue das mit der Tagesreise als Übertreibung ab. „Aber nach Altessing zum Wirt bist du doch bestimmt mal gekommen, wenn Kirchweih war oder bei einem anderen Anlass."

„Altessing war damals ein Nest mit ein paar Häusern. Was hätten wir Neuessinger denn da gewollt? Wir haben unsere eigene Kirch' und unseren eigenen Wirt gehabt", spottet sie überheblich und lässt damit die alte Rivalität zwischen den einstmals getrennten Ortsteilen durchklingen.

„Na gut …", gebe ich es auf und erhebe mich, doch Res denkt gar nicht daran, uns gehen zu lassen.

Eilig schenkt sie dem Bär und mir Kaffee aus einer antik anmutenden Thermoskanne nach. „Geh', trinkt's noch den Kaffee aus, sonst muss ich ihn wegschütten. Ich vertrag' den nämlich nicht mehr. Der Doktor sagt, das Koffein ist nicht gut für mein Herz …"

Und schon sind wir mittendrin in einem verbalen Erguss über ihren Gesundheitszustand, dem Lieblingsthema aller Alten. Oder ist es doch die gute alte Zeit? Jedenfalls scheint es mir so, als hätten die bisher befragten Greise nur darauf gewartet, dass wir daherkommen und mit dem Phantombild den Knopf für *Erinnerungen aus längst vergangenen Zeiten* drücken. Sofort beginnt ein Redeschwall, weil sich endlich mal jemand für sie interessiert. Die unbekannte Tote spielt darin keine Rolle. Folglich haben sie keine Erinnerung mehr an sie oder sie nie gekannt, und das enttäuscht mich.

Nach einer halben Stunde können der Bär und ich uns endlich von der alten Reitingerin loseisen.

„Wer als Nächstes?“, seufzt der Bär, als wir wieder im Auto sitzen und ich mit einer gewissen Resignation die Methusalem-Liste lese.

„Steininger und Spangler“, antworte ich. „Aber erledigen wir zuerst alle Neuessinger, dann fahren wir weiter nach Altessing zu den beiden. Dann käm’ der Zitzelsberger Richard dran.“

Jener greise Zitzelsberger ist der Vater von Karl, dem Besitzer des Kramerladens am Marktplatz. Das zermarterte Gesicht vom Bär erhellt sich, denn es gibt bei Zitzelsbergers natürlich eine Warmtheke mit frischem Leberkäse, Fleischpflanzerln und manchmal sogar Wiener Schnitzeln. So schnell kann ich gar nicht schauen, eilt er auch schon zielstrebig voran und hat sich zwei Leberkässemmeln bei Elfi bestellt, als ich in den kleinen Laden trete.

Ich will mich ja nicht in das Privatleben vom Bär einmischen, aber ich kann mir dann doch nicht verdrücken zu bemerken: „Wenn das die Karin erfährt …“

Der Bär hatte grad in die erste Semmel hineinbeißen wollen, als er stockt und mich entgeistert anschaut.

„Zefix!“, flucht er. „Die Alten haben mir mein Gehirn so weich gewaschen, dass ich direkt meine Diät vergessen hätt’!“

Sein freudiger Gesichtsausdruck zerfließt, während er die Leberkässemmel sehnsüchtig betrachtet.

Ich klopfe ihm auf die Schulter. „Na, von mir erfährt deine Frau nix und von der Elfi auch nicht, oder?“

Elfi, die stämmige Tante Emma mit ihrer mit Haarspray und silberfarbenem Schaumfestiger festzementierten Föhnwelle, nickt eifrig und grinst verschmitzt.

Dankbar seufzt er und beißt dann genüsslich hinein.

Elfi bringt uns nach einer weiteren Leberkässemmel für den Bär und auch für mich hinauf zu ihrem Schwiegervater und fragt uns: „Was wollt ihr denn eigentlich von ihm?“

„Er muss uns bei einer Identifikation helfen“, halte ich mich kurz.

„Ah, das Skelett, oder?“, weiß die Kramersfrau, in deren Laden jeden Morgen der Ratschkathl-Treff stattfindet, gut Bescheid.

Der Bär und ich nicken.

„Aber erwartet euch nicht zu viel vom Richard. Sein Gedächtnis ist nicht mehr das allerbeste!“, warnt sie uns vor und führt uns in ihr Esszimmer, wo ihr Schwiegervater zeitunglesend auf der Eckbank hockt.

Er erkennt uns sofort und freut sich über unseren Besuch und das Interesse an ihm. Aber wie es bei den anderen Befragten schon war, ergeht auch er sich in belanglosen Erzählungen. Er ist sichtlich stolz auf seine 89 Jahre und betont sein Alter immer wieder. Doch ich frage mich, ob ich so alt werden wollte, wenn ich mir den gebückt daherkommenden, ausgemergelten und offensichtlich kranken Mann so ansehe.

Als er das Phantombild der jungen Frau anschaut, geht ein Ruck durch ihn.

„Das hab’ ich grad schon in der Zeitung gesehen! – Das war damals nach dem Krieg …“, hat er anscheinend eine Eingebung.

„1946 bis 1956“, springe ich helfend ein und bin gespannt.

„Sie war ein Flüchtling“, stellt er selbstsicher fest und reibt sich mit seiner großen, faltigen Hand über das runzelige Gesicht, das sich schließlich zornig verzerrt. Aber anscheinend ist er wütend auf sich selbst. „Aber mir will ihr Name ums Verrecken nicht einfallen, Himmelherrgottnochamal!“

„Hat sie vielleicht Katharina Novotny geheißen?“, wage ich vorsichtig einen Namen zu nennen.

Er nickt eifrig. „Ja, so hat sie geheißen …. Und da ist irgendwas passiert damals …, irgendwas Schlimmes …“

Seine Aussage macht mich neugierig. „Und diese Frau hat damit was zu tun?“

Wieder fährt sich der Alte übers Gesicht, als könnte das die verlorenen Erinnerungen zurückbringen. Aber es kommt nix, außer ein zögerliches, verwirrtes „Ja …, aber ...“ und wieder ein böser Fluch hinterher.

Dann wirft er das Blatt mit der Gesichtsrekonstruktion wutschnaubend auf den Boden. „Kreizsakrament, ich komm einfach nicht drauf!“, ärgert er sich über sich selbst.

Der Bär hebt das Phantombild auf und ich tätschle beruhigend den Arm von Richard. Ich spüre, wie er bebt. Es ist mir auf einmal zuwider, den alten Mann derart zu piesacken und ich versuche ihn zu besänftigen: „Reg' dich nicht so auf. Du hast uns schon ein bisserl weitergeholfen!"

Das beruhigt ihn und es fällt ihm doch noch etwas ein. Es folgen Erinnerungsfetzen und ausschweifende Erzählungen darüber, wie die Heuschupfa, die auf dem Feld mit dem Fundort des Skeletts einmal gestanden war, früher als Liebesnest für so manches heimliche Schäferstündchen gedient hatte. Dass diese Schupfa irgendwas mit unserer Toten zu tun hat, dessen bin ich mir inzwischen fast sicher.

Der Bär und ich sind direkt ausgelaugt und erschöpft, als wir wieder im Auto sitzen.

„Und jetzt weiter nach Altessing", stellt er mit wenig Begeisterung fest.

Auch ich muss mich motivieren. „Steininger Alfred und der Opa!"

Missmutig startet der Bär das Auto. „Den Opa kannst du allein übernehmen!"

Damit bin ich einverstanden und er fährt in Richtung Altessing.

Hier wohne ich in der Nähe des Friedhofs und der Kirche an der langen Dorfstraße, an der sich ein Haus an das andere reiht.

Der Bär parkt in meiner Einfahrt, stellt den Motor aus, lümmelt sich in seinen Fahrersitz und verschränkt, bereit für ein Natzerl, die Arme vor der Brust. „Also dann, quetsch' den Opa mal gescheit aus! – Der weiß bestimmt was, da bin ich mir sicher!"

Ich werfe ihm noch einen genervten Blick zu und steige aus. Irgendwie bin ich schon aufgeregt, was der Opa wirklich weiß und vor allem, was er mir erzählen will. Wenn der auf stur schaltet, dann bringe ich nämlich gar nix aus ihm raus. Und diese Sache, sollte es sich wirklich um eine schnulzige Liebesgeschichte handeln, wie es der Bär sich zusammengereimt hat, fällt eindeutig in die Sparte Gefühlsduselei, worüber der Opa nie gern spricht.

Ich finde ihn im Wintergarten in seinem angestammten Sessel. Er erwacht aus seinem Nickerchen und schaut mich erstaunt an. „Hast du schon Feierabend?"

Ich setze mich in den Sessel ihm gegenüber. „Nein, noch nicht. – Opa, ich muss mit dir reden!“

Mit tief gefurchter und gerunzelter Stirn schaut er mich an. „Dienstlich?“

Nickend zücke ich die zusammengefaltete Computerrekonstruktion des Gesichts unserer Unbekannten aus der Innentasche meiner Jeansjacke und halte sie ihm hin. Ich beobachte, wie sein Gesicht sich verwandelt. Ich kann nicht feststellen, ob es mehr Entsetzen, Staunen oder Bedauern ausdrückt. Aber er sagt nix, sondern nickt nur stumm vor sich hin, während er das Bild weiter anstarrt.

„Kennst du diese Frau von früher, Opa?“, fordere ich ihn auf, sein unheimliches Schweigen zu beenden.

Er schnauft tief durch, scheint aus seiner Benommenheit zu erwachen, reicht mir das Blatt zurück und steht, ohne Mühsal und ohne schmerzerfüllt zu stöhnen wie sonst, auf.

„Ich hab’ das Foto heut’ schon in der Zeitung gesehen.“

Als er wieder verstummt und sinnierend aus den Wintergartenfenstern in den Garten hinaus stiert, beginne ich zu erklären: „Die Frau auf dem Bild ist eine Gesichtsrekonstruktion zu dem Skelett, das neulich in der Siedlung gefunden worden ist. Dabei werden auf den Schädelknochen die durchschnittlichen Maße von Muskeln, Fettgewebe und Haut eines europäischen Gesichtes einer Frau gerechnet und so kann ein zerstörtes Gesicht wiederbelebt werden. Die Trefferquote ist ziemlich genau.“

Ich weiß nicht, warum ich ihm das eigentlich erzähle, denn ich kann genau erkennen, dass die Hasenedl mit ihrer professionellen Arbeit einen solchen Treffer gelandet hat. Aber ich übe mich in Geduld, denn wenn ich ihn dränge, dann werde ich gar nix von ihm erfahren.

Und das zahlt sich nach ein paar Minuten aus, denn er beginnt: „Sie hat Katharina geheißen, Katharina Novotny. Beim Steininger Ignaz hat sie als Magd gearbeitet … mit ihrem Bruder, dem Josef … und dann war da noch die Liesl und der Alfred …“

Die Namen sprudeln zusammenhanglos aus ihm heraus und ich verstehe gar nix. Nur zwei davon habe ich registriert, denn die decken sich mit den beiden weder vermisst noch verstorben oder verzogen gemeldeten Einwohnern Essings aus Jos Recherche.

„Erzähl' mir die ganze Geschichte, aber so, dass ich sie auch kapier'!", bitte ich den Opa mit ruhiger Stimme, obwohl mir die Ungeduld auf der Seele brennt.

„Ich brauch' einen Zettel und einen Stift!", befiehlt er auf einmal eifrig. „Ich muss dir das aufschreiben, sonst kommst du nicht mit!"

Ich stehe also auf und eile zu meinem antiken Sekretär im Esszimmer, hole einen Schreibblock und einen Kuli heraus und überreiche sie ihm. Inzwischen hat er wieder in seinem Sessel Platz genommen. Kaum, dass ich ihm die gewünschten Utensilien übergeben habe, fängt er auch schon an, auf den Block, den er auf seine Schenkel gelegt hat, zu kritzeln.

Gespannt stelle ich mich neben ihn und schaue ihm beim Schreiben über die Schulter. *Ignaz Steininger* steht da ganz oben auf seinem Zettel. Das kann ich noch einigermaßen entziffern. Ich kenne den Namen vom Hörensagen. Soweit ich weiß, war dieser Mann einmal ein großes Tier hier in Essing, wenn nicht sogar bei den Nazis damals im zweiten Weltkrieg. Er muss der Großvater von Werner Steininger sein, der jetzt den Steininger-Hof bewirtschaftet, und der Urgroßvater des jungen, aufgebrachten Bauherren, auf dessen Platz die Knochen ausgegraben worden sind. Einen Alfred Steininger gibt es allerdings auch noch. Er steht auch auf unserer Methusalem-Liste.

„Also, das alles begann schon vor dem zweiten Weltkrieg", fängt der Opa an. „Der Ignaz Steininger – in der Hölle möge er schmoren in Ewigkeit – war vor den Nazis ein sehr angesehener, fleißiger und respektierter Bauer hier im Dorf. Der hat reden können! Wenn der am Stammtisch oder sonst wo was gesagt hat, dann hat das gegolten, obwohl er noch ziemlich jung gewesen war. Aber er hat sich für die Menschen im Dorf eingesetzt und war der bis dahin jüngste zweite Bürgermeister. Sein Hof war damals schon der größte, alteingesessen und ziemlich wohlhabend. Zwei Knechte und eine Magd hat er außerdem gehabt, vier schöne Rösser, einen Haufen Kühe, Schweine, Hühner, Enten und jede Menge Grund rund um Essing", zählt mir der Opa auf.

„Ich will nicht wissen, was der alles gehabt hat, Opa, sondern, was der mit unserer Toten zu tun hat!“

„Ich wollt' ja bloß, dass du weißt, was für ein Mensch der Ignaz war, damit du die Hintergründe verstehst!“

Ich verdrehe die Augen. Er schaut eindeutig zu viele Krimis!

„Also, dieser Ignaz ist der Vater vom alten Alfred Steininger, der jetzt noch auf dem Steininger-Anwesen lebt?“

Ich kenne den Alfred Steininger kaum, weil er sich in der Öffentlichkeit ziemlich rar macht. Man hört, dass er angeblich Alzheimer haben soll. Und laut der landläufigen Meinung der Dorfbewohner geschieht ihm das ganz recht, weil er Zeit seines Lebens wohl ein ziemlich übler Mensch gewesen sein muss. Überhaupt war der alte Alfred, er dürfte inzwischen über achtzig sein, nie im Dorf präsent und lebte ohne seine Frau, die ihm irgendwann abgehauen ist, und mit seinen beiden Söhnen zurückgezogen in ihrem großen, alten Bauernhaus auf dem vermögenden Hof am Ortsrand. Wie gesagt ist in den letzten Jahren dort viel gebaut und renoviert worden.

„Nein, eben nicht! Darum fang' ich ja ganz von vorne an“, ist der Opa aufgeregt, schnauft demonstrativ tief durch und setzt neu an. „Den Hof hat der Alfred von seinem Onkel Ignaz übernommen, aber das kommt erst viel später. Also immer schön der Reihe nach.“

Ich seufze, denn er schweift schon wieder viel zu weit vom Thema ab, und ich ahne, dass wir noch lange nicht bei dem angelangt sind, wo es für mich interessant wird. „Was ist also mit dem Ignaz Steininger?“

„Der hat eine gewisse Maria Gruber geheiratet.“ Wieder zeigt er auf den Spickzettel mit dem dazugehörigen Namen samt Jahreszahlen, den er neben den von Ignaz geschrieben hat. Sie sind verbunden mit zwei ineinander verschlungenen Ringen. „Das muss so in den 1930er Jahren gewesen sein. Da war ich noch nicht mal auf der Welt. – Na, jedenfalls ist diese Maria dann bei der Geburt ihres ersten Kindes, ich glaub', es war ein Bub, gestorben. Kindbettfieber oder so was! Und kurz darauf dann auch das Baby.“

„Schlimm!“, kommentiere ich.

„Jedenfalls ist der Ignaz daraufhin zu einem verbitterten Witwer und Eigenbrötler geworden. Er hat sich auf seinen Hof zurückgezogen und man hat ihn kaum noch gesehen. Weder am Stammtisch beim Wirt und bei den Marktratssitzungen noch in der Kirch'. Meine Mutter hat oft erzählt, dass seine Magd, mit der sie öfter geratscht hat, ihr andauernd vorgejammert hat, dass er sie und die zwei Knechte ziemlich schikanieren würd', grausam, hartherzig, verschlossen und herrisch geworden sei."

„Warum sind die dann nicht einfach gegangen?"

„Maria! Damals war man froh, wenn man ein Dach über dem Kopf und was zum Beißen gehabt hat, da hat man alles andere halt so hingenommen, wie es war. Die Leut' waren bitterarm und es hat ja praktisch nix gegeben! Und meistens sind die Bediensteten woanders auch nicht besser behandelt worden."

Es stimmt wohl, dass ich mir die damaligen Zustände nicht so richtig vorstellen kann. Ich wundere mich, was die Menschen früher alles ausgehalten haben, nur damit sie versorgt gewesen sind. Heute schaut es da ganz anders aus. Ich bin halt auch ein Kind des Wohlstands und des Überflusses!

Ich zucke entschuldigend mit den Schultern und der Opa fährt geschäftig fort.

„Jedenfalls ist der Steininger dann Gauleiter geworden. Er war sozusagen bestens geeignet für den Job, obwohl er noch ziemlich jung mit seinen Anfang Dreißig gewesen ist. Aber der ist den Ober-Nazis direkt in den Arsch gekrochen. Die sind bei ihm auf dem Hof ein und aus gegangen, als wären sie dort daheim. Unter vorgehaltener Hand hat mein Vater immer gespottet, dass die so was wie seine Ersatzfamilie wären, weil er selber keine zustande bringe. Ich kann mich erinnern, dass wir uns als Kinder immer gescheit vor dem gestandenen Steininger gefürchtet haben mit seiner Uniform und seinem grantigen Gesicht. Und er ist uns vorgekommen wie ein alter Mann, ergraut und vergrämt, obwohl er gegen Ende des Krieges erst um die Vierzig gewesen sein muss."

„Daran kannst du dich noch erinnern?", wundere ich mich und rechne. „Du warst damals erst acht Jahre alt …"

Der Opa runzelt sein faltiges Gesicht. Ich sehe ihm an, wie schwer es ihm fällt, darüber zu reden und welche Gefühle noch immer in ihm brodeln. „Oh ja, das kann ich, weil der Steininger nämlich damals dabei gewesen ist, als sie meinen Vater Ende 1944 zum Zwangsdienst für die Front nach Russland abgeholt haben und das, obwohl meine Mutter schon schwer krank war."

Zwar weiß ich, dass der Opa nach dem Krieg elternlos war und schon als Kind seinen Lebensunterhalt als Knecht verdienen hat müssen, aber wie er zum Waisen geworden war, darüber hat er bisher nie ein Wort verlauten lassen.

„Der Vater ist in den letzten Kriegstagen irgendwo in der Tschechoslowakei gefallen und die Mutter an der Schwindsucht, wie es damals so schön geheißen hat, gestorben und ich bin allein dagestanden. Der Steininger hat mir das Haus meiner Eltern quasi für ein paar Heller abgekauft und mich beim Hartl Nepomuk als Knecht untergebracht." Die Verbitterung über sein eigenes Schicksal ist ihm deutlich anzumerken. „Der Ignaz hat es abgerissen und einen Kuhstall hingebaut."

„Darum hast du ihn in die Hölle gewünscht", stelle ich mitfühlend fest, beuge mich zu ihm hinunter und tätschle seine raue Pranke. In seinen von hängenden Lidern umgebenen Augen stehen Tränen. Er weicht meinem bedauernden Blick aus, schluckt schwer und berichtet sachlich weiter.

„Nach dem Krieg hat der Steininger seine Nazivergangenheit schnell abgelegt. Und um sich als Gutmensch zu präsentieren, hat er Flüchtlinge aus Böhmen bei sich aufgenommen."

Ich erinnere mich an Jos Berichterstattung. „Es waren damals über 50, die hier im Ort untergekommen sind."

Der Opa nickt zustimmend. „Wie viele genau, weiß ich nicht, aber beim Steininger war das über die Jahre ein stetes Kommen und Gehen. Es hat geheißen, er suche eine Bäuerin für seinen Hof und für seine Nachkommen, doch die jungen Flüchtlingsfrauen haben alle Reißaus vor dem grantigen Lüstling genommen."

„Das kann ich mir gut vorstellen", gebe ich meinen Senf dazu.

Die grauen, buschigen Brauen über den Augen vom Opa fangen an zu tanzen und er grinst schadenfroh. „Allerdings sind da Anfang der 50er noch zwei auf dem Steininger-Hof eingezogen, und zwar die Schwägerin vom Ignaz, die Elisabeth Steininger mit ihrem Sohn Alfred …"

„Ah, der Alfred, der jetzt Alzheimer hat!", erkenne ich die Zusammenhänge.

Er nickt sinnierend. „Sein Vater war der Bruder vom Ignaz und ist ein paar Jahre nach dem Krieg in einem Kriegsgefangenenlager in Sibirien gestorben. Es war ganz offensichtlich, warum die Liesl und der Alfred gekommen sind, diese Schmarotzer. Sie war ja mittellos, verwitwet und allein mit ihrem jugendlichen Sohn und hat dringend einen Mann, also besser gesagt einen Versorger, gebraucht. Und ihre Hartnäckigkeit und ihr ständiges Drängen auf eine Heirat war dann die Strafe für den Ignaz, weil die Liesl nämlich eine Kratzbürste gewesen ist, wie man so schön sagt! – Und eine Schönheit war sie auch nicht grad!"

Das Lachen vom Opa ist höhnisch, kehlig und selbstzufrieden.

Ich weiß von der gängigen Praxis der damaligen Zeit, dass bei verstorbenen Ehepartnern dann einfach ein lediger Bruder oder eine ledige Schwester dessen nachgerückt ist und geheiratet wurde aus dem einfachen Grund, versorgt zu sein. Alles andere ergab sich dann schon von selber, von Liebe ganz zu schweigen! Es handelte sich um reine Zweckgemeinschaften aus der Not heraus.

„Und hat er die Kratzbürste geheiratet?", will ich endlich zum Punkt kommen.

Er sieht mich erstaunt an. „Freilich nicht! Da kam ja eben die Katharina dazwischen!" Mit melancholischem Blick schaut er sich wieder die Gesichtsrekonstruktion an, die auf dem kleinen Tischchen neben seinem Sessel liegt.

Meine Neugier wird dadurch wieder neu entfacht. Jetzt wird es endlich interessant, so hoffe ich!

„Und dann?"

Der Opa besinnt und räuspert sich. „Katharina kam Anfang 1955 mit ihrem Bruder Josef nach Essing. An Mariä Lichtmess, also am 2. Februar, endete früher das Wirtschaftsjahr in der Landwirtschaft und die Mägde und Knechte bekamen ihren Lohn und einige Tage frei. In der Zeit suchten sie sich einen neuen Arbeitgeber oder sind beim alten geblieben. Die Geschwister Novotny waren nach dem Krieg mit ihren Eltern aus der Tschechei geflohen und zu viert bei einem Bauern im Bayerischen Wald untergekommen. Nach dem Tod der Eltern hatten sie sich zu zweit auf die Suche nach einer neuen Arbeit in einer anderen Gegend gemacht, um ihr altes Leben hinter sich zu lassen und ganz neu anzufangen. Und zu dem Zweck haben sie beim Ignaz angefragt, wo die Liesl die alte Magd kurz zuvor aus dem Haus vergrault gehabt hatte."

„Lass mich raten: Dem Ignaz Steininger hat die hübsche, blutjunge Katharina gefallen und er hat sie sofort eingestellt", ereifere ich mich gespannt, die Geschichte voranzubringen.

„Ja, so war's", bestätigt er mir hämisch. „Der Liesl und dem Alfred hat das gar nicht gefallen!"

„Du weißt aber ziemlich gut Bescheid …"

„Der Josef und ich haben uns gut verstanden und wir haben uns angefreundet. Er ein armer, elternloser Knecht – ich ein armer, elternloser Knecht unter nicht grad wunderbaren Umständen und Lehnsherren, das hat uns zusammengeschweißt. Von ihm weiß ich, was da alles so abgelaufen ist auf dem Steininger-Hof."

„Das war immer sehr interessant, nehm' ich an?", forsche ich.

„Oh ja!", frohlockt der Opa. „Und wie! Besonders, als er mir auf einmal erzählt hat, dass der Ignaz seine Schwester adoptieren will …"

„Adoptieren?", staune ich mit großen Augen.

Das eifrige Nicken vom Opa bestätigt mir die Sensation, als die sie damals wohl auch im Dorf aufgenommen worden sein muss. „Ja, ja! Eigentlich hatte er sie heiraten wollen, doch sie mochte ihn angeblich nicht, wie man einen Ehemann halt mag, sondern eher wie einen Vater. Das hätt' der über dreißig Jahre ältere Ignaz auch sein können! Und offenbar war ihm diese Rolle auch recht, denn der Josef hat mir erzählt, dass er die Katharina unbedingt bei sich behalten wollt', auf welche Art und Weis' auch immer."

„Hat der Grantlhuber sie denn so gern gehabt?"

Das Schulterzucken vom Opa zeigt mir, dass es ihm schon wieder zu gefühlsduselig wird. „Hat der Josef mir jedenfalls so gesagt. Der verschrobene Steininger war wie Wachs in ihren Händen!"

„Männer!", spotte ich. „Wie alt war sie denn damals überhaupt?"

Sein Gesichtsausdruck wird bei der Erinnerung sanft und sein Blick ruht wieder auf dem Bild der jungen Frau. „Katharina war grad 17 und ein fesches Mädl! Sie hat lange blonde Zöpfe gehabt, die ihr bei der Arbeit immer gegen die Schultern geklopft haben. Allerdings ist sie sehr mager gewesen. – Aber arbeiten hat die können! Sehr fleißig war sie! Sehr fleißig!"

Ich ahne da was. „Du warst auch scharf auf sie, stimmt's?"

„Wie du das wieder sagst!", empört er sich, kann sich aber einen verschmitzten Grinser nicht verdrücken. „Ein Haufen junger Burschen wollte mit ihr anbandeln! Nicht nur ich!"

„Sie hat dich also abblitzen lassen", stelle ich mit unterdrückter Schadenfreude fest.

„Sie hat alle verschmäht!"

Ich tätschele gutmütig seine Schulter. „Und ich hab' immer gedacht, die Magda wär' deine einzige große Liebe gewesen."

„War sie ja auch!", regt er sich auf.

„Wie alt warst du damals?"

Er überlegt kurz. „Fast 19."

Ich grinse in mich hinein und lasse es gut sein. „Und du warst zu der Zeit Knecht auf dem Hof vom Hartl Nepomuk, dem Vater von deiner Magda?"

Das war die Frau, die er 1960 geheiratet hat, meine verstorbene Schwiegermutter.

Er nickt zustimmend und verteidigt seine Brautschau. „Der Nepomuk war dagegen, dass seine Tochter mit einem armen Waisenknecht was hat und ich hab' mich halt nach einer anderen umgeschaut. Aber es war einfach keine so wie die Magda, auch die Katharina nicht …"

„Na, aber mit wem hat die denn dann angebandelt?"

„Das ist ja das Komische an der ganzen Sach'", wundert sich der Opa. „Sie hat sich auf keinen einzigen Kerl eingelassen!"

„Du meinst, die Katharina war lesbisch?“, staune ich.

Er macht eine abwehrende Handbewegung und verzieht angeekelt das Gesicht. „Ah, geh! So einen Schmarrn hat's doch damals noch gar nicht gegeben!“

Diese meine Frage übersteigt seinen eingeschränkten, erzkonservativen, katholischen und intoleranten Charakter um einiges.

„Ja, was denn dann?“, werde ich immer ungeduldiger.

„Jetzt lass' mich halt einfach weitererzählen und stell' nicht immer so depperte Fragen!“, hält mich der Opa hin und macht eine bedeutungsvolle Pause.

Genervt hocke ich mich in den Sessel und schnaufe tief durch. „Wann kommst du denn endlich zum Punkt?“

„Welchen Punkt?“

„Na, was mit der Katharina passiert ist!“

„Das weiß ich doch nicht!“, empört er sich.

„Aber du warst doch damals dabei! Du musst doch was mitgekriegt haben, wenn ihr Bruder dein bester Freund gewesen ist!“

„Ja schon, aber du unterbrichst mich ja ständig!“

„Dann erzähl' halt endlich weiter!“, fordere ich ihn grantig auf, weil er meine Geduld schon wieder mächtig strapaziert. „Hat der Steininger jetzt die Katharina adoptiert oder nicht?“

Und, um mich extra zu ärgern, faltet der Opa seine Hände in seinem Schoß zusammen, und fährt bedächtig und langsam fort: „Kurz bevor die ganzen Adoptionspapiere unterzeichnet werden hätten sollen, das ist im Sommer 1955 gewesen, das weiß ich noch genau, ist er gestorben!“

Ich fasse es ja nicht! Vor Staunen setze ich mich wieder senkrecht auf. „Der Ignaz ist gestorben? Einfach so?“

Sein mahnender Blick an mich deutet mir, dass er meine erneute Unterbrechung missbilligt. Trotzdem berichtet er weiter: „Alle auf dem Steininger-Hof hatten eine Lebensmittelvergiftung oder so was, weil sie angeblich verdorbenes Fleisch vom Jäger gegessen hatten. Wildschweinbraten, glaub' ich, war's gewesen. Einen Fleischbeschauer hat es ja damals noch nicht gegeben. Die Liesl hat überall herumerzählt und gejammert, wie sie sich die Seele aus dem Leib gekotzt haben. Aber alle, die davon gegessen haben, also die Katharina, der Josef, der Alfred und sie selbst hatten sich wieder erholt, bis auf den Ignaz. Der siechte tagelang in seinem Bett dahin. Der Dr. Heimmerl aus Kelheim wurd' geholt, aber der hat auch nix mehr tun können für den sterbenskranken Ignaz. Einen Tag darauf war er tot!"

„Aber so alt war er doch noch gar nicht, oder?", wundere ich mich und mein kriminalistischer Spürsinn ist alarmiert. „Ich mein', er war doch ein gestandenes Mannsbild?"

„Der Ignaz hat an dem Tag mit dem Festmahl seinen 50. Geburtstag gefeiert und war kerngesund", bestätigt mir der Opa und schürt damit meinen Verdacht. „Um die bösen Gerüchte zu unterbinden, hat die Liesl überall behauptet, dass der Ignaz am meisten von dem Fleisch gegessen hat, was mir aber auch der Josef bestätigt hat. Der Steininger muss reingehauen haben wie ein Scheunendrescher. Fleisch hat es damals noch selten gegeben. Und wenn, dann nur an Sonn- oder besonderen Feiertagen, wie eben seinem runden Wiegenfest!"

„Hat denn keiner die Polizei eingeschaltet?", rege ich mich auf, weil der ungewöhnliche Tod von Ignaz Steininger offenbar keine Folgen gehabt hat.

Der Opa schüttelt den Kopf. „Mei, damals war das noch nicht so wie heut'. Da sind die Leut' noch an einem einfachen Hundebiss gestorben, bei dem sich die Wunde entzündet hat, oder an der Schwindsucht, wenn sich absolut keine andere Krankheit erkennen hat lassen. Und einen anderen Verdacht gab es ja auch nicht. Schließlich haben alle, die von dem Braten gegessen haben, eine Vergiftung gehabt."

Ich schüttle ungläubig den Kopf. „Dieser Dr. Heimmerl hat also einfach so den Totenschein ausgestellt, ohne eine Untersuchung wegen der genauen Todesumstände durchführen zu lassen?"

„Das weiß ich doch nicht, wie das damals genau hergegangen ist!", meint der Opa grantig. „Es war damals eine andere Zeit, Maria! Da ist nicht wegen jedem Toten so ein Trara gemacht worden wie heut'. Und so was wie einen Leichenbeschauer hat's hier nicht gegeben!"

„Aber bei solchen Ungereimtheiten muss doch auch der Bürgermeister oder der Dorfpolizist hellhörig geworden sein", ärgere ich mich.

„Kann schon sein, aber es hat keiner irgendwas unternommen", erinnert sich der Opa. „Warum das ganze Dorf in Aufruhr bringen? Man war um Normalität und Frieden bemüht nach den schlimmen Kriegsjahren, und die Vorgänge auf dem Steininger-Hof waren eindeutig eine reine Familienangelegenheit ..."

Selbst wenn sich ein Staatsanwalt oder ein Polizist über den plötzlichen und ungereimten Tod vom Steininger gewundert hätte, hätten sie keine Beweise gefunden, rekapituliere ich gedanklich. Außer, die bequemen Herrschaften hätten sich in die Provinz begeben, den Steininger-Hof auf den Kopf gestellt und irgendein Gift gefunden. Arsen oder so was. Das Gift der schwarzen Witwe! Denn dass die Liesl für mich hier die Hauptverdächtige ist, steht außer Frage. Sie hatte ein Motiv, nämlich zu verhindern, dass der Ignaz die Katharina adoptiert und sie somit zu seiner unmittelbaren Erbin gemacht hätte. Die verschmähte Witwe und ihr Sohn Alfred wären dann leer ausgegangen. Und irgendwie traue ich dieser hartnäckigen Kratzbürste so einen Giftmord auch zu, so wie der Opa sie mir beschrieben hat.

„Erzähl' weiter!", dränge ich ihn.

Er runzelt die Stirn. „Mei, da gibt's nicht mehr viel zu erzählen: Die Liesl und der Alfred haben jedenfalls den Hof geerbt."

„Sie hat also gekriegt, was sie gewollt hat!", spotte ich verächtlich. Zu gern hätte ich diese Liesl kennengelernt und erfahren, was für eine Frau sie war. Aber auch Katharina interessiert mich.

„Was ist aus der Katharina geworden, nachdem der Ignaz tot war?"

Nachdenklich schlägt der Opa die Hände zusammen und hält sie verschränkt vor seine Brust, als wolle er beten. „Na, das kann ich dir leider nicht sagen. Sie ist einfach verschwunden, da war der Ignaz noch nicht einmal unter der Erde. Und alle haben sich gewundert, denn sie hätte wenigstens so viel Anstand zeigen und ihm die letzte Ehre erweisen können, bevor sie Reißaus nimmt ..."

Verwundert schaue ich meinen Schwiegervater an. Dass sie zwischen 1946 und 1956 gestorben ist, ist Fakt. Und dass sie ermordet worden ist, auch. Allerdings hat der Obeth das nicht an die Zeitung weitergegeben. Zuerst einmal steht die Identifikation der Toten im Vordergrund und man will ja keinen verschrecken, der eventuell etwas über sie weiß.

Damals hatte wohl keiner den Verdacht, dass ihr etwas zugestoßen sein könnte. Die Dorfbewohner inklusive dem Opa mussten schon wirklich große Scheuklappen aufgehabt haben, denn für mich ist es ganz offensichtlich, wer hier die Verdächtigen sind. Und die haben offenbar auf dem Weg zu ihrem Ziel, nämlich den Hof zu erben, ganze Arbeit geleistet und jedes Hindernis aus dem Weg geräumt.

„An der Beerdigung hat sie nicht mehr teilnehmen können, weil sie da bestimmt schon tot war", weise ich den Opa hin und er schaut mich mit weit aufgerissenen Augen erschrocken an.

„Erschlagen und verscharrt in der Heuschupfa auf der Wiese vom Steininger", füge ich bedauernd hinzu.

„Was … was sagst du da?", kann er es nicht fassen.

Ich seufze. „Unser Leichendoc hat das eindeutig festgestellt. Sie ist an einigen Schlägen auf den Hinterkopf gestorben."

Verwirrt springt er hoch und schüttelt ungläubig den Kopf. „Aber das kann … das kann doch nicht sein …"

Besorgt stehe ich auf und trete neben ihn. „Opa! Es ist doch logisch, dass das Skelett von der Katharina nicht einfach so an den Fundort gekommen ist …"

Er packt plötzlich meinen Arm, dass ich zusammenzucke. Mit seinem bleichen und entsetzten Gesicht schaut er mich fragend an. „Die Katharina ist also ermordet worden?"

„So schaut's aus, ja!", bestätige ich. „Kannst du mir noch mehr dazu erzählen? Was ist zum Beispiel nach der Beerdigung vom Ignaz passiert?"

„Aber das kann doch nicht sein …", weicht er mir verwirrt aus.

Sagt's und schon ist er zur Terrassentür hinaus.

Verdattert und ratlos bleibe ich zurück. Natürlich hätte ich ihn aufhalten können, obwohl er ein Mordstempo draufhat, als er durch den Garten zum Türl hinaushetzt und dann hinter der Hecke verschwindet, aber wie gesagt, es bringt nix, ihn zu drängen. Vor allem nicht in dem schockierten Zustand. Ich gebe ihm also die Zeit, seine Gedanken zu sortieren, obwohl ich noch tausend Fragen hätte, und kehre zum wartenden Bär in unserer Einfahrt zurück.

Sein Kopf ist auf seine breite Brust gesunken und er ist offensichtlich im Auto eingeschlafen. Geräuschvoll klopfe ich an die Scheibe der Fahrertür und er schreckt hoch. Dann kurbelt er die Scheibe herunter.

„Na endlich!“, beschwert er sich. „Ich dacht’ fast, du hast schon Feierabend gemacht und mich hier draußen vergessen.“

„Ich weiß jetzt alles!“, verkünde ich eifrig. „Na, fast alles …“

Verständnislos beobachtet mich mein Partner. „Und? Lässt du mich gütigerweise an deinem umfänglichen Wissen teilhaben?“

„Jetzt nicht“, tue ich ab. „Ich muss erst darüber brüten.“ Ich renne schon wieder zurück zur Haustür, denn mein Drang zu marschieren ist übermächtig.

„Aber …“, ruft er mir hinterher.

„Wir sehen uns morgen in der PI!“, verabschiede ich mich und verschwinde im Haus.

Kapitel 5

An dieser Stelle muss ich dazu erklären, dass ich mich immer verausgaben muss, wenn mich etwas beschäftigt und aufwühlt, und das, was mir der Opa erzählt hat, fällt eindeutig in diese Kategorie. In der freien Natur kann ich am besten nachdenken und klar werden. Es ist so, als würde die frische Luft mein Gehirn durchblasen und nur das zurücklassen, was wichtig und richtig ist.

In meinem Kopf läuft ein Schwarzweißfilm ab, während ich mit meinen Nordic-Walking-Stöcken auf dem Damm entlang des Rhein-Main-Donau-Kanals Richtung Kelheim marschiere. Die Protagonisten, die ich nie selbst kennengelernt habe, hat sich meine Vorstellungskraft selbst konstruiert. Die Hauptdarstellerin ist Katharina. Ich sehe das schöne, schlanke, junge Mädchen mit den langen blonden Zöpfen direkt vor mir, wie sie der verhärmte Steininger Ignaz umwirbt, wie die kratzbürstige, hinterlistige Liesl und der junge Alfred sie deshalb mit bösen Blicken anschauen und eine Intrige schmieden. Dann liegt der Hofherr tot in seinem Bett und für Katharina verändert sich auf einmal alles. Vorbei ist es mit der Aussicht auf ein Leben als geliebte Adoptivtochter, als künftige Hof-Erbin und als begehrte, wohlhabende Bauerstochter. Ich kann mir vorstellen, wie viel Angst sie um ihr eigenes Leben gehabt haben muss, und ich hätte es verstanden, wenn sie auf der Stelle abgehauen wäre. Stattdessen war ihre Angst berechtigt und sie hatte keine Chance mehr zu fliehen.

Von dieser Liesl Steininger habe ich ein deutliches Bild von einer molligen, großbusigen, wichtigtuerischen Matrone mit einem streng nach hinten gebundenen Dutt vor Augen, aber von ihrem Sohn leider gar keins. Der Opa hat mir zu wenig von dem jungen Mann, der er damals gewesen sein muss, erzählt. Es fällt mir schwer, den alten, von Alzheimer geplagten Senior von heute und den jungen Alfred von damals als ein und dieselbe Person zu sehen. Allgemein bekannt ist nur, dass ihm seine Frau irgendwann davongelaufen ist, weil sie es mit dem bösen Grantler nicht mehr ausgehalten hat. Und sie hat ihm sogar ihre beiden Söhne, Werner und Peter, dagelassen. Offenbar wollte sie absolut nix mehr mit der Steininger-Familie zu tun haben. Und auch um die Ehe von Werner und seiner Frau scheint es nicht besonders gut zu stehen. Dieses Gerücht hat der Opa jedenfalls vor Kurzem mal mit heimgebracht.

Auf einmal ärgere ich mich über mich selbst, dass ich mich nicht mehr für die Leute im Dorf und ihre Schicksale interessiere, denn dann müsste ich nicht alles vom Opa erfragen. Und wegen dieses Ärgers und des Kopf-Kinos nehme ich die wunderschöne Natur um mich herum kaum wahr, die gerade wieder in zartem Grün zu sprießen beginnt, weil die ersten sonnigen Frühlingstage die Luft erwärmen. Ich höre auch nicht das eifrige Zwitschern und Balzen der Vögel, die um mich herum mit den Auswüchsen ihrer Fortpflanzung beschäftigt sind, und das, obwohl ich ein sehr naturverbundener Mensch bin. Und ich sehe auf dem üblichen Rückweg, dem Radweg entlang des alten, von hohen Kastanien, Ahornbäumen und Eschen gesäumten Ludwig-Donau-Kanals, die beiden waghalsigen Felsenkraxler in der Schellnecker Wand, einem steil aus dem Wald aufragenden Felsmassiv auf der Südseite des Tals, nur nebenbei. Mir schwirren so viele Fragen durch den Kopf: Was ist aus dem Josef geworden? Ist er damals auch so plötzlich verschwunden? Müssen wir dann nach einem weiteren Skelett graben? Und was ist mit der Liesl? Ich kann mich nicht an eine ältere Frau erinnern, die auf dem Steininger-Hof gelebt hätte. Ist sie schon bald nach ihrer erfolgreichen Erbschleicherei gestorben? Oder hat vielleicht sogar ihr Sohn dabei die Fäden in der Hand gehabt und nicht sie, und er hat seine lästige Mutter ebenfalls aus dem Weg geräumt?

Es dämmert schon, als ich auf einmal auf dem Steininger-Hof stehe. Offenbar haben mich meine Intuition und meine Gedanken hierher verschlagen.

Das alte Bauernhaus ist eingerüstet. Offenbar wird hier renoviert, was auch dringend notwendig ist. Alles auf dem Hof, die Ställe, die Maschinenhallen, die Hochsilos und die ganzen anderen Nebengebäude sind neu, modern und ziemlich gut in Schuss, ganz im Gegensatz zum Wohnhaus, stelle ich fest. Die große Hoffläche ist mit einheitlichem Pflaster ausgelegt, alles in allem sehr ordentlich und sauber. Allerdings fehlt mir hier eindeutig die weibliche Note: ein paar Blumentröge, ein bisschen

Gartendekoration oder verschönerndes Beiwerk. Einzig eine weiße Holzbank neben dem Hauseingang verbreitet hinter dem Baugerüst ein bisserl heimelige Stimmung. Die Hofherrin scheint keinen Sinn für so was zu haben. Ich versuche mich zu erinnern, wann ich die schmächtige Frau von Werner das letzte Mal gesehen habe, doch ich komme nicht drauf. Ich kenne sie nur von meinen seltenen Kirchgängen oder zufälligen Aufeinandertreffen beim Einkaufen. Auch sie ist keine Beteiligte der Dorfgemeinschaft und auch als ihr Michael noch kleiner war, hat sie sich bei den Kindergarten-, Schul-, Sport- oder Dorffesten kaum blicken lassen, wie die ganze Familie Steininger.

Ohne dass ich geläutet habe, geht die Haustür auf und Werner kommt zu mir heraus. Er trägt schwarze Gummistiefel und einen sauberen, blauen Arbeitsanzug. Seine Hände stecken in dessen Taschen. Er ist ein gestandenes Mannsbild, von der Arbeit in der Landwirtschaft gestählt und abgehärtet, sein aschblondes, dichtes, kurzes Haar von grauen Strähnen durchzogen. Seine tiefliegenden, dunklen Augen mustern mich argwöhnisch aus dem breiten, kantigen Gesicht und seine hohe Stirn liegt in gerunzelten Furchen.

Ich grüße ihn.

Er nickt nur scheu. „Willst du zu mir?“

Ja, zu wem will ich denn eigentlich? Ich entsinne mich. „Eigentlich wollt’ ich zum Alfred.“

Der Werner lacht hämisch auf. „Hat sich noch nicht bis zu dir herumgesprochen, dass er dement ist?“

„Schon“, bestätige ich. „Darf ich ihn deshalb nicht besuchen?“

Sein Argwohn mir gegenüber wächst. „Was willst du denn von ihm?“

„Ich müsst’ ihn was fragen!“

„Du ihn?“, wundert sich Werner und schiebt seine Hände noch tiefer in seine Anzugtaschen. „Ich wüsst’ nicht, was du auf einmal mit ihm zu schaffen hättest.“

Ich suche nach einer Erklärung. „Es geht um eine alte Angelegenheit. Ich hab’ gehört, dass bei dementen Personen das Kurzzeitgedächtnis gestört ist, nicht aber das Langzeitgedächtnis. Vielleicht kann er mir ja helfen.“

„Warum sollt' ich dich zu ihm lassen?", fragt er immer feindseliger.

„Wie du bestimmt weißt, arbeite ich bei der Polizei." Ich erschrecke, weil es doch drohender geklungen hat, als ich es vorgehabt hatte.

„Na und?", tut er gleichgültig und stur und mustert mich in meinem Walking-Outfit. „Du bist offenbar grad nicht im Dienst."

„Ich könnt' ihn auch morgen früh von zwei meiner Kollegen in die PI bringen lassen, damit ich ihn befragen kann, aber ich glaub', so viel Aufsehen wollt ihr nicht …"

Ein alter Mann steht auf einmal hinter Werner in der offenen Haustür und hält sich im Rahmen fest. „Wer ist denn gekommen, Werner?"

„Nur eine neugierige Frau", will ihn sein Sohn abwimmeln.

Alfred Steininger hat, seit ich ihn das letzte Mal gesehen habe, und das war noch vor dem vergangenen Winter in einem Gottesdienst, sichtlich abgebaut. Sein Gesicht wirkt eingefallen, fahl und faltig und die paar feinen Haare auf seinem kahlen Kopf sind schlohweiß. Mit zusammengekniffenen, trüben Augen kommt er, ein dürres Klappergestell, mühsam und auf einen Gehstock gestützt auf mich zu und schaut mich neugierig an. „Aber das ist doch die Meierhofer Maria!"

„Ich heiß' jetzt zwar Weidinger, aber ja, die bin ich!", sage ich freundlich, klette mich eilig von meinen Stöcken los und strecke ihm meine rechte Hand zum Gruß hin. Meierhofer war mein Mädchenname.

Der Alte kommt gar nicht so weit, um sie zu schütteln, weil ihn sein Sohn an der Schulter zurückhält. „Vater! Du sollst lieber im Haus bleiben, nicht dass du wieder hinfällst!"

Alfred entwindet sich energischer, als ich es erwartet hätte. „Lass mich! Ich bin froh, wenn ich mal andere Gesichter als immer nur die euren seh'!"

Dann schüttelt er meine Hand und lächelt mich an. Er kommt mir ganz klar vor, weder verwirrt noch dement, aber ich kenne mich mit dieser Alzheimer-Krankheit auch nicht aus.

„Geh', Derndl! Setzen wir uns da auf die Bank und unterhalten uns ein bisserl!", bietet der Alte dann freundlich an, nimmt mich an der Hand und zieht mich zu der Bank unter dem Baugerüst neben der Haustür am uns verwundert beobachtenden Werner vorbei.

Wenn ich es nicht besser wüsste, dann würde ich annehmen, der Alfred ist auf einen Flirt aus, so schelmisch und direkt verzückt, wie der mich anschaut. Ich lehne meine Stöcke neben mich an die Bank.

„Vater!", mahnt ihn sein Sohn eindringlich. „Es wird langsam kalt heraußen. Komm wieder ins Haus!"

Der alte Steininger kanzelt ihn schroff ab: „Lass mir meine Ruh' und verschwind'!". Demonstrativ setzt er sich hin.

Werner kommt diesem forschen Befehl nur ungern nach, das kann ich erkennen, aber er geht immerhin ins Haus, lässt die Tür aber offen.

Vorsichtig nimmt Alfred meine Hand und hält sie zwischen seinen alten, derben Fingern. „Du bist ein fesches Derndl, das muss ich schon sagen!"

Sein Blick ist fast lüstern.

„Ach, Alfred!", gebe ich mich geschmeichelt. „Ich geh' schon schwer auf die 50 zu!"

Ungläubig, und als ob ich nicht ganz richtig wäre, schüttelt er den Kopf. „Erzähl' doch keinen Schmarrn! Ich hab' doch gesehen, wie du mit dem Spangler Martin anbandelst! Aber glaub' mir, der ist ein Draufgänger! Irgendwann wird ihn seine Raserei mit dem Motorradl das Leben kosten!"

Innerlich zucke ich zusammen. Offenbar lebt der Alfred grad in der Vergangenheit, und zwar damals, als ich noch zarte 18 Jahre alt war, denn da bin ich mit Martin, meinem ersten Mann, zusammengekommen. – Und er ist ja dann 22 Jahre später wirklich bei einem Motorradunfall ums Leben gekommen und hat mich zur Witwe mit zwei pubertierenden Söhnen gemacht.

Ich schnaufe tief durch, weil diese Erinnerung Gefühle der Trauer und des Schmerzes in mir wachruft.

Das will ich aber vermeiden und lenke auf ein anderes Thema ab: „Kennst du die Katharina?"

Alfreds Gesicht erhellt sich. „Ja, freilich! Die wohnt doch bei uns!"

Er deutet hinter sich auf das Haus. Offenbar hat ihn meine Frage nun in die Nachkriegsjahre zurückversetzt. Das heißt, er erinnert sich. Innerlich bebe ich vor lauter Neugier.

„Magst du sie?“

Zuerst errötet er und weicht meinem fragenden Blick verlegen aus. Auf einmal kommt er mir vor wie ein junger, schüchterner und verliebter Bursch. Doch dann verkrampft sich seine Mimik zornig. „Aber der Ignaz lässt sie nicht aus den Augen! – Und die Mama mag sie nicht. Sie sagt, die Kathi will sich nur den Hof erschleichen …“

Verbittert schweigt er. Die Erinnerung daran wühlt ihn immer noch erkennbar auf. Ich kann mir ausmalen, wie eifersüchtig er auf seinen Onkel und wie hin- und hergerissen er zwischen seiner Mutter und Katharina gewesen sein muss. Darum traue ich mich nicht weiter nachzufragen.

Doch er erzählt ganz von allein: „Der Ignaz ist so vernarrt in sie.“ Er lacht hämisch. „Aber sie will ihn ums Verrecken nicht heiraten, damit sie nicht mit dem alten Lüstling ins Bett muss! So wie alle anderen Mägde und Flüchtlinge vor ihr halt auch!“

„Darum die Adoption?“, verstehe ich langsam die Logik der jungen Magd.

Wie es damals mit Sicherheit in vielen arrangierten Ehen vorgekommen ist, wollte die Katharina also einer Vergewaltigung, so kann man diesen erzwungenen Sex in so einer Abhängigkeitssituation ruhig nennen, denke ich, aus dem Weg gehen. Doch ich finde ihre Annahme, dass sie den Ignaz durch die Adoption von sich fernhalten könnte, sehr gewagt und direkt naiv. Schließlich wäre sie dann zwar seine Tochter und eine reiche Erbin geworden, aber eben nur eine adoptierte. Und ich kann mir vorstellen, dass Ignaz da eventuell keine Skrupel oder Hemmungen gehabt hätte.

Alfred lacht spöttisch und dann sagt er etwas Komisches: „Ich glaub’, den Schmarrn hat ihr ihr Bruder eingeredet!“

„Wie meinst du das?“, hake ich nach.

„Sie hört auf den Josef und tut, was er sagt“, bemängelt Alfred misstrauisch. „Und dann unterhalten sie sich untereinander immer nur auf Tschechisch.“

„Sie haben wahrscheinlich gemeinsam viel durchgemacht. Das schweißt zusammen“, meine ich. „Wo kommen die zwei eigentlich her?“

„Tachau, glaub' ich, heißt der Ort", erinnert sich der Alfred. „Irgendwo in Böhmen. Ihr Vater hat dort eine Apotheke gehabt, bevor die Tschechen sie nach dem Krieg vertrieben haben. Jetzt ist er tot und ihre Mutter auch."

„Du weißt aber viel!", lobe ich ihn und tätschle seine Schulter.

Und es wirkt, denn er freut sich wie ein kleiner Bub und wird noch redseliger. „Ich versteh' mich halt gut mit der Kathi! Sie erzählt mir immer was, wenn der Josef nicht dabei ist …". Seine Stimme bricht und sein Blick wandert traurig zu Boden.

Mir tut es leid, dass ich so gemein bin und mit meiner Fragerei in ihm diese alten Gefühle heraufbeschwöre. Aber im Moment überwiegen noch meine egoistische Neugierde und mein kriminalistischer Spürsinn. „Wie ist sie so, deine Katharina?"

Sein Blick hebt sich melancholisch gen Himmel, als würde er sie dort oben leibhaftig vor sich sehen. „Ihre Haare sind so blond wie unser Gerstenstroh. Sie flicht es immer zu zwei Zöpfen. Bei der Arbeit klopfen die ihr dann andauernd an die Schultern. Und zupacken kann die! Und fleißig ist sie auch!" Seine Bewunderung steigert sich weiter. „Kochen würd' sie auch gern. Gerichte aus der böhmischen Küche … Aber die Mama lässt sie nicht."

„Gibt's bei euch auch manchmal Wild?", kann ich mir die Frage nicht verdrücken.

„Der Jäger bringt ab und zu Fleisch, von den Viechern, die er halt so schießt, aber mir schmeckt das nicht." Er verzieht das Gesicht. „Aber der Onkel Ignaz ist ganz narrisch drauf!"

Langsam komme ich mir wirklich in die damalige Zeit zurückversetzt vor. Der demente Alfred bestätigt mir so vieles, was der Opa mir auch schon erzählt hat, und mein Kopf-Kino rotiert.

Auf einmal geht eine Wandlung in dem alten Steininger vor und er schimpft aufgebracht los: „Der oide Depp! Was dem einfällt! Adoption! So was ist doch ein Unding hier bei uns auf dem Land! So was gehört sich einfach nicht!"

„Das sagt wer?"

„Na, die Mama!"

„Aber es wär' doch schön, wenn die Katharina hier ihre neue Heimat hätt' nach all dem, was sie durchmachen hat müssen", heische ich um sein Verständnis für die Magd.

Ich bemerke seinen verdrossenen Gesichtsausdruck. Wieder erkenne ich die Zwickmühle, in der er sich befunden hat.

„Die Mama sagt, sie ist ein durchtriebenes Luder und sie hat mich und den Ignaz um den Finger gewickelt mit ihren schönen Augen und ihrem scheinheiligen Getue."

War Katharina wirklich so gerissen und berechnend? Für mich und wohl auch für den Opa war und ist sie nur das unschuldige Opfer, weil wir ihre verscharrten Gebeine gefunden haben samt dem eingeschlagenen Schädel. Außerdem finde ich nichts verwerflich daran, sich durch die Adoption ein besseres Leben sichern zu wollen. Besondere Situationen erfordern eben besondere Maßnahmen zu ihren eigenen Gunsten.

Und wieder bringt mich das zu Liesl Steininger. Im Prinzip war sie ja in der gleichen Absicht auf den Steininger-Hof gekommen. Und ihren Sohn hat sie offenbar total unter Kontrolle gehabt und ihn so beeinflusst, dass er ihr direkt hörig war. Ein bisserl zu viel Ödipus für meinen Geschmack!

„Deine Mutter ist aber eine gescheite Frau", schleime ich mich aber ein, natürlich nicht ohne Hintergedanken.

Er nickt eifrig. „Sie sagt, dass sie sich hier doch nicht ganz umsonst abrackert, damit das junge Flitscherl ihr alles vor der Nase wegschnappt."

„Und wie will sie das verhindern?"

Alfred zuckt mit den Schultern. „Die Mama sagt immer: ‚Der Herrgott wird's schon richten'."

Ich hatte ganz vergessen, wie gottesfürchtig und gläubig die Menschen damals noch waren. Heute legt kaum noch jemand sein Schicksal in Gottes Hände und wartet brav ab, dass er alles zum Guten wendet. Und ich kann mir auch nicht vorstellen, dass die Liesl das getan hat. Dazu scheint sie mir durch die Berichterstattung vom Opa und vom Alfred viel zu herrisch, egoistisch und energisch gewesen zu sein.

„Was sagt denn eigentlich der Josef dazu?"

„Die Mama sagt, ihm wird's ganz recht sein, denn er ist ja auch so ein Schmarotzer …"

Die Mama sagt, die Mama sagt! Ich kann's bald nicht mehr hören und noch weniger begreifen! Kein Wunder, dass Alfred Steininger als Mamabuwerl nicht sonderlich beliebt war und später dann zu einem verachteten Eigenbrötler auf seinem Hof geworden ist.

Plötzlich fährt er hoch und schaut mich argwöhnisch, verwirrt und aufgeregt an. „Wer sind denn Sie überhaupt? Was machen Sie hier auf meinem Hof?"

Ich erhebe mich ebenfalls, um mit ihm auf einer Augenhöhe zu sein. Warum ist er plötzlich so nervös und ängstlich mir gegenüber? Er scheint mich auf einmal nicht mehr zu kennen.

„Aber ich bin's doch: die Meierhofer Maria! Wir haben uns doch grad so schön unterhalten", versuche ich, ihn zu beschwichtigen, aber das gelingt mir nicht.

„Ich kenn' keine Meierhofer Maria!"

„Das war mein Mädchenname. Jetzt heiß' ich Weidinger, weil ich verheiratet bin", mache ich einen hilflosen Versuch, ihm wieder auf die Sprünge zu helfen.

Er schaut mich argwöhnisch an. In seinem Gesicht steht Panik, sein Atem geht schwer und er zittert am ganzen, gebrechlichen Körper. „Ich kenn' Sie nicht! Verschwinden Sie!". Dann ruft er angsterfüllt nach seinem Sohn: „Werner! Werner!"

Der kommt aus dem Haus gestürmt und stützt seinen bebenden Vater, der sich gegen eine Stange des Gerüstes gelehnt hat. „Vater, was ist denn los?"

„Die Frau da! – Was tut sie hier auf dem Hof?" Mit seinem rechten zitternden Arm deutet er auf mich.

Werner schaut mich fragend an. „Was hast du mit ihm gemacht, verdammt?"

Unschuldig zucke ich mit den Schultern. „Nix! Wir haben uns nur über alte Zeiten unterhalten …"

Sein Blick zu mir ist vorwurfsvoll, dann wendet er sich wieder Alfred zu: „Komm', ich bring' dich rein! Es ist schon spät. Zeit zum Bettgehen!"

„Aber die muss hier verschwinden!“, lässt mich der Alfred nicht aus den Augen.

„Freilich!“, versichert sein Sohn beschwichtigend. „Ich jag’ sie gleich vom Hof! – Aber zuerst bring’ ich dich rein!“

Bis Alfred gestützt von seinem Sohn im Flur verschwunden ist, blickt er immer wieder ängstlich über seine Schulter zu mir zurück. Unschlüssig stehe ich da und kann nicht verstehen, was da gerade passiert ist. Nachdenklich greife ich mir meine Stöcke und mache mich auf den Heimweg, da kommt Werner wieder aus dem Haus und rennt mir nach. „Maria, wart’!“

Ich bleibe stehen. „Geht’s ihm wieder besser?“

Er nickt verlegen. „Meine Frau kümmert sich um ihn.“ Seine Feindseligkeit mir gegenüber scheint verschwunden.

„Hat er solche Aussetzer öfter?“, frage ich vorsichtig.

Wieder nickt er. „Abgelöst von klaren, ruhigen Phasen. Die werden allerdings immer seltener.“

Mir ist mein Aufritt auf einmal zuwider. „Tut mir leid, wenn ich ihn durcheinandergebracht hab’.“

„Ist schon recht!“, verzeiht er mir und gesteht verlegen: „Ich hab’ euch ein bisserl zugehört. Du kennst die alte Geschichte von dieser Katharina also auch?“

Ich runzle die Stirn und werde hellhörig. „Teilweise. Von meinem Schwiegervater.“

„Der alte Vinzent hat dir davon erzählt?“

Ein paar Informationen bin ich ihm wohl schuldig. „Der Opa hat die Gesichtsrekonstruktion von dem Skelett, das wir auf deiner Wiese gefunden haben, als eine gewisse Katharina Novotny identifiziert. Sie war ein Flüchtling und in den Fünfzigern hier auf eurem Hof.“

„Ich weiß“, gesteht er mir. „Der Vater redet oft von ihr, wenn er wieder in der Vergangenheit lebt.“

„Sie ist 1955 verschwunden. Heute wissen wir, dass sie ermordet worden ist.“

Werner ist entsetzt und der Argwohn mir gegenüber kommt wieder zum Vorschein. „Ermordet?“

„Der Schädel wurde ihr eingeschlagen."

„Leitest du die Ermittlungen? Bist du deswegen hier?", fragt er zögernd und fügt forscher hinzu: „Mein Vater hat damit nix zu tun! Das sag' ich dir gleich!"

„Der Staatsanwalt hat ein Ermittlungsverfahren eingeleitet, ja", gebe ich zu, um sein gewonnenes Zutrauen an mich nicht gleich wieder ganz zu verlieren. „Aber mich interessiert die Sache auch persönlich wegen dem Opa …"

Um Werners schmale Lippen spielt ein Schmunzeln. „Lass mich raten: Er war auch verknallt in diese Katharina, wie mein Vater!"

Diese offene Gefühlsregung entlockt auch mir ein Lächeln. „So schaut's aus!"

Verlegen stehen wir uns auf dem inzwischen dunklen Hof gegenüber. Nur die Straßenlaterne an der Hofeinfahrt spendet uns Licht.

So unsympathisch ist Werner eigentlich gar nicht, denke ich mir so. Warum haben sich er und seine Familie im Dorf so unbeliebt gemacht mit den vielen Gerichtsverfahren und anderen Streitigkeiten? Warum bevorzugen sie die Zurückgezogenheit, die Ausgrenzung und den furchtsamen Respekt, der ihnen aufgrund ihrer vermeintlichen Boshaftigkeit und Aggressivität entgegengebracht wird? Liegt es an den ungeliebten Vorfahren, wie dem Steininger Ignaz oder später dann Alfred? Und auch Werner als nächste Generation hat ihre Situation nicht zu verändern versucht. Ihre Unbeliebtheit und ihre Isolation von der Dorfgemeinschaft scheinen gewollt. Schon aus Tradition!

Mich fröstelt es langsam. Die Nächte hat, trotz des hereinbrechenden Frühlings, immer noch der Winter fest im Griff.

„Ich hoffe, die Archäologen haben den Hausbau von deinem Sprössling nicht allzu sehr verzögert", unterbreche ich das peinliche Schweigen.

Werner weicht meinem Blick verlegen aus. „Der Michi will Anzeige wegen Hausfriedensbruchs gegen diese Archäologin erstatten."

Der Opa hatte also Recht mit seiner Annahme, dass die Steiningers auch das vor Gericht regeln werden. Ich rümpfe die Nase. „Braucht's das wirklich?"

„Mei, da geht's halt ums Geld!", verteidigt er seinen Sohn. „Der Baggerfahrer wollt' sein Geld, obwohl er nicht fertig geworden ist, und die Baufirma hat auch nicht anfangen können …"

„Wegen zwei Tagen Baustopp!", bemerke ich ironisch. „Da rentiert sich doch der ganze Aufwand gar nicht!"

„Das ist Michis Angelegenheit! Der Bauplatz gehört mir nicht mehr", ist Werner sofort wieder feindselig.

Jetzt kann ich mich nicht mehr zurückhalten: „Wollt' ihr nicht mal anfangen, euer schlechtes Image im Dorf ein wenig aufzubessern? Du bist doch ein ganz netter Kerl, so wie wir uns hier unterhalten. Und es kann doch auf keinen Fall schön sein, wenn man immer der böse Außenseiter ist, oder?"

Völlig überrumpelt schaut er mich an. „Du meinst auch, du kannst die Welt verbessern, wie?"

„Ich probier's zumindest!", gebe ich zu. „Genau deswegen bin ich ja zur Polizei gegangen!"

Ein spöttisches „Ts!" ist das Letzte, was ich von Werner höre, denn er dreht sich einfach um und marschiert mit festen Schritten zum Haus.

„Wo kommst denn du jetzt her?", fragt Toni mich, als ich um halb acht Uhr heimkomme.

„Vom Walken!", erkläre ich und halte ihm meine Sportgeräte vor die Nase, bevor ich sie neben der Garderobe verstaue.

Während ich meine Jacke und meine Turnschuhe ausziehe, forscht er weiter. „Ist was passiert?"

Inzwischen kennt er meine Eigenheiten ziemlich gut.

Ich gehe in die Küche. „Hast du schon gegessen?"

Er nickt. „Ich hab' ja nicht gewusst, wo du steckst. Hättest mir wenigstens einen Zettel hinlegen können! Dein Handy hast du ja auch nicht dabei gehabt!"

Er deutet auf das verwaiste Gerät auf der Küchentheke.

Entschuldigend drücke ich ihm ein Bussi auf die frisch rasierte Wange. „Sorry! Ich hab' nicht geahnt, dass das so lang dauern würd'."

Ich sehe förmlich, wie Tonis Neugier immer größer wird. „Was denn nun, in Herrgotts Namen?"

„Der Opa hat die Tote identifiziert. Wir haben uns heut' Nachmittag ziemlich lang unterhalten. Seine Geschichte hat mich so verwirrt …"

„… dass du dir deine Turnschuhe angezogen hast und losgestöckelt bist!", erkennt der Toni richtig. „Wer ist denn nun die Tote?"

Während ich mir aus dem Kühlschrank eine Brotzeit zusammensuche, berichte ich ihm gehorsam und kurz die neuen Fakten, so wie er es mag.

Er hat sich inzwischen ein Weizen eingeschenkt und an der erhöhten Küchentheke auf einem der beiden Hocker Platz genommen. „Und da fällt dir nix Besseres ein und marschierst einfach auf den Steininger-Hof, quasi in die Höhle des Löwen?"

„Auf einmal bin ich vor dem Haus gestanden, ja!", gebe ich zu, setze mich neben ihn und schiebe mir ein Essiggurkerl in den Mund.

Er grinst ironisch. „Typisch!"

Ich schaue ihn mahnend an und behaupte streng: „Jedenfalls hat es mich weitergebracht."

Dann beiße ich in ein Wienerl.

„Jawohl, Miss Marple!", zieht mich Toni auf. „Und was genau hast du erfahren?"

„Der Steininger Alfred hat mir alles bestätigt, was mir der Opa auch schon erzählt hat."

„Ich dacht', der hat Alzheimer?"

Zustimmend nicke ich. „Schon, aber er hat mir auch die Namen Katharina und Josef Novotny genannt."

„Klingt Tschechisch."

„Von dort sind die Geschwister auch mit ihren Eltern vertrieben worden: aus Tachau in Böhmen", bestätige ich und schlucke den trockenen Bissen von der Scheibe Brot mit einem Schluck von seinem Weizen hinunter.

Toni runzelt die Stirn. „Wirst du dort ansetzen?"

„In der Tschechei?"

„Ja, es gibt doch bestimmt Archive dort", weist er mich hin.

Ich kann seinen Ermittlungsansatz nicht nachvollziehen. „Und, was glaubst du, sollt' ich aus ihnen erfahren?"

Er zuckt ratlos mit den Schultern. „Vielleicht ist dieser Josef ja wieder in seine alte Heimat zurückgekehrt? Immerhin ist er bis heute verschwunden, wie du sagst."

„Zurück in eine Heimat, aus der seine Eltern, seine Schwester und er vor Jahren vertrieben worden sind! – Vergiss es!", bin ich überzeugt.

Doch er gibt seine Idee nicht ganz auf. „Vielleicht leben ja noch Verwandte dort und die wissen, wo er jetzt ist."

Ich schüttle den Kopf. „Ich mach' mir keine allzu großen Hoffnungen, dass er überhaupt noch lebt. Wenn ihn damals nicht dieselben aus dem Weg geräumt haben wie seine Schwester, dann müsste er inzwischen schon weit über achtzig Jahre alt sein."

„Das haben der Opa und der alte Steininger doch auch geschafft!"

Während ich mir den letzten Zipfel von dem Würstl in den Mund schiebe, schaue ich ihn durchdringend an.

Er räuspert sich, trinkt einen großen Schluck von seinem Bier und überlegt. „Also gut, neuer Ansatz!"

Interessiert halte ich mich still.

„Ihr habt doch den Namen. Dann beauftrage Jo damit, einen Josef Novotny ausfindig zu machen. Fangt vielleicht erst hier in Niederbayern und der Oberpfalz an und weitet die Suche dann deutschlandweit aus, wenn sich nix ergibt."

„Darauf wär' ich selber nicht gekommen", meine ich ironisch und grinse ihn an.

Toni merkt, dass ich ihn aufziehe und er tut übertrieben empört. „Warum fragst du mich dann um Rat, wenn du selber so gescheit bist?"

„Hätt' ja sein können, dass ein Kriminalhauptkommissar, wie du einer bist, mehr draufhat als eine Provinzkommissarin …"

Jetzt kann Toni sich nicht mehr zurückhalten und er kitzelt mich. Ich kreische auf und rutsche von meinem Hocker herunter.

Grad zu dem Zeitpunkt kommt der Opa zur Küchentür herein. „Was macht ihr denn so spät noch für eine Gaudi!"

Toni hält inne und verdreht die Augen. Wie gesagt, manchmal nervt es schon gescheit, dass wir kaum unsere Zweisamkeit genießen können.

Kapitel 6

Am nächsten Morgen fahre ich schon früh in die PI nach Kelheim. Und zwar mit dem Opa im Schlepptau. Es hat mich alle Mühe gekostet, ihn zu überreden, mit mir zu kommen, aber ich muss halt seine Aussage zu Protokoll nehmen. Das gehört auch zu meiner Arbeit und das hat der Opa auch eingesehen. Als er vor zwei Jahren den Bogen bei einem Fall, bei dem er sich wieder einmal eingemischt hatte, überspannt hatte, hatte ich ihn rausgeschmissen. Zwar habe ich ihn dann wieder bei mir aufgenommen, aber seitdem ist er ein bisserl zahmer geworden. Und darum ist er heute wohl auch so willig.

Doch irgendwas bedrückt ihn bei der ganzen Geschichte, das spüre ich ganz deutlich. Insgeheim hoffe ich, dass er sich von sich aus offenbart, wenn er erst realisiert, dass es mir und auch dem Staatsanwalt wirklich ernst mit der Aufklärung des Mordes an Katharina Novotny ist.

Die diensthabenden Kollegen in der großen Amtsstube grüßen uns von ihren Schreibtischen aus, unter ihnen der Schubert, der Koller, der Strobl, der Obeth und Jo. Der Telefonansturm wegen des gestrigen Zeitungsberichts zu unserer unbekannten Toten scheint vorüber zu sein. Ich habe direkt ein schlechtes Gewissen, weil ich mich gestern den ganzen Tag nicht mehr in der PI blicken habe lassen.

Also frage ich, wie jeden Morgen an den Tresen am Empfang gelehnt, den aktuellen Stand der Dinge ab.

„Wir hatten um Mitternacht eine Beschwerde wegen öffentlicher Ruhestörung in der Bauersiedlung und heut' früh um halb sieben einen Auffahrunfall am Krankenhauskreisel", informiert mich der Schubert wie immer. „Nix Besonderes also!"

Der Obeth mischt sich von seinem Schreibtisch aus ein. „Gestern gab's keine besonderen Anrufe wegen dem Aufruf in der Zeitung, falls du das wissen willst." Er zuckt bedauernd mit den Schultern. „Leider!"

„Nicht ein einziger?", kann ich es kaum glauben, denn es gibt immer ein paar, die meinen, jemanden in solchen Phantombildern zu erkennen, und sei es nur deshalb, um sich wichtig zu machen.

„Ein paar Gschaftlhuber!“, winkt der Obeth ab, wie ich vermutet habe. „Darunter auch dein Bürgermeister.“

„Was wollt' er?“

„Sich beschweren, weil wir ihn nicht als Erstes über das rekonstruierte Gesicht informiert haben und du dich auch sonst nicht deswegen bei ihm meldest.“

Die alte Leier also! Der Bürgermeister fühlt sich in der Würde seines Amtes übergangen und das passt ihm wie üblich nicht. Aber mir ist das wurscht!

Jo kommt auch an den Tresen und hält mir einen Zettel hin. „Ich hab' mir gedacht, ich könnt' derweil herausfinden, ob es eine Katharina oder einen Josef Novotny in Bayern gibt, und bin fündig geworden.“

Anerkennend schaue ich ihn an und nehme ihm das Papier ab. Es stehen einige Novotnys samt Adressen und Geburtsdaten darauf.

„Die Katharina wirst du nicht gefunden haben!“, spöttelt der Opa sarkastisch. „Weil sie nämlich tot ist!“

Jo nickt. „Hab' mir schon gedacht, dass sie unser unbekanntes Skelett ist.“

Auch der Obeth und der Koller kommen jetzt neugierig an den Tresen. „Die Leich' ist also identifiziert?“

„Der Opa hat sie wiedererkannt“, gebe ich mein Ermittlungsergebnis preis und tätschle die Schulter meines Schwiegervaters.

Die Kollegen merken anscheinend, dass das ein heikles Thema für ihn ist, und halten sich zurück mit Fragen und überflüssigen Kommentaren.

Jo räuspert sich und nimmt mir das Rechercheblatt wieder ab. „Na, jedenfalls passt auch keiner der noch lebenden Novotnys auf meiner Liste zu dem Gesuchten.“

„Dann ist der Josef also auch tot …“, kommentiert der Opa niedergeschlagen.

„Soll ich an die Presse rausgeben, dass wir die Unbekannte identifiziert haben?“, fragt der Obeth.

Ich ziehe eine Lätschn. „Lass dir mal Zeit!“

Unser Pressesprecher nickt zerknirscht, aber gehorsam. Im Hintergrund klingelt schon wieder sein Telefon. „Also Anfragen weiter abwiegeln!“

„Vorerst! – Ist der Bär schon da?", frage ich und gehe weiter in Richtung Flur, hinter dessen Türen alle wichtigen Räume der PI der Reihe nach liegen: die beiden Arrestzellen, der Aufenthaltsraum, zwei Büros, unter anderem das vom Bär und mir, der Umkleideraum mit den Spinden, Duschräumen sowie den Toiletten und ein ziemlich trister Vernehmungsraum. Im Obergeschoss gibt es noch mehr Büros von Kollegen, Abstellräume und einen großen Konferenzraum.

An dieser Stelle muss ich wohl dazu erklären, dass wir seit einigen Jahren im ehemaligen Bahnhofsgebäude Kelheims auf der südlichen Uferseite der Donau ein bisserl abgelegen vom Schuss untergebracht sind. Es gibt also in der Landkreishauptstadt weder eine Zuganbindung noch eine Polizeistation in der Innenstadt wie in früheren Zeiten.

Das Kopfschütteln meiner Kollegen reicht mir. Ich bin heute aber wirklich überpünktlich, auch weil ich vermeiden wollte, dass der Opa, der jeden Morgen um sechs Uhr aufsteht, das Weite sucht, bevor ich ihn mir schnappen konnte. Ich muss noch einiges von ihm in Erfahrung bringen und brenne darauf. Also schiebe ich ihn weiter in mein Büro. Er tut extra gebrechlich, so wie immer, wenn er Mitleid heischen will oder ihm was nicht passt. Dann übertreibt er es mit dem Schauspielern.

„Jetzt drängel mich halt nicht so!", motzt der Opa, als wir in meinem Büro angelangt sind.

„Du setzt dich jetzt dahin!", befehle ich und deute auf den Gästestuhl neben meinem Schreibtisch. „Bis der Bär kommt, musst du mir noch einige Fragen beantworten!"

Er verdreht die Augen. „Ich hab' dir doch gestern schon alles gesagt!"

Ich überhöre auch diesen Protest und fange einfach an: „Was ist mit dem Josef Novotny?"

Verständnislos schaut er mich mit seinen tief hinter faltigen Lidern liegenden grünen Augen an. „Du hast doch den Jo grad gehört! Kein Josef Novotny weit und breit!"

„Ich red' von damals nach dem Tod vom Ignaz Steininger. – Ich mein', er war doch dein Spezl. Du musst doch wissen, was aus ihm geworden ist."

Aufgebracht haut er sich mit den flachen Händen auf die Oberschenkel. „Was soll ich denn wissen? Er ist am gleichen Tag verschwunden wie seine Schwester. Ich hab' nie wieder was von ihm gehört."

„Drum vermutest du, dass es ihn genauso erwischt hat wie die Katharina?"

„Na, was denn sonst? Soviel Anstand hätt' der Josef gehabt, wenigstens kurz Servus zu sagen", ist sich der Opa jetzt sicher und meint nachdenklicher: „Bis gestern hab' ich gehofft, dass die zwei, ein jeder irgendwo, ein schönes Leben verbracht, geheiratet und Kinder gekriegt haben, vielleicht sogar noch leben. Und jetzt hab' ich erfahren müssen, dass ihnen das alles verwehrt geblieben ist, weil Katharina damals Essing nie verlassen hat und der Josef wahrscheinlich auch nicht."

Ich kann sein Bedauern darüber nachvollziehen. „Wenigstens haben wir jetzt die Möglichkeit, die Geschwister zu rehabilitieren und ihnen Gerechtigkeit widerfahren zu lassen."

„Wie soll das gehen nach all den Jahren?", spottet der Opa. „Die meisten Beteiligten von damals leben schon lange nicht mehr oder haben die ganze Sache längst vergessen."

„Das kann schon sein", stimme ich ihm zu und grüble. „Aber der Alfred weiß noch mehr, als du glaubst ..."

Er setzt sich kerzengerade auf und staunt. „Du hast mit dem alten Steininger geredet?"

Mein zustimmendes Nicken regt ihn auf.

„Aber der ist doch deppert!"

„Er hat Alzheimer!", berichtige ich streng.

„Eben! Der weiß gar nix mehr! Nicht einmal, wer er selber ist", ärgert sich mein Schwiegervater übertrieben und das lässt mich hellhörig werden.

„Du magst ihn nicht, gell?"

„Den mag doch keiner! Schon immer!", verteidigt sich der Opa.

„Warum eigentlich nicht? – Ich hab' mich gestern ganz nett mit ihm unterhalten ..."

„Nett!", unterbricht er mich spöttisch und grantig. „Der war noch nie nett!" Er hält inne, schnauft tief durch und erzählt: „Als er damals mit seiner herrschsüchtigen Mutter nach Essing gekommen ist, war er ein Waschlappen, ein Schmarotzer und ein Mamabuwerl. Der ist trotz seiner achtzehn Jahre immer noch an ihrem Rockzipfel gehangen und hat ihr alles erzählt, was wir Jungen so getrieben haben. Drum wollten wir ihn auch irgendwann nimmer dabeihaben. Und die Katharina wollt' ihn auch nicht, obwohl er bis über beide Ohren in sie verschossen war." Er lacht sarkastisch. „Nach der ganzen Sach' mit dem Ignaz war er lang auf Brautschau, denn trotz des Reichtums wollt' ihn keine heiraten. Doch irgendwann, ich glaub, da war er schon fast vierzig, hat ihm die Liesl eine schwächliche Frau zugebracht, kaum geeignet für die harte Arbeit in der Landwirtschaft. Aber besser eine schwache als gar keine Frau!" Der Opa schmunzelt schadenfroh. „Eine Vogelscheuche war das! Ich weiß nicht mal mehr, wie die geheißen hat! – Jedenfalls hat die ihm zwei Kinder geboren: zuerst den Werner und dann den Peter. Irgendwann, Anfang der Achtziger Jahre muss das gewesen sein, hat es dann auf einmal geheißen, dass sie abgehauen ist, wohl auch wegen der bösen Schwiegermutter. Und die ist bald danach an Krebs gestorben."

„Komisch, dass ich mich überhaupt nicht an irgendeine von den Frauen auf dem Steininger-Hof erinnern kann", wundere ich mich.

„Da warst du noch ein kleines Kind", erklärt mir der Opa. „Und man hat weder die Frau vom Alfred noch die Liesl viel im Dorf gesehen."

„Dann sind der Werner und der Peter ganz ohne Mutter aufgewachsen", stelle ich fest und versuche mich in meine Kindheit zurückzuversetzen. Aber ich erinnere mich an nix, was mit den zwei Brüdern zu tun hat. Sie sind halt in dieselbe Schule gegangen wie ich und sind mit dem gleichen Bus gefahren, waren aber immer Außenseiter. „Kein Wunder, dass die so geworden sind …"

Der Opa nickt sinnierend. „Seit dem verbitterten Ignaz hat es keine glücklichen Menschen mehr auf dem Steininger-Hof gegeben, trotz des ganzen Geldes." Er beugt sich zu mir herüber und raunt mir zu: „Das ist Gottes Strafe für die Nazimachenschaften vom Ignaz!"

Ich verdrehe die Augen, weil ich nicht an einen rächenden Gott glaube, während der Bär zur wie üblich offenstehenden Bürotür hereinkommt.

„Guten Morgen beinand!", begrüßt er uns. „Was tuschelt ihr denn so geheimnisvoll?"

Ich grüße zurück und meine ironisch: „Der Opa predigt mal wieder!"

Der Bär tut beeindruckt. „Du meinst, so wie er über mein Übergewicht bei der Katzmeierin gepredigt hat?"

„So ungefähr!"

Der Opa schnappt aufgeregt nach Luft und spielt den Ahnungslosen. „Was meint er damit?"

„Dass du vielleicht nicht gar so viel über andere Leut' schimpfen solltest, weil es den Betroffenen vielleicht irgendwann zu Ohren kommt", erkläre ich ihm.

Mein Schwiegervater wird noch aufgebrachter und tippt sich mit dem Zeigefinger gegen seine Brust. „Ich, schimpfen? – Man wird doch noch seine Meinung sagen dürfen!" Dann begutachtet er den Bär, wie er sich in seinen abgewetzten, ächzenden Bürostuhl niederlässt. „Schau' ihn doch an! Der passt ja wirklich bald nicht mehr in seine Uniform!"

„Es geht dich nix an, wie der Bär ausschaut!", weise ich ihn zurecht.

„Aber so kann der doch unmöglich seinen Dienst tun! – Stell' dir vor, ihr zwei müsst einem Flüchtenden hinterher. Das schafft der doch niemals! Da geht einem doch das Vertrauen in die Polizei ganz verloren!", regt sich der Opa ohne Rücksicht auf meinen Partner auf.

„So was muss der Bär ja auch gar nicht tun!", verteidige ich den Bär und suche nach einer der anderen Tätigkeiten, die er macht. „Er ist mein Zuarbeiter!"

Aber das ist wirklich keine beachtenswertere Beschreibung seiner Zuständigkeiten, und das spöttelnde Grunzen vom Opa lässt mich weiter ausholen. „Er ist meine Gedankenstütze, weil er sich alles immer in sein Notizheftl aufschreibt …"

„Das ist alles?"

„… Wir sind immer zu zweit unterwegs. Wir besprechen uns, wir rekonstruieren, wir verhören Zeugen, wir zählen eins und eins zusammen …"

„Und ihr kauft euch beim Metzger eure Brotzeit", unterbricht mich der Opa eifrig und deutet auf die Wampe vom Bär. „Wie man sieht!"

Zurückgelehnt in seinen Stuhl und unsere Unterhaltung verfolgend, hebt der den Finger. „Ähm, ich will ja nicht stören, aber ich sitz' hier und ich kann alles hören!"

Sein runder Kopf ist rot angelaufen, aber er hält seine Wut angestrengt im Zaum.

Mir ist das Ganze nur noch peinlich. „Markus, ich muss mich für meinen Schwiegervater entschuldigen …"

„Ah, geh!", wirft der energisch ein. „Entschuldigen! Wir leben in einem freien Land, da wird man doch noch die Wahrheit kundtun dürfen! Und du hast doch selber gesagt, dass er fett geworden ist!"

„Opa!", mahne ich ihn streng, werfe dem Bär einen verlegenen Blick zu und bereue meine neuliche, unüberlegte Bemerkung daheim am Esstisch zutiefst. „Ich hab' nur gemeint, dass er zugelegt hat, nicht dass er fett ist!"

„Wo ist da der Unterschied?"

Ich hole tief Luft, weil der Alte mich mal wieder in eine ausweglose Zwickmühle gebracht hat. „Du hältst jetzt sofort den Mund, Vinzent! Und du entschuldigst dich beim Bär! Auf der Stelle!"

Aber der Opa lässt sich nicht aus der Ruhe bringen und zuckt mit den Schultern. „Was denn jetzt: Mund halten oder entschuldigen?"

Der Bär steht auf und wirkt eingeschnappt. „Wenn ihr fertig seid und wir mit der Arbeit anfangen können, ich bin im Aufenthaltsraum!"

Ich springe hoch und stelle mich ihm in den Weg. „Markus, bitte! – Du kennst doch den Opa!"

Doch sein eisiger Blick durchbohrt mich, er schiebt mich wortlos beiseite und geht.

„Kreizkruzinesn!", fluche ich zornig. „Opa, verdammt! Spinnst du! Meinen Partner gegen mich aufzubringen! Was denkst du dir dabei? Ich muss mit ihm auskommen und nicht du!"

Der Opa erhebt sich gleichgültig, so als würde ihn dieser Streit nicht berühren. „Also mir wird das hier zu blöd, wenn ich nur zusammengestaucht werd'! Brauchst du mich noch, sonst fahr' ich mit dem Bus heim?"

Ich drücke ihn zugegeben ein bisserl zu grob wieder zurück auf den Gästestuhl und zische ihn an: „Du setzt dich und zwar so lang, bis ich sag', dass du gehen kannst, verstanden!"

„Meinetwegen!“, tut er immer noch gelassen und ich eile dem Bär hinterher, um die Wogen zu glätten.

Als ich nach fünf Minuten wieder zurück ins Büro komme, ist der Opa weg. Ich renne wieder auf den Flur und nach vorne zum Empfang.

„Habt ihr den Opa gesehen?“, frage ich meine Kollegen.

Der Koller deutet zur Eingangstür. „Der ist grad raus!“

„Kruzinesn! Der oide Depp!“, fluche ich und schlage mit der flachen Hand grantig auf die Theke.

„Spurt er wieder mal nicht?“, spottet Jo von seinem Schreibtisch aus.

Ich ziehe eine Lätschn.

„Soll ich ihn zurückholen?“, bietet sich mein Schwager in spe an.

„Nein, besser, wenn ich ihn heut’ nicht mehr vor die Augen krieg’“, meine ich wütend.

Auf dem Weg zurück in mein Büro versuche ich wieder runterzukommen. Eigentlich müsste ich jetzt walken gehen, um Dampf abzulassen. Und mit Protokoll über die Aussage vom Opa ist auch nix. Ohne das wird mir der Übelacker auch wieder im Genick hocken. Nochmal: Kruzinesn! Der Opa versaut mir wirklich wieder alles!

Seufzend lasse ich mich in meinen Bürostuhl fallen. Der Bär sitzt wieder auf seinem Platz mir gegenüber und ignoriert mich, obwohl ich mich grad im Aufenthaltsraum mehrmals entschuldigt habe, während er sich ungerührt und demonstrativ ein paar Gurkenscheiben in den Mund geschoben hat.

Er hält ein Blatt Papier in der Hand und liest es konzentriert.

„Was ist das?“, will ich neugierig wissen.

Er reicht es mir herüber. „Das ist auf dem Gästestuhl gelegen. Wird wohl der Opa dagelassen haben.“

Ich erkenne den Zettel von meinem Schreibblock, auf dem der Opa gestern angefangen hatte, alle Namen und Daten über die Beteiligten an dem Fall Katharina Novotny niederzuschreiben. Er hat sie offenbar vervollständigt. Die Daten der Personen sind fein säuberlich dargestellt, genauso wie ihre Verhältnisse zueinander.

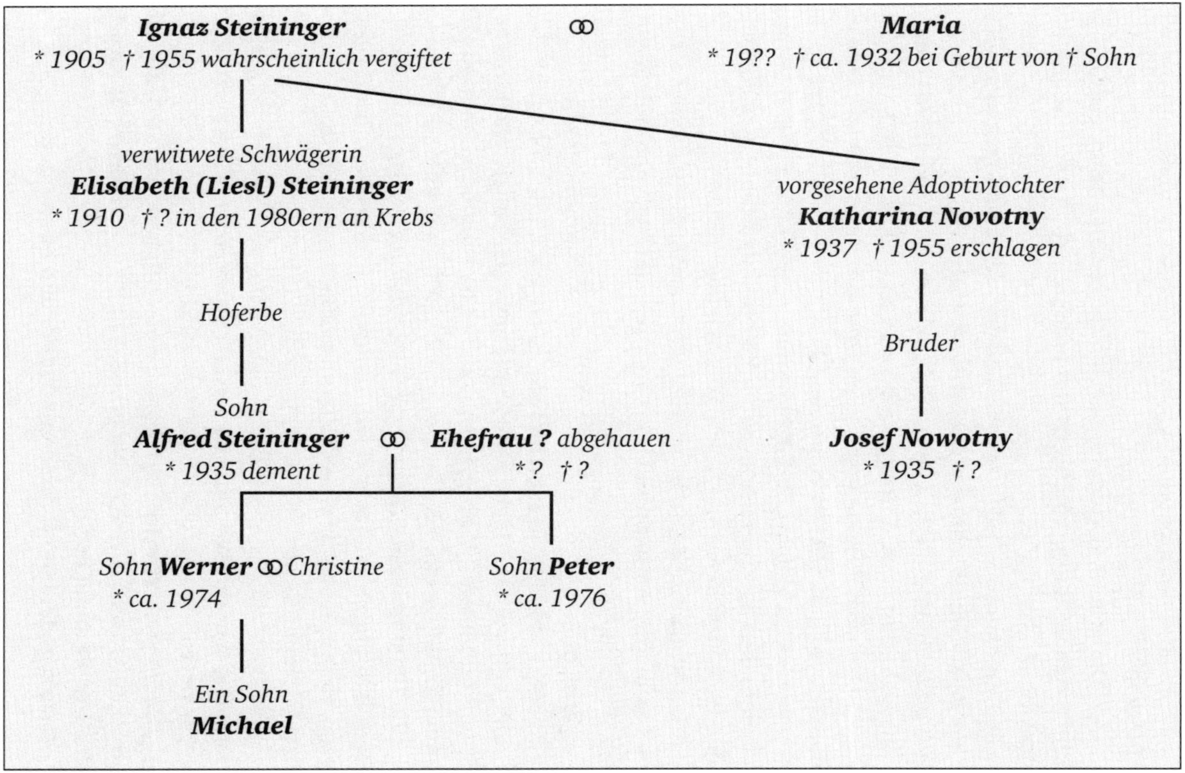
Ignaz Steininger ⚭ Maria
* 1905 † 1955 wahrscheinlich vergiftet
* 19?? † ca. 1932 bei Geburt von † Sohn
verwitwete Schwägerin
Elisabeth (Liesl) Steininger
* 1910 † ? in den 1980ern an Krebs
vorgesehene Adoptivtochter
Katharina Novotny
* 1937 † 1955 erschlagen
Hoferbe
Bruder
Sohn
Alfred Steininger ⚭ Ehefrau ? abgehauen
* 1935 dement
* ? † ?
Josef Nowotny
* 1935 † ?
Sohn Werner ⚭ Christine
* ca. 1974
Sohn Peter
* ca. 1976
Ein Sohn
Michael

„Ziemlich viele Fragezeichen, wennst mich fragst", kritisiert der Bär kleinlich.

„Alle Daten kann sich der Opa auch nicht gemerkt haben", verteidige ich meinen Schwiegervater. „Immerhin ist das schon fast siebzig Jahre her."

Die Mimik meines pikierten Partners mit den zusammengepressten Lippen und den zu schmalen Schlitzen verengten Augen spricht Bände. „Ich glaub', es wär' endlich an der Zeit, dass du mich in alles einweihst!"

Ich gebe ihm die Auflistung zurück und nicke. Er fühlt sich wohl immer noch angegriffen, denn ich spüre seine Distanziertheit ganz genau. Aber ich will gute Miene machen und so berichte ich ihm die ganze Geschichte bis ins kleinste Detail, ohne dass er mich unterbricht. Mit vor seiner breiten Brust verschränkten Armen hört er zu, schaut mich dabei aber nicht an, sondern die Schrankwand hinter mir.

„Und du glaubst, dass die Liesl Steininger zuerst den Ignaz Steininger und dann diese Katharina aus dem Weg geräumt hat?", resümiert er, als ich fertig bin.

„Du nicht?"

Kommt es mir nur so vor oder redet er mir absichtlich dagegen?

„Na, warum hätt' sie die Katharina umbringen sollen, nachdem der Steininger tot war? Sie beerbte ihn und es hätt' gereicht, wenn sie die zwei Flüchtlinge einfach vom Hof gejagt hätt'."

„Vielleicht hat es ein Testament gegeben, in dem der Ignaz die Katharina als Alleinerbin eingesetzt hat. Vielleicht hat ihre Kontrahentin ja irgendetwas mitgekriegt von dem Mord am Steininger und wollt' zur Polizei gehen. Vielleicht …"

„Also mir sind das eindeutig zu viele Vielleichts!", unterbricht mich der Bär skeptisch. „Wir müssten genauer erfahren, was damals vor sich gegangen ist."

„Das vom Opa zu erfahren hatte ich eigentlich heute vor", erkläre ich. „Irgendwas weiß er noch, aber er will damit einfach nicht rausrücken und jetzt ist er auf und davon."

Dazu sagt der Bär nix, sondern runzelt nur die breite Stirn.

„Und dieser Josef Novotny ist bis heute verschwunden?", setzt er neu an, nachdem wir eine Zeit lang nachdenklich geschwiegen haben.

Ich nicke nur.

Er wirft einen schnellen Blick auf die Namensliste vom Opa. „1935 geboren, wie der Alfred Steininger. Der müsste dann auch schon 86 Jahre alt sein."

„Ja, schon ziemlich alt. Der Jo hat jedenfalls in ganz Deutschland keinen Josef Novotny ausfindig machen können, der auf unseren Gesuchten passt."

„Vielleicht ist er damals zurück in seine tschechische Heimat", fällt der Bär nun auch in meine hypothetische Sprache mit ein.

Ich grüble und schlage vor: „Wir sollten unsere dortigen Kollegen auf jeden Fall um Amtshilfe bitten, aber ich versprech' mir nicht viel davon."

Der Bär hat einen Geistesblitz. „Vielleicht hat ihn sein Mörder damals auch in der Schupfa verscharrt."

„Dann hätt' der Baggerfahrer oder diese Hasenedl ihn doch schon längst ausgegraben", nehme ich ihm sofort den Wind aus den Segeln.

Doch er gibt nicht ganz auf. „Dann sollten wir den Steininger-Hof danach absuchen."

„Da wird dir der Übelacker aber sauber einen Strich durch die Rechnung machen. Ohne einen handfesten Beweis kriegen wir niemals einen Durchsuchungsbeschluss, das Steininger-Anwesen nach einer Leiche, die es vielleicht nie gegeben hat, umzukrempeln. Allein schon wegen dem, was das kostet! Und außerdem ist dort in den fast siebzig Jahren immer wieder gebaut oder renoviert worden. Viel Zeit und Möglichkeit also, um menschliche Überreste verschwinden zu lassen."

Er seufzt tief. „Wie sollen wir da je weiterkommen?"

Ich muss ihm wohl oder übel beipflichten. Die Suche nach dem Mörder von Katharina Novotny scheint mir wie die berühmte Suche nach der Nadel im Heuhaufen.

Mühsam erhebe ich mich. „Ich sag' dem Jo, er soll Kontakt zu unseren tschechischen Kollegen aufnehmen, dann kriegen wir heut' vielleicht noch Ergebnisse."

Er brummt zustimmend, ich schleiche zum Schreibtisch von Jo in die Amtsstube und erteile ihm den Auftrag. Er greift in seine Ablage und hält mir ein Blatt Papier unter die Nase.

„Schon erledigt! Hab' mir gedacht, es kann derweil nicht schaden, wenn ich die Suche ausweite", erklärt er mir dienstbeflissen. „Niente!"

Ich überfliege die Seite, auf der haufenweise Novotnys stehen. Scheint ein häufiger Name in der Tschechei zu sein. Aber, wie auch schon in Deutschland, gibt es nicht einen einzigen, der 1935 geboren ist und noch lebt. Das ist doch zum Haareraufen!

In Gedanken versunken will ich mich grad wieder in mein Büro zurückziehen, da hält mich Jo zurück:

„Mary, könntest du mir einen Gefallen tun?"

Er wirkt verlegen und zögerlich auf mich. Neugierig schaue ich ihn an.

Peinlich berührt steht er auf, kommt ganz nah zu mir her und spricht mit leiser Stimme: „Könntest du mal mit deiner Schwester reden?"

„Wegen was?"

Er windet sich. „Na, wegen der Sache mit der offenen Beziehung?"

Ich bin leicht irritiert. „Aber das geht doch mich nix an, wie ihr das handhabt!"

Er nickt. „Schon, aber du könntest ihr vielleicht ins Gewissen reden! Ich hab's wirklich versucht, mal ein Flirt oder ein Techtelmechtel ganz nebenbei, um wieder ein bisserl Fahrt in die eingefahrene Beziehung zu bringen, aber ich kann das einfach nicht! Dafür ist mir Treue viel zu wichtig und ich will Ulli ganz für mich allein haben. Es zieht mir das Herz zusammen, wenn ich mir vorstell', dass sie mit einem anderen …" Er stockt und ich sehe seiner angespannten Mimik an, dass er hart mit sich kämpft.

Ich seufze und möchte diesen Kelch an mir vorübergehen lassen. „Kannst du ihr das nicht selber sagen?"

„Du kennst die Ulli doch …"

Ja, das tue ich! Sie ist exzentrisch, leicht und schnell eingeschnappt und aufbrausend. Ich weiß, wie wichtig ihr ihr Sexualleben ist, oder besser gesagt war, bevor sie mit Jo zusammengekommen ist. Es war ziemlich ausschweifend und in keinster Weise das, was ich in meinen Augen normal nennen könnte. Irgendwann ist mir mal der Begriff Nymphomanin in den Sinn gekommen. Und offenbar hat sie die Veranlagungen einer solchen immer noch, wenn sie Jo diesen Schmarrn mit dieser offenen Beziehung aufgeschmatzt hat.

„Ihr zwei habt euch doch immer so gut verstanden und auf dich hört sie“, bedrängt mich mein Schwippschwager weiter. „Bitte, Mary!“

„Wie stellst du dir das vor? – Soll ich zu ihr gehen und sagen: ‚Hey, der Jo hat ein Problem mit dieser offenen Beziehung‘, oder wie?“

Jo setzt sich siegessicher wieder an seinen Arbeitsplatz. „Dir wird schon was einfallen!“

Danke auch!

Kapitel 7

Endlich ist Sonntag und ich koche mal wieder einen deftigen Schweinsbraten mit Reiberknödel und Krautsalat mit Speck. Meine beiden Söhne kommen sonntags meistens zum Mittagessen heim. Sie sind Studenten, wohnen ansonsten in Regensburg und ich bekam sie früher nur mehr selten zu sehen. Aber seit der Geiselnahme hat sich das geändert. So viel Dramatisches und Schockierendes damals dieses Kidnapping auch an sich gehabt hat, es hat unsere Familie zusammengeschweißt, denn wir waren ja alle Geiseln: der Opa, Ulli samt ihrem Sohn Nepomuk; Quirin, mein Ältester; Lukas, mein Jüngster; der Lehrer, den ich damals beschützen habe müssen, und ich.

Und irgendwie ist es zum festen Ritual geworden, dass Quirin und Lukas sonntags bei mir aufschlagen, manchmal sogar mit ihren Freundinnen, um sich von mir bekochen zu lassen, so wie früher. Allerdings kommt Quirin momentan nicht, weil er seit letztem September mit seiner Vroni ein ganzes Jahr in Australien verbringt. Mit dem Rucksack ziehen sie durchs Land, suchen sich billige Unterkünfte und wenn nötig Gelegenheitsjobs, um sich finanziell über Wasser zu halten, und mischen sich unters Volk. Backpacking, oder wie man das nennt! Darum ist ein Telefonat via Skype mit Quirin in Australien auch immer ein wichtiger sonntäglicher Bestandteil. Momentan müsste er sich in der Gegend um Sydney aufhalten. Dort haben er und Vroni einen Job als Kellner in einer Kneipe gefunden. Wenn sie also nachts gegen zwölf Feierabend haben, skypen wir. Hier in Deutschland ist es dann durch die Zeitverschiebung früher Nachmittag und ich scharwenzle um den Computer herum wie eine Legehenne um ihr Nest, um ein Lebenszeichen meines Ältesten zu erhalten.

„Ich bin gespannt, was Quirin und Vroni heut' wieder alles zu erzählen haben", freue ich mich, als ich mit Lukas nach dem Essen den Abwasch mache.

Er räuspert sich verlegen, während er mit seinen kräftigen Händen eine Plastikschüssel mit einem Geschirrtuch abtrocknet, und meine mütterlichen Sensoren erfassen sofort, dass da was im Busch ist. „Was?"

„Ich glaub', heut' wirst du umsonst auf einen Anruf vom Quirin warten, Mama."

Seine gedrückte Stimme lässt mich aufhorchen und ich mustere sein rundes Gesicht mit den blauen Augen und den schmalen Lippen, die er fest zusammenpresst. „Wie meinst du das?"

Er weicht meinem fragenden Blick nervös aus, wirft das Geschirrtuch auf die Abtropffläche und fährt sich verlegen durchs blonde, kurze Haar mit dem ultramodernen Undercut-Schnitt.

„Der Quirin hat einen Unfall gehabt", rückt er dann endlich raus.

Mein Herz setzt für ein paar Sekunden aus und zieht sich dann schmerzlich zusammen. Ich halte mich erschrocken mit meinen nassen Händen am Spülbeckenrand fest. „Wie bitte?"

„Der Quirin wollt' nicht, dass ich es dir sag', weil du dich doch immer gleich so kümmerst. Aber heut' lässt es sich wohl nicht mehr vermeiden …". Betreten schlägt er den Blick nieder und auf seiner breiten Stirn zeigen sich Sorgenfalten.

„Darf ich mich da nicht kümmern, Kruzinesn!", empöre ich mich lautstark. „Ich hab' immer gesagt, dass das gefährlich ist!"

Meine Aufregung alarmiert wohl den Opa in seinem Sessel im Wintergarten nebenan und auch Toni an seinem Schreibtisch im Wohnzimmer, denn sie kommen neugierig in die Küche.

„Was ist denn passiert?", fragt Toni irritiert.

„Der Quirin hat einen Unfall gehabt!"

„Was?", forscht Toni ebenfalls besorgt bei Lukas nach.

Der lässt sich, groß und stämmig wie er ist, auf einem der beiden Hocker an der Küchentheke nieder. „Naja, ein richtiger Unfall war es eigentlich nicht …"

„Ja was denn dann, Herrschaftszeiten!", mischt sich der Opa energisch ein.

Mein Jüngster spielt verlegen mit seinen Fingern in seinem Schoß. „Die Vroni und er sind vor ihrer Unterkunft überfallen worden, als sie nachts von der Arbeit heimgekommen sind. Der Typ hat ihnen alles geklaut: den Laptop, die Kohle, ihren Schmuck, ihre Handys …"

Ich schlage erschüttert die Hände vors Gesicht und rufe gedanklich alle Heiligen an.

Toni streichelt mir beruhigend über die Schulter. „Und? Geht's ihnen soweit gut?"

Lukas schnauft tief durch. „Quirin hat ein bisserl was abgekriegt. Er wollt' dem Arsch sein Geld halt nicht freiwillig geben."

„Ja und?", dränge ich weiter.

„Er ist noch im Krankenhaus. Seine Nase ist gebrochen, ein paar Rippen geprellt und sein Handgelenk verstaucht, aber sonst geht's ihm gut."

Innerlich atme ich erleichtert auf. „Und Vroni?"

Mein Jüngster senkt bedrückt den Blick. „Die hat's schlimmer erwischt. Als sie sich von hinten auf den Angreifer gestürzt hat, hat er sie gegen einen Müllcontainer geschleudert. Sie hat eine schwere Gehirnerschütterung und eine riesige Platzwunde am Hinterkopf."

„Das arme Mädel!", bedauert der Opa neben mir entsetzt.

Am liebsten würde ich jetzt sofort in den nächsten Flieger steigen und nach Australien fliegen.

„Mama, die zwei sind gut aufgehoben dort im Krankenhaus. Das wird schon wieder!", macht Lukas einen Beruhigungsversuch und rutscht von seinem Hocker herunter. „Allerdings …"

„Allerdings, was?"

„Sie bräuchten halt Geld."

„Klar!", kommt es mir. „Sie wollen bestimmt sofort heimfliegen, wenn sie wieder einigermaßen auf den Beinen sind."

Lukas schüttelt zögernd den Kopf. „Nein, Mama, sie wollen es durchziehen wie geplant. Aber so ganz ohne Kohle …"

Ich schüttle ungläubig den Kopf. Wie kann man nach dieser Gschicht noch dortbleiben wollen?

„Wie viel brauchen sie denn?", denkt Toni als Einziger rational.

„Na, so fünftausend, hat Quirin gemeint …"

„Fünftausend?", staune ich nicht schlecht.

„Sie müssen die Krankenhauskosten vorschießen, bis mit der Krankenversicherung alles geklärt ist."

Der Opa hebt mahnend den Zeigefinger und reißt seine faltigen Augenlider weit auf. „Der soll bloß schauen, dass er aus dem kriminellen Sündenpfuhl da unten rauskommt! Australien war die Strafkolonie der Engländer, und dass dort immer noch lauter Verbrecher leben, da dran hat sich anscheinend nix geändert! Das hab' ich ihm doch gleich gesagt, dem Quirin!"

„Ah, geh, Opa!", ist Lukas genervt über diese hinterwäldlerische Einstellung seines Großvaters. „Das hätt' ihm in Deutschland auch passieren können!"

Verächtlich winkt der Opa ab und schlurft aus der Küche, während er in sich hinein schimpft. „Wenn der nicht mehr heil heimkommt, dann ..."

„Was dann, Opa?", ruft Lukas ihm amüsiert hinterher.

„Ach, habt's mich doch gern!", brummt er aufgebracht und lässt sich in seinen Sessel im Wintergarten plumpsen.

So ist das immer mit ihm: Wenn ihn etwas aufregt oder beschäftigt, dann wehrt er ab, um nur ja keine Gefühle zeigen zu müssen, und schimpft in sich hinein.

Toni, Lukas und ich setzen uns gleich am Computer via Homebanking mit der Auslandsüberweisung an Quirin auseinander. Und das ist komplizierter, als sogar mein softwarebewanderter Sohn es angenommen hatte. Aber wir schaffen es dann doch, von meinen sauer ersparten Kröten auf meinem Sparkonto fünftausend Euro auf das Konto von Quirins Arbeitgeber nach Australien zu überweisen. Das ungute Gefühl bei der ganzen Sache steigert sich dadurch noch weiter und ich hoffe inständig, dass sein Chef wirklich vertrauenswürdig ist.

Es ist schon später Nachmittag, als ich endlich dazu komme, meine Nerven beim Walken zu beruhigen. Ich schnappe mir meine Stöcke und marschiere los. Lukas fährt zurück nach Regensburg zu seiner Jacky, Toni macht Überstunden im Homeoffice an seinem Schreibtisch und der Opa sein gewohntes Natzerl, sodass ich freie Bahn habe. Diesmal stöckle ich, entgegengesetzt meiner sonst üblichen Route, mitten durchs Dorf zum Neubaugebiet Ludwigkanal I, wo wir das Skelett von Katharina Novotny gefunden haben. Die Baugrube ist inzwischen fertig ausgehoben und die Bodenplatte des Kellers betoniert. Am Ende der Siedlung beim

Schleusenwärterhaus angekommen, überquere ich wieder die schmale Schleusenbrücke und marschiere weiter auf dem Radweg in östlicher Richtung nach Kelheim entlang des Rhein-Main-Donau-Kanals. Als ich mit meinen Stöcken so richtig in Fahrt bin, lasse ich meinen Gedanken freien Lauf.

Zu meiner Sorge um meinen Ältesten, der zusammengeschlagen in einer Klinik vor sich hin leidet, und um seine verletzte Freundin kommt noch die drängende Sehnsucht, bei ihm sein zu wollen und ihm beizustehen. Wird man solche Muttergefühle eigentlich jemals los? Ich habe ihn vor Augen, wie er als kleiner Bub einmal mit dem Rad gestürzt war, sich dabei das Knie und die Ellbogen aufgeschürft hatte und heulend auf der Couch im Wohnzimmer gelegen war, wo ich ihn verarztet hatte. Er war schon immer ziemlich wehleidig! Inzwischen ist er 23 Jahre alt und doch leide ich immer noch sehr mit. Es wäre jetzt vermessen, ihm meine schlechte Ahnung vor seiner Reise vorzuhalten. Aber denken darf ich das ja wohl! Und natürlich hat Lukas Recht, wenn er behauptet, dass seinem Bruder das auch hier passieren hätte können. Ich hoffe inständig, dass sie fürs Erste mit meiner Finanzspritze über die Runden kommen und das Geld auch bei ihnen eintrifft. Dieser Mike, der Chef von Quirin und Vroni, scheint sehr hilfsbereit zu sein, denn er unterstützt sie laut Lukas auch bei den ganzen Formalitäten und bei der Zusammenarbeit mit der dortigen Polizei. Er hat ihnen auch sein Handy zur Verfügung gestellt, aber anscheinend hat Quirin es vorgezogen, lieber seinen Bruder zu kontaktieren als mich, was ich auch wieder irgendwie verstehen kann. Bestimmt hätte ich meinem Ältesten Vorhaltungen gemacht, nachdem ich ihm hysterisch ins Ohr gejammert hätte. Aber das steht mir als Mutter ja schließlich zu!

Auf einmal reißt mich das näherkommende Martinshorn aus meinen Gedanken. Ich bin grad auf dem Radweg zurück ins Dorf auf Höhe des Parkplatzes unserer Tropfsteinhöhle, als ein Sanka, gefolgt von einem Notarztwagen, mit Blaulicht und Sirene auf der Staatstraße an mir vorbeibrausen.

Ein ungutes Gefühl durchfährt mich auf einmal und ich renne los. Bei diesem Alarm stellen sich meine Nackenhaare auf, denn es könnte eventuell auch ein Einsatz für mich und meine Kollegen sein, oder im schlimmsten Fall etwas mit dem Opa. Irgendwo im Dorf, in das die Rettungsfahrzeuge, die ich aus den Augen verloren habe, eindeutig abgebogen sind, verstummt dann das Alarmsignal. Doch die blinkenden Lichter führen mich zum Steininger-Hof, wo ich eine Viertelstunde später schnaufend in die Einfahrt biege. Vor dem Haus stehen der Sanka und der Notarztwagen.

„Der Alfred!“, vermute ich erschrocken.

Aber der, den die Sanitäter auf der Rollliege aus dem Haus schieben, ist Werner Steininger. Seine Frau trabt verweint und völlig aufgelöst hinter der Bahre drein. Ich schaue zu, wie die beiden Ersthelfer Werner, offensichtlich bewusstlos und mit Infusionen und Überwachungsgeräten verkabelt, im Heck des Krankenwagens verstauen. Ich kenne den untersetzten Notarzt von ein paar Einsätzen und er grüßt mich, als er mich sieht. „Oh, die Kriminalpolizei! Servus, Mary!“

Dr. Willi Neubauer in seiner orange-schwarzen Rettungstracht, die seine Wampe überspannt, mustert mich in meinem Walkingoutfit, während er sich seine eckige Brille auf die breite Nasenwurzel schiebt. Offenbar hat ihn sein Patient ziemlich gefordert, weil er gar so gestresst wirkt.

Er versucht sich in einem Grinsen. „Ich hab’ euch doch noch gar nicht Bescheid gegeben!“

„Musst du das denn?“, bin ich hellhörig.

Er nickt eifrig, winkt mich von Werners Frau weg zu seinem Einsatzfahrzeug und deutet auf den inzwischen verschlossenen Sanka. „Vermutlich eine Vergiftung! Ich tippe auf Arsenik. Heiße Haut und kalter Schweiß! Außerdem war ihm laut seiner Frau auf einmal ziemlich übel, er hat sich mehrmals übergeben, Durchfall und starke Koliken.“

Meine Alarmglocken läuten. „Arsenik?“

Wieder nickt er. „Besser bekannt als Arsen. Wenn mein Patient Glück hat, dann kommt er durch! Ich lass’ ihn in die Uni nach Regensburg bringen. Die sind dort bestens ausgerüstet und können ihm ein Antidot verabreichen.“

„Was hat er denn gegessen?“

Er öffnet die Fahrertür und steigt ein. „Das darfst du schon selber herausfinden! Ist ja nicht mein Bier!“

Ich ahne zu dem Zeitpunkt noch nicht, wie treffend sein letzter Satz gewesen ist.

Dann haut er die Tür seines Notarzt-BMWs zu und ist auch schon weg, dicht gefolgt vom Krankenwagen.

Die Frau von Werner steht vor der Haustür und schaut ihnen völlig verwirrt und aufgelöst hinterher. Kruzinesn, wie heißt sie denn gleich wieder? Jedenfalls ist sie keine besonders große oder starke Frau. Wie eine verhärmte, alte und ausgemergelte Bäuerin kommt sie mir vor in ihrer altmodischen Kittelschürze, dem streng nach hinten gebundenen, hellblonden Haaren und den Filzpantoffeln. Und das, obwohl sie nicht älter sein dürfte als ich. Aber eine auffallende Erscheinung war sie ja noch nie, darum habe ich wohl auch ihren Namen vergessen. Sie erregt jedenfalls mein Mitgefühl, denn in ihrem Leid schaut sie aus wie ein verängstigtes graues Mäuschen.

Ich gehe zu ihr hin. „Der Werner ist ein gestandenes Mannsbild“, sage ich tröstend. „Der packt das!“

Zuerst mustert sie mich fragend, dann nickt sie zaghaft und schaut mich aus verstört dreinblickenden Augen an. „Der Arzt hat gesagt, dass es nach einer Vergiftung ausschaut.“

„Ja, das hat er zu mir auch gemeint.“

Meine Bestätigung macht sie argwöhnisch. „Bist du privat oder beruflich da, Maria?“

Sie erinnert sich offenbar an meinen Namen.

„Ich war grad privat unterwegs, aber wenn was passiert, bin ich natürlich immer im Dienst.“

„Du warst vor ein paar Tagen schon einmal da …“

„Ja, wegen dem Skelett.“

Ihre gerunzelte, schmale Stirn, die zum Scheitel hin ein bogenförmiger Haaransatz einrahmt, und ihr forschender Blick zeigen mir eindeutig, dass sie mit meiner Anwesenheit nicht einverstanden ist. Ich nehme wahr, wie ihr schmächtiger Körper bebt, aber mühsam dagegen ankämpft und versucht, vor mir Haltung zu bewahren.

„Hat das was mit dem Werner zu tun?"

„Eher mit deinem Schwiegervater, dem Alfred."

Erschrocken zuckt sie bei meiner Nennung zusammen und rumpelt ins Haus. Offenbar hat sie ihn in dem ganzen Trubel total vergessen. Ich renne ihr hinterher. In dem typisch alten Bauernhaus liegen alle Räume links und rechts an einem breiten, zentralen Flur, von dem rechter Hand auch eine lange Holztreppe in den ersten Stock hinaufführt. Ich sehe gerade noch, wie sie hinter der Treppe in einer Tür verschwindet und haste ihr nach. Hier ist anscheinend das Zimmer von Alfred. Als ich durch den alten Türrahmen in seine kleine Schlafkammer eintrete, liegt er dort in seinem Bett und schläft.

Sie rüttelt an ihm und ruft voller Panik seinen Kosenamen. „Opa! Opa! So wach doch endlich auf!"

Und endlich öffnet er seine Augen und schaut sie total verdattert an. „Was … was ist denn los, Himmelherrgott?"

Mich nimmt er anscheinend gar nicht wahr.

Erleichtert bricht sie am Bettrand zusammen und weint bitterlich. Ich kenne diese Angst um einen Angehörigen bereits auch durch die beiden Herzinfarkte vom Opa und kann nachempfinden, was sie grad durchmacht. Aber glücklicherweise ist wenigstens ihr Schwiegervater wohlauf.

Alfred schaut sie zuerst verwirrt an, streichelt ihr aber dann zärtlich über das blonde im Nacken zu einem Pferdeschwanz zusammengebundene Haar. „Alles wird gut, Kathi!"

Ich schnaufe tief durch, weil ich mir nur im Ansatz vorstellen kann, wie anstrengend es mit einem Alzheimerkranken sein muss. Er erkennt seine Schwiegertochter ganz offensichtlich nicht, sondern sieht jemand ganz anderen in ihr: seine große Liebe anno 1955! Oder heißt seine Schwiegertochter etwa auch so? Kruzinesn, mir kommt ihr Name immer noch nicht in den Sinn!

Sie reißt sich wieder zusammen und wischt sich eilig die Tränen aus dem Gesicht. Dann nimmt sie seine verrunzelte Hand, mit der er sie grad noch getröstet hat, schiebt sie wieder unter die Daunendecke und deckt ihn sorgsam zu. „Schlaf weiter, Opa! Alles ist gut!"

Zufrieden lächelt er sie an, sinkt tiefer in sein dickes Kopfkissen hinein und schließt wie befohlen die Augen wieder.

Irgendwie komme ich mir auf einmal total fehl am Platz vor und gehe hinaus auf den Flur.

Sie geht mir nach und schließt leise die Tür.

„Tut mir leid, wenn ich euch störe …“, entschuldige ich mich schuldbewusst.

Ein gutmütiges Lächeln huscht über ihr gestresstes, verweintes Gesicht. „Ich hab’ gedacht, es hat den Opa auch erwischt! – Er hat doch das Gleiche gegessen wie wir …“

Ich runzle die Stirn, streichle ihr über den Arm und schaue sie verständnisvoll an. „Was hat es denn heut’ gegeben?“

Erschrocken, aber auch feindselig, blitzen mich ihre bernsteinfarbenen Augen an, nachdem sie meine Andeutung verstanden hat. „Ich war’s nicht!“

„Das hab’ ich auch nicht behauptet, … ähm …“ Kruzinesn, ihr Name?

„Christine!“, hilft sie mir und schnieft. „Nix Besonderes hat’s gegeben …“

„Was denn genau?“, hake ich nach. „Und was hat speziell der Werner gegessen?“

Nachdenklich starrt sie auf ihre Hände, deren dünne, knochige Finger fest vor ihrem flachen Bauch ineinander verkrampft sind. „Zwei Scheiben Toast mit Butter und Marmelade zum Frühstück. Mittag hab’ ich Schweinegeschnetzeltes gemacht mit Bandnudeln und Salat. Das war’s! – Ach ja: Nachmittag haben wir miteinander Kaffee getrunken, aber nix dazu gegessen.“

„Ist vom Mittagessen noch was übrig?“

Sie nickt und geht voraus in die Küche, wohl um es mir zu zeigen. Es ist eine typische Wohnküche wie in früheren Zeiten, allerdings bestehend aus einer modernen Küchenzeile im Landhausstil zur rechten Seite mit einem Holzofen. Danach führt eine weitere Tür, wie ich annehme, in die Speisekammer. In der linken Ecke gibt es eine große, rustikale Eckbank mit einem quadratischen Esstisch, ganz offensichtlich ein Überbleibsel aus den Nachkriegsjahren mit einem Herrgottswinkel, den ein großes Holzkreuz mit einem kunstvoll geschnitzten Jesus ziert. An den beiden Fenstern hängen Vorhänge aus rotkariertem Leinen und gehäkelte Scheibengardinen und in einem alten Buffet hinter der Tür stehen Essgeschirr und jede Menge steinerne Bierkrüge. Ich komme mir in die 50er-Jahre zurückversetzt vor.

Eifrig räumt sie ein paar Tupperschüsseln aus dem Kühlschrank und stellt sie auf der Arbeitsfläche ab. Ich kann sie grad noch davon abhalten, die Deckel zu öffnen. „Für die Untersuchung der Speisen ist bei uns die Spurensicherung zuständig."

Ihre Mimik ist verdattert. „Die hier bei uns im Haus?"

Wieder lege ich ihr meine Hand auf den Arm. „Du verstehst doch sicher, dass wir alles untersuchen müssen, damit wir denjenigen finden, der den Werner vergiften hat wollen?"

„Aber wer würd' ihm denn das antun wollen? Wir haben doch alle das Gleiche gegessen!", ist sie bestürzt über meine direkten Worte und wieder rinnen Tränen über ihre eingefallenen Wangen. Dann zuckt sie zusammen, als ihr die Erkenntnis kommt. „Dann muss es doch jemand von uns gewesen sein …"

Ich überhöre ihre letzte Vermutung. „Hat denn der Werner noch irgendwas anderes zu sich genommen als ihr?"

Christine starrt grübelnd auf die Tupperschüsseln mit dem restlichen Mittagsmahl.

„Irgendein Medikament vielleicht, oder hat er gern genascht?", will ich ihren Gedanken auf die Sprünge helfen.

Bei Agatha Christie war das Gift mal in den Pralinen, in der Marmelade, in Sandwiches oder im Kaffee.

Sie schüttelt den Kopf. „Der Werner ist kerngesund und Süßigkeiten isst er nur abends vorm Fernseher ..."

„Die musst du dann meinen Spusis auch mitgeben!"

„Aber er hat gern Bier getrunken!", unterbricht sie mich nach einem Geistesblitz und krallt sich in meinen Arm.

Mein Blick wandert zu der kleinen Tür in den Nebenraum. „Ich nehm' an, das Bierkistl steht in der Speis?"

Sie nickt zustimmend.

„Wer war denn heut' im Haus?", erforsche ich den Tagesablauf weiter.

„Na, der Werner, der Opa und ich!"

„Was ist mit eurem Sohn?"

„Der ist ständig unterwegs. Heut' Mittag war er jedenfalls nicht zum Essen da, sonst wär' ja auch nicht so viel übrig geblieben", erklärt sie mir traurig und ich höre den Missmut über den unsteten Lebenswandel ihres Sprösslings deutlich heraus. „Ich weiß nie, wo der sich rumtreibt!"

„Kann ich euer Telefon benutzen?", frage ich. „Ich hab' mein Handy grad nicht dabei und ich muss meine Kollegen anrufen."

Folgsam geht sie hinaus auf den Flur, kommt kurz darauf mit einem schnurlosen Apparat wieder zurück und reicht ihn mir.

Kapitel 8

Die beiden Spurensicherer Klaus und Ludwig kommen nach einer halben Stunde und beginnen mit ihrer Arbeit. Sie sind eigentlich immer die Zuständigen, wenn hier in der Gegend was passiert und wir sie brauchen. In ihren weißen Ganzkörperanzügen, Handschuhen und Schutzbrillen kann ich sie wieder nur durch ihre Staturen unterscheiden. Klaus ist groß und schlank und Ludwig kleiner und ein bisserl mollig. Außerdem hat er einen braunen Vollbart und, wenn er die Kapuze des Plastikanzuges abnimmt, eine Halbglatze.

„Nix mit einer ungestörten Walkingrunde, was?“, bemerkt er ironisch, nachdem er mich gemustert hat, stellt seinen Koffer ab und schaut sich um.

Doch ich bleibe sachlich: „Der Klaus ist schon in der Speisekammer am Werkeln, drum könntest du Proben von den Essensresten aus dem Kühlschrank nehmen. Niemand hat sie angefasst, seit ich hier bin.“ In der Tat habe ich die Küche bis zu ihrem Eintreffen bewacht wie ein Schäferhund.

„Arsenvergiftung, hab' ich gehört?“

Ich nicke. „Sagt der Notarzt.“

Ludwig pfeift geheimnisvoll. „Das Gift der schwarzen Witwe!“

Das hätte er mal lieber nicht gesagt, denn Christine auf der Eckbank bricht wieder schluchzend in Tränen aus. Dafür strafe ich den Spusi-Ludwig mit einem mahnenden Blick.

„Tschuldigung!“, meint er reuig und macht sich an die Arbeit.

Ich versichere mich noch einmal bei ihr, dass sie keinen Arzt braucht.

Wieder lehnt sie ab und plötzlich fällt ihr ein: „Oh mein Gott, ich muss die Sauerei im Bad ja noch wegmachen!“ Sie springt hoch und rennt zur Tür.

„Halt!“, hält Ludwig sie auf. „Von dem Erbrochenen muss ich auch noch Proben nehmen!“

Verdattert bleibt sie stehen. „Aber ich kann doch hier nicht so tatenlos herumsitzen. Ich muss doch was tun …“

Ich gehe zu ihr hin und führe die schluchzende und bebende Frau wieder zur Eckbank. „Soll ich deinen Sohn anrufen, damit er kommt?“

Sie schüttelt den Kopf und wehrt mich energischer ab, als ich es von ihr erwartet hätte. „Ich brauch' niemanden!" Dann befreit sie sich aus meinem stützenden Griff und rennt aus der Küche die Treppen hinauf.

Tief durchatmend schaue ich ihr hinterher und gehe auf den Hof hinaus. Ich lasse ihr am besten ihre Ruhe. Die frische Luft tut mir gut. Es dämmert bereits und ich denke mir, dass sich Toni bestimmt schon Sorgen macht, wo ich so lange bleibe. Weiter zum Grübeln komme ich nicht, weil der Bär auf das Haus zukommt. Und er kommt nicht in seiner normalen Dienst- oder Freizeitkleidung, sondern im Walkingoutfit genau wie ich, mitsamt den Stöcken! Ich fass' es ja nicht!

„Spar dir irgendwelche blöden Kommentare, bittschön!", mahnt er mich schnaufend noch vor einer Begrüßung und reißt die Klettverschlüsse der Handgurte auf, um die Stöcke loszuwerden. „Karin hat gemeint, ich soll irgendeinen Sport machen und das hier scheint für mich die passabelste Art zu sein. So wie für dich halt auch! Also keine ironischen Kommentare oder weiteren Fragen, verstanden!"

Ergeben hebe ich die Hände. „Ist schon recht! – Aber darf ich trotzdem erfahren, was dich hierhertreibt?"

„Na, ich war unterwegs, wie du erkennen kannst, und auf dem Rückweg hab' ich den Kleinbus von der Spusi ins Dorf fahren sehen. Da wollt' ich halt wissen, was los ist!"

„Der Werner Steininger ist laut Notarzt vergiftet worden. Vermutlich Arsen. Aber er hat gelebt, als sie ihn abtransportiert haben."

Der Bär schaut mich mit großen Augen an. „Arsen?"

Ich nicke. „Der Dr. Neubauer hat die Symptome so gedeutet: Übelkeit, Erbrechen, Durchfall, Koliken, kalte Haut, heißer Schweiß – oder andersherum."

„Das könnte genauso gut auf eine Lebensmittelvergiftung oder das Noro-Virus zutreffen."

„Ich kann dir nur das weitergeben, was der Notarzt mir gesagt hat. Ich kenne mich mit Vergiftungen nicht aus. So einen Fall hatte ich noch nie." Ich werde nachdenklich. „Allerdings passt das doch ganz gut!"

„Wieso?"

„Na, es ist schon mal ein Steininger an einer Vergiftung gestorben."

Der Bär weiß, wovon ich rede und runzelt die Stirn. „Das vermutest du! – Laut den lückenhaften Erzählungen vom Opa!“

Ich höre deutlich die Missbilligung heraus und fordere streng: „Können wir die Fehde zwischen euch beiden mal weglassen, bitte!“

Mein Partner verdreht die Augen, stemmt die Hände in die speckigen Hüften und schnauft tief durch. „Und, was jetzt?“

„Na, du musst doch zugeben, dass das komisch ist: Wir finden eine Leiche, die uns hierher zum Steininger führt und schon wird, wie vor 70 Jahren, der Hofherr vergiftet. Das kann doch kein Zufall sein!“

„Du hast anscheinend vergessen, dass sich die Familie Steininger genug Feinde gemacht hat. Da müssen wir schon eher im Jetzt und Hier nach einem Verdächtigen suchen als in der Vergangenheit. Ich könnt’ dir auf Anhieb schon mindestens drei aufzählen, die ihm den Tod an den Hals gewünscht haben, sei es wegen einer verlorenen Gerichtsverhandlung, Grundstücks-Streitigkeiten oder wegen einem Nachbarschaftskrieg.“

Ich zucke mit den Schultern, weil ich das eher nicht glaube. Mein siebter Sinn sagt mir etwas ganz anderes, nämlich dass es etwas mit der toten Katharina zu tun hat, auch wenn es schon so lange her ist.

„Jedenfalls hab’ ich die Spusi kommen lassen. Die sollen das Mittagessen untersuchen. Allerdings werden die darin nix finden, denn dann hätten die anderen des Haushaltes Steininger, die ebenfalls davon gegessen haben, auch solche Vergiftungserscheinungen. Ich tippe auf sein Bier. Das hat laut seiner Frau nur er getrunken.“

„Das gute Bier!“, bemitleidet er das bayerische Nationalgetränk und schaut dabei ziemlich sehnsuchtsvoll drein. Dann schluckt er schwer, wohl weil ihm das Wasser im Mund zusammenläuft.

„Kein Bier momentan?“, frage ich vorsichtig und kann mir vorstellen, wie ihm sein Feierabendweißbier fehlt.

Statt mir zu antworten, wirft er seine Stöcke verächtlich neben die Hauswand, an der die meinen auch schon lehnen, und stapft ins Haus. In der Küche grüßt er Ludwig, der gerade Proben von allen Lebensmitteln aus dem Kühlschrank eintütet.

„Schweinegeschnetzeltes mit Bandnudeln“, erläutert er dem Bär. „Riecht lecker!“

Der Bär stöhnt gequält und folgt mir zur Speisekammertür, wo Klaus mit den Bierflaschen beschäftigt ist. Wir bleiben zurückhaltend im Türrahmen stehen, was mit dem Bauchumfang vom Bär und der Schmalheit der Tür nicht sehr angenehm ist. Ich komme mir direkt eingezwängt vor und weiche in die kleine Speis aus, wo Spusi-Klaus Fingerabdrücke von Bierflaschen nimmt. Und es sind nicht wenige Getränkekisten, die sich hier unter den mit Vorräten vollgestopften Regalen stapeln. Nur zwei Kisten von den sechsen bestehen aus Mineralwasser und Limo.

„Ziemlich bierselig“, kommentiere ich meinen neugierigen Blick.

Klaus pinselt eifrig. „Allerdings!“

„Schon irgendwelche Erkenntnisse oder Spuren?“

„Was jetzt genau?“, kontert Klaus ironisch, weil ich gar so ungeduldig bin.

„Na, riecht eine leere Flasche nach bitteren Mandeln?“

Irritiert schaut mich der Spurensicherer an und errät meine Gedanken. „Das wäre dann Blausäure, werte Kollegin, und nicht Arsenik! – Wohl zu viele Agatha-Christie-Romane gelesen, was?“

„Mandeln?“, wundert sich auch der Bär. „Auch eine leere Flasche Bier riecht immer noch nach Bier, meine liebe Maria!“

Weiter kommen wir mit der Diskussion nicht, denn wir hören plötzlich lautes Geschimpfe. Der Bär und ich drängen uns durch die enge Speistür wieder in die Küche und da steht der Alfred in seinem Schlafanzug und tobt. Sein ovales Gesicht ist puterrot angelaufen und seine wenigen grauen Haare stehen ihm wirr vom Kopf.

„Verschwindet, verschwindet alle miteinander! Saubande, miserable! – Was habt ihr hier verloren in meinem Haus? Wir brauchen keine Flüchtlinge mehr! Wir haben schon zwei und die reichen uns!“, schreit er aufgebracht und will uns mit scheuchenden Armbewegungen aus dem Raum vertreiben. „Fort mit euch! Mit der Katharina und dem Josef haben wir schon Ärger genug!“

„Welchen Ärger denn?“, platze ich neugierig heraus, denn bisher habe ich aus seinem Mund nur Positives über Katharina gehört.

Meine Frage bringt Alfred zum Innehalten. Verwirrt mustert er erst mich, die beiden Spusi in ihren Anzügen und dann den Bär.

Christine ist wohl durch sein Gebrüll alarmiert worden, denn sie poltert eilig die Treppen herunter und stürzt zu ihrem schnaubenden Schwiegervater. Sie versucht, ihn zu beruhigen, doch er schubst sie wild gestikulierend zur Seite. In seiner Raserei hat er offensichtlich untypische Kräfte.

„Wer seid ihr überhaupt!", fährt er uns dann an und befiehlt Christine: „Jag' diese Schmarotzer vom Hof! Die Mama wird sonst sauer, wenn wir noch mehr Mäuler durchfüttern müssen. Ich hab' doch gesagt, wir brauchen keine Flüchtlinge mehr. – Vor allem keine so fetten!"

Na, danke auch! Der Bär und ich wechseln genervte Blicke.

„Nein, Opa!", versucht Christine gutmütig, ihn zu beruhigen. „Die Leute sind von der Polizei!"

Aber das regt Alfred nur noch mehr auf. „Von der Polizei! – So weit sind wir also schon, dass die zwei uns die Polizei ins Haus gebracht haben?"

„Welche zwei?", hake ich nach und ernte dafür strafende Blicke von Christine.

„Na, die Katharina und der Josef! – Die führen doch was im Schilde! Die tun doch nur so als ob!"

Ich werde immer neugieriger. „Als ob was?"

Alfred lacht höhnisch. Sein Blick wandert unruhig im Zimmer hin und her, als könnte er vor seinem geistigen Auge etwas erkennen. „Die machen uns doch was vor! – Aber ich hab's gesehen! Ich hab's mit eigenen Augen gesehen!"

„Was denn, in Herrgotts Namen?", kann ich meine Ungeduld nicht im Zaum halten.

Auch der Bär schaut den alten Mann voller Neugier an.

Aber der denkt gar nicht daran, mir zu antworten, und wendet sich kopfschüttelnd und niedergeschlagen an seine Schwiegertochter. „So weit hat es also kommen müssen! Die Polizei in unserem Haus! Aber die Mama hat's ja immer schon gesagt, dass der Josef ein durchtriebener Hundling ist!" Dann schaut er uns mit weit aufgerissenen Augen an. „Er hat sie dazu gebracht!"

„Zu was hat er wen gebracht?“, mischt sich jetzt auch der Bär gespannt in das verwirrende und zusammenhanglose Gespräch ein.

Plötzlich rennt Alfred erstaunlich agil zur Tür hinaus auf den Flur und die hölzerne, knarzende Treppe hinauf. „Fragt sie doch selber! Fragt sie! Kommt und fragt sie!“, fordert er uns auf.

Christine ist die Erste, die ihm nachhetzt.

Offenbar hat er gerade wieder eine Erinnerungsphase, die ihn ins Jahr 1955 zurückversetzt.

Sie holt ihn in der Mitte der Treppe ein und will ihn dazu bewegen, wieder nach unten zu gehen, denn das Treppensteigen macht ihm sichtlich Schwierigkeiten, je mehr Stufen er erklimmt.

Doch er wehrt sie ab. „Lass mich! Die Polizei soll mit der Kathi reden! Die weiß alles! Die kann ihnen alles sagen!“

Er grinst schadenfroh und winkt uns herauf. Einerseits will ich den kranken, alten Mann nicht weiter aufregen, doch andererseits bin ich auch zu neugierig, als dass ich hier unten stehenbleiben würde. Und dem Bär geht es wohl genauso, weil er eine hinaufweisende Handbewegung macht. Also folgen wir Alfred und Christine, die ihm stützend hilft, die restlichen Stufen ins Obergeschoss zu steigen. Schwer atmend, aber eifrig wetzt er dann zu einer Zimmertür am Ende des Flurs. Ohne zu klopfen reißt er die Tür auf und bleibt wie angewurzelt stehen. „Aber … aber …“

Wir sehen Alfred und Christine über die Schultern in den Raum, der heute wohl als Wäschekammer und Bügelzimmer dient, denn es steht ein großer Schrank darin, volle und leere Wäschekörbe und ein Bügelbrett samt Eisen. Es ist kein großes Zimmer, eher eine Kammer.

Erschüttert über das, was Alfred unerwarteterweise vor sich hat, taumelt er gegen den Türstock. Seine Schwiegertochter hält ihn fest.

„Aber wo sind die zwei denn hin?“, fragt der Alte sie wie vom Donner gerührt.

„Sie sind schon vor langer Zeit weggegangen, Alfred.“ Ihre Stimme klingt sanft und beruhigend. Es ist offensichtlich nicht das erste Mal, dass sie mit solch einem Ausraster von ihm konfrontiert wird. Anscheinend weiß sie, wovon er spricht.

„Weggegangen?“, wundert er sich völlig durcheinander und alle Kraft, die ihn grad noch so angetrieben hat, scheint aus ihm gewichen zu sein.

Beruhigend streichelt sie seinen Rücken und geleitet den auf einmal noch gebrechlicher daherkommenden Alten wieder aus dem Zimmer. „Komm, Opa, heut' darfst du im Bett vom Werner schlafen!“

Willenlos und verwirrt ergibt er sich und lässt sich von ihr in den Raum nebenan geleiten. Von unserem Standplatz auf dem Flur können wir es als das Schlafzimmer des Ehepaares mit einem Doppelbett erkennen. Bevor sie die Tür hinter sich und Alfred schließt, schaut sie uns verständniseinholend an. Ich nicke. Dann verziehen der Bär und ich uns taktvoll wieder nach unten.

Als wir wieder im Erdgeschoss im Flur sind, schnauft der Bär tief durch und meint verwundert: „Der Alte ist aber drauf, du!“

Ich kenne Alfreds Erinnerungsblitze bereits und mein Gehirn rattert.

„*Sie machen uns was vor!*“, wiederhole ich sein wirres Gerede.

Und auch der Bär rätselt: „‚*Sie tun nur so als ob!*‘, hat er auch gemeint.“

„Was könnten die Katharina und der Josef denn gewesen sein, was sie nicht waren?“, überlege ich angestrengt.

Der Bär macht sich lustig. „Vielleicht ein Mörderpaar! Bonnie und Clyde aus der Tschechei!“

Ich tue seine sinnlose Bemerkung mit einer Handbewegung ab. „Ah, geh!“

Die beiden Spurensicherer kommen mit ihren Koffern aus der Küche zu uns auf den Flur.

„Wir hätten es dann!“, informiert uns Klaus. „Ergebnisse frühestens morgen Abend!“

Total in Gedanken versunken, verabschieden der Bär und ich uns von den beiden und sie gehen kopfschüttelnd.

„Vielleicht sind sie gar nicht aus der Tschechoslowakei vertrieben worden. Vielleicht waren ihre Eltern zwei schlimme Nazis und haben sich nur als Flüchtlinge getarnt, um ungeschoren davonzukommen. Die haben ihre schlechten Gene an ihre Kinder weitergegeben und die zwei ziehen los, um sich den nächstbesten Hof unter den Nagel zu reißen“, spekuliert der Bär weiter.

Das erscheint mir mehr als abwegig. „So ein Schmarrn!“

Er seufzt beleidigt. „Dann reim' dir halt selber was aus dem zusammenhanglosen und wirren Geschwätz eines Alzheimerkranken zusammen! Mir ist das jedenfalls zu hoch!"

Ich schüttle den Kopf, weil ich genau spüre, dass ich was übersehen oder überhört habe. Aber ich komme ums Verrecken nicht drauf, was es war, Kruzinesn!

„Für Alfred ist auf jeden Fall Josef der Böse", analysiere ich.

Auch der Bär erinnert sich. „Er hat uns gesagt, wir sollen sie fragen ..."

„Aber nur was?", ärgere ich mich über die vielen Fragen, zu denen wir keine Antworten haben.

Da höre ich, wie jemand die knarzenden Stufen herunterkommt. Es ist Christine. Vielleicht kann uns sie weiterhelfen.

„Tut mir leid, wenn wir ihn durcheinandergebracht haben", entschuldige ich mich betreten.

Sie wirft mir einen vergebenden Blick zu. „Das hat er öfter."

„Was erzählt er denn so, wenn er wieder in der Vergangenheit lebt?", frage ich vorsichtig. „Ich meine über diese Katharina und diesen Josef."

„Normalerweise spricht er nur mit dem Werner über vergangene Zeiten. Aber seit Neuestem nennt der Alfred mich manchmal Kathi. Ich weiß nur, dass sie und ihr Bruder in den Fünfzigern hier als Magd und Knecht gelebt haben und tschechische Flüchtlinge waren."

„Aber da muss man doch neugierig werden, wenn der Alte so was Wirres erzählt. Hast du den Werner nie gefragt, was es mit den beiden auf sich hat?", forscht der Bär ungläubig.

Sie zuckt nur gleichgültig mit ihren schmalen Schultern. „Ich hab' gespürt, dass der Werner nicht gern darüber spricht und den Opa das immer ziemlich aufgeregt hat. Also hab' ich es irgendwann aufgegeben."

Sie kennt also die Geschichte um Katharina, Josef und den vergifteten Ignaz nicht. Dafür hat aber Alfred anscheinend seinem Sohn einiges anvertraut. Bei meinem ersten Besuch hatte Werner das angedeutet. Warum habe ich ihn damals nicht genauer danach gefragt, Kruzinesn? Und auf einmal kommt es mir: Alfred hat dem Werner etwas erzählt. Etwas Prekäres, etwas, das es wert ist, zu morden. Etwas, das heute immer noch so belastend ist, dass jemand dafür einen Giftmord verübt. Nach so langer Zeit!

Kapitel 9

Wir werden von einem durch die Haustür hereinkommenden jungen Mann unterbrochen. Es ist eindeutig der, der sich neulich auf seinem Bauplatz so über den Baustopp, verursacht durch die Archäologin, aufgeregt hat, also der Sohn des Hauses Steininger. Michael dürfte etwa so alt sein wie Quirin, um die 23, doch auch er ist im Dorf nicht präsent. Mit seinem breiten Gesicht, den geheimnisvoll dunklen Augen und dem dicken, aschblonden Haarschopf hat er eindeutig das Aussehen seines Vaters geerbt. Doch mit dem sehnigen, fast schlaksigen Körper, der sich unter dem hautengen Sportdress abzeichnet, kommt er eher nach seiner Mutter. Einige bunte Seilbündel hängen über seinen schmalen Schultern. Fragend schaut er uns an, während er sie samt einem Kletterhelm auf die Treppenstufen wirft.

„Michi!", begrüßt Christine ihren heimkehrenden Sohn. „Endlich kommst du!"

Wieder ist sie den Tränen nah. Sie fällt ihm um den Hals, noch bevor er überhaupt ahnt, was hier los ist.

Völlig verwirrt nimmt er sie in die Arme „Mum! Was ist denn passiert?"

Jetzt weint seine Mutter hemmungslos an seiner Schulter. „Der Papa … der Papa ist vergiftet worden!"

Fassungslos befreit er sich von ihr. „Vergiftet?"

Sie nickt schniefend und holt ein eh schon durchweichtes Papiertaschentuch aus der Tasche ihrer altbackenen Kittelschürze.

Argwöhnisch schaut uns Michael an. „Wer sind die?"

„Von der Polizei!", schnieft Christine.

Ich stelle uns anständig vor, obwohl wir keine Ausweise dabeihaben. „Kommissarin Maria Weidinger, Polizeiinspektion Kelheim; mein Kollege Polizeihauptwachtmeister Bärnreuther."

Er mustert uns ungläubig in unseren Walkingklamotten. „Ich dacht', die neue Uniform schaut anders aus!"

„Wir hätten eigentlich jetzt frei", erklärt der Bär gelangweilt.

Michael wendet sich an seine Mutter. „Was wollen die hier, verdammt?“

Christine schluchzt auf. „Verstehst du nicht, Bub: Jemand wollt’ den Papa umbringen!“

Für eine Sekunde hält er die Luft an. Seine Augen blicken unruhig und bestürzt umher. Man kann förmlich sehen, wie es hinter seiner breiten, glänzenden Stirn rattert. „Aber, wer würd’ denn so was machen?“

„Um das herauszufinden, sind wir ja hier!“, mischt sich der Bär ein und nimmt ihn ins Visier. „Wo kommst du jetzt eigentlich her?“

Der Befragte schaut an sich herunter und uns dann verdattert an. „Ich war beim Klettern mit ein paar Kumpels! – Ist das jetzt wichtig, oder was?“

„Klettern?“, weicht der Bär ihm aus.

Ich spüre genau, dass er das junge Bürscherl nicht leiden kann, warum auch immer. Vielleicht, weil er uns gegenüber doch ein bisserl hochnäsig und überheblich daherkommt. Darum überlasse ich seine Befragung auch dem Bär. Jedenfalls so lange, bis es mir zu bunt wird.

„Ja, an der Prunner Wand! – Warum wollen Sie das wissen?“

„Einfach so“, tut der Bär gleichgültig und deutet auf die Bündel Seile und den Helm. „Ein gefährliches Hobby, was?“

Über das Gesicht des jungen Steininger huscht ein hämisches Lächeln, während er meinen Partner ironisch mustert. „Natürlich muss man sein Gewicht im Griff haben und fit sein …“

Dieser versteckte Hohn reizt den Bär nur noch mehr, der sich aufplustert. „Zamreißen, Bürscherl, gell!“

„Sonst was?“, hat sein Gegner, der sich ebenfalls aufbaut und damit natürlich nicht die Körperausmaße vom Bär toppen kann, trotzdem keine Angst vor seiner Drohung.

Jetzt ist eindeutig der Zeitpunkt, an dem ich eingreifen muss, aber Christine kommt mir zuvor.

Sie fasst ihren Sprössling besorgt am Arm. „Ich hab’ solche Angst um dich, Michi, wenn du zum Klettern gehst.“

„Ach, geh, Mum!“, tut er eifrig ab. „Meine Kumpels sind erfahrene Kletterer und ich kann mich echt auf die verlassen. Keine Sorge!“

„Du hast keine Ahnung, wer deinem Vater den Tod wünschen würde?“, unterbricht der Bär die zwei dann geschäftig.

Michael lacht kurz und spöttisch auf. „Nein, habe ich keine! Wir leben hier mitten in der Pampa in einem Kaff mit lauter Hinterwäldlern! Wer sollte hier schon an Mord denken?“

„Das ist ja komisch!“, kommentiere ich. „Ich frag' mich, warum Sie in diesem Kaff ein Haus bauen, wenn es Ihnen hier offenbar nicht gefällt.“

Meine Feststellung macht ihn sichtlich verlegen. Und wieder springt seine Mutter für ihn ein. „Der Werner hat ihm den Bauplatz überschrieben. Es ist sein Erbe.“

Der Bär und ich wechseln fragende Blicke. Das ist ein ziemlich mageres Erbe für den einzigen Nachkommen eines großen, bekanntermaßen schwerreichen landwirtschaftlichen Betriebes, stellen wir ohne Worte fest.

„Und der Hof?“, hakt der Bär skeptisch nach.

Michael verdreht die Augen, schnauft tief durch und antwortet genervt: „Ich hab' zwar keine Ahnung, was das mit meinem vergifteten Vater zu tun hat, aber meinetwegen! Das war seine Bedingung: Ich brauch' den Hof nicht übernehmen und krieg' dafür nur den Bauplatz. Sprich: Er erwartet nix von mir und ich hab' dann auch nix mehr von ihm zu erwarten.“

Werner ist also sogar nicht einmal davor zurückgeschreckt, seinen eigenen Sohn zu gängeln. Er hat ihn mit einem windigen Bauplatz abgespeist und ihn damit an seine offensichtlich verhasste Heimat und die Nähe zu seinem Elternhaus gebunden. Naja, für andere wäre so ein Bauplatz samt gesponserter Hütte vom Vater ein wahrer Luxus, aber das gilt wohl nicht im wohlhabenden Hause Steininger und schon gar nicht für den Spross daraus, der offensichtlich andere berufliche Pläne hat, als seinem Vater nachzueifern.

„Sie werden also kein Landwirt?“, stelle ich fest.

„Bestimmt nicht!“, spottet er voller Sarkasmus. „Das ganze Jahr schuftest du dir den Arsch ab! Keine Freizeit, kein Urlaub, keine Sonntage! Schaut euch meine Mutter an! Total zamgewerkelt ist sie! Und mein Dad ist ein grantiger, oider Depp, der von staatlichen Subventionen und Brüssels Beschlüssen abhängig ist. Und auf so einen Scheiß hab' ich null Bock!"

„Michi!", mahnt ihn Christine.

Michael ist also ein junger Mann, der offenbar genau weiß, was er will oder besser nicht will! Welche Ironie! Liesl Steininger würde sich im Grab umdrehen, wenn sie das noch erleben würde: Ihr Urenkel weigert sich doch tatsächlich, ihr einst durch mörderische Intrigen erstandenes, begehrtes Erbe weiterzuführen!

„Darf ich fragen, junger Herr, mit was du dann deine Brötchen verdienen willst?", will der Bär voller Häme wissen.

Damit spielt er darauf an, was auch ich mir schon zusammengereimt habe, nämlich, dass Michael bisher prima vom Geld seiner Eltern und somit von der Landwirtschaft gelebt hat. Doch es ist gut vorstellbar, dass sein Vater ihm den Geldhahn zugedreht hat, als er sich gegen ihn aufgelehnt hat.

„Er wird diesen Herbst eine Lehre als Zerspanungsmechaniker anfangen", springt schon wieder Christine für ihren Sohn in die Bresche.

„Aha, und warum auf einmal dieser Wandel?"

„Hey, Mann!", regt sich Michael auf, weil er wohl ahnt, was wir von ihm denken. „Landwirtschaft ist einfach nix für mich! Ich hab' halt eine Zeit lang gebraucht, bis ich das gecheckt hab'."

Der Bär schüttelt missbilligend den Kopf. „Schon klar! – Ist schon blöd, gell, wenn dann die väterliche Geldquelle auf einmal versiegt …"

„Was wollen Sie damit sagen?", unterbricht Michael ihn scharf und baut sich wieder vor ihm auf. Sein Gesicht ist wutverzerrt und seine dunklen Augen blitzen.

„Na, dass du ein wunderbares Motiv hättest, deinen Alten um die Ecke zu bringen!", flötet mein Partner gelassen heraus.

Damit hat er den jungen, aufgebrachten Mann zu sehr gereizt, denn der geht auf ihn los. Christine und ich können das junge Bürscherl grad noch davon abhalten, aber ich spüre deutlich die Kraft in seinem sehnigen Arm, den ich mit eisernem Griff mit Müh und Not festhalte.

„Michi, bitte!", fleht ihn seine Mutter an und er entspannt sich langsam.

Ich wende mich mit einem strengen Befehl an den Bär:

„Markus!“ Bei seinem Vornamen nenne ich ihn nur, wenn es mir wirklich ernst ist. „Ich mach’ ab jetzt allein weiter!“

Schnaubend zieht der Bär ab. Ich beobachte, wie er seine Stöcke neben der Haustür aufhebt und schnellen Schrittes davontrabt.

Derweil hat sich Michael wieder ganz beruhigt. Ihm ist sein Ausraster ziemlich peinlich. „Sorry …“

Ich nicke. „Passt schon! Mein Kollege ist auch ein bisserl zu weit gegangen.“

„In welches Krankenhaus ist mein Vater gebracht worden?“

„Uniklinik Regensburg“, antworte ich.

Er läuft zur Treppe in den ersten Stock hinauf. „Ich geh’ duschen, Mum! Und dann fahren wir zu Dad!“

Christine nickt nur und presst wieder das nasse Tempo an ihre Nase. Die ganzen Ereignisse dieses Tages haben sie hart getroffen. Kommt es mir nur so vor oder sind ihre Wangen noch schmäler und ihr Gesicht noch blasser geworden? Oder erregt ihre gequälte Körperhaltung mein Mitleid?

Ich will sie jedenfalls nicht weiter piesacken, doch eine Bitte habe ich dann doch noch an sie: „Könntest du mir eine Liste von allen Leuten machen, mit denen ihr Streitigkeiten hattet, oder von denen du glaubst, dass sie euch oder speziell dem Werner nicht wohlgesonnen sind?“

Sie nickt nur und fasst mich dann am Arm. Sie hat noch etwas auf dem Herzen, denn ihre knochigen Finger klammern sich fest um meine Softshelljacke. Ihre grauen Augen durchdringen mich. „Der Michael mag zwar ziemlich aufbrausend sein … das hat er von seinem Vater, aber er könnte ihm nie etwas antun.“

Mit einem aufmunternden Lächeln versichere ich ihr, wenn auch nur vorgegeben, meine Loyalität. Ich bringe es nicht übers Herz, ihr meine Zweifel daran zu sagen. Vorerst jedenfalls nicht, denn ohne Frage steht ihr Sohn an oberster Stelle der Verdächtigen.

Kapitel 10

Es ist schon fast neun Uhr abends, als ich endlich wieder daheim bin. Der Ton aus dem Fernseher im Wohnzimmer ist ziemlich laut durch die geschlossene Tür zu hören, also schaut der Opa auf der Couch fern. Das beruhigt mich schon einmal. Soll ich ihm von den Ereignissen auf dem Steininger-Hof erzählen? Ich entscheide mich dagegen. Heute habe ich genug aufregende Gespräche geführt.

Toni empfängt mich im Flur, als ich meine Stöcke hinter der Garderobe verstaue. Ich spüre, wie er versucht, meine Stimmung zu erahnen.

„Sag' mal, wo treibst du dich denn rum? – Muss ich mir langsam Gedanken machen, dass das Walken nur ein Vorwand ist, um dich heimlich mit deinem Geliebten zu treffen?", scherzt er.

Ich grinse ihn an. „Das könnt' ich einfacher haben!"

Er schmunzelt verschmitzt, als ich ihm ein Bussi auf den schmalen Mund drücke. Er folgt mir in die Küche.

„Das mit Quirin wird schon wieder", versucht er mich zu trösten. „Übrigens hat er vor ungefähr zwei Stunden angerufen."

Ich wollte mir grad Mineralwasser in ein Glas einschenken und halte inne. „Was?"

„Ja, Lukas hat ihm wohl gesteckt, dass wir jetzt Bescheid wissen. Er wollte sich für die Finanzspritze bedanken und die Wogen glätten."

„Wie geht's ihm denn?"

„Wir konnten nicht lange reden. Die Verbindung war zu schlecht."

„Wie es ihm geht, will ich wissen!", dränge ich ungeduldig nach und gieße weiter ein.

Toni tritt dicht hinter mich und legt seine Hände verständnisvoll auf meine Schultern. „Ganz gut. Die Rippenprellungen tun ihm zwar noch ziemlich weh, aber es geht aufwärts. Auch Vroni geht's besser. Allerdings hat sie einen Filmriss und kann sich an nix mehr von dem Vorfall erinnern."

Ich trinke das Glas Wasser leer, weil ich ziemlich durstig bin. „Hat die dortige Polizei schon eine Spur?"

„Das hab' ich ihn nicht gefragt."

Mir stinkt, dass ich nicht daheim war, als Quirin angerufen hat, und ich fluche: „Kruzinesn!“

„Jedenfalls haben Vronis Eltern darauf bestanden, dass sie die Australientour abbrechen und sie nach Hause kommen, sobald sie wieder einigermaßen fit sind.“

„Ach, und wenn die das sagen, dann tun unsere Kinder das?“, motze ich voller Ironie, weil ich diese Forderung Quirin gegenüber niemals gewagt hätte, aus dem Wissen heraus, dass er sowieso nicht darauf eingegangen wäre.

„Ich glaub’, er will auch heim, aber er würd’ wohl niemals zugeben, dass du Recht hattest mit deiner Sorge“, überlegt Toni und massiert mir dabei sanft die Schultern. „Vielleicht solltest du ihn einfach darum bitten!“

Ich drehe mich zu ihm um und ziehe eine Lätschn. „Muss ich also wieder über meinen Schatten springen!“

Er drückt mir ein tröstendes Bussi auf die Stirn. „Was tut man nicht alles für seine Kinder!“

„Und den Besuch in Australien können wir dann wohl auch vergessen“, seufze ich.

An dieser Stelle muss ich erklären, dass Toni und ich in unserem Sommerurlaub geplant hatten, unsere beiden Backpacker während ihrer Tour ein Stück zu begleiten. Ich hatte mich schon sehr darauf gefreut, denn eine Reise auf diesem riesigen Kontinent Down Under ist schon immer ein großer Traum von mir.

Toni zuckt mit den Schultern. „Was hindert uns daran, es nicht trotzdem zu tun?“

Wir werden vom Klingeln an der Haustür unterbrochen.

„Wer kommt denn jetzt noch?“, bin ich genervt, weil ich nach diesem anstrengenden Sonntag endlich was essen, duschen und meine Gedanken mit meinem Hauptkommissar-Ehemann sortieren will.

Auch er scheint mit der Störung nicht einverstanden, geht aber trotzdem, um zu öffnen.

Als er zurückkommt, verrät mir seine missbilligende Miene, dass es kein angenehmer Besucher bzw. Besucherin ist. „Die Ulli will mit dir reden!“

Die ist mir jetzt grad noch abgegangen! So gern ich sie habe, aber jetzt möchte ich einfach meine Ruhe! Und irgendwie schwant mir, dass ihr Besuch kein vergnüglicher sein wird. Wie recht meine Intuition wieder mal hat, erkenne ich schon an ihrem verweinten Gesicht, als sie hinter Toni in die Küche gestürmt kommt.

„Mary! Es ist alles so furchtbar …“, bricht sie in Tränen aus und schmeißt sich an mich.

Nicht, dass ich das nicht packen würde, denn sie ist ja rank und schlank und ein bisserl kleiner als ich, aber es ist die Dramatik dabei, die mich überfordert.

Toni wirft mir einen bedauernden Blick zu und verdrückt sich dezent.

Ich schiebe sie von mir weg. „Was ist denn passiert?“

„Der Jo … der Jo hat mich betrogen!“, jammert sie herzzerreißend und lässt sich niedergeschlagen auf einen von den beiden Hockern an der Küchentheke nieder.

Das ist mal wieder typisch: Sie übertreibt es maßlos mit ihrem Gefühlsausbruch! Vor allem nach dem, was mir Jo über Ullis Beziehungsvorstellung mit ihm erzählt hat, verstehe ich nur Bahnhof.

„Warst du es nicht, die eine offene Beziehung wollt’?“, fällt mir dazu nur ein.

Erstaunt sieht sie mich an. „Du weißt davon?“

Ich fühle mich ertappt und wie eine Verräterin. Meinem verlegenen Schulterzucken folgt eine ausweichende Ausrede: „Jo hat mal so was erwähnt …“

Ulli schluchzt auf. „Aber ich hab’ doch niemals gedacht, dass er gleich ernst macht!“

Ich stutze. „Wie bitte? Du zwängst ihm auf, herumzuswingern, um euer Sexleben aufzupeppen, und dann wunderst du dich, dass er fremdgeht?“

„Ich hab’ ihn nicht gezwungen!“, ist sie entrüstet und wischt sich mit dem Handrücken den Rotz unter der Nase fort. „Er wollte es doch genauso!“

„Wo liegt dann dein Problem?“, frage ich voller Häme, während ich in meiner Krimskrams-Küchenschublade nach einer Packung Papiertaschentücher suche und sie ihr reiche. „Es ist doch für dich ganz einfach, einen Mann für einen One-Night-Stand aufzutreiben, wie wir wissen!"

Dafür ernte ich einen eisigen Blick aus ihren zusammengekniffenen, blauen und jetzt total verheulten Augen. Es sollte eine Anspielung auf ihr früheres, zügelloses Sexleben sein, doch eigentlich hätte ich mir das sparen können. Demonstrativ laut schnäuzt sie in ein Tempo.

„Zu wem hältst du eigentlich?", fragt sie dann argwöhnisch.

„Du kennst meine Einstellung zu Sex, Ehe und Treue. Wie oft muss ich dir noch sagen, dass ich als konservative Niederbayerin und gläubige Katholikin nicht der richtige Ansprechpartner für dich bin?", mahne ich sie.

„Du bist so was von altmodisch!", spottet sie mir her und rutscht von ihrem Hocker. „Warum bin ich überhaupt hergekommen …"

Doch so will ich sie nicht gehen lassen. „Was ist denn jetzt überhaupt genau passiert?"

Ich kann mir nach dem neulichen Gespräch mit Jo und seiner Bitte an mich nicht vorstellen, dass er tatsächlich fremdgegangen ist. Das traue ich ihm einfach nicht zu. Dafür ist er Ulli zu ergeben. Und das genau ist sein Problem. Er kann ihr einfach keinen Wunsch abschlagen und ihr nicht widersprechen. Selbst wenn er es tut, dann bockt sie auf ihre dramaturgische Art, und schon gibt er wieder nach. Das hatten wir schon einige Male …

Wieder verzieht sich Ullis sonst schönes, ebenmäßiges Gesicht beim Anflug des nächsten Weinanfalls. „Ich … ich hab' auf sein Handy geschaut …"

„Kruzinesn, Ulli!", empöre ich mich. „Das macht man nicht!"

„Ich kann nix dafür!", verteidigt sie sich energisch. „Sein Handy ist in der Küche auf der Arbeitsplatte gelegen, gleich neben meinem Kochbuch, und da hat er halt eine Whatsapp reingekriegt, die ich zufällig gelesen hab', als ich ins Rezept geschaut hab'! Ehrlich!"

Diese Smartphones sind nicht nur Segen, sondern auch Fluch, stelle ich wieder mal fest, und glaube ihr. „Und was hat da gestanden?"

„‚*Es war sehr schön gestern! Lass uns das wiederholen! Würde mich freuen!*' und ein Smiley mit Herzaugen hinten dran!"

Das klingt schon sehr eindeutig. „Wer soll ihm das gesendet haben?"

„Eine gewisse Meli! – Auf ihrem Profilbild sieht man sie mit einem Skelett, neben dem sie im Dreck kniet. So eine Schlampe!“, gibt sie zu, dass sie doch mehr im Handy ihres Freundes geforscht hat, als es die feine Englische Art ist.

Sofort fällt mir die rassige Archäologin wieder ein.

Ulli erkennt meine Mimik sofort. „Du kennst dieses Luder?“

„Was heißt kennen …“

„Wer ist sie, verdammt?“, fährt meine Schwester mich an und kann sich grad noch zusammenreißen, mich nicht am Krawattl zu packen.

„Jetzt bleib’ mal ruhig, Ulli!“, fordere ich sie auf, doch ihre Eifersucht ist viel zu rasend, als dass ich ihr Einhalt gebieten könnte.

„Aber die ist doch gar nicht sein Typ! Eine, die im Tarnanzug im Dreck neben einem Skelett kniet! Das ist doch nicht normal!“

„Sie ist Archäologin“, erkläre ich gelassen.

Ich erinnere mich dunkel, welches Interesse Jo damals beim Fund des Skeletts an der Boandlgraberin gezeigt hat, und wie ich ihn noch gemahnt habe. Hat er sich also doch an sie rangemacht, Kruzinesn! Sie hat auch die Computerrekonstruktion gemacht, hat er mir gesagt. Sein Kontakt zu ihr besteht aber anscheinend nicht nur aus beruflichen Gründen.

Und Ulli bemerkt meine Ahnung.

„Du weißt doch was, Mary!“, braust sie auf und packt mich am Arm. „Raus mit der Sprach’!“

„Herrgott, der Jo hat sie an einem unserer Tatorte kennengelernt“, gebe ich schließlich genervt zu und entwinde mich ihrem Griff mit den manikürten Fingern, die künstliche, dunkelrote Nägel zieren. „Aber da war nix weiter!“

„Pah!“, spöttelt sie. „Von wegen, da war nix!“

„Der Jo würde dich nie betrügen!“, verteidige ich meinen Kollegen energisch. „Er hat mir gesagt, dass er es nicht ertragen könnte, wenn du was mit einem anderen hättest und darum würde er dir auch niemals so was antun.“

„Du scheinst dich sehr gut mit ihm zu verstehen, Schwesterlein!“, faucht sie mich mit zusammengekniffenen Augen an, so dass sie mir direkt bösartig vorkommt in ihren unkontrollierten Gefühlsausbrüchen.

„Wenn Nepi dich so sehen könnte …“, will ich sie zur Vernunft bringen.

„Oh Gott, Nepomuk!“, erschrickt sie und rauft sich die Haare.

„Was ist mit ihm?“

„Als ich die Whatsapp gelesen hab’, hab’ ich alles liegen und stehen lassen und bin abgehauen“, beichtet sie mir, während sie zur Haustür rennt.

Ich bin fassungslos. „Du hast ihn allein gelassen?“

„Der Jo ist auch daheim, aber er hat gleich Nachtdienst!“

Ich sehe auf meine Armbanduhr. Fast halb zehn. „Wenn du dich beeilst, kommst du noch heim, bevor er weg muss!“

Und schon ist sie ohne einen Abschiedsgruß oder ein weiteres Wort zur Haustür hinaus und haut sie lautstark hinter sich zu.

Der Opa kommt neugierig aus dem Wohnzimmer zu mir in die Küche. „War das die Ulli?“

Ich seufze und nicke.

„Spinnt’s schon wieder?“

Wieder nicke ich und verdrehe die Augen.

Kopfschüttelnd bedauert er: „Der Jo ist wirklich ein armer Hund.“

„Mhm!“, muss ich ihm beipflichten, obwohl ich auch ihre guten Seiten kenne.

Grad, als ich aus der Dusche steige, kommt Toni ins Bad und hält mir mein Handy hin. „Anruf aus der PI! Der Jo!“

Mich jetzt auch noch mit ihm auseinanderzusetzen, dafür habe ich jetzt absolut keinen Nerv mehr, und wiegle gleich ab, als ich es mir ans nasse Ohr halte: „Wir reden morgen …“

„Es geht nicht um Ulli“, unterbricht er mich. „Schlechte Nachrichten aus dem Krankenhaus: Der Steininger Werner hat’s nicht geschafft.“

„Kruzinesn!“, fluche ich, schlinge, so gut es einhändig geht, mein Duschtuch um meinen Leib und setze mich auf den Badewannenrand. Das kleine bisserl Hoffnung, dass er durchkommen würde, erstirbt also, und ich bedauere seinen Tod wirklich sehr. Nicht nur aus ermittlungstechnischen Gründen, sondern auch rein menschlich, wenn ich da an Christine und Michael denke.

„Die Dosis war wohl hoch genug, um einen Bären zu töten, hat zumindest der Arzt gesagt, der mich angerufen hat. Das Gegenmittel und auch eine Magenspülung haben nichts mehr gebracht und seine Nieren und sein Kreislauf haben versagt."

„Es war also tatsächlich Arsen?"

„Arsentrioxid, also Arsenik heißt es genau. Ich habe mich ein bisserl schlau gemacht", klärt mich Jo weiter auf.

Ich kann mir schon vorstellen, dass er sich ablenken hat müssen.

Dann liest er mir vor: „Es ist ein geruch- und geschmackloses weißes Pulver, das sich gut in Alkohol löst. Bei einer akuten Arsenik-Vergiftung kommt es nach etwa zwei Stunden zu starken Bauchschmerzen, Übelkeit, und auch zu blutigem Durchfall. In einigen Fällen können auch Erbrechen oder Wadenkrämpfe vorkommen. Arsenik wird heute noch in einigen Ländern als Schädlingsbekämpfungsmittel, als Antipilzmittel in der Forstwirtschaft und als Rattengift angewendet. Allerdings immer in irgendwelchen chemischen Verbindungen."

„Aber man kann nicht einfach in eine Apotheke spazieren und es kaufen?"

„Das hat der Gesetzgeber geregelt", informiert er mich weiter. „§ 41 Abgabe und Erwerb von Giften …"

„Spar' dir das", unterbreche ich ihn, weil meine Bemerkung eher ironisch gemeint war. „Dann wär' es für jeden, der seinen Nachbarn, seine Schwiegermutter oder seinen Gatten nicht leiden kann, ein Leichtes, sie aus dem Weg zu räumen."

„Oder seine spinnerte Lebensgefährtin!", versucht er sich in einem makabren Scherz, der wohl mehr ihn selbst aufheitern soll. „Allerdings ist Vergiften heutzutage doch eher eine altmodische Mordmethode."

„Ja, ich hatte noch nie damit zu tun", bestätige ich. „Mich erinnert das an Agatha-Christie-Krimis."

„Ich habe gelesen, dass es häufig eine weibliche Art und Weise war, sich unbequeme Menschen vom Hals zu schaffen. Gewaltfrei, heimlich und heimtückisch, weil sie ja nicht direkt Hand anlegen mussten. Wer weiß, wie viele Frauen damit schon durchgekommen sind, ohne dass es erkannt worden ist."

„Die Steininger Christine war es nicht", behaupte ich entschieden.

Missmutig seufzt er. „Momentan trau' ich jeder Frau alles zu!"

„Kann ich verstehen!", pflichte ich ihm bei. „Hat sich Ulli wieder beruhigt?"

„Sie war also bei dir?", schlussfolgert er.

„Ja, um sich über ihren fremdgehenden Lebensgefährten auszuheulen."

„Als sie endlich heimgekommen ist, hat sie mich mit Missachtung gestraft. – Manchmal zweifle ich wirklich an ihrem Verstand! Sie ist einfach abgehauen und hat Nepi einfach im Wohnzimmer gelassen. Das Fleisch in der Pfanne auf dem Herd ist total verkohlt, bis ich es im Bad gerochen hab'. Es hätt' weiß Gott was passieren können!"

„Warum lässt du auch dein Handy so offen bei ihr liegen?", mahne ich ihn.

„Das war Taktik!" Fast kann ich ihn durchs Handy grinsen sehen.

„Wie denn das?"

„Ich wollte sie mit ihren eigenen Waffen schlagen. – Allerdings dachte ich eher, dass sie auf mich losgeht, statt wütend abzuhauen."

„Du hast also gar nix mit dieser Hasenedl?", erkenne ich seinen Plan, Ulli eifersüchtig zu machen und sie so zum Umdenken zu bringen.

„Ganz genau!"

Ich bin so was von erleichtert und mehr will ich auch gar nicht wissen. „Dann ist mein Gespräch mit Ulli, um das du mich gebeten hast, also hinfällig?"

„So ist es!" Es liegt hörbarer Triumph in seiner tiefen Stimme.

Erleichtert atme ich durch und komme zum Beruflichen zurück. „Dann warten wir mal den Bericht der Spusi morgen ab."

„Yep!", bestätigt er mir. „Dann eine gute Nacht!"

Kapitel 11

Bevor ich am nächsten Morgen in die PI fahre, biege ich ab in den Steininger-Hof. Mir brennen noch so viele Fragen unter den Nägeln. Am liebsten hätte ich die gestern Abend noch alle Christine gestellt, nachdem ich mich ausgiebig mit Toni besprochen hatte.

Es liegt eine ruhige, morgendliche Stimmung auf dem Anwesen. Die Vögel zwitschern schon um die Wette und man spürt, dass die Natur im Aufbruch ist. Die Sonne geht grad über dem nordöstlich verlaufenden Talkamm auf. Es verspricht ein schöner Frühlingstag zu werden. Das Baugerüst am Haus ist verwaist. Keine Arbeiter turnen darauf herum. Die Renovierungsarbeiten ruhen also. Christine hat jetzt die Verantwortung für das alles hier und ich hoffe, dass ihr Sohn sie dabei unterstützt. Vergangene Nacht hat sie ihren Mann verloren und steht mit dem großen Hof allein da. Michael will ihn nicht und ihr Schwiegervater ist krank. Ich an ihrer Stelle wäre der Verzweiflung nahe. Ich weiß, was es heißt, plötzlich Witwe zu sein und, als ob das nicht schon schlimm genug wäre, hat sie noch jede Menge anderer Probleme dazu. Da zieht es dir den Boden unter den Füßen weg. Es kommt dir vor, als läge eine zentnerschwere Last auf dir und du kannst nicht mehr frei atmen. Ganz abgesehen von der unerfüllbaren Sehnsucht nach dem Verstorbenen. Ein grauenhaftes Gefühl! Ich schüttle die Erinnerung daran eilig ab.

Der lange, moderne und noch ziemlich neue Kuhstall mit einem Satteldach aus rotem Trapezblech steht am hintersten Ende des Hofes. Ich vernehme hier und da ein zufriedenes Muhen, als ich darauf zukomme. Durch die offenstehenden Tore auf der Firstseite kann ich Christine schon von Weitem darin arbeiten sehen. Sie füttert die Tiere mithilfe einer Mistgabel mit Heu, das sie von einem großen, rechteckigen Ballen heruntersticht und in die Futterinne links und rechts des mittigen Futtertisches verteilt. Zufrieden kauen die Kühe das frische Heu, wedeln mit ihren Schwänzen oder vertreiben Fliegen mit wackelnden Ohren von ihren großen Köpfen. Alles in allem eine beruhigende, idyllische, ländliche Szenerie.

Sie bemerkt mich immer noch nicht, obwohl ich schon am Tor stehe und sie beobachte. Doch dann hält sie inne und stützt sich am Stiel ihres Arbeitswerkzeuges ab. Tränen laufen ihr über das Gesicht, das sich im Schmerz verzieht. Einen Moment gibt sie sich ihrer Verzweiflung hin.

Ich komme mir vor wie ein Spanner, darum gehe ich zu ihr hin, spreche ihr mein Beileid aus und lege ihr tröstend meine Hand auf den Arm, mit dessen knochigen Fingern sie den Stiel der Heugabel immer noch fest umklammert hält.

„Hast du schon eine Spur?“, ist ihre erste Hoffnung wegen meines Auftauchens.

Ich schüttle den Kopf. „Ich muss erst die Ergebnisse der ganzen Untersuchungen abwarten. – Das dauert alles.“

Ihr Nicken ist verständnisvoll, doch dann beben ihre schmalen Lippen und eine Träne kullert wieder über ihr Gesicht. „Es war kein schöner Tod für den Werner …“

Derart dahinzuleiden, bis die Organe durch das Gift versagen, stelle ich mir allerdings grausam vor. Bleibt zu hoffen, dass er nicht mehr viel mitgekriegt hat.

„Ich tu', was ich kann, Christine, aber ich kann dir nix versprechen …“, versuche ich sie zu trösten, ohne ihr dabei falsche Hoffnungen zu machen.

Wieder ein entgegenkommendes Nicken, bevor sich ihr Gesicht in ihrem Leid verzerrt. „Wie soll ich das bloß allein schaffen?“

„Du musst dir Hilfe holen!“

Ein hämisches Grinsen huscht über ihren blassen Mund. „Das geht eine Zeit lang, aber nicht für immer!“

Ich schaue mich um. „Wo ist der Michi?“

„Schon unterwegs mit seinen Kletterkumpels“, erzählt sie mir niedergeschlagen. „Beim Melken hat er mir noch geholfen.“

So ein Egoist! Seine Mutter einen Tag nach dem Tod seines Vaters mit der ganzen Arbeit im Stich zu lassen und fröhlich mit seinen Freunden zum Klettern zu gehen! Der spinnt doch!

Ich ziehe meine Jeansjacke aus, werfe sie auf ein Strohbüschel und schiebe meine Ärmel voller Tatendrang zurück. „Was gibt's noch zu tun?“

Sie sieht mich mit prüfenden Augen an. Als sie merkt, dass ich es ernst meine, drückt sie mir die Heugabel in die Hand. „Mach' du hier weiter. Ich muss die Kälber im anderen Stall noch tränken!“

Eine Stunde später, ich bin inzwischen total durchgeschwitzt, spülen wir die verzinkten Tränkeimer, aus denen die Kälber ihre Milch gesaugt haben, in einem großen Wasserbottich. Zum Fragenstellen bin ich bisher nicht gekommen, weil die Arbeit mich voll in Anspruch genommen hat.

Als ich den letzten Eimer zur Seite gestellt habe, mich stöhnend aufrichte und auf die satten, sich zum Schlafen hinlegenden, kleinen Kälber in ihren abgetrennten Boxen blicke, stellt Christine fest: „Schön zum Anschauen, gell?“

Ich nicke. „Behältst du die oder kommen die auf den Schlachthof?“

„Normalerweise behalten wir die Kühe und die Bullen verkaufen wir weiter für die Mast“, erzählt sie mir. „Aber jetzt muss ich so wohl alle hergeben.“

Ihr große Ratschläge zu geben und sie aufzufordern, ihren Sohn in seine Pflicht zu nehmen, kommt mir überheblich vor, zumal ich keine Ahnung von Tierzucht und Landwirtschaft habe.

Wir verlassen den Stall.

„Jetzt hast du dir ein Frühstück verdient“, lädt sie mich ein, während wir zum Haus gehen.

Ich schüttle den Kopf. „Ich hab' schon gefrühstückt und außerdem muss ich in die PI.“

„Versteh' schon!“

Wir bleiben vor der Haustür stehen.

„Geht's dem Alfred gut?“, frage ich.

In ihrer sanften Mimik erkenne ich, dass sie den Alten, obwohl er ihr eine große Last ist, gern hat. „Er schläft immer ziemlich lang und ich kümmer' mich jetzt gleich um ihn.“

„Glaubst du, dass ich ihn noch einmal befragen kann?“

„Du meinst wegen dem, was er gestern über diese Katharina und diesen Josef gesagt hat?“

Ich nicke.

„Wozu?“, ist sie irritiert und zieht sich das Kopftuch nach hinten vom Kopf.

„Mein Gefühl sagt mir, dass es etwas mit dem Tod vom Werner zu tun hat.“

„Aber das mit den beiden Flüchtlingen ist schon so lang her!“

„Trotzdem“, beharre ich. „Oder weißt du noch was? Hat der Werner dir wirklich nie irgendwas erzählt?“

Sie schüttelt traurig den Kopf. „Der Werner und ich haben nicht mehr viel miteinander geredet.“

Sie hält inne und nestelt dabei an dem Knoten des Kopftuches in ihrer Hand herum. Ich spüre, dass ihr noch was auf der Seele brennt, und ich warte ab. Und ich habe richtig vermutet, denn nach ein, zwei Minuten redet sie weiter: „Nachdem ich ihm den Michael, also seinen Hofnachfolger geboren hatte, hat er das Interesse an mir verloren und ich war nur noch seine Haushälterin und Stallhilfe. Erst da hab' ich blöde Kuh begriffen, warum er mich überhaupt geheiratet hat.“

„Warum bist du nicht gegangen?“, wage ich die Frage, denn so hätte ich es gemacht. – Glaube ich zumindest.

Sie lacht höhnisch auf. „Ich hab' mich immer wieder von ihm einlullen lassen: Wenn die Maschinenhalle abbezahlt ist, wird alles besser, hat er mir versprochen. Später war es dann der Kälberstall, der neue Bulldog und zuletzt der Kuhstall. Zum Trost hat er mich mal ins Kino oder zum Essen ausgeführt, aber selbst da bin ich mir wie eine Aussätzige vorgekommen, weil ich immer geglaubt hab', ich stink' nach Kuhstall! – Und danach war alles wieder beim Alten!“

Ihre Stimme bebt, während sie sich mit einem spöttischen Blick umschaut. „Für ihn war immer nur der verdammte Hof wichtig! Immer nur dieser Scheißhof – und sein Stolz und Ansehen!“ Sie schluchzt auf und wehrt meinen Versuch ab, sie mit einer Berührung zu trösten. Stattdessen reißt sie sich zusammen und fährt gefasster fort: „Du hast bestimmt mitgekriegt, dass sich die Landwirtschaft nicht mehr rentiert, jedenfalls nicht für kleinere Bauern. Also hat der Werner alles Geld in die Renovierung und den Ausbau gesteckt und wir haben dafür geschuftet, in der Öffentlichkeit den Ruf der reichen Steiningers zu bewahren. Aber er hat sich einfach übernommen! Zuletzt hat er sogar den Acker hinter dem Hof an die Gemeinde für das neue Baugebiet verkauft, weil er die Kredite nicht mehr bedienen konnt'. Aber davon durfte natürlich niemand was mitkriegen. Immer musste der Schein beibehalten werden – um jeden Preis. Sein Stolz hat ihn immer verdrossener, immer schweigsamer und immer grantiger werden lassen."

Ihr Schmerz und ihre Trauer rühren also weniger von dem Verlust ihres Mannes her, sondern eher von der Verbitterung über ihre gescheiterte Ehe und den Schuldenberg, den Werner ihr hinterlassen hat. Meine Ahnung war also nicht ganz falsch. Allerdings hatte ich ihre schlechte finanzielle Lage unterschätzt.

„Du musst dir professionelle Hilfe holen!", rate ich ihr wieder. „Einen Schuldnerberater und jemand vom Maschinenring für den Hof!"

Christine grunzt abfällig. „Das muss ich wohl …" Dann starrt sie abwesend auf den Boden.

Ihre Gesprächsbereitschaft, sich alles von der Seele zu reden, scheint vorüber.

Ich räuspere mich, denn ich muss ihr ja auch noch ein paar Fragen stellen. „Mein Kollege hat recherchiert, dass zwei Stunden nach dem Verzehr von Arsen die ersten Vergiftungs-Symptome auftreten. Wann genau hat es beim Werner gestern angefangen?"

Ihr vorwurfsvoller Blick an mich, sie ausgerechnet jetzt danach zu fragen, macht mir ein schlechtes Gewissen. „Christine, bitte …"

„Versteh' schon", unterbricht sie mich schwach, schnauft tief durch und überlegt kurz. „Das muss so um fünf Uhr nachmittags gewesen sein. Wir haben mit dem Alfred Kaffee getrunken und wollten dann zum Füttern in den Stall gehen, so wie wir das jeden Tag machen. Da hat er auf einmal über Bauchweh gejammert, und dass ihm so schlecht wär'." Sie seufzt. „Er hat sich aufs Kanapee gelegt und gesagt, er käm' nach, wenn es ihm besser ginge, aber er ist nicht gekommen! Um sechs Uhr rum hab' ich dann nach ihm geschaut und da hat er sich gekrümmt vor Schmerzen und sich im Bad schon übergeben."

„Mittaggegessen habt ihr wann?"

„Um eins wie jeden Tag."

Dreizehn bis siebzehn Uhr errechne ich im Kopf. Diese vier Stunden sind eindeutig zu lang zwischen der möglichen Einnahme des Giftes über das Mittagessen und den ersten auftretenden Symptomen. Und im Kaffee kann es rein rechnerisch auch nicht gewesen sein. Dabei wäre die Wirkung zu schnell aufgetreten. Also muss er das Arsen irgendwann und irgendwie in der Zwischenzeit verabreicht bekommen haben. Fragt sich bloß, wie und vor allem von wem!

„Was hat der Werner am Nachmittag gemacht?"

Sie zuckt mit den Schultern. „Weiß ich nicht genau. Ich hab' mich nach dem Mittagessen mit einer Freundin in Neustadt getroffen, nachdem ich den Alfred zu seinem Nachmittagsschläfchen ins Bett gebracht hab'. – Aber der Werner hat trotz des Sonntags vorgehabt, mit der Kreiselegge das Feld beim Schulerloch für die Aussaat herzurichten." Entschuldigend fügt sie hinzu: „Wie gesagt, wir hatten uns nicht mehr viel zu sagen. Er hat sein Ding gemacht und ich das meine, bis auf die Tiere. Um die haben wir uns miteinander gekümmert. Zum Melken und Füttern bin ich immer rechtzeitig wieder da gewesen."

„Dann war er also zwischen dem Mittagessen und dem Kaffeetrinken nicht daheim?"

„Keine Ahnung!", ist sie verzweifelt und sichtlich überfordert von meiner Fragerei. „Kann sein, dass an der Kreiselegge etwas kaputt gegangen ist, weil ich ihn beim Heimkommen dabei gesehen hab', wie er in der Werkstatt daran herumgeschraubt hat."

Sie deutet schräg gegenüber zur riesigen Maschinenhalle, in der der große, grüne Bulldog noch mit dem angehängten Ackergerät geparkt ist.

„Aber gesagt hat er nix? – Ich mein', dann beim gemeinsamen Kaffeetrinken mit dir und dem Alfred?"

Sie schüttelt den Kopf. „Nur, dass ihm schlecht ist."

Werner muss also um 15 Uhr nachmittags rum etwas gegessen oder getrunken haben, das vergiftet war. Ist jemand auf den Hof oder sogar zu ihm aufs Feld gekommen und hat es ihm angeboten? Oder hat er sich aus dem Haus etwas geholt, das bereits präpariert war? Es hat wohl keinen Sinn, Christine mit solchen Fragen weiter zu piesacken, weil sie nicht da war und Werner ihr auch nix erzählt hat, erkenne ich. Und außerdem brauche ich dringend die Ergebnisse der Spusi und der Obduktion von Werner.

Aber es gibt ja noch jemanden im Haushalt Steininger:

„Was hat der Michael gestern den ganzen Tag gemacht?"

Ihr Blick an mich ist jetzt sichtlich genervt. „Das hab' ich dir doch schon gesagt: In der Früh ist er aus dem Haus, um sich mit seinen Kletter-Freunden zu treffen, und er ist erst wieder heimgekommen, als ihr da wart."

Die Bayernhymne aus der Innentasche meiner Jeansjacke unterbricht uns. Der Bär steht auf dem Display. Ich gehe dran.

„Sag' mal, wo bleibst denn du heut' so lang?", beschwert er sich prompt und ohne einen Gruß. „Wir haben einen Einsatz, liebe Frau Kommissarin! In das Dach von der Schmalhuber Walli ist ein Kletterer gekracht. Ich dacht' mir, du willst vielleicht auch hinkommen."

„Bin schon unterwegs!", sage ich noch, lege auf und spurte zu meinem Beetle. Bevor ich einsteige, rufe ich Christine noch zu: „Einsatz! Tut mir leid!"

Ich brause rückwärts aus der Einfahrt und fahre die lange Dorfstraße durch ganz Altessing bis nach Neuessing, wo die Schmalhuber Walli wohnt. In diesem historischen Ortsteil steht eine ganze Häuserreihe dicht am Felsenmassiv, das steil und teilweise mehr als fünfzig Meter hinaufragt. Einige Häuser haben sogar noch eine Art kleinen Hanggarten, der über steile Treppen hinter dem Haus erreichbar ist, aber das von Walli ist direkt an den kalten Felsen gebaut. Die Rückwand besteht sozusagen aus Juramarmor! Doch soweit ich weiß, ist das Klettern dort über den Häusern verboten.

Während der Fahrt schwant mir, dass es sich bei dem verunglückten Kletterer vielleicht um Michael oder einen seiner Freunde handeln könnte. Ich bete inständig, dass es nicht Ersterer ist.

Der Notarzt und ein Krankenwagen stehen schon vor dem Haus, genau wie der alte Dienstaudi vom Bär und mir. Der Schubert und der Koller sperren grad die Straße ab und es hat sich schon ein kleiner Stau und ein Pulk Schaulustiger dahinter angesammelt. Hier ist die gepflasterte Marktstraße ziemlich eng und nur einspurig, denn als die Essinger einst ihre Häuser gebaut haben, hat es noch keine Autos gegeben, sondern wenn überhaupt nur Pferdefuhrwerke.

Der bedauernde Gesichtsausdruck vom Bär lässt meine Hoffnung sofort ersterben, als er auf mich zukommt, kaum dass ich aus dem Auto gestiegen bin, das ich hinter unserem Streifenwagen geparkt habe.

„Ein paar Augenzeugen haben drei Kletterer in den Felsen über Essing herumkraxeln sehen. Einer davon ist abgestürzt und in das Dach von der Schmalhuber Walli gekracht."

„Michael Steininger?"

Er nickt nur und ein eisiger Schreck durchfährt mich, obwohl ich es schon geahnt habe.

„Kruzinesn!", fluche ich. „Wie soll ich das der Christine beibringen? Zuerst ihr Mann und ein paar Stunden später auch noch ihr Sohn?"

Der Bär schaut mich nur mit einem betretenen Blick an und sagt nix dazu. Schlechte Nachrichten an Angehörige zu überbringen ist mein Ressort und er fein raus.

Er schnuppert. „Du stinkst!"

„Ich komm' grad vom Steininger-Hof. Ich hab' Christine beim Füttern geholfen. Sie muss ja jetzt alles allein machen."

Der Bär schüttelt den Kopf. „Aber das ist doch nicht deine Angelegenheit!"

Mein Blick an ihn ist mahnend und will so viel sagen wie: Das geht dich nix an.

Er versteht und deutet zum offenen Sankaheck, in dem zwei junge Burschen von einem Sanitäter umsorgt werden.

„Die beiden anderen Kraxler erholen sich grad vom Schock. Sie haben mir schon ein bisserl was erzählt. Zusammenhangloses Gestammle! Wir lassen sie sich erst erholen, dann können wir sie später weiter befragen. Zuerst sollten wir uns den Unglücksort ansehen, oder?"

Ich nicke und folge ihm ins Haus, wo sich grad der Koller im Flur mit der Walli unterhält. Sie ist erst seit Kurzem Witwe, ziemlich mollig, pausbäckig und ein aufdringliches Weib. Wild gestikuliert sie vor Kollers Gesicht herum, der ihre Aussage zu Protokoll nimmt.

Zielstrebig gehen der Bär und ich vorbei zur Treppe hinauf ins Obergeschoss und dann noch ein Stockwerk zum Dachboden. Hier sind die Stufen ziemlich schmal und steil, wie es in solch alten Häusern halt üblich ist. Sie enden an einer engen Luke, deren Brettertürverschlag bereits offensteht. Der Bär zwängt sich schwer schnaufend hindurch und ich folge ihm. Wir müssen uns zwischen dem ganzen Gerümpel und Regalen und dem schwachen Schein einer verstaubten Lampe erst einmal orientieren, vernehmen aber dann die Stimmen der Ersthelfer und bahnen uns unseren Weg zur Felsseite des Hauses. Von dort dringt auch Tageslicht zu uns durch. Die glatte, nackte, beige-graue Felswand ist unverputzt, einige Bilder, Bretter und anderes Glump lehnen an ihr. Davor sind der Notarzt und seine Sanitäter am Boden grad dabei, ihre Sachen wieder einzupacken. Offenbar kommt jede Hilfe für ihren Patienten zu spät. Über ihnen gähnt ein großes Loch in den nackten Biberschwanzziegeln. Die Dachlatten, die sie tragen, sind gebrochen wie Streichhölzer. Es gibt weder eine Verschalung noch eine Dämmung, wie sie heutzutage energiespartechnisch üblich ist, aber das Loch lässt wenigstens ein bisserl Licht in diesen düsteren, von Staub und Spinnweben verdreckten Boden.

Als wir näherkommen, erkennen wir die verunglückte Person, die mitten zwischen gesplitterten Holzlatten und zerbrochenen Dachziegeln auf dem Rücken da liegt: Es ist tatsächlich Michael Steininger. Kruzinesn! Ich muss mich direkt am Bär festhalten, weil mich die harte Erkenntnis trifft wie ein Schlag, als ich es mit eigenen Augen sehe. Auch er starrt den leblosen Steininger-Sohn erschüttert an. Der trägt, wie gestern auch schon, sein hautenges Kletteroutfit. Er hat weder verdrehte noch offensichtlich gebrochene Gliedmaßen. Die Ersthelfer haben ihn wohl für ihre Hilfsmaßnahmen passend positioniert, ihm seinen Kletterhelm abgenommen, der achtlos neben ihm liegt, und ganz gerade hingelegt. Äußerlich scheint er nur ein paar Kratzer abgekriegt zu haben.

Der Notarzt erhebt sich, als er uns bemerkt.

Es ist wieder Dr. Neubauer, der uns kurz angebunden und bedauernd grüßt. „Servus beinand! Leider nix mehr zu machen. Er hat sich das Genick gebrochen, spätestens, als er auf dem Bretterboden hier aufgeschlagen ist, und war sofort tot.“

Ich werfe einen Blick durch das Loch hinauf zu den Felsen. „Ziemlich steil …“

„Offenbar war der junge Mann nicht gesichert“, stellt der Notfallmediziner fest. „Keine Seile, keine Gurte, keine Karabiner oder andere Haken an ihm.“

„Grob fahrlässig, würd’ ich sagen“, kommentiert der Bär.

Dr. Neubauer nickt und bückt sich zu seinem Arztkoffer. „Jedenfalls ist in Essing momentan ganz schön was los. Das ist schon der zweite Tote innerhalb meiner Schicht hier bei euch nach dem Vergifteten gestern Abend. Aber jetzt mach’ ich Feierabend!“ Dann schnüffelt er. „Außerdem stinkt’s hier!“

Der Bär verdrückt sich einen Grinser und wir folgen dem Notarzt die Stufen hinunter, nachdem ich noch einmal einen letzten Blick auf Michael geworfen habe. Erneut durchjagt mich ein Schauer. Als wir im Erdgeschoss ankommen, quält sich der Schubert immer noch mit der Walli und ihrer Aussage herum, aber jetzt in der Küche. Durch die offenstehende Tür sehe ich, wie er ein Haferl Kaffee und ein Stück Kuchen vorgesetzt bekommen hat und der Redeschwall der Witwe, die ihm gegenüber am Tisch sitzt, nicht enden will. Ich hoffe zu vermeiden, auch in ihre Fänge zu geraten, und husche schnell hinter meinem Partner und dem Arzt aus dem Haus.

Als wir wieder auf der Straße sind, geht der erste Blick vom Bär sofort hoch zu der Felswand. „Da droben kraxeln die umeinander!“ Ein begriffsstutziges Kopfschütteln folgt. „Ich hab’ immer geglaubt, das wär’ hier verboten.“

„Fragen wir doch seine beiden Begleiter! Die werden es wissen, wenn sie so wagemutig sind.“

Wir wenden uns dem Krankenwagen zu, in dem es auf einmal hektisch wird. Die Sanitäter komplimentieren die beiden Kletterer aus ihrem Rettungsfahrzeug.

„Tut mir leid, aber wir müssen zum nächsten Einsatz!", entschuldigt sich der eine Sani. „Die Decken könnt' ihr behalten!"

Sagt's, haut die Hecktüren zu, springt zu seinem Kollegen auf die Beifahrerseite und sie brausen mit Blaulicht und Sirene durch die enge Gasse davon, dicht gefolgt vom Notarzt-BMW.

Verdattert schauen die zwei ihnen nach, genau wie wir. Der Jüngere der beiden hat blonde Locken, die wild gekraust sein rundes Gesicht einrahmen. Ein paar davon kleben an seiner schmalen, verschwitzten Stirn. So eine Haarpracht an einem Mann sieht man eher selten, scheint aber natürlichen Ursprungs zu sein. Er wirkt drahtig und muskulös und ist nicht besonders groß. Auf seiner kecken Nase verleihen ihm einige Sommersprossen etwas Jungenhaftes, direkt Niedliches und seine hellblauen Augen sind umgeben von dichten, dunklen Wimpern. Er dürfte nicht älter als zwanzig sein. Teenager-Mädels werden ihn wohl als so süß anhimmeln, genau wie Justin Bieber oder so. Der andere junge Mann hat eindeutig osteuropäische Züge: hohe Wangenknochen, kantiges Kinn, wulstige Lippen, helle Haut, weit auseinanderstehende, eisige Augen und rotschimmernde, kurze Haare. Noch dazu hat er einen schlaksigen, fast mageren Körperbau, bei dem die Knochen direkt unter der Haut hervorstechen. Also eindeutig nicht süß und älter als sein blonder Kletterkumpel, vielleicht Mitte Zwanzig.

Beide haben sie ihre Helme abgenommen, die an den Gurten an ihren Handgelenken baumeln, über ihren Kletteroutfits einfache Wolldecken um die Schultern, und wirken verstört und nervös. Klar! Vor ihren Augen ist gerade ihr Freund abgestürzt und gestorben!

„Burschen, können wir euch jetzt ein paar Fragen stellen?", will der Bär von den beiden wissen.

Sie nicken niedergeschlagen.

Meinen Partner kennen die beiden ja schon, darum stelle ich mich ihnen mit vorgehaltenem Dienstausweis vor.

„Ich bin Marek Jelinek", tut es mir der Rothaarige nach und der Blondgelockte folgt seinem Beispiel: „Johannes Neumann."

Ich komme gleich auf den Punkt: „Ich war in der Annahme, Klettern ist nicht so gefährlich, weil man dabei gesichert ist?"

Die zwei Burschen wechseln beschämte Blicke.

Der ältere Jelinek ergreift das Wort: „Na, eigentlich stimmt das schon, aber ...“

Doch Neumann schneidet ihm das Wort ab: „Ist ein neuer Trend: Free-Solo-Climbing!“

Diese neue Trendsportart ist wohl bisher an mir wie auch am Bär spurlos vorübergegangen, denn er regt sich auf: „Ohne Sicherung?“ Dann schaut er wieder die steilen, glatten Felsen hinauf. „Das ist doch glatter Selbstmord da droben!“

Die jungen Männer zucken zusammen und ich strafe ihn mit einem Blick. Ihre Schuldgefühle noch zu vergrößern, ist die falsche Herangehensweise, um etwas aus den traumatisierten jungen Männern herauszubekommen. Denn dass sie sich schuldig fühlen, ist deutlich erkennbar.

„Warum?“, forsche ich darum vorsichtig.

Wieder sind die zwei verlegen und drucksen herum. „Naja ...“

Und, als sie immer noch nix herausbringen, meint der Bär wieder ziemlich herrisch: „Ihr zwei Bürscherl werdet mir jetzt doch nicht weismachen wollen, dass das ein Nervenkitzel ist, so ganz ohne Seile und dem ganzen Zeug? Das ist ja so was von leichtsinnig und idiotisch, dass man es gar nicht ausdrücken kann!“

Natürlich bin ich auch seiner Meinung. So unachtsam mit seinem Leben zu spielen, findet auch bei mir keinerlei Verständnis. Schon gar nicht, weil zumindest der ältere Jelinek kein spinnerter Teenager mehr ist und wissen müsste, was sie da tun. Oder macht es eben grad die Kletter-Erfahrung dabei aus?

Doch die Kritik vom Bär bringt die zwei nur dazu, betreten auf den Boden zu starren, anstatt sich freiwillig zu offenbaren.

„Es tut uns leid, Mann! Wir haben wirklich gedacht, dass der Michi das packt!“, ergibt sich Johannes Neumann dann und hat Tränen in den Augen, als er mir einen entschuldigenden Blick zuwirft.

„Derweil war er heut’ so gut drauf!“, pflichtet Marek Jelinek seinem Kletter-Freund bei.

„Er war gut drauf, obwohl letzte Nacht sein Vater gestorben ist?“, wundere ich mich.

Sie schauen mich verständnislos an. „Was ist passiert?“

„Sein Vater ist letzte Nacht gestorben“, wiederhole ich noch einmal.

Fassungslosigkeit bei den beiden. „Was?“

„Hat er euch das denn nicht erzählt?“

Sie schütteln die Köpfe, immer noch ungläubig.

„Kein Wort!“, beschwört Neumann uns und lacht höhnisch auf. „Ehrlich!“

Und Jelinek pflichtet ihm bei: „Sonst hätten wir ja heut' gar keine Tour gemacht! Klettern ist nämlich auch Kopfsache. Da muss man den Schädel frei haben. Volle Konzentration!“

Er reibt sich niedergeschlagen über seine blasse Visage und Neumann streicht sich nervös eine verschwitzte Haarlocke aus der Stirn.

Der Bär mischt sich wieder ein. „Also, wie ist das heut' Morgen gelaufen? Ihr habt euch schon ziemlich früh getroffen.“

Jelinek antwortet: „Solang das Wetter passt, müssen wir jeden Tag ausnutzen.“

„Wir sind nur eine Woche hier“, fügt sein Kletterkumpel hinzu.

„Ihr seid nicht aus unserer Gegend?“

Sie schütteln die Köpfe. „Bayerischer Wald!“

„Grafenau! – Ich habe dort einen Kletterpark“, klärt uns Jelinek auf. „Aber noch viel lieber klettere ich in der freien Natur. Ich wollt' schon lang mal im Altmühltal klettern. Die meistens gut abgesicherten Touren ab dem 7. Schwierigkeitsgrad sind hier zwischen Riedenburg und Kelheim ein Eldorado für Kletterer wie mich. Und die berühmte Route *The Face* über die senkrecht aufragende Wand am Schnellneckkopf war lange Zeit die schwerste Route Deutschlands mit Schwierigkeitsgrad 10. Die muss man als Kletterer einfach gemacht haben!“

Der kennt sich aus!

Der Bär hat anscheinend, genau wie ich, keine Ahnung davon, dass die Essinger Felsmassive in diesem Sport so eine Bedeutung haben, denn er schaut mich beeindruckt an.

„Wie beim Reinhold Messner und dem Mount Everest?“, fragt er Jelinek vergleichend.

Der Befragte schmunzelt. „So ungefähr! *The Face* hat Jerry Moffatt in den 80ern erstbegangen, falls es Sie interessiert."

„Ich seh', ihr seid Profis!", gesteht der Bär ihnen fasziniert zu und zweifelt: „Aber der Michael war das wohl eher nicht."

Damit kommt er zurück zum Geschehenen und gibt mir einen Ansatz für weitere Fragen: „Wie kommt dann der Michael zu euch?"

Neumann zuckt mit den Schultern. „Er ist gleich am ersten Tag mit seinem Bulldog auf dem Feldweg dahergekommen und hat uns beim Klettern zugeschaut. Das war das erste Mal, als wir die Schellneckwand probiert haben."

Jelinek stimmt ihm kopfnickend zu. „Er war total begeistert und wollt' unbedingt mitmachen. Abends haben wir uns im Lindenwirt getroffen, um alles durchzusprechen. Der Johannes und ich übernachten da. – War ein recht lustiger Abend! Wir haben uns gleich super mit dem Michi verstanden, sonst hätten wir ihn auch gar nicht mitgenommen."

Ich kann mir schon denken, wie prima dieses Verständnis war. Lustig und bierselig!

„Das heißt, der Michael klettert erst seit ein paar Tagen?", kombiniert der Bär verwundert.

„Ist geklettert!", korrigiere ich.

Meine Bemerkung lässt die zwei zusammenzucken.

Doch Jelinek verteidigt sich sofort: „Er hat uns erzählt, dass er ab und zu mit ein paar Kumpels bouldert!"

„Der hat's echt drauf …", begeistert sich Johannes Neumann und bremst sich sofort wieder ein. „… draufgehabt!"

Kopfnickend stimmt ihm Marek Jelinek zu. „Ja, ein ziemlicher Draufgänger!"

„Und wer von euch ist auf die glorreiche Idee gekommen, ohne Sicherung zu klettern?", bohre ich nach. Soweit ich weiß, findet dieses Bouldern an künstlich angelegten Felsen und nur mit Sicherung durch eine untenstehende Person statt, die das Seil, an dem du an der Decke hängst, festhält. Ganz anders also als in der freien Natur. Doch auch dabei gibt es bestimmte Sicherheitsregeln, so nehme ich es zumindest an, denn auch den Kraxlern wird etwas an ihrem Leben liegen.

Sie wechseln beschämte Blicke und keiner antwortet mir. Doch dann ergibt sich der lockige Neumann, ohne dass er mich dabei anschaut: „Wie gesagt war er heut' früh so richtig gut drauf und wir haben hin und her geschäkert. Irgendwann hat der Michi gemeint, dass es doch voll cool wär', einfach mal so zu klettern. Frei und ohne die lästigen Seile …"

„Der Michi also?"

Sie nicken betreten.

Irgendwie kann ich mir das gut vorstellen, denn dass der Michi heute Morgen nicht klar bei Verstand war, nachdem er seinen Vater auf diese außergewöhnliche Weise verloren hat, scheint mir plausibel.

„Aber, wenn wir natürlich gewusst hätten, dass sein Dad …", verteidigt sich der Ältere.

Ich seufze tief. „Für Reue ist es jetzt wohl zu spät!"

„Was hat sein Dad denn gehabt?", forscht Neumann vorsichtig.

„Er ist ermordet worden", erläutert der Bär wenig gefühlvoll.

Die beiden erschrecken sichtlich.

Dann fährt der weiße Bus der Spurensicherung hinter uns vor.

„Hören Sie, dürfen wir in unser Hotel zurück?", bittet Neumann merklich angeschlagen. „Das alles hat uns ziemlich mitgenommen und wir könnten ein bisserl Ruhe vertragen."

„Sicher!", erlaubt ihnen der Bär und winkt den Koller her, der sich offensichtlich aus den Fängen von Walli befreien konnte. „Der Kollege nimmt eure Personalien auf und morgen erscheint ihr in der PI in Kelheim wegen eurer Zeugenaussagen, klar!"

Sie nicken gehorsam und wir verabschieden uns.

Klaus und Ludwig von der Spurensicherung steigen aus.

„Ziemlich viel los bei euch momentan, was?", begrüßt mich Klaus ganz leger in Jeans, Karohemd und Cap auf seinem blonden Haupt und öffnet die Heckklappe seines Busses.

Ich runzle die Stirn. „Ist der Bericht von der Arsenvergiftung schon fertig?"

„He, wir sind hier bei der Arbeit und nicht auf der Flucht!", beschwert sich Ludwig, der dazugekommen ist. „Die Kollegen vom Labor analysieren weiter."

„Das Opfer ist gestorben“, bemerke ich als eine Art Entschuldigung.

Klaus nickt, während er mit seinen Füßen in einen zerknüllten, neuen Schutzanzug steigt, den er ausgepackt hat. „Hab’s schon gehört. Aber das Arsen war nicht in seinem Essen, so viel kann ich dir schon verraten.“

„An den Biernoagerln sind die Kollegen grad dran“, versichert mir Ludwig und stülpt sich die Kapuze seines Ganzkörperkondoms über die Halbglatze.

Klaus ist auch fertig mit seiner Maskierung und schnappt sich seinen Metallkoffer aus dem Heck des Busses. „Wo müssen wir hin?“

Ich deute zur Haustür, in der Walli immer noch sichtlich erregt steht. „Da hinein und zum Dachboden rauf.“

„Nicht zu verfehlen: großes Loch im Dach. Die Leiche liegt direkt darunter“, vervollständigt der Bär meine Wegbeschreibung zu der Leiche.

Die beiden Spusi-Techniker machen sich an die Arbeit und der Bär starrt wieder fasziniert die steilen Felsen hinauf, so als sähe er sie das erste Mal. Er lehnt sich gegen den vorderen Kotflügel meines Beetles, der sich ungewohnt der einseitigen Belastung ein bisserl neigt, und deutet hinauf.

„Also, die drei klettern hier herum und wollen eine kurze Pause einlegen. Dort auf dem grünen Streifen. Siehst du den?“

Ich positioniere mich neben ihm am Auto, folge seinem Blick und nicke. Etwa fünfzig Meter über dem Haus von der Schmalhuber Walli macht die leicht überhängende Felswand einen waagrechten Knick. Eine Art Balkon unterbricht den kahlen, von der Witterung verwaschenen grauen Stein. Moos und ein paar Grasbüschel wachsen auf dem Felsvorsprung. Und dort wollten die drei also eine Rast machen. Der Ausblick ist bestimmt nicht schlecht.

„Haben die zwei Kraxler das schon ausgesagt?“, frage ich ihn, während die Genannten davontraben wie geschlagene Köter, nachdem der Koller sie gehen hat lassen.

„Ja, aber wie gesagt waren die noch ziemlich durch den Wind, als ich als Erster hier angekommen bin. Darum konstruier’ ich jetzt einfach mal zusammen: Als sich der Neumann also grad hinsetzen wollte, um die

Beine ins Leere baumeln zu lassen, schaut er sich nach dem Michi um, der laut seiner Aussage hinter ihm geklettert ist, und sieht gerade noch, wie er stürzt."

„Hat dir der Neumann das so erzählt?"

Der Bär nickt noch im Hinaufschauen und verzieht dann schmerzhaft das Gesicht. Dann reibt er sich das Genick. „Von der Hochschauerei krieg' ich Genickstarre!"

„Und der Jelinek, was sagt der?"

„Er war der Letzte hinter dem Neumann und dem Steininger. Er sagt, er hat nix gesehen, weil er bei diesem Felsvorsprung festgesteckt ist." Der Bär wirft wieder seinen Kopf in den Nacken und deutet auf eine Art große Steinnase, die sich rechts von der Absturzstelle frech aus dem Felsen streckt, wie aus einem Gesicht.

Bei vielen meiner zahllosen Wanderungen bin ich über den Eselssteig, der durch den Wald und über dieses Felsmassiv teilweise ziemlich steil zur Burg Randeck hinaufführt, auch schon ganz da oben auf dem Felsplateau gewesen. Mir wird jetzt noch ganz flau, wenn ich mich daran erinnere, wie es war, als ich vorsichtig und mit mindestens einem Meter Abstand zum Abgrund hinuntergeschaut habe. Die Häuser, Straßen, Autos und Menschen waren so klein wie bei einer Modelleisenbahn und ich hatte ein Gefühl, als verlöre ich den Boden unter den Füßen. Nie und nimmer würde ich da hinaufklettern!

„Bist du schwindelfrei?"

Er schaut mich stirnrunzelnd an. „Nein, aber wer ist das schon?"

„Ich jedenfalls auch nicht! – Was also treibt einen dazu, da oben herumzuklettern? Und dann auch noch ohne Sicherung!"

Sein Schulterzucken zeigt mir, dass er diesem Sport auch nix abgewinnen kann – mit oder ohne Seile. „Keine Ahnung? – Übermut, Nervenkitzel, die Suche nach dem noch größeren Kick ... Die jungen Leut' heutzutage sind doch ganz narrisch da drauf!"

„Vielleicht hat den Michael der Tod seines Vaters so getroffen, dass er sich umbringen wollt'."

Es ist nur eine Mutmaßung meinerseits, aber der Bär bezweifelt das entschieden. „Ein Steininger begeht keinen Selbstmord!"

So wie ich Michael kennengelernt habe, kann man diese meine Vermutung wirklich getrost vergessen. Der junge Mann hat vor Selbstbewusstsein und Auflehnung gegen seinen Vater nur so gestrotzt. Für den Sohn war es geradezu vorteilhaft, wenn das Familienoberhaupt, das ihn derart gegängelt hat, einfach weg war. Nun hatte er freie Bahn und würde tun und lassen können, was er wollte.

„Und du hast wohl vergessen, dass das junge Bürscherl heut' früh ziemlich gut gelaunt gewesen sein muss", schiebt der Bär hinterher, der anscheinend genau die gleichen Gedankengänge hat wie ich. „Wenn der Vater stirbt, dann sollte im Normalfall das Gegenteil der Fall sein, oder man tut zumindest traurig, um keinen Verdacht auf einen zu lenken, aber man kraxelt auf gar keinen Fall irgendwo rum!"

Wo er Recht hat! Also, was stimmt hier nicht, Kruzinesn? Irgendwas passt hier nicht zusammen!

„Dann war es einfach so, dass der Michael seinen Vater gehasst hat und froh war, dass er tot war. Sein vermeintlicher Mordanschlag ist geglückt. Darum auch seine gute Laune", mache ich einen weiteren Versuch, eine Erklärung zu finden. „Dabei wird er übermütig, waghalsig und leichtsinnig. Er bleibt vielleicht an so einem Grasbüschel da oben hängen, verliert das Gleichgewicht und zack, er stürzt ab!"

„Klingt plausibel. Ich trau' dem Bürscherl zu, dass er seinen Vater auf dem Gewissen und einen Überflieger gekriegt hat ..."

„Aber wenn er unschuldig ist, dann passt es nicht", führe ich weiter meine Gedankengänge aus.

Er zuckt mit den Schultern und schnauft tief durch. „Dann ist es halt blöd gelaufen für den übermütigen Michael. Mord können wir wohl auch ausschließen. Der Neumann und der Jelinek haben ihn erst vor ein paar Tagen kennengelernt und ich sehe keinerlei Motiv."

Daran hatte ich noch gar nicht gedacht und verwerfe es sofort wieder.

Missmutig stoße ich mich vom Auto weg. „Zerbrechen wir uns den Kopf hier nicht umsonst? Wenn sein Vater gestern nicht vergiftet worden wäre, würden wir es als ganz normalen Kletterunfall ad acta legen. Aus, basta!"

„Also bleibt's bei Unfall."

„So schaut's aus", bin ich unzufrieden. „Aber irgendwie sind mir das zu viele Tote aus einer Familie an einem Tag."

„Tja ...", seufzt er und massiert sich wieder seinen fleischigen Nacken, der sozusagen ein Doppelkinn hat. „Apropos: Hast du über den Tagesablauf vom Werner Steininger noch etwas von seiner Frau erfahren können?"

Ich berichte es ihm ganz genau.

„Dann müssen wir Zeugen finden, die den Werner an dem Nachmittag gesehen haben und vor allem mit wem", schlussfolgert der Bär dienstbeflissen und verdreht die Augen. „Das heißt Klinkenputzen bei den Nachbarn und endlos Protokolle schreiben!"

„Und was hat sein Tod mit dem von dieser Katharina Novotny anno 1955 zu tun?"

„Gar nix!", meint der Bär entschieden. „Das reimst du dir nur zusammen."

„Und warum stirbt der Werner als Hoferbe der dritten Generation, kurz nachdem wir das Skelett einer ehemaligen Magd ausgegraben haben, während deren Dienstzeit der Hofherr der ersten Generation mit wahrscheinlich genau demselben Gift ermordet worden ist?"

„Das wär' dann noch ein Zufall mehr in der ganzen Gschicht!", behauptet mein Partner kurzerhand.

„Ein bisserl viele Zufälle, findest du nicht?", klage ich grantig und haue mit der flachen Hand auf mein Autodach. „Kruzinesn! Irgendwie kommen wir keinen Schritt vorwärts und wenn das so weitergeht, dann gibt es morgen wieder einen Toten!"

„Oder eine Tote", fügt er ironisch hinzu und zuckt mit seinen buschigen Augenbrauen. „Gleichberechtigung!"

Der Koller kommt zu uns her. „Der Jo hat mir grad durchgegeben, dass der Zucker euch ins Schlachthaus bittet!"

„Wie?", wundert sich der Bär. „Ist der schon fertig mit der Obduktion vom Steininger Werner?"

„Anscheinend! – Ich geb's nur an euch weiter."

Ich schnaufe tief durch. „Dann muss es wohl sein!"

Auch der Bär verzieht missmutig sein rundes Gesicht. „Was soll's! Dann fastet es sich doch gleich viel leichter."

Doch bevor wir zur Schlachtbank fahren, habe ich noch eine schlimmere Pflicht zu erfüllen: „Zuerst muss ich noch schnell unter die Dusche und dann zur Christine."

„Wir treffen uns in der PI!", ruft mir der Bär noch eilig zu und steigt in seine alte Dienstkarosse.

„Dankschön auch für deine Unterstützung!"

Kapitel 12

Ich sehe grad noch, wie der Krankenwagen, wieder gefolgt vom Notarzt-BMW, aus der Einfahrt des Steininger-Hofes davonfährt. Ihr Einsatzort war also wieder auf dem Anwesen. Sofort durchläuft mich ein Schauer. Es wird doch nicht noch ein Steininger-Opfer geben!

Als ich mein Auto vor dem Bauernhaus parke, sitzen der Opa, Katzmeier Rita und Alfred Steininger auf dem Hausbankl neben der Haustür. Ein paar schwarze Planen, die sich vom Baugerüst gelöst haben, wehen sanft im Wind wie ein Trauer-Schleier, so als wollen sie damit verdeutlichen, welche Tragik über dem Anwesen liegt. Ich steige aus und gehe auf die drei zu. Es kommt mir so vor, als hätten sie auf mich gewartet. Der alte Alfred in der Mitte wirkt abwesend und unbeteiligt und starrt ins Leere.

„Die Rita hat es vom Kramer mit heimgebracht, dass der Steininger-Sohn beim Klettern abgestürzt ist. Sie hat mich geholt, damit wir es der Christine schonend beibringen", erklärt mir der Opa eifrig.

Hätt' ich mir auch denken können, dass dieses Ereignis schon wieder die Runde macht!

„Ihr von der Polizei macht das immer so gefühllos", behauptet Rita. „Und sie hat ein bisserl Zuspruch gebraucht, wo sie doch jetzt gleich zwei Männer verloren hat!"

War es reine Neugier der Dorfratschn oder ist Rita seit Neuestem auch noch eine barmherzige Samariterin, die sich um die Seelsorge im Dorf kümmert?

„Wenn ihr sie so wunderbar getröstet habt, warum hat sie dann der Sanka mitgenommen?"

„Sie ist total zusammengebrochen!", empört sich der Opa und springt agiler auf, als ich es von ihm erwartet hätte.

„Wir haben uns nicht mehr anders zu helfen gewusst, als einen Notruf abzusetzen", verteidigt sich auch Rita.

„Aha!", spiele ich mit. „Und, hat sie noch was gesagt?"

Der Opa schüttelt den Kopf. „Nur wirres Gerede …"

„Der Notarzt lässt sie ins Bezirksklinikum nach Regensburg bringen. Er hat ihr eine Beruhigungsspritze gegeben, hat er gesagt“, informiert mich Rita weiter.

Alfred ist immer noch total weggetreten.

„Was ist mit ihm?“

„Er hockt schon so da, seit wir gekommen sind“, informiert mich Rita bedrückt.

Besorgt knie ich mich vor ihn hin und berühre sanft seine im Schoß gefalteten, derben Hände, doch er zieht sie nur zurück. Seine versteinerte Mimik verändert sich nicht und er schaut durch mich hindurch.

„Wir haben den Peter angerufen, dass er sich jetzt um seinen Vater kümmern muss“, tut der Opa geschäftig.

Ich staune über ihre selbstlose Hilfe einer Familie gegenüber, die im Dorf bisher nicht besonders beliebt gewesen war. Auch bei Rita und dem Opa nicht, soweit ich weiß. Woher haben sie überhaupt die Nummer vom zweiten Sohn Alfreds? Ich beschließe, dass es mir egal sein sollte, wie alle ihre Beweggründe.

„Na, ganz allein kann er doch nicht hier im Haus bleiben!“, kümmert sich auch Rita, die wohl meinen fragenden Blick erkannt hat. „Jetzt müssen wir nur noch jemand organisieren, der die Viecher versorgt!“

Auf einmal tut der Opa wieder gebrechlich und hält sich den Rücken. „Ich würd’s ja gern tun, aber ich kenn’ mich mit dem modernen Melkstand und dem ganzen Zeug nicht aus.“

Rita steht auf und tritt zu ihm. Liebevoll tätschelt sie seine Schulter und raunt ihm zu: „Die schwere Arbeit brauchst du auf deine alten Tag’ auf keinen Fall machen!“

Kommt’s mir nur so vor, oder läuft da was zwischen den beiden? Die zwei bilden zusammen mit der Achhammer Kathi schon so lang ein Dreiergespann in Sachen Dorftratsch, dass mir die Vertrautheit zwischen dem Opa und Rita noch nie aufgefallen ist. Schnell wische ich diesen befremdlichen Gedanken wieder weg.

Nun tätschelt der Opa seinerseits meinen Arm. „Du kannst schon in die PI fahren. Hast ja nach dem Giftmord am Werner und dem komischen Unfall vom Steininger-Sohn genug zu tun, kann ich mir vorstellen. Die Rita und ich halten hier die Stellung, bis alles geregelt ist."

Schon ein bisserl irritiert und überfordert von ihrer ungewöhnlichen Gutmütigkeit gehe ich also zu meinem Auto, steige ein und fahre.

Schon als ich auf den Parkplatz vor der PI parke, sehe ich den Trumm Audi vom Übelacker mit dem Regensburger Kennzeichen dort stehen. Mich dem Staatsanwalt zu stellen, wo ich absolut noch keine Ermittlungsergebnisse vorweisen kann, wäre jetzt viel zu nervenaufreibend. Für mich wie für den Übelacker samt seinen hohen Erwartungen. Also bleibe ich im Auto sitzen und rufe den Bär an, dass er unauffällig rauskommen und wir schnellstmöglich abhauen sollten.

Als er in seinen alten Streifenwagen gestiegen ist, setze ich mich eilig um, und der Bär braust davon.

„Das ist aber nicht die feine englische Art."

„Wir sind hier auch in Bayern!", scherze ich erleichtert, weil ich dem Übelacker entkommen bin.

Doch ich habe mich zu früh gefreut, denn schon als der Bär und ich auf der Bundesstraße 16 in Richtung Regensburg unterwegs sind, ertönt die Bayernhymne und auf meinem Display steht der Übelacker!

„Also ich würd' drangehen!", meint der Bär neben mir. „Sonst ruft er bei mir an."

„Du hast ein Handy?", staune ich übertrieben und voller Ironie. Er telefoniert nur sehr selten mit dem Ding, weil für seine dicken Wurstfinger die Tastatur zu klein ist.

Er grunzt nur abfällig, ich seufze und hebe ab.

„Sie können es sich nicht leisten, mir aus dem Weg zu gehen, liebe Frau Weidinger!", ertönt sofort die hochmütige Stimme vom Übelacker. „Sie lassen jeglichen Respekt mir gegenüber derart vermissen …"

„Kommen Sie zum Punkt, Herr Dr. Übelacker!", unterbreche ich ihn absichtlich gelangweilt.

Er schnaubt, reißt sich aber dann zusammen. „Wo sind die Berichte zu dem Vergiftungsfall von gestern? Ich hatte vor, die Sache mit Ihnen durchzugehen und wie wir weiter verfahren."

„Ich hatte noch keine Zeit dazu."

„Laut Ihren Kollegen haben Sie es noch nicht einmal für nötig gehalten, heute früh zum Dienst zu erscheinen!"

„Richtig! Wir hatten einen Unfall vor Ort in Essing", verteidige ich mich lässig.

„Für Unfälle sind Sie doch gar nicht zuständig!"

„Wenn der Verunglückte der Sohn des Vergiftungs-Opfers ist, dann schon."

„Was sagen Sie da?", ist der Staatsanwalt überrascht. „Ist das ein Zufall?"

„Das versuchen der Bär und ich grad herauszufinden, Herr Dr. Übelacker."

„Ich habe diesbezüglich noch kein Ermittlungsverfahren eingeleitet", nimmt es der Pedant schon wieder sehr genau mit den Vorschriften. „Sie waren von mir beauftragt, die Todesumstände des Skeletts zu ergründen. Haben Sie dabei wenigstens etwas vorzuweisen? Haben Sie Ihren Schwiegervater dazu befragt?"

Ich erzähle ihm kurz zusammengefasst, dass der Opa die Tote identifiziert hat und an was er sich in Bezug auf sie erinnern konnte.

„Verstrickte Geschichte", stellt er dann nachdenklich fest und fasst dann einen schnellen Entschluss. „Ich glaube, das ist zu lange her, als dass wir sie aufklären könnten. Also konzentrieren Sie sich auf den Arsen-Fall, verstanden! – Der hat oberste Priorität!"

„Jawohl, Herr Dr. Übelacker!", nehme ich seinen Befehl wie üblich in Soldatenmanier an und lege auf, noch bevor er sich darüber aufregen kann.

Kommt es mir nur so vor oder ist es ihm egal, welche Verbrechen wir aufzuklären haben, Hauptsache, er kann mich schikanieren?

Der Bär neben mir grunzt verächtlich, während er stur dahinfährt und ich sage auch nix weiter dazu. Wie immer sind wir uns einig darüber, kein unnötiges Wort über unseren Staatsanwalt zu verlieren.

Die erste Frage von Leo Zucker, als wir ihn in seinem Büro im Schlachthaus antreffen, ist wie üblich: „Wollt ihr euch die Leiche noch einmal anschauen?"

Er grinst schon, bevor der Bär und ich unsere Köpfe geschüttelt und verneint haben.

„War mir klar!", spottet er und zückt sein Tablet von seinem Schreibtisch.

Doch ich fordere ihn sofort auf: „Bitte keine Animation oder sonst was! Einfach nur eine kompakte Zusammenfassung, bittschön!"

Er verdreht die Augen. „In so einem Fall braucht's auch keine Animation! Gift wirkt nämlich gänzlich gewaltfrei, meine liebe Mary! – Ich will mir nur die Fakten herziehen."

„Die da wären!", fordert ihn auch der Bär ungeduldig auf, der schon wieder verdächtig blass um die Nase ist.

Doch Leo denkt gar nicht daran, es kurz und schmerzlos zu machen, sondern schaut uns abschätzig an. „Die Sache mit dem Skelett wird jetzt wohl zum Cold Case, weil euch dieser aktuelle Gift-Fall dazwischengekommen ist, was?"

„Eben drum pressiert es uns!", drängelt der Bär wieder und auch ich warte gespannt auf die Ergebnisse des Leichendocs.

Leo seufzt tief und wirft sein Tablet wieder verächtlich auf seinen Schreibtisch zurück. Sein Milchbubi-Gesicht à la Harry Potter ist auf einmal zornig und zermürbt. „Habt ihr eigentlich eine Ahnung, wie das ist: tagtäglich hier drinnen mit den ganzen Leichen? Kaum Kontakt zur Außenwelt? Ihr könntet mich auch mal fragen, wie es mir geht! Was ich privat so treib'. So ein bisserl persönliche Konversation! – Versteht ihr?"

Was hat der denn auf einmal für ein Problem? Ich war immer der Annahme, für den Leichendoc gibt es nix anderes als seinen Beruf. Sein Privatleben war bisher ein großes Geheimnis. Auch der Bär wirft mir fragende Blicke zu.

„Wie geht es dir denn?", fange ich dann also wie gewünscht an.

„Beschissen!", ist die unerwartet derbe Antwort vom Leo, der sich niedergeschlagen auf den Bürostuhl neben ihm fallen lässt und sich die dunklen Haare mit beiden Händen rauft. „Ich werd' einfach nicht schlau aus diesen Frauen!"

„Frauen?", wiederholt der Bär verwirrt. „Ich dachte immer, du …"

„Ich bin nicht schwul!"

Der Bär ist verlegen. „Nein, ich meinte, du …" Er sucht angestrengt nach dem korrekten Ausdruck. „… du lebst enthaltsam."

„Pf!", motzt Leo. „Ihr habt ja keine Ahnung! Sobald ich eine Frau kennenlerne und die erfährt, welchen Beruf ich habe, lässt sich keine mehr von mir anfassen und schon sind sie weg!"

Das ist wirklich ein Dilemma!

Nach einer kurzen Pause, in der mein Partner und ich betreten schweigen, fährt er fort, sich weiter auszulassen: „Und dann treff' ich auf eine, die meine Arbeit versteht und ähnliche Interessen hat, und sie entscheidet sich für einen anderen!"

Verständnislos und niedergeschlagen schüttelt er den Kopf und seine leidende Mimik rührt direkt mein Herz. Er nimmt seine Brille ab und reibt sich die mit Tränen gefüllten, dunkelbraunen Augen.

Dem Bär ist es sichtlich peinlich, die unerwartet offene Gefühlsregung des Pathologen mitzuerleben.

„Wer ist sie denn?", forsche ich vorsichtig, weil ich eine Vermutung habe.

„Meli natürlich!", platzt es aus Leo heraus und bewundernd fügt er hinzu: „Eine faszinierende Frau!"

Schon wieder diese Archäologin! Mir schwant da was.

„Naja, vielleicht solltest du trotzdem an ihr dranbleiben. Vielleicht will sie der andere ja gar nicht!", rate ich ihm so gelassen wie möglich und gebe mich nichtsahnend. Natürlich kann ich mir vorstellen, wer dieser andere ist. Doch Jo hat die Hasenedl ja nur als Mittel zum Zweck benutzt. Dann soll sie wenigstens mit dem Leichendoc ihr Glück finden. Und er mit ihr!

Trotz meiner gespielten Ahnungslosigkeit ist Leo hellhörig geworden. „Wie kommst du darauf?"

„Ich …?", stottere ich und rede mich heraus. „Ich gebe dir nur einen Rat! Das ist alles!"

Dann werfe ich dem Bär einen auffordernden Blick zu, mich zu unterstützen, obwohl er von der Eifersuchtsgeschichte zwischen meiner Schwester und Jo gar nix weiß.

„Ja …, eine Frau will erobert werden!“, stammelt er zusammen. „Es gefällt ihnen, wenn man um sie kämpft wie ein Löwe!“

Ganz kauft uns der Leichendoc dieses Schauspiel nicht ab, doch er gibt sich vorerst zufrieden. „Ihr meint wirklich, ich soll nicht aufgeben?“

Wir nicken eifrig. Offenbar hat er mit dem weiblichen Geschlecht wirklich nicht viel Erfahrung.

Mit verträumten Augen schweift Leo ab. „Sie ist schon wirklich eine besondere Frau! – Ihre rehbraunen Augen und ihr süßer Schmollmund …“

Jetzt wird es wirklich peinlich!

Ich räuspere mich. „Können wir dann zum Geschäftlichen kommen?“

Leo erkennt seinen Schnitzer und räuspert sich verlegen. Eilig steht er auf, zupft sich sein kariertes Flanellhemd zurecht und wirkt wieder ganz wie der alte, eingefleischte Leichendoc, der er immer ist. Eifrig wischt er auf dem Bildschirm herum.

„Also … Tod durch Vergiftung. Den äußeren Anzeichen und Symptomen laut des behandelnden Arztes nach Arsenik. Er hat Dimercaptopropansulfonsäure als Antidot verwendet, aber wie man sieht, hat es nix mehr gebracht. Toxikologischer Befund folgt noch. Bei der Obduktion des Magens habe ich erbsengroße Erosionen an der Magenhinterwand gefunden, wo die Giftkristalle an der Schleimhaut haften geblieben sind. Der Todesursache Nieren- und Kreislaufversagen laut dem Arzt kann ich mich voll und ganz anschließen“, rattert er seinen Bericht herunter.

„Welche Dosis ist denn tödlich?“, hakt der Bär, ganz bei der Sache, nach.

„Das kommt auf die Konstitution des Opfers an und liegt zwischen 60 und 170 mg. Werner Steininger war kerngesund, 50 Jahre alt, 1,89 m groß, 98 kg schwer und muskulös.“

„Der Mörder hat also hoch dosiert.“

Leo nickt zustimmend. „Die geringste Menge liegt bei 1,429 mg pro Kilogramm Körpergewicht.“

Wir überlassen es dem Leichendoc, es auszurechnen: „Mindestens 140 Milligramm weißes Pulver. Es ist gut löslich, geschmacks- und geruchsneutral und verteilt sich schnell über die Magenwände auf die anderen Organe. Etwa zwei Stunden nach der Einnahme treten die ersten Beschwerden auf."

Diese Info hat mir Jo auch schon gegeben. Ich brauche endlich die vollständigen Ergebnisse der Spurensicherung! Und weil wir schon in Regensburg sind, statten wir denen doch auch gleich einen Besuch ab, beschließe ich voller Tatendrang!

Ich bedanke mich bei Leo und mahne, als wir schon bei der Tür sind: „Sobald du die Laborwerte hast, gib sie uns durch!"

„Kann ich dich in anderer Angelegenheit auch kontaktieren?", hält er mich auf.

Irritiert schaue ich ihn an. Er hat wieder diesen mitleidheischenden Blick drauf und ich weiß, welche Angelegenheit er meint.

Und ich lasse mich breitschlagen. „Gern."

Als wir wieder im Auto sitzen, frotzelt der Bär: „Der ist aber drauf, du!"

„Tja, was die Liebe mit einem Mann alles macht."

„Doch eher diese Hasenedl!", spottet er. „Apropos: Du hast doch da schon wieder deine Finger drin, oder?"

Ich erzähle ihm von Jos gelungenem Eifersuchtsplan.

„Das arme Häschen!", bekundet daraufhin der Bär sein Mitleid mit der schönen Archäologin. „Das hat sie wirklich nicht verdient."

„Um meiner Schwester den Kopf zu waschen, muss man eben einen Kollateralschaden hinnehmen. Der Leo wird sie schon trösten!"

Er schüttelt den Kopf und startet den Motor: „Wohin jetzt?"

„Spusi!"

Doch von denen erfahren wir nur, dass das Gift weder im Essen noch in den Biernoagerl-Proben aus der Speisekammer des Steininger-Haushaltes gewesen ist. Allerdings haben sie im Erbrochenen des Opfers eindeutig Arsenspuren gefunden. Und Kaffee und Bier.

„Das Gift war also entweder in seinem Kaffee oder seinem Bier", stellt der Bär wieder im Auto fest.

„Laut der Christine hat er mittags sein Bier getrunken und um fünf vor dem Stallgehen den Kaffee. Aber in den leeren Bierflaschen im Haus war kein Arsen, wie wir grad erfahren haben, und die Halbe vom Mittagessen längst verdaut. Außerdem hat die Wirkung beim Kaffeetrinken um fünf Uhr ja schon eingesetzt, weil er da bereits Beschwerden gehabt hat", erläutere ich ihm noch einmal alle Fakten.

„Das ist doch zum Narrischwerden!", regt er sich auf.

„Das bringt uns wieder auf die Zeit um 15 Uhr …"

Der Bär hat eine neue Idee: „Vielleicht hat er mit seinem alten Herrn eine Halbe gekippt. Immerhin war Sonntag und da kann man nachmittags schon mal ein Bier zwischendurch trinken."

„Du vielleicht!", motze ich und kann nicht glauben, was er dem alzheimerkranken Mann da zutraut. „Der Alfred hat doch in seinem Zustand nicht seinen eigenen Sohn vergiftet!"

„Aber er ist die Verbindung zu dieser Katharina. Er ist der Einzige, der aus der Zeit noch übriggeblieben ist. Und er könnt' auch damals den Ignaz vergiftet haben." Ihm gefällt seine Eingebung ziemlich gut, denn er führt sie weiter aus: „Genau so war's: Der junge Alfred tut Arsen in den Festtagsbraten, natürlich mit dem Hintergedanken, dass der Ignaz immer mehr kriegt als die anderen, besonders, weil er an dem Tag des Festmahles Geburtstag hat. Der unscheinbare Alfred ist durchtrieben und riskiert also, dass sie alle krank werden, weil er scharf auf den Hof ist und scharf auf die Katharina, die dem Ignaz so zugetan ist. Vielleicht stachelt ihn seine Mutter noch zusätzlich an. Arsen heißt ja nicht umsonst das Erbschaftsgift! Doch die Dosis ist für den Ignaz trotzdem zu gering und ein paar Tage darauf verabreicht er ihm mit der Medizin, die ihm der Arzt verschrieben hat, und der Hilfe von der Liesl noch mehr von dem Arsen und das wirkt! Katharina und der Josef ahnen etwas, wollen ihn anschwärzen, aber er räumt auch die aus dem Weg und schon hat er freie Bahn!"

„Und warum sollte er jetzt nach all den Jahren seinen Sohn umbringen?", bleibe ich sachlich, obwohl ich zugeben muss, dass die Geschichte vom Bär schon sehr glaubhaft klingt. Aber eben auch unlogisch.

„Vielleicht hat der Alte bei einem seiner Aussetzer seinem Sohn alles gebeichtet und der Werner hat ihm Konsequenzen angedroht", hypothetisiert der Bär weiter. „Mord verjährt ja nicht!"

Ich verdrehe die Augen und runzle zweifelnd die Stirn. „Das ist schon gewaltig an den Haaren herbeigezogen!"

Doch der Bär lässt sich nicht drausbringen und hat noch eine Idee: „Oder die Christine hat das Bier präpariert, bevor sie zu ihrer Freundin gefahren ist und die Flasche in den Kühlschrank gestellt. Wenn ihr Mann heimkommt, das wusste sie, genehmigt er sich gern eine kühle Halbe und sie hat ein Alibi. Sie hat selbst zugegeben, dass ihre Ehe hinüber war …"

„Dazu ist sie doch gar nicht fähig, Markus!", interveniere ich entschieden.

Mein strenges *Markus* bremst ihn aus und er ist beleidigt. „Dann sag' halt du mal was!"

„Ich glaube, dass der Schlüssel zu all dem beim Josef liegt."

Der Bär stöhnt auf. „Du und dein Josef!"

Der Opa wartet in der Küche schon auf mich, als ich abends heimkomme.

„Na, haben die Rita und du sich um alles gekümmert?"

Er nickt. „Der Peter hat den Alfred in Kelheim im Altenheim unterbringen können."

„Hat er noch was gesagt, nachdem ich weg war?"

Kopfschütteln. „Ich glaub', der Alfred hat auch einen Schock gehabt. Er war nicht mehr ansprechbar."

„War er denn dabei, als ihr Christine die Nachricht von Michaels Unfall so schonend beigebracht habt?" Ich kann mir eine Spur Ironie nicht verdrücken.

Wieder schüttelt er den Kopf und setzt sich in der Küche, in die ich ihm gefolgt bin, mühsam auf einen der Barhocker an die Küchentheke. „Er ist auf der Hausbank gesessen, als wir gekommen sind, und hat sich weder gerührt, als der Notarzt gekommen ist, noch als wir uns zu ihm gehockt und ihm alles erklärt haben."

„In seinem Zustand ist jede Aufregung furchtbar", überlege ich laut.

„Ich kenn mich mit dem Alzheimer nicht aus."

„Hoffentlich musst du auch nie seine Bekanntschaft machen", scherze ich mit einer Spur Sarkasmus, die mir mein Schwiegervater sofort übelnimmt: „Ha ha! Sehr witzig! – Und nur zur Info: Ich kann mich an alles erinnern!"

„Aber du sagst es mir nicht!", weise ich ihn auf sein Ausweichen und seine Flucht bei unseren Gesprächen bezüglich Katharina hin.

„Jetzt ist die Sachlage auch eine andere."

„Aha!", spotte ich. „Haben also erst zwei weitere Menschen sterben müssen, bevor du mit allem rausrückst!"

„Jetzt hock' dich endlich her zu mir und hör' mir zu!", drängt er genervt.

Ich bin zu neugierig, als dass ich seinen barschen Befehl ignorieren könnte, und setze mich auf den Hocker neben ihn.

Er schnauft tief durch und beginnt: „Damals hab' ich den Alfred mit der Katharina erwischt!"

Ich staune. „Ich hab' gedacht, die hatten nie was miteinander."

Er schüttelt den Kopf. „Sie haben gestritten!"

„Gestritten?"

„Ja und wie!", erzählt der Opa strebsam weiter. „Das war kurz nachdem der Ignaz gestorben ist."

„Kannst du bitte ganz von vorne anfangen, damit ich alles versteh'!"

Der Opa verdreht die Augen. „Kommt die Kommissarin schon wieder durch!"

Abwartend schaue ich ihn an und er folgt meiner Aufforderung. „Also, das war so: Ich bin in der Nacht vom Lindenwirt heim und zufällig am Steininger-Hof vorbeigekommen ..."

Mühevoll verdrücke ich mir eine Bemerkung, in der das Wort *Fensterln* vorkommt, damit er nicht wieder beleidigt abhaut, denn das Anwesen der Steiningers lag damals, wie auch heute, weit ab von seinem Heimweg. Also hat er entweder einen Mords-Rausch gehabt, bei dem er die Orientierung völlig verloren hatte, oder er war, was ich eher annehme, aus anderen Absichten dort. Aber ich schweige und lasse ihn weiterreden, obwohl er kurz stockt, um zu überprüfen, ob ich etwas kommentiere.

„... und als ich so an der alten Waschküch' entlang gegangen bin, da hab' ich Stimmen gehört. Ich bin zum Fenster geschlichen und hab durch eine gebrochene Scheibe hineinsehen können."

Jetzt bin ich wirklich neugierig. „Und, was hast du da gesehen?"

„Na, den Alfred und die Katharina! Zuerst haben sie nur diskutiert, aber dann sind sie immer lauter geworden."

„Und über was haben sie diskutiert?"

Nun wird es prekär, das sehe ich dem Opa direkt an. Er sucht nach den richtigen Worten. „Der Alfred hat der Katharina auf den Kopf zugesagt, dass er sie mit dem Josef im Bett beobachtet hat."

„Mit ihrem Bruder?", bin ich baff.

„Ich hab's erst auch nicht glauben können, aber dann hat sie so höhnisch gelacht. ‚Dann kennst du ja jetzt unser Geheimnis', hat sie zum Alfred gesagt. ‚Wir sind nicht Bruder und Schwester, sondern ein Paar!'."

„Ein Paar?", wiederhole ich fassungslos. Alles hätte ich erwartet, nur das nicht! Mein Gehirn fängt an zu rattern. „Das ändert einiges, wenn nicht alles!"

Darum also hat Katharina alle Männer verschmäht, darum hat sie auch den Ignaz nicht heiraten können und darum hat der Alfred gestern gesagt, dass sie und Josef nicht das sind, als was sie sich ausgegeben haben! Die beiden waren ein Paar und keine Geschwister! Langsam begreife ich.

„Ich hab' auch geglaubt, mich trifft der Schlag!", stimmt mir der Opa eifrig zu.

Meine Spannung auf den Fortgang dieser Geschichte wird übermächtig. „Erzähl' weiter!"

Der Opa sammelt sich erneut. „Der Alfred hat sie gefragt, warum sie vorgeben Bruder und Schwester zu sein, und wieder hat sie so gelacht. ‚Glaubst du, als Flüchtlingspaar, das bald ein Kind nach dem anderen kriegt, hätte uns irgendjemand aufgenommen?' Darauf hat der Alfred sie beschimpft, dass sie seinen Onkel nur um den Finger hat wickeln wollen, um an den Hof zu kommen, und dass das alles nur ein hinterfotziger

Plan von ihr gewesen sei! Wenn der Ignaz das vor seinem Tod erfahren hätt', hätt' er die Adoption sofort platzen lassen. So was hätte er ihr nie zugetraut, er würde es seiner Mutter erzählen und so weiter. Der ist richtig grantig und aufbrausend geworden. So hab' ich ihn bis dahin noch nie erlebt, den Waschlappen!"

Ungeduldig spinne ich die Szene in der Waschküche fort: „Und dann hat er wütend und in Rage eine herumstehende Schaufel genommen und hat auf sie eingedroschen …"

„Lass mich doch weitererzählen!", regt sich der Opa auf, schüttelt seinen Eierkopf und schnauft durch. „So war es eben nicht! Ganz im Gegenteil: Sie hat ihn angefleht und bezirzt, damit er seinen Mund hält, das kannst du dir gar nicht vorstellen! Und wie sie sich an ihn rangeschmissen hat! Pfui Deife! Mir wird jetzt noch schlecht, wenn ich nur dran denk'! Und dieses Weichei ist direkt in ihren Händen dahingeschmolzen!" Angewidert verzieht er sein Gesicht, so dass es noch faltiger wird.

Ich kann darin seine Eifersucht direkt erkennen. Doch ich bin immer noch gespannt auf den Ausgang dieses Streits. „Sie hat mit ihm …"

„Nein, so weit ist es gar nicht gekommen. Sie sind nämlich gestört worden."

„Von wem?"

„Das weiß ich nicht, denn ich bin abgehauen, als ich die Schritte näher kommen gehört hab'. – Das Ganze ist mir zu heiß geworden."

„Du hast die Person nicht gesehen?", hake ich enttäuscht nach.

„Ich war froh, als ich weg war, das kannst du mir glauben!", spottet er übertrieben.

In meinem Kopf rotieren die Gedanken, um wen es sich gehandelt haben könnte. Katharina muss dieses Treffen nicht überlebt haben, denn es hat laut dem Opa nach der Vergiftung von Ignaz Steininger stattgefunden. Und zur Beerdigung ist sie bekanntlich nicht mehr erschienen. Damals wurden die Toten schnell beerdigt, weil es keine Kühlmöglichkeit für die Leichen gegeben hat.

Das hat also der alte Alfred damit gemeint, als er sagte, Katharina und Josef waren nicht das, was sie sind und, dass sie nur so tun als ob. Zusammen waren sie also tatsächlich so was wie Bonnie und Clyde, so wie es sich der Bär einmal zusammengesponnen hatte. Warum sollten die zwei lügen, wenn nicht aus hinterhältigen Gründen? Weil sie des Kinderkriegens wegen keiner haben hätte wollen, wie sie behauptet hat, scheint mir fadenscheinig. Sie haben die Lage auf dem Steininger-Hof erkannt und gesehen, dass da viel zu holen ist. Dann hat sich Katharina an den Ignaz herangemacht, aber heiraten hat sie ihn nicht wollen, weil sie mit Josef liiert war! Es blieb also nur der Weg der Adoption, um an das Erbe zu gelangen. Und das muss nur im Einverständnis mit ihrem Geliebten passiert sein, kann ich mir vorstellen. Wenn nicht sogar Josef das alles geplant hat. Täuschen lassen haben wir uns jedenfalls alle, angefangen beim Ignaz, Alfred, dem Opa und mir.

„Deine holde Katharina und dein Spezl Josef haben euch also alle an der Nase herumgeführt", stelle ich nicht ohne ein bisserl Hohn fest.

„Sie war nicht meine holde Katharina!", verteidigt er sich energisch und fällt fast vom Hocker.

„Hast du den Josef eigentlich zur Rede gestellt?"

„Ich hab' die zwei danach nie wieder gesehen."

Seine Stimme zittert, als er das sagt, und ich kann nachempfinden, was damals in ihm vorgegangen sein muss. Josef war sein bester Freund und hat ihn dermaßen belogen, genau wie die Angebetete. Bestimmt spielt Scham hier auch noch eine Rolle, weil der Opa sich so täuschen hat lassen und nix gemerkt hat. Und wie wir ja schon wissen, ist er in Gefühlsdingen nicht gerade ein offenherziger Mensch. Ich verstehe jetzt, warum er die ganze Angelegenheit über so lange Zeit verschwiegen hat und es ihm auch heute noch schwerfällt, darüber zu reden.

Mitfühlend tätschle ich darum seinen Arm. „Du hast ja dann deine Magda gekriegt!"

Ein glückseliges Lächeln huscht über seinen schmalen Mund, das schnell wieder verschwindet. „Trotzdem würd' mich interessieren, was damals noch passiert ist. All die Jahre hab' ich mir immer wieder den Kopf zerbrochen, aber ich komme einfach nicht dahinter", bricht es aus dem Opa heraus. „Im Nachhinein bereue ich gescheit, dass ich in jener Nacht abgehauen bin und nicht mehr mitgekriegt hab', wer da dazugekommen ist. Ich war so geschockt und auch enttäuscht vom Josef und der Katharina, derweil hab' ich sie beide so gemocht …"

Ich sehe Tränen in seinen trüben Augen stehen, als er stockt. So eine Gemütslage kenne ich an dem alten Mann gar nicht und es rührt mich zutiefst. Wie gern würde ich für ihn das Mysterium um die Novotnys aufklären. Ich befürchte, dass das kaum noch möglich sein wird. Doch eine Hoffnung gibt es noch, denn eine weitere Person, die damals auch beteiligt gewesen ist, lebt ja noch: Alfred Steininger. Und ich fasse einen Beschluss.

„Wir sollten den Alfred befragen. Ich hab' erlebt, dass er immer wieder Erinnerungsblitze an damals hat und er sich leiten lässt, wenn man die richtigen Bemerkungen macht."

Das Auflachen vom Opa ist voller Hohn. „Der ist zu einem oiden Deppen geworden! Ich hab' ihn doch heut' gesehen! Der lebt in einer anderen Welt!"

„Einen Versuch wär's wert", gebe ich nicht auf. „Und, wenn du ihn mit mir besuchst, fällt ihm vielleicht alles wieder ein. Ich spür' genau, dass der noch was weiß!"

Beschämt senkt sich sein Haupt. „Ich hab' seit damals kein Wort mehr mit ihm gewechselt …"

„Aber du hast dich doch heut' um ihn gekümmert", dränge ich ihn.

„Weil er mir leidtut", gibt der Opa zu. „So ein Dasein hat er nicht verdient, auch wenn ich ihn nie gemocht hab'."

Entschlossen stehe ich auf, um das Abendessen herzurichten. „Dann wird es Zeit, die ganzen Missverständnisse aus dem Weg zu räumen! Und zwar morgen früh!"

Ich warte noch auf das zögerliche, aber dann doch zustimmende Nicken meines Schwiegervaters und mache dann die Kühlschranktür auf.

Doch dann ertönt die Bayernhymne draußen im Flur aus meiner Jeansjacke. Eine unbekannte Nummer mit einer ausländischen Vorwahl steht auf dem Display, als ich mein Handy aus der Jackentasche ziehe. Normalerweise gehe ich bei solchen Anrufen nicht dran, doch irgendwas in mir drängt mich dazu.

„Mama!“, vernehme ich die Stimme Quirins am anderen Ende zwar ein wenig hallend, aber doch glasklar.

„Quirin!“ Ich kann gar nicht beschreiben, wie erleichtert und froh ich bin, seine Stimme zu hören.

„Mama! Jetzt schimpf' nicht gleich los, gell!“ Er klingt mitgenommen, aber vor allem verlegen.

„Endlich krieg' ich ein Lebenszeichen von dir!“, freue ich mich. „Wie geht's dir denn?“

Ich gehe zurück in die Küche, wo der Opa inzwischen an der offenen Kühlschranktür steht und sich schnell und verstohlen eine Scheibe Aufschnittwurst in den Mund schiebt. Ich forme per Lippenbewegung, dass sein Enkel aus Australien anruft.

Der Opa grinst freudig und nickt, während er gezwungen unauffällig kaut. Er weiß, dass ich es nicht mag, wenn man aus dem Kühlschrank isst.

„Ich bin heut' entlassen worden. Die Rippenprellung tut noch weh, aber ansonsten passt alles. Jetzt müssen wir nur noch warten, bis Vroni auch wieder fit ist …“

„Hab' schon gehört: Ihre Eltern haben euch heimbeordert!“

Eine kurze Pause.

„Du wirst auch froh sein, wenn ich wieder daheim bin, oder?“, fragt er vorsichtig.

„Gscheit froh!“, gebe ich zu und kann mich dann doch nicht zurückhalten. „Ich hab' euch ja gleich gesagt …“

Der Opa mir gegenüber nickt eifrig und zischt: „Ja, sag's ihm nur! Sag's ihm nur!“

„Spar' dir deine Rechthaberei, Mama, bitte!“

„Tschuldigung!“, bedauere ich kleinlaut. „Gibt's schon eine Spur vom Täter?“

„Ja, haben die den Lumpen schon erwischt?“, mischt sich wieder der Opa ein, der immer noch am offenen Kühlschrank steht, und ich drehe mich weg. Ich mag es auch nicht, wenn er im Hintergrund mitredet.

„Nein, nix!“, antwortet mir Quirin.

„Vielleicht sollt' ich den Polizisten in Sydney Amtshilfe leisten", scherze ich.

„Lieber nicht! Deine Essinger Schäfchen brauchen dich notwendiger", macht er erleichtert mit und lacht. „Hab' gehört, du hast ein Skelett ausgegraben."

„Verzwickte, ziemlich alte Geschichte!"

„Lass mich raten: Der Opa mischt bestimmt auch wieder mit?"

Ich wende mich nach dem Genannten um und beobachte, wie er sich aus der Tupperdose wieder zwei Scheiben Wurst herausstibitzt und in den Mund schiebt, ganz so, als würde ich das nicht merken, wo ich doch hinter ihm stehe.

„Das kannst du aber so was von glauben!"

Ich vernehme ein Seufzen aus dem Handy. „Ich vermiss' euch gewaltig!"

„Wir dich schon auch!", gebe ich zu und fühle mich geehrt über so viel Offenheit meines sonst so nach Unabhängig- und Selbstständigkeit strebenden Sohnes. „Komm endlich wieder heim!"

Der Opa schluckt eilig hinunter und pflichtet mir bei: „Ja, heim kommen soll er endlich, der oide Globetrotter!"

Ich kann Quirin fast glückselig vor mir schmunzeln sehen. Offenbar hat er wirklich auf diese meine Aufforderung gewartet, wie Toni es vermutet hat.

„Ja, bald!", verspricht er mir. „Ich muss aufhören! Das Handy gehört meinem Chef! Ich meld' mich wieder!"

„Tu das! Ich hab' dich lieb!"

Keine Ahnung, wann ich ihm das das letzte Mal gesagt habe, aber es dürfte schon einige Jahre zurückliegen, noch bevor es ihm in seiner pubertären Phase peinlich geworden wäre. Und er erwidert es, während mein Herz freudig in meiner Brust pocht. Dann lege ich auf und der Opa streichelt mir gerührt die Wange. Seine rauen, verhornten Finger riechen nach Wurst, doch ich finde seine ungewohnte, zutrauliche Geste einfach nur rührend.

„Bald hast du ihn wieder", tröstet er mich.

Ich schniefe. „Ja, bald!"

Kapitel 13

„Wer kümmert sich denn jetzt um die Viecher vom Steininger?“, fällt mir siedend heiß ein, als der Opa auf dem Beifahrersitz und ich am nächsten Morgen am Hof der Familie vorbeifahren.

„Der Gumplinger Fritz“, weiß er anscheinend schon wieder bestens Bescheid.

Das ist der unmittelbare Nachbar, der seine Landwirtschaft schon vor längerer Zeit aufgegeben hat und bereits in Rente sein müsste. Soweit ich weiß, hat er im Dauerstreit mit den Steiningers gelegen.

„Das ist aber nett von ihm.“

„Er hat nur Mitleid mit den Viechern. Die können ja nix für ihren Besitzer.“

Ich nehme mir vor, nach Feierabend auf dem Hof vorbeizufahren und Fritz zu unterstützen. Die Arbeit mit den Tieren vor zwei Tagen mit Christine hat mir gefallen. Die Ruhe und Zufriedenheit, die die Kühe und Kälber nach dem Füttern ausgestrahlt haben, und die körperliche Anstrengung haben mich irgendwie entschleunigt und mir eine ungekannte Befriedigung verschafft.

Im Prinzip ist das Kelheimer Altenheim wie ein Krankenhaus. Viele Stockwerke mit langen Fluren, von denen Türen in die Zimmer der Patienten bzw. Bewohner führen. Im zweiten Stock finden wir Alfred Steiningers Zimmer am Ende des Ganges, nachdem wir uns am Empfang danach erkundigt haben. Die Tür steht offen und er sitzt in einem Stuhl am Fenster. Es ist ein bisserl gemütlicher und wärmer eingerichtet als ein Krankenhauszimmer, aber trotzdem möchte ich hier nicht wohnen. Auch der Opa schaut sich ein bisserl befremdlich um und schüttelt dann den Kopf.

Abwesend starrt Alfred Steininger hinaus. Vorsichtig berühre ich ihn an der Schulter und er sieht mich neugierig an. Seine trockenen Lippen verziehen sich sofort zu einem erfreuten Lächeln und seine sonst so trüben Augen leuchten mich an.

„Ja, Maria! Schön, dass du mich besuchst!“

Heute scheint es ihm wieder besser zu gehen, obwohl sein Gesicht eingefallen, blass und noch runzeliger wirkt. Es kommt mir so vor, als wäre er seit gestern um einige Jahre gealtert. Aber er erkennt mich immerhin wieder!

Ich schüttle seine mir entgegengestreckte, grobe Hand und trete dann ein Stück zur Seite, so dass er den Opa hinter mir sehen kann.

„Servus, Alf!", begrüßt der ihn fast schüchtern.

Alfred mustert ihn neugierig von oben bis unten. „Alt bist geworden, Vinzent!"

„Genau wie du!", kontert der Opa und ich mahne ihn mit einem Blick.

Noch im Auto habe ich ihn darauf eingeschworen, dass er sich zurückhalten soll. Ich will nicht, dass Alfred sich aufregt, weil der Opa frech wird. Vor allem aber möchte ich einiges in Erfahrung bringen und das geht nur, wenn Alfred ruhig bleibt. Das weiß ich inzwischen aus Erfahrung. Wir müssen also ganz behutsam vorgehen!

„Wie geht's dir denn heut'?", frage ich ihn deshalb.

Ich habe keine Ahnung, ob Alfred inzwischen mitbekommen hat, dass sein Sohn und sein Enkel tot sind. Ich werde mich hüten, ihn darauf anzusprechen.

„Gut, danke!", redet der Alfred drauf los. „Setzt euch doch her zu mir!"

Er deutet auf die beiden anderen Stühle, die an einem kleinen Tisch an der Wand stehen. Offenbar haben wir einen guten Moment erwischt. Wir ziehen uns die Stühle zu ihm hin und setzen uns neben ihn ans Fenster. Von hier hat man einen weiten Blick über die Dächer der Bauersiedlung in Richtung Kelheimwinzer.

„Das Essen hier ist zwar nicht das Beste, aber so gut wie die Mama kann halt niemand kochen!" Er befindet sich also schon wieder in der Vergangenheit. Ich frage mich, wie sein Gehirn das zusammenbringt: sein und unser Alter und die moderne Umgebung im Vergleich zu den 50ern.

Ich sammle meine Gedanken, konzentriere mich und lasse mich darauf ein. „Hat die dich auch schon besucht?"

Der Opa schaut mich fragend an und wundert sich wohl.

Auf Alfreds faltigem, schmalem Gesicht erstrahlt ein Lächeln. „Der Ignaz und sie kommen heut' Nachmittag mit dem neuen Auto. Montags fahren sie immer zum Einkaufen in die Stadt und dann schauen sie bestimmt bei mir vorbei."

Er freut sich wie ein kleiner Bub und ich frage mich, ob er überhaupt weiß, dass er hier im Heim ist.

„Kommt die Katharina auch?", gehe ich es weiter an.

„Das lässt ihr der Josef doch niemals durchgehen!", spottet der Opa unüberlegt.

Ich räuspere mich mahnend, doch es ist zu spät.

Alfreds Gesicht wird rot vor Zorn. „Der soll sie bloß in Ruhe lassen!"

„Aber du weißt doch, dass die zwei ein Paar sind, Alf! Du hast sie doch miteinander gesehen!"

Ich könnte dem Opa den Hals umdrehen! Damit macht er meine Taktik total zunichte!

Aber Alfred zügelt sich und lächelt verschmitzt, vielleicht sogar ein bisserl zu listig für einen eifersüchtigen Mann. „Das glaubst aber auch nur du!"

„Wie meinst du denn das?", bohrt der Opa weiter.

„Na, die Katharina gehört doch jetzt zu mir!"

„Aha!", sagt der Opa voller Ironie. „Das ist ja ganz was Neues!"

Alfred nickt eifrig. „Du wärst jetzt gern an meiner Stelle, stimmt's?"

Ich schaue meinen Schwiegervater flehend an.

Der seufzt und nickt dann pflichtschuldig. „Schon."

„Sie hat mir geschworen, dass sie mich heiraten wird!"

„Hat sie dir das in der Waschküch' versprochen?", fragt der Opa irritiert.

Die Wangen des alten Steininger sind glühend rot vor Freude und Stolz und ein breites, siegessicheres Grinsen steht ihm im Gesicht. „Als der Josef dahergekommen ist, hab' ich es ihm gleich gesagt. Und dann ist er ausgerastet und hat mich zusammengeschlagen."

Josef war also der, dessen Schritte der Opa damals gehört hat, bevor er von seinem Lauschposten abgehauen ist.

„Der Josef hat dich verdroschen?"

Er nickt eifrig. „Drum bin ich ja hier im Krankenhaus! – Aber das gehört alles zu meinem Plan dazu! Die Kathi hilft jetzt nämlich zu mir und ich helf' zu ihr!"

Der Opa und ich wechseln verwirrte Blicke.

„Wie denn das auf einmal?", hakt er dann beim Alfred nach.

Er beugt sich zu uns herüber und raunt uns zu: „Sie hat gesagt, der Josef wird ihr immer unheimlicher und sie hat Angst vor ihm."

„Ah, geh!", regt sich der Opa auf. „Der Josef war ein Pfundskerl! Und sie hat dich doch bloß hingehalten und dir schöne Augen gemacht, damit du deinen Mund hältst und nicht deiner Mutter erzählst, dass sie keine Geschwister sind! Und du kapierst das nicht, du oider Depp!"

Ich seufze, denn jetzt, so ahne ich, ist es aus mit der Erinnerungsphase vom Alfred. Mit weit aufgerissenen Augen starrt er den Opa an. Seine knochigen Finger krallen sich an die Stuhllehne und ich merke, wie sein ganzer Körper bebt. Doch er hat sich gut im Griff, denn er zischt nur aus zusammengebissenen Zähnen hervor: „Du hast ja keine Ahnung, Vinzent! Keine Ahnung!"

Doch der Opa fährt angestachelt davon hoch und provoziert ihn weiter. „Wovon, Alfred, hm? Erzähl' es mir halt!"

„Lass gut sein!", bitte ich ihn ruhig, bevor sein Gegner sich nicht mehr im Zaum halten kann. Doch nun ist es endgültig zu spät. Alfred steht auch auf, während er seine Fassung verliert, und schreit den Opa über mich hinweg aufgebracht an:

„Du hältst dich wohl für besonders schlau, was? Du glaubst, du weißt alles, aber einen Scheißdreck tust du! Du hast keine Ahnung von dem, was auf dem Hof passiert ist, und du kennst mich nicht! Du hast mich immer behandelt wie einen Trottel! Und vom Josef hast du dich einlullen lassen, nicht ich von der Kathi! Sie war der liebste Mensch, den ich gekannt hab'! Aber ich hab' ihn durchschaut! Und es ist ja dann auch so gekommen …"

Völlig überrumpelt von der unerwarteten Schimpftirade seines Kontrahenten fällt der Opa wieder zurück in seinen Stuhl. Entgeistert starrt er ihn an und kann gar nicht glauben, was ihm da grad von einer als oiden Deppen und früheren Waschlappen titulierten Jugendbekanntschaft an den Kopf geworfen worden ist.

Als würde ihm sein letzter Satz erst so richtig bewusst werden, wiederholt Alfred ihn wieder und wieder, während er zurück in seinen Stuhl sinkt und dabei ruhiger wird: „… Es ist ja dann so gekommen … so gekommen …"

„Was ist so gekommen?", kann ich mir die Frage nicht verdrücken. Ich bin gespannt wie ein Pfitscherpfeil.

Aber Alfred sitzt wieder, wie gestern auf der Hausbank, versteinert da, gafft mit glasigen Augen hinaus zum Fenster und schweigt. Bedauernd erkenne ich, dass es jetzt verlorene Liebesmüh wäre, weiter auf ihn einzureden. Der erhellte Augenblick ist vorüber. Die Krankheit hat ihn wieder fest im Griff.

Offenbar ist die lautere Diskussion nicht ungehört geblieben, denn eine stämmige Pflegerin in weißer Arbeitstracht und mit blondem Pferdeschwanz kommt herein. „Ist was passiert?"

„Wir haben uns nur unterhalten", besänftige ich sie sofort.

Sie beugt sich zu Alfred hinunter und tätschelt seine Schulter. „Geht's Ihnen gut, Herr Steininger?"

Er reagiert nicht, sondern starrt abwesend hinaus.

Die Pflegerin, in deren energischer Körpersprache ich eine anpackende Person erkenne, mustert mich. „Sind Sie Angehörige von Herrn Steininger?"

Ich stehe auf, zücke meinen Dienstausweis aus meiner Jeansjacke und stelle mich vor.

„Polizei?"

Ich deute ihr an, dass ich mich auf dem Flur weiter mit ihr unterhalten will, und sage zum Opa: „Du wartest derweil hier!"

Etwas anderes hätte ich eh nicht von ihm erwartet, denn er ist immer noch perplex von dem direkten Angriff vom Alfred.

Ich habe Achtung vor dem Beruf der Pflegerin, darum nehme ich ihre Standpauke vor der Zimmertür nicht persönlich. „Ich hoff', Sie haben den armen Mann nicht wieder komplett verwirrt. In dem Zustand ist er gestern hier angekommen und es war schwierig, ihn ins Bett zu bringen.

Er braucht seine Ruhe! Schließlich hat er gerade seinen Sohn und seinen Enkel verloren!“

„Ach, Sie haben es ihm gesagt?“, wundere ich mich.

Ihr pausbäckiges Gesicht ist rot geworden.

„Peter Steininger, der Sohn, der ihn hergebracht hat, hat das laut seiner Aussage schon getan. Ich weiß allerdings nicht, ob der Senior es verstanden hat. Morgens war er hellwach und gut gelaunt und hat sich hier umgesehen, bis wir ihn in den Stuhl vor dem Fenster gesetzt haben. Wir müssen aufpassen, dass er nicht abhaut.“

Ich habe davon gehört, dass Alzheimerkranke sich nicht mehr in ihrer Umgebung zurechtfinden und dann umherirren. Der Umzug von Alfred in dieses Heim ist eine große Umstellung für ihn, und ich verstehe, dass die Angestellten hier besonders Obacht geben müssen.

„Was wollen Sie denn von dem kranken Mann?“, ist sie argwöhnisch.

„Ich ermittle die Todesumstände seines verstorbenen Sohnes. Er ist vergiftet worden.“

Erschrocken schlägt sie die kräftige Hand vor den großen Mund. „Aber damit hat doch der Alte nix zu tun, oder?“

Kopfschüttelnd bitte ich sie eindringlich: „Passen Sie bitte genau auf, wer den Herrn Steininger besucht, solang der Mörder seines Sohnes noch frei herumläuft.“

„Weiß denn der Steininger etwas?“

„Der Täter konnte das eventuell annehmen“, lasse ich sie an meiner Vermutung teilhaben.

Sie lacht hämisch und ihre Stimme klingt amüsiert. „Das wär’ der erste Alzheimerkranke, der einen Mörder hinter Gitter bringt!“

Ich verstehe ihren Sarkasmus und sehe ein, dass das wohl niemals passieren würde. „Aber er hat mir doch weitergeholfen.“

Die geschäftige Altenpflegerin stemmt die Hände in die Hüften. „Dann wird es wohl nicht mehr nötig sein, dass Sie ihn wieder durcheinanderbringen!“

„Vorerst nicht“, gebe ich mich geschlagen und kann mir dann doch eine ironische Bemerkung nicht verdrücken, während ich ins Zimmer schaue. Alfred und der Opa hocken immer noch einträchtig nebeneinander in ihren Stühlen und machen keinen Mucks. „Weiß gar nicht, was Sie haben: Der Alfred ist so ruhig und brav, dass Sie ihm keine Beruhigungsmittel geben werden müssen, damit es so bleibt!"

„Pah!", spottet sie eingeschnappt und braust davon.

„Opa, komm, ich bring' dich wieder heim!", rufe ich ihn von der Tür aus.

Er dreht sich mit großen Hundeaugen nach mir um und steht mühsam auf. „Endlich!"

Bevor er das Zimmer verlässt, wendet er sich noch einmal zum dahindämmernden Alfred um. „Und kommen werd' ich nie wieder, du oider Depp!"

Als wir dann im Auto sitzen und ich losfahre, resümiert der Opa immer noch ziemlich nachdenklich: „Vielleicht hab' ich den Alfred wirklich falsch eingeschätzt. Aber beim Wirt oder bei Dorffesten ist er immer nur schweigend dabeigehockt, hat kaum was geredet oder getrunken und war der Erste, der heim gegangen ist. Wir haben über ihn gespottet, weil er unter der Fuchtl von seiner Mutter gestanden hat."

„So war es ja auch, aber daheim auf dem Hof war er halt jemand, grad wegen seiner Mutter."

Der Opa schüttelt ungläubig den Kopf. „Wie man sich nur so drangsalieren lassen kann. Ich wär' da schon längst auf und davon."

Wer, wenn nicht ich, wüsste nur allzu gut, dass der Opa sich nicht bevormunden lässt. Dadurch, dass er seine Eltern schon so früh verloren hat und auf sich selbst gestellt war, ist er ein Kämpfer geworden. Mir schwant, dass er wohl nur deshalb die beiden Herzinfarkte überlebt hat und immer noch da ist.

„Würdest du denn was anders machen, wenn du noch mal damals leben könntest?", frage ich ihn neugierig.

Sein Kopfschütteln ist energisch. „Ja, ich spinn' doch nicht! – Den ganzen Schmarrn noch mal mitmachen! Einmal hat mir das vollkommen gereicht."

Ich kenne seinen Lebenslauf ja inzwischen und kann seine Verbitterung nachfühlen. Er hatte wahrlich kein leichtes Leben, doch hat es mit Sicherheit auch schöne Zeiten gegeben. Aber meistens gibt es doch irgendetwas, was man im Nachhinein bereut. „Du würdest also nix ändern wollen? Gar nix?“

Er zieht eine Lätschn und grübelt. „Naja, gar nix vielleicht nicht, aber im Großen und Ganzen …“

„Hättest du denn die Katharina lieber geheiratet, wenn sie noch dagewesen wär’, als dann später die Magda?“, kann ich mir die Frage doch nicht verkneifen. Ich will einfach ergründen, wie verliebt er in Katharina gewesen ist, schließlich hat er sie mir als nettes, fleißiges, feenhaftes, hübsches und liebenswertes Mädel beschrieben. Nach seiner Darstellung habe ich mir meine Meinung über sie gebildet, die offensichtlich nicht ganz richtig war, denn immerhin haben sie und ihr Josef die Steiningers und das ganze Dorf an der Nase herumgeführt.

Vorwurfsvoll schaut er zu mir herüber, weiß aber genau, worauf ich hinauswill, denn er meint: „Die Magda war meine große Liebe und die Kathi nur eine Spinnerei. Und wie sich immer mehr herausstellt, hat mich mein Verstand dabei nicht ganz im Stich gelassen, denn die Kathi war ein durchtriebenes Luder.“

„Verurteilst du sie da nicht zu schnell?“, rede ich ihm ins Gewissen. „Die Zeiten damals waren hart, wie du es selbst erlebt hast. Sie hat sich auch irgendwie durchkämpfen müssen, nachdem ihre Eltern gestorben waren, und dann ist sie dem Josef über den Weg gelaufen.“

„Woher weißt du, dass ihre Eltern tot waren?“, hinterfragt der Opa spitzfindig.

Ich runzle die Stirn. „Na, der Alfred hat mir das erzählt. Und dass sie aus Tachau in Böhmen stammen und ihre Eltern dort eine Apotheke gehabt haben, bevor sie nach dem Krieg fliehen haben müssen.“

„Und von welchen Eltern reden wir hier? Von der Kathi oder dem Josef den seinen?“, wirft der Opa überlegen ein und seine Augen glänzen.

Kruzinesn! Daran hatte ich noch gar nicht gedacht! Als Paar hatte ja ein jeder von ihnen Eltern!

„Ist das wichtig?“, frage ich ihn, und überschlage, dass das keine große Bedeutung hat. „Sie hatten offenbar beide keine Eltern mehr und waren arm, sonst hätten sie sich nicht als Bedienstete verdingen müssen.“

Er zuckt mit den Schultern. „Wennst meinst!“

„Ich glaube, dass der Josef der Macher war. Er muss sie dazu angestiftet haben, den Ignaz rumzukriegen, damit sie erben konnten. Doch dann plagen Kathi Skrupel, nachdem der Hofherr sein Leben gelassen hat. So weit hatte es nicht kommen sollen und sie kriegt es mit der Angst, auch weil der Josef jetzt will, dass sie den Alfred als nächsten Hoferben bezirzt."

„Meinst, dass ich mich so im Josef getäuscht hab'?" In seiner Stimme schwingen Selbstzweifel und Enttäuschung mit.

„Die zwei haben doch alle genarrt, sogar mich nach siebzig Jahren!", versuche ich ihn zu trösten. „Und er ist nun mal der Einzige, der nicht wieder aufgetaucht ist seitdem."

„Meinst, der hockt irgendwo und hat sich ein schönes Leben gemacht?"

Mir brummt der Schädel. Auf einmal ärgern mich die ganzen Hypothesen gewaltig. Ich haue mit beiden Händen auf das Lenkrad. „Was ich meine oder nicht, bedeutet eigentlich nix! Es sind alles nur Vermutungen und wir haben keine Beweise, außer die zusammenhanglosen Erinnerungsblitze eines Alzheimerkranken und von dir, und zwei aktuelle Todesfälle, die was mit der alten Geschichte zu tun haben! Und ich komm' ums Verrecken nicht dahinter, was und wie!"

Der Opa tätschelt mitleidig meinen Schenkel, während ich in unsere Einfahrt einbiege. „Du packst das schon! Du hast ja den Geiselnehmer damals auch in Schach gehalten. Du bist eine wunderbare Kommissarin!"

So viel Lob aus seinem Mund bin ich nicht gewohnt, aber ich komme nicht weiter dazu, mich darüber zu freuen, denn mein Handy spielt die Bayernhymne, grad als ich den Motor abstelle. Ich nehme den eingehenden Anruf vom Bär an.

„Servus, Mary! Wo treibst du dich denn schon wieder rum?", wirft er mir vor.

Das ist inzwischen sein Standardsatz, wenn ich nicht an seiner Seite bin, und macht mich noch grantiger. „Ich bin am Ermitteln, was glaubst du denn!"

„Ich mein' ja nur, weil der Übelacker schon wieder da ist und du eben nicht", entschuldigt er sich kleinlaut. „Der Leo hat mir grad den Tox-Bericht durchgegeben."

Der Opa denkt gar nicht daran auszusteigen und lauscht aufmerksam.

Ich stöhne auf. „Und, was steht drin?"

„Die Dosis Arsenik war so hoch, dass sie einen Ochsen hätt' töten können, hat mir der Leichendoc ausgedeutscht. 400 Milligramm in etwa."

„Und weiter?", bin ich ungeduldig, weil mir das zu wenig ist. Tot ist der Werner ja, egal durch wie viel Arsenik.

„Es handelt sich genauer um eine Arsen-Sauerstoffverbindung mit dem Fachbegriff Arsentrioxid. Hochtoxisch. Das wissen wir ja schon, aber jetzt kommt's: Es war im Bier!"

„Aber das wissen wir doch auch schon", kann ich seine Begeisterung nicht teilen.

„Das haben wir vermutet und ich hab' damit Recht gehabt, dass der Werner nicht nur mittags ein Bierchen gekippt hat, sondern auch am Nachmittag."

„Aber es war keins von dem aus der Speis."

„Genau!", stimmt der Bär mir zu. „Und darum hab' ich mir Gedanken gemacht: Vielleicht ist er ja gar nicht auf dem Feld gewesen, wie er es zu seiner Frau gesagt hat, sondern bei jemand uns bis jetzt völlig Unbekanntem und hat es von ihr gekriegt."

„Du glaubst, er hat eine Geliebte gehabt?", staune ich über die Auswüchse seiner Phantasie. „So ein Schmarrn!"

Aber der Bär gibt nicht auf. „Oder es war doch die Christine! Als ihm die Kreiselegge auf dem Feld verreckt ist, ist er heim, um sie zu reparieren. Da hat er sich halt eine schnelle Halbe aus dem Kühlschrank geholt, die sie vergiftet gehabt hatte, bevor sie zu ihrer Freundin gefahren ist."

„Klingt überzeugend."

„Genau!", frohlockt er wieder. „Und später hat sie die leere Flasche einfach aus der Werkstatt geholt und beseitigt."

„Aber jetzt ist sie im Bezirksklinikum", bedenke ich.

„Ja, wegen dem Unfall von ihrem Sohn und nicht wegen ihrem Mann!"

„Und wie ist sie zu dem Arsen gekommen?", zweifle ich.

„Na, sie hat es vom Alfred! Der hat es aufgehoben von damals!"

„Aufgehoben von damals?", wundere ich mich über diese gewagte These.

„Na, wir waren uns doch einig, dass er den Ignaz vergiftet hat und bestimmt auch noch die Kathi und den Josef aus dem Weg geräumt hat."

„Wir waren uns gar nicht einig!", verteidige ich mich. „Das hast du dir zusammengereimt. Und mir langt's jetzt auch von diesen ganzen Reimereien!"

„Was bist du denn so gereizt?", stellt er gekränkt fest. „Es ist unser Job, Theorien aufzustellen. Das machen wir doch sonst auch immer."

„Es gibt schon wieder Neuigkeiten!"

„Dann spuck's aus!"

„Ich war beim Alfred Steininger im Altenheim und er hat uns was erzählt. Die Geschwister Novotny waren gar keine Geschwister, sondern ein Liebespaar", fasse ich kurz zusammen.

Doch seine erste Beschwerde dazu ist nicht, dass es schon wieder neue Puzzleteile gibt, sondern, dass ich ihn nicht an den Ermittlungen beteiligt habe. „Uns?"

„Ich war mit dem Opa dort." Ich schiele zu dem Genannten auf die Beifahrerseite hinüber. Mein Schwiegervater lauscht immer noch interessiert und grinst mich an. „Es war an der Zeit, dass die zwei Alten sich nach 70 Jahren aus dem Weg gehen endlich mal aussprechen."

„Hat's was gebracht?" In der Stimme meines Gesprächspartners schwingt eine Spur Spott mit.

Ich erinnere mich an die energischen Vorwürfe des vermeintlich schwächeren Alzheimerkranken. „Also der Alfred hat auf jeden Fall mit dem Opa reinen Tisch gemacht."

Das faltige Gesicht meines Beifahrers wird noch durchfurchter vor Zorn und Scham und läuft rot an wie der Schädel eines Puters. Meine Bemerkung regt ihn samt seinem angekratzten Ego auf. Er schimpft in sich hinein und steigt dann eilig aus. Lautstark haut er die Beifahrertür zu.

„Mit dir nicht?", hakt der Bär nach.

„Warum sollt' er?"

„Du erkennst es also immer noch nicht?“, spottet er. „Oder hast du schon wieder zu viel Mitleid mit dem alten Alfred? – Wahrscheinlich wird er wegen seiner Krankheit nicht mal vor Gericht zur Rechenschaft gezogen …“

Weiter kommt er nicht, denn plötzlich raschelt es, und ich habe die grantige und aufgebrachte Stimme vom Übelacker in der Leitung. „Frau Weidinger, schauen S' bloß, dass Sie endlich hier antanzen, sonst suspendier' ich Sie sofort vom Dienst! Des is eine unverfrorene Frechheit, was Sie sich mir gegenüber erlaubn. Ich hob's satt, dass i ständig auf Sie warten muah …“

Da geht der Oberpfälzer wieder mit ihm durch. Doch diesmal fühle ich mich wirklich unschuldig. Aber ich bin es leid, mich sinnlos zu verteidigen. Es bringt ja doch nix.

Also gebe ich mich geschlagen: „Ich komm' ja schon!“

Dann lege ich seufzend auf und reibe mir über das Gesicht. Dieser Fall verlangt mir schon wieder mehr ab, als dass es mir lieb sein könnte.

Ich beobachte den Opa noch, wie er die Haustür aufsperrt, hineintrottet und die Tür zuhaut. Nach einem tiefen Atemzug, der mich für das Grauen, das mich in der PI erwartet, rüsten soll, starte ich den Motor und fahre in Richtung Kelheim, wie befohlen.

Kapitel 14

Grad als ich mein Auto auf dem Parkplatz vor der PI abstelle: schon wieder Bayernhymne. Geht's dem Übelacker nicht schnell genug, oder wie? Doch dran ist Ulli und nicht wie vermutet der nervige Staatsanwalt.

„Servus, Schwesterherz!", trällert sie mir ins Ohr, während ich aussteige.

„Wenn du wegen dem Jo anrufst: Ich hab' keine Zeit für euren Schmarrn!"

„Alles geklärt, Mary! Alles gut!", will sie mich beruhigen. „Warum bist du denn so grantig?"

„Ich hab' zwei Morde, einen Unfall, eine vermisste Person, den Übelacker im Genick und einen überfallenen Sohn in Australien, also was willst du?"

„Wir zwei sollten dringend ein Wellnesswochenende einlegen ..."

„Damit du ein Alibi zum Fremdgehen hast? – Nein, danke!", spotte ich und haue die Tür meines Beetles lautstark zu.

„Kannst du mich mal ausreden lassen, verdammt!", wird sie jetzt auch zornig. „Ich möcht' mich bei dir entschuldigen für das ganze Theater. Ich hab' einfach rot gesehen, als ich das mit der Whatsapp auf dem Handy von Jo mitgekriegt hab'."

„Allerdings ..."

Dann lenkt sie schnell und bevor ich sie schimpfen kann auf ein anderes Thema ab. „Lukas hat mir das von Quirin geschrieben. Hast du was von dem Australier gehört?"

„Wir haben nur kurz telefoniert", gebe ich zu. „Laut ihm geht's ihm ganz gut, nur Vroni hat's schlimmer erwischt."

„Das packen die zwei schon!", will sie mich beruhigen. „In Australien ist die medizinische Versorgung so gut wie bei uns."

„Aber es ist halt so weit weg."

Wieder wechselt sie abrupt das Thema, wohl, weil sie vermeiden will, dass ich jammere: „Was ist jetzt mit Wellness?"

Ich hatte nicht gedacht, dass sie das ernst gemeint hatte. „Du weißt doch, dass ich nicht der Typ für so was bin. Da geh' ich lieber wandern."

„Das ist aber nix zum Entspannen."

Für mich zwar schon, aber ich habe da eine Idee: „Wenn du entspannen willst, dann komm' doch heut' um fünf Nachmittag zu mir und zwar mit dem Nepi."

„Ich wollt' dich eh noch fragen, ob du mal wieder Babysitten könntest. Bei Jo und mir steht noch ein Versöhnungsabend aus ..."

„Nicht Babysitten! Dich brauch' ich schon auch!"

„Für was denn?"

Ich betrete den Empfang der PI. „Wellness auf dem Bauernhof!"

Dann lege ich einfach auf. Ich kann mir vorstellen, dass Nepi das Füttern und Melken der Kühe richtig Spaß machen wird. Und Ulli darf sich auch mal ein bisserl verausgaben, ob es ihr passt oder nicht. Ich muss ihre Launen und Eskapaden schließlich auch aushalten.

Die Kollegen begrüßen mich und der Koller kommt an den Tresen. Sein langes Gesicht, eingerahmt von den wie immer korrekt gescheitelten grauen Haaren, schaut missmutig drein.

„Der Übelacker ist hinten in eurem Büro! Der ist wieder drauf heut'!"

„Sonst irgendwas Wichtiges?", überhöre ich das.

„Heut' Nacht ist schon wieder in das türkische Gemüsegeschäft eingebrochen worden. Der Pollinger und der Strobl waren dort."

Ich erinnere mich duster, dass ich den ersten Überfall auf Ali bearbeitet habe, bevor wir das Skelett gefunden haben. „Hat's ihn nochmal erwischt? – Haben die Diebe Beute gemacht?"

Der Koller schüttelt den Kopf. „Der Obeth und der Strobl sind vor Ort. Schaut ganz nach einer osmanischen Fehde aus. Die Einbrecher haben herumgewütet und alles kaputt gemacht, wie letzte Woch' auch schon. Obstsalat und Gemüsebrei, sag' ich bloß."

„Kommen die Kollegen klar damit?"

Er nickt. „Wir sind ja auch noch da."

Ich seufze. „Gut, dann wage ich mich mal in die Höhle des Löwen!"

Bedauernd schaut mir der Koller nach.

Als ich in unser Büro trete, dessen Tür wie immer offensteht, rumple ich fast in ein Flipchart, das mitten vor unseren gegenüberstehenden

Schreibtischen steht. Dahinter kann ich die Füße mit den glänzend schwarzen, bestimmt sündteuren Lederschuhen vom Übelacker sehen.

Er schielt um das Chart herum und erkennt mich. „Na, endlich bequemt sich die Kommissarin auch einmal zu ihrer Arbeitsstätte!"

„Meine Arbeit ist kein reiner Schreibtischjob, Herr Dr. Übelacker!", bemerke ich und grüße den Bär, der mit verschränkten Armen und gequältem Gesichtsausdruck auf seinem Bürostuhl an seinem Schreibtisch sitzt, mit einem Nicken.

„Servus, Mary!", raunt er zurück.

„Ich habe hier, derweil Sie dienstlich unterwegs waren, eine Aufstellung der Personen gemacht, die an diesem Fall beteiligt sind. Sie halten so was ja nicht für nötig", erklärt mir der Staatsanwalt und deutet mit dem schwarzen Edding, den er in seinen manikürten Fingern hält, auf das Flipchart.

„Soko Arsen" steht ganz oben.

„Ich hatte keine Ahnung, dass wir eine Sonderkommission dazu brauchen", stelle ich erstaunt fest.

„Die habe ich ins Leben gerufen!", ist der Staatsanwalt geschäftig.

Ja klar! In der Öffentlichkeit macht sich so was bestimmt gut. Ich betrachte mir die Namen samt der Porträts. Der Name Werner Steininger steht in der Mitte, neben ihm seine Frau Christine, die mit einem schwarzen Strich mit ihrem Mann verbunden ist. Darunter **Motiv: kaputte Ehe, Frustration.**

Auf der anderen Seite der Name Alfred Steininger, von dem anscheinend kein Profilbild zu finden war. **Motiv: hält zur Schwiegertochter, Krankheit, wollte verhindern, dass sein Sohn zur Polizei geht wegen Mord an Katharina Novotny.**

Darunter ein Bild vom zerschmetterten Michael Steininger, wie wir ihn auf dem Dachboden aufgefunden haben. **Motiv: hasst seinen Vater, Gier auf das Erbe, Befreiungsschlag vom Vater.**

Dann finde ich auch noch ein großes Fragezeichen mit dem Untertitel: **Unbekannter Täter; Motiv: Rache, Neid, Hass.**

„Ich habe das zusammen mit Herrn Bärnreuther aufgesetzt. Haben Sie noch etwas hinzuzufügen?", erklärt mir der eifrige Jurist.

„Sie haben die Novotnys vergessen."

„Sie meinen die Geschwister anno 1955?"

„Genau die!", stimme ich zu. „Sie waren allerdings keine Geschwister, sondern ein Paar. Das hab' ich grad ermittelt, lieber Herr Dr. Übelacker!"

Er überhört meine spitze Bemerkung und will gerade die Namen dazuschreiben, als er stockt. „Waren sie denn verheiratet?"

„Es war nur von Paar die Rede ...", sage ich und erkenne, worauf er hinauswill. Wessen Nachname war dann Novotny? Katharinas oder Josefs?

„Wahrscheinlich hat keiner von den beiden Novotny geheißen", vermutet der Bär dann auch. „Wenn sie wirklich Bonnie und Clyde waren, war das bestimmt nur ein Tarnname."

Das könnte auch erklären, warum Jo in ganz Deutschland und der Tschechei keinen 86-jährigen Josef Novotny gefunden hat.

Der Übelacker notiert ***Katharina und Josef „Novotny"*** auf seiner Tafel mit einem dicken Fragezeichen dahinter. „Und Sie vermuten immer noch, dass der alte Fall mit dem neuen etwas zu tun hat?"

Ich nicke. „Bindeglied ist der Alfred Steininger. Aber leider hat der durch seine Alzheimererkrankung immer wieder Aussetzer und große Erinnerungslücken. Jedenfalls war er der Letzte, der Katharina lebend gesehen hat. Es muss aber davor etwas passiert sein, denn sie hat auf einmal Angst vor ihrem angeblichen Bruder gehabt und hat sich bei einem Tête-à-Tête an Alfred rangemacht."

„Und der hat sich natürlich gefreut wie ein Schnitzel!", frohlockt der Bär übertrieben.

Irritiert über diesen unqualifizierten Vergleich, runzelt der Übelacker seine Stirn. „Und was ist dann geschehen?"

„Der Josef ist dazugekommen und mehr hab' ich von dem alten Steininger nicht mehr erfahren können. Aussetzer!", bedauere ich.

Der Staatsanwalt sinniert. „Der eifersüchtige Josef schlägt seine untreue Freundin oder Frau nieder ..."

„Der Alfred hat erzählt, dass er von Josef verdroschen worden ist, als er ihn zusammen mit der Katharina in der Waschküch' erwischt hatte, und deshalb jetzt im Krankenhaus ist. Zumindest hält er das Altenheim grad dafür. Und es ist vielleicht nicht so schlecht, dass er das glaubt."

Der Bär grinst. „Also ich hätt' auch eher meinen Nebenbuhler verdroschen als meine Geliebte!"

„Das ist doch alles viel zu hypothetisch und verworren!", wehrt sich der pedantische Staatsanwalt gegen unsere Ausführungen. „Und ich sehe immer noch keinen Zusammenhang."

Ich reiße ihm den Stift aus der Hand und kritzle **Ignaz Steininger** ganz oben hin. Darunter ein dickes Kreuz und **Arsenvergiftung**. Und das gleiche Zeichen und Wort schreibe ich auch zum Namen von Werner Steininger. „Das Arsen ist der Zusammenhang!"

„Aber es liegen 70 Jahre zwischen den beiden Todesfällen", weigert er sich weiter, meine Theorie zu glauben. „Und wie erklären Sie sich den Unfall von Michael Steininger?"

„Wenn es ein Unfall war!", wirft der Bär ein.

Der Paragraphenreiter verschränkt die Arme rechthaberisch vor der Brust. „Es ist doch offensichtlich, dass er Selbstmord begangen hat, nachdem ihm klar geworden ist, dass er seinen Vater ermordet hat. Er konnte mit seiner Schuld nicht leben."

Logisch ist das die einfachste Lösung, aber sie passt halt hinten und vorne nicht. Zumindest mir nicht, aber ich komme nicht dazu, dem Staatsanwalt dagegenzureden, weil der Koller hereinkommt.

„Ich hätt' da zwei Burschen, die ihre Aussagen wegen dem Unfall von Michael Steininger zu Protokoll geben wollen."

„Ach, die beiden Kraxler hätt' ich jetzt fast vergessen!", gibt der Bär lapidar zu.

„Das passt sehr gut", ist der Übelacker begeistert. „Bringen Sie sie rein!"

Der Koller wirft mir noch einen fragenden Blick zu und ich nicke als zusätzliche Bestätigung.

Johannes Neumann und Marek Jelinek trotten herein und grüßen befangen in die Runde. Der Übelacker reißt sofort das Regiment an sich, stellt sich vor, den Flipchart beiseite und ihnen unsere beiden Gästestühle nebeneinander hin und bittet sie Platz zu nehmen. Heute tragen die

Kraxler Jeans und Kapuzenpullover. Neumanns Klamotten sind allerdings von einem ziemlich teuren Markenhersteller, wogegen die vom Jelinek einfach nur billig wirken.

Der Staatsanwalt fängt sofort an, sie auszufragen, und sie erzählen genau das Gleiche, was sie uns gestern auch schon berichtet haben. Dadurch kann ich mich mehr auf die beiden Kraxler selbst konzentrieren. Neumann, obwohl er der Jüngere der beiden ist, ist eindeutig der Wortführer. Er beantwortet alle Fragen als Erstes und lässt sie dann durch seinen Freund bestätigen, wie eben gestern auch schon. Marek Jelinek scheint ihm ergeben, wenn nicht sogar untergeben. Das ist auch kein Wunder, denn ich erkenne einen sehr selbstbewussten, engagierten, intelligenten, vor Energie strotzenden und stolzen Mann in Johannes Neumann.

Darum und auch wegen seiner äußeren adretten Erscheinung hat es mir der drahtige Blondgelockte angetan. Er ist wirklich ein hübsches Bürscherl und wenn ich dreißig Jahre jünger wäre, würde er direkt in mein Beuteschema passen. Sicherlich kommt er aus gutem Hause. Seine Gestik und Mimik wirken bedacht und wohlüberlegt. Er hat bestimmt eine gute Schulausbildung genossen und verkehrt mit kultivierten Menschen. Ich frage mich, was er wohl beruflich macht. Warum habe ich die Personalien, die der Koller von den beiden aufgenommen hat, nicht überprüft, Kruzinesn? Egal, ich kann mir ja selbst ein Bild von den beiden machen.

„Wie haben Sie beide sich kennengelernt?“, frage ich dann, als der Übelacker ziemlich durch ist mit seinen Fragen.

Alle schauen mich irritiert an.

„Spielt das denn hier eine Rolle?“, fühlt sich der Paragraphenreiter aus dem Konzept gebracht.

Aber ich lasse mich nicht drausbringen. „Nein, ich wollte einfach nur wissen, wie Sie beide zueinander stehen.“

Neumann antwortet: „Na, ich bin regelmäßig in seiner Kletterhalle und Marek hat mir viel beigebracht.“

Jelinek stimmt nickend zu. „Und Johannes hat mich vor ein paar Tagen gefragt, ob ich ihn spontan hierher zum Klettern begleiten will. Er weiß, dass ich das schon lange einmal vorgehabt hab'."

„Sie kannten also Michael Steininger vorher nicht?"

Jelinek wirft Neumann einen befremdlichen Blick zu. „Nein, das haben wir doch schon gesagt."

„Es war reiner Zufall, dass er grad mit seinem Bulldog auf dem Feldweg unterwegs war, wo wir uns grad fürs Klettern fertig gemacht haben", bestätigt Johannes uns schon ein bisserl genervt.

„Sie kommen aus dem Bayerischen Wald?"

„Das haben wir doch gestern auch schon zu Protokoll gegeben!", regt er sich jetzt ganz offen gereizt von meiner Fragerei auf. „Ich hab' mir ein paar Tage frei genommen, um mit meinem Kumpel ein bisserl zu klettern."

„Was machen Sie beruflich?"

„Ich studiere Wirtschaftswissenschaft …", gibt er noch preis, aber dann reicht es ihm: „Hören Sie, was hat das alles mit dem Unfall vom Michi zu tun?"

„Ja, Frau Weidinger, das würde mich auch interessieren", pflichtet ihm der Übelacker bei.

Unschuldig zucke ich mit den Schultern. „Nix, ich will mich nur über das Umfeld des Opfers informieren."

„Das hätten Sie ja dann getan!", schlussfolgert der Paragrafenreiter und entlässt die beiden jungen Männer. „Danke für Ihre Aussagen, meine Herren."

Ich bemerke, wie zuerst Johannes Neumann und dann Marek Jelinek das Flipchart, das hinter ihnen steht, anstarren, als sie von ihren Stühlen aufgestanden sind und hinausgehen wollen.

Jelinek dreht sich noch einmal um und will betreten wissen: „Wie geht es eigentlich Michis Mutter?"

„Sie ist nach einem Nervenzusammenbruch ins Bezirksklinikum eingeliefert worden", erkläre ich.

„Und was ist aus dem Alten geworden?", hakt Neumann nach und fügt erklärend hinzu: „Michi hat mal erzählt, dass sein Opa Alzheimer hat."

„Er ist bei seinem zweiten Sohn untergekommen“, gebe ich vor.

„Dann ist auf dem Hof sonst niemand mehr?“, forscht Jelinek und meint verlegen: „Ich frag’ nur, weil die Steiningers doch einen Haufen Tiere hatten. Wer kümmert sich denn jetzt um die?“

„Ein Nachbar.“

„Können wir vielleicht helfen?“, macht Neumann ein Angebot, das wirklich ehrlich klingt. Scheinbar fühlt er sich, obwohl er so beherrscht und gelassen den Unfallhergang beschrieben hat, ein bisserl schuldig.

„Warum eigentlich nicht“, bin ich einverstanden. „Heut’ Abend um siebzehn Uhr auf dem Steininger-Hof.“

Sie bestätigen meine Ansage mit einem Nicken und ziehen ab.

„Ich dacht’, der Alfred ist im Altenheim in Kelheim, Mary“, fällt dem Bär auf, als sie weg sind und der Übelacker sich seinen Aktenkoffer greift.

„Es ist besser, wenn nicht so viele Leute wissen, wo der einzige Zeitzeuge von damals jetzt ist“, behaupte ich zweideutig.

Stirnrunzelnd mustert mich der Staatsanwalt. „Sie denken, er ist in Gefahr?“

Der Bär lacht höhnisch auf. „Du glaubst doch nicht im Ernst, dass in dem wirren Gerede eines Geistesschwachen jemand eine Bedrohung sieht?“

Ich ziehe eine Lätschn. „Ich hab’ da so ein Gefühl … Der Werner muss was gewusst haben und vielleicht der Michael auch. Und sie können ihr Wissen nur vom Alfred gehabt haben, so wie es uns Christine erzählt hat.“

„Sie und Ihre Intuition!“, nimmt der Staatsanwalt meine Hypothese nicht ernst.

„Dann musst du den Opa auch ins Zeugenschutzprogramm aufnehmen“, macht sich der Bär lustig. „Dein Wissen hast du schließlich hauptsächlich von ihm.“

Besser, ich hätte seine schnippische Bemerkung ernst genommen, wie sich später herausstellen wird …

„Ich bespreche mich wegen des Polizeiberichts für die Presse mit Ihrem Kollegen Obeth“, kündigt der Übelacker an. „Sie halten es ja wieder mal nicht für nötig, die Öffentlichkeit zu informieren.“

„Informieren schon, aber erst, wenn ich was vorzuweisen hab'“, meine ich schnippisch. „Und noch hab' ich eben nix!“

Doch er überhört meinen Einwand, weil er in Gedanken ist und laut grübelt: „Vielleicht wäre sogar eine Pressekonferenz vonnöten ...“

„Bloß nicht!“, rede ich ihm drein. „Das könnte unseren Täter nur aufschrecken und wer weiß, was er dann alles tut! Ich brauch' nicht noch mehr Leichen in Essing, genauso wenig wie noch mehr aufdringliche Aufmerksamkeit und eine überbrodelnde Gerüchteküche! Wir sollten uns ganz ruhig, professionell und besonnen verhalten. Außerdem ist es angebracht, ein bisserl Rücksicht auf die beiden leidgeplagten Hinterbliebenen zu nehmen!“

Meine Intervention muss wohl so eindringlich und überzeugend gewesen sein, dass sich der Staatsanwalt erweichen lässt. „Also gut! Vorerst keine Konferenz. – Aber die kurzen Berichte zum Unfalltod von Michael Steininger und dem Giftanschlag auf Werner Steininger gehen raus an die Presse! Ich kann mich sonst vor lauter Presseanfragen nicht mehr retten.“

Damit gebe ich mich einverstanden und der eifrige Staatsanwalt rauscht davon.

Kapitel 15

Gumplinger Fritz ist sichtlich irritiert, als ich abends kurz nach fünf mit meiner Schwester Ulli und dem fast zweijährigen Nepi auf dem Steininger-Hof erscheine. Sie und ihr Sohn tragen keine Arbeitskleidung, die dreckig werden und stinken darf. Ich schon. Ich hatte ihnen ja auch nicht gesagt, was ich vorhabe. Und auch jetzt ist Ulli wenig begeistert, ist aber wegen ihres Sohnes, der sich momentan für alles, was mit Tieren und Landmaschinen zu tun hat, brennend interessiert, mitgekommen.

„Was wird denn das?“, fragt der brummige, heruntergekommene Rentner in seinem Blaumann verwundert.

„Wir wollen dir helfen!“, biete ich an.

„Auch helfen!“, freut sich Nepi und rennt voller Tatendrang in den Kuhstall, dass seine feinen blonden Haare nur so fliegen.

Ulli hastet ihm sofort besorgt hinterher. „Wart’ Nepomuk! Das ist gefährlich!“

Gumplinger verdreht die Augen. „Wieder so eine Stodterin mit ihrem verzogenen Schratz!“

„Sie ist meine Schwester!“, mahne ich ihn. „Kennst du denn die Ulli nicht mehr?“

Er nickt erkennend und meint weiter ganz ohne Hemmungen: „Hab schon gehört, dass die eine Schnepfe ist …“

„Sag’ ihr das bloß nicht!“, warne ich ihn.

Doch ein bisserl hat er schließlich Recht. Jedenfalls stecken ihre langen, schlanken Beine in einer hautengen Jeans, ihr wohlgeformter Busen unter einer mintgrünen Bluse mit Trompetenärmeln und ihre Füße in kamelbraunen Cowboystiefeletten. Nach Nepis Geburt und während seiner monatelangen Schreiphase gab es eine Zeit, in der sie sich wohl wegen des Schlafmangels hat gehen lassen, und ich hatte mir wirklich Sorgen um sie gemacht. Doch das ist glücklicherweise vorbei, spätestens seit ihr Sohn einigermaßen durchschläft und sie mit Jo zusammengekommen ist.

Ich reibe voller Tatendrang meine Handflächen aneinander. „Also, wo können wir mit anpacken?“

Fritz grummelt noch was in seinen nicht sehr gepflegten, grauen Vollbart, kratzt sich am fast kahlen Kopf und deutet mit dem Kinn in Richtung Kuhstall. „Kühe melken! Deine Schwester kann ihnen den Mais in die Futterrinne schieben."

„Und wie können wir helfen?", tönt es von der Hofeinfahrt her.

Die beiden Kletterer haben tatsächlich Wort gehalten und sind gekommen. Ihr Auto, ein ziemlich teuer aussehender, sportlicher, schwarzer Audi, parkt neben der Einfahrt.

Ungläubig schaut Fritz auch sie an. „Noch mehr Stodterer!"

„Nix Stodterer! Wir sind aus dem Bayerischen Wald!", verteidigt sich Marek Jelinek. „Meine Eltern hatten früher eine kleine Landwirtschaft daheim."

„Na dann!", ergibt sich Fritz und frotzelt. „Hoffentlich kommen dann morgen früh auch so viele Helfer!"

Dann trabt er mit seinen schweren Gummistiefeln davon und wir folgen ihm.

„Hätt' nicht gedacht, dass ihr es ernst meint", sage ich zu den Kletterern.

Neumann zuckt verlegen mit den Schultern. „Das sind wir dem Michi doch irgendwie schuldig."

Im langen Kuhstall herrscht schon eine gewisse Unruhe unter den Tieren. Sie haben Hunger und wollen gemolken werden. Ihre Euter sehen prall gefüllt aus. Nepi hat sich eine große Schaufel geschnappt und hantiert damit herum. Es fällt ihm sichtlich schwer, sie festzuhalten, Silage-Mais aufzufassen und in die Futterrinne zu kippen. Das Arbeitsgerät ist einfach viel zu groß für den kleinen Mann, aber er will sich auch von seiner Mutter nicht helfen lassen, die immer wieder zum Stiel greift. Dann schreit er sofort los, dass sie auslassen soll.

Seufzend mit verdrehten Augen und hochgezogener Nase motzt sie mich an: „Wirklich eine tolle Idee, Mary!"

Das amüsiert mich. „Das ist doch viel entspannender als dieses langweilige Wellness!"

„Statt nach wildem Lavendel oder Sandelholzöl stink' ich jetzt nach Eau de Kuh!"

„Vielleicht hilft das auch für deine Entspannung!“, spotte ich und folge dem kopfschüttelnden Fritz in den Melkstand nebenan.

Er erklärt uns den modernen Melkstand, in dem sechs Kühe gleichzeitig gemolken werden können, zeigt den jungen Helfern und mir das Anlegen der Saugglocken an den Zitzen und welche Hygienemaßnahmen wir dabei beachten müssen. Eigentlich ist das keine schwere Arbeit und die Kühe gehen willig und von selbst in die Melkstände. Er lässt die beiden jungen Männer einen Probelauf machen und beschließt dann ohne große Bedenken: „Euch kann man schon was tun lassen …“

Dann packt er mich am Arm. „Dann kümmern wir zwei uns derweil um die Kälber!“

Wir gehen in den Stall der Jungtiere nebenan. Fritz schickt mich immer wieder mit zwei leeren Tränkeimern in die Milchküche, in der der riesige Edelstahltank mit der grad gemolkenen Milch steht. Ich lasse an der Zapfstelle etwas davon in die Eimer und trage sie hinüber. Fritz verteilt die Mengen gerecht auf die Tränkeimer. Dann stecken wir sie mit den Gummizitzen nach vorne in Halterungen an den Stallgittern, wo die Kälber schon unruhig warten und gierig und hastig die frische Milch nuckeln. Zäher Sabber läuft ihnen dabei seitwärts aus den Mäulern.

Nepi kommt irgendwann dahergelaufen und will natürlich wieder helfen. Ich winke Ulli durch die offene Tür in den anderen Stall hinüber, dass ich schon auf ihn aufpasse, während sie schwitzend und keuchend weiterfüttert. Nepi ist fasziniert, wie die Kälber an den künstlichen Zitzen saugen. Damit er es besser beobachten kann, geht er sogar in die Hocke. Seine großen blauen Augen leuchten direkt und ich freue mich, dass ihm offensichtlich meine Idee mit dem Abend auf dem Bauernhof gut gefällt. Ganz im Gegensatz zu seiner Mutter! Dann will er sehen, was in den Eimern ist. Ich nehme ihn auf den Arm und lasse ihn hineinschauen. Wie gebannt schaut er zu, wie jeder Schluck des Kalbes die Milchmenge aus dem Eimer schwinden lässt, bis sie weg ist. Auf den Durst nach mehr stößt es dann mit der Schnauze gegen das Trinkgefäß, dass es nur so scheppert, doch es gibt keinen Nachschub!

Geduldig beantworte ich die ganzen Fragen meines Neffen. Zusammen mit ihm verteile ich nach dem Tränken noch ein bisserl Heu in die Futtertröge.

Beeindruckt schaut mir Fritz dabei zu, während ich vor Eifer schwitze, und stellt fest: „Aus dir wär' eine gute Bäuerin geworden!"

Das schmeichelt mir natürlich, auch weil ich spüre, dass mir diese Arbeit wirklich gefällt.

Als wir mit den Kälbern fertig sind, lässt mich Fritz allein beim Spülen der Tränkeimer.

„Das ist Frauenarbeit", stellt er machomäßig fest. „Ich geh' hinüber und schau', ob die anderen gescheit gearbeitet haben!"

Während ich also spüle, ist Nepi eifrig damit beschäftigt, mühsam Heubüschel aus einem großen Ballen zu reißen und an die Tiere zu verteilen. Es kostet mich viel Überredungskunst, ihn von seiner Beschäftigung loszureißen, als ich fertig bin. Ihm scheint es genauso viel Spaß zu machen wie mir. Aber schließlich gehe ich mit ihm an der Hand zurück in den Kuhstall. Da lehnt doch tatsächlich der Opa mitten auf dem Futtertisch an einem angebrochenen Heubüschel, die inzwischen nicht mehr klein und handlich sind, wie zu meiner Kindheit, sondern mindestens zehnmal so groß.

Typisch Opa! Hat er es vor lauter Neugierde, wo ich mit Ulli und Nepi hingegangen bin, daheim nicht mehr ausgehalten und ist uns gefolgt. Er unterhält sich grad angeregt mit den beiden jungen Kletterern, die offenbar auch schon mit ihrer Arbeit fertig sind, und dem Gumplinger Fritz. Im Hintergrund äsen die Kühe zufrieden ihr Heu oder käuen es gelassen und entspannt daliegend wieder.

Als Nepi den Opa sieht, rennt er begeistert auf ihn zu: „Opa, Opa! Ich hab' Kälber gefuttert!"

Wir müssen alle über seinen Ausdruck schmunzeln.

„Du bist ja schon ein richtiger Bauers-Bua!", lobt ihn der Opa freudig und tätschelt ihm mit seiner großen Pranke die Pausbäckchen.

Doch der will jetzt nicht verhätschelt werden, sondern greift sich wieder die große Schaufel, um voller Eifer „weiterzufuttern".

„Wo ist denn Ulli?", frage ich, nachdem ich mich umgesehen habe.

„Schon heim zum Duschen“, nörgelt der Opa. „Sie hat den Gestank nicht mehr ausgehalten.“

„Also doch Stodterin!“, bemerkt der derbe Gumplinger Fritz neben mir missbilligend und grinst süffisant.

Seine erneute Betitelung meiner Schwester ärgert mich, und weil ich ihn grad vor mir habe, mache ich auch eine abfällige Bemerkung. „Hab’ gehört, du hast dich mit den Steiningers auch nicht besonders gut vertragen …“

Seine grauen Augen funkeln mich böse an. „Pah! Das kannst aber laut sagen!“

„Warum hilfst du ihnen dann jetzt?“

„Ich kann die Viecher nicht verrecken lassen, oder? Die können ja nix dafür!“, prahlt Fritz überheblich und fügt dann nachdenklich hinzu: „Die Christine ist gestraft genug.“

Alle Anwesenden schauen bedrückt zu Boden.

„Du hast also den Werner nicht leiden können?“, bohre ich weiter.

Mit gerunzelter Stirn keift mich Fritz an: „Das ist auch kein Wunder! Der hat’s einem ja schwer gemacht, ihn zu mögen!“

„Mit was?“

Ein bisserl überfordert, sucht er nach einer passenden Antwort. „Willst du jetzt wirklich alle Streitereien wissen?“

„Nur ein paar!“

Demonstrativ streckt er beide Hände aus und beginnt an den Fingern seiner linken Hand aufzuzählen: „Ihm hat der Maschendrahtzaun von meiner neuen Streuobstwiese nicht gefallen und ich hab’ ihn per Gerichtsbeschluss wieder entfernen müssen. Dann hat er mich vor Gericht geschleift, weil durch neue Vermessungen beim Neubau seines Kuhstalls herausgekommen ist, dass meine Schupfa, die mein Vater, Gott hab’ ihn selig, vor 50 Jahren gebaut hat, dreißig Zentimeter in seinen Grund hineinragt. Das hat mich ein Vermögen gekostet! Dann hat er mich angezeigt, weil ich mit meinem Bulldog beim Wenden auf dem Feld in seinen Acker hineingefahren bin und angeblich damit seine Saat zerstört hab’. Dann …“

„Das langt!“, unterbreche ich ihn, weil es mir zu viel wird.

Aber Fritz ist jetzt so richtig in Fahrt und schimpft weiter: „Und so geht das schon, seit ich denken kann! Mein Vater hat sich früher mit dem Ignaz, der Beißzangen-Liesl und dem Alfred rumärgern müssen und ich jetzt auch noch mit dem Werner! Wenn man da keinen Hass kriegt, dann weiß ich auch nicht!"

„Du weißt aber schon, dass du dich jetzt voll reingeredet hast!", macht ihn der Opa aufmerksam.

„Reingeredet?", ist Gumplinger Fritz begriffsstutzig.

Der Opa erklärt es ihm: „Na, die Maria sucht ein Motiv für den Mord am Werner."

Verunsichert schaut der Steininger-Nachbar zwischen ihm und mir hin und her. Den beiden jungen Burschen ist es sichtlich peinlich, in diese Diskussion geraten zu sein.

„Hast du Schädlingsbekämpfungsmittel daheim, Fritz?", frage ich ganz offen.

„Schädlings ...", ist er ziemlich verlegen. „Kann schon sein ..."

„Und bist du zufällig am Sonntag mit zwei Halbe Bier herübergekommen, um dich mit deinem Nachbarn zu versöhnen?"

„Spinnst jetzt?", speit er mich an. „Ich trink' doch mit dem kein Bier! Eher hack' ich mir die Hand ab!"

„Lass gut sein, Maria!", bremst mich der Opa aus und wirft mir einen beschwörenden Blick zu.

„Also der Michael war anscheinend ganz anders als sein Vater", mischt sich nun auch Marek Jelinek ein, um die Situation zu entschärfen. „Wir haben ihn zwar noch nicht lang gekannt, aber er war voll gut drauf und voll locker. Cooler Typ!"

Fritz lacht höhnisch und pflichtet ihm bei: „Anscheinend ist endlich mal einem Steininger ein Hirn gewachsen! Der Michi hat seinem Vater ganz schön Kontra gegeben!"

Nepi fällt vor lauter Übermut samt der Schaufel über einen Haufen Silage-Mais und ich eile zu ihm hin, um ihm beim Aufstehen zu helfen. Er ist von oben bis unten voller Schrotstaub, Mais und Heu. Ulli wird sich wieder aufregen! Ich wuschle ihm das Heu aus den blonden Haaren und klopfe seine Kleidung aus. Nur widerwillig lässt er das über sich ergehen.

Er ist schon ziemlich hungrig, müde und grantig und ich beschließe, dass wir heimgehen sollten.

Nebenbei höre ich den anderen zu.

„Der Michi hat uns erzählt, dass ihn sein Alter enterbt hat, weil er den Hof nicht weiterbewirtschaften will", gibt nun auch Johannes Neumann seinen Senf zu der Unterhaltung.

„Muss ein ganz schöner Schlag für den Werner gewesen sein", grübelt Fritz. „Aber geschieht ihm ganz recht! So wie der ihn und auch seine Frau behandelt hat!"

„War der Werner denn so ein Unmensch?", forscht Jelinek ungläubig.

Der Opa spottet: „Nicht nur der! Sondern auch schon sein Vater und auch der Ignaz davor! – Nicht wahr, Fritz?"

„Den Ignaz hab' ich nicht mehr gekannt", gibt der um mindestens zwanzig Jahre jüngere Angesprochene zu. „Aber die Liesl war eine bösartige Beißzange, und der Alfred und der Werner sind nicht viel besser!"

Inzwischen hat Nepi voller Wut die Schaufel von sich geschmissen, weil er nicht mehr fertig wird mit dem für ihn viel zu großen, unhandlichen Gerät. Er fängt an zu brüllen, dass ich jetzt endlich mit ihm heimwärts gehen muss, so spannend sich diese Unterhaltung auch entwickelt. Ich nehme mir vor, Gumplinger Fritz morgen früh bei der nächsten Fütterung weiter auszufragen. Immerhin hat er ein Motiv und offensichtlich auch die Mittel gehabt, seinen verhassten Nachbarn aus dem Weg zu räumen.

„Ich mach' Feierabend! Der kleine Mann muss ins Bett!", kündige ich an und blicke in die Runde, während ich alle Mühe habe, den schreienden, strampelnden Nepi festzuhalten. „Wir sehen uns dann morgen früh!"

Zustimmendes Nicken von den beiden Kletterern und von Fritz.

„Opa, kommst du mit heim?", fordere ich meinen Schwiegervater auf.

Er winkt ab. „Ich unterhalt' mich noch ein bisserl!"

War ja klar, dass er als Oberratschkathl dabeibleiben muss!

Ich schaue auf die Uhr und überschlage. Bis ich Nepi gebadet und auch ich mich geduscht habe, vergeht gut und gern noch eine Stunde.

„Abendessen gibt's um halb acht!", mahne ich noch, verabschiede mich und trage den schreienden Nepi nach Hause.

Kapitel 16

An dieser Stelle muss ich zu meiner Verteidigung und vorweg erklären, dass es eine Tatsache ist, dass der Opa gern mal den Kranken vorgibt, damit wir oder speziell ich ihn wieder mehr beachte. Diesen Verdacht habe ich am Abend auch, als Toni, der Opa und ich vor dem Fernseher sitzen. Er stöhnt im Halbschlaf auf seinem angestammten Platz auf der L-förmigen Couch herum, als hätte er Schmerzen. Toni und ich wollen nach dem Ende des Krimis ins Bett und ich rüttle sanft am Arm vom Opa.

Er wird nur schwerlich wach und schaut mich verwirrt und gequält an.

„Was …?"

„Der Toni und ich gehen jetzt ins Bett. Willst du dich nicht auch endlich hinlegen?"

Normalerweise haut er sich spätestens um neun aufs Ohr.

Mühsam will er sich aufsetzen, sinkt aber stöhnend wieder zurück in die Kissen. Er fasst sich an den Bauch. „Mir ist gar nicht gut, Maria …"

Toni seufzt. „Ich geh' derweil schon ins Bett!"

Ich nicke zustimmend und wende mich dann wieder meinem Schwiegervater zu.

„Was hast du denn?", gebe ich mich besorgt und drängle, weil ich jetzt keine Lust mehr auf seine Mitleidheischerei habe. „Es ist gleich zehn!"

„Mir ist so schlecht!", jammert er und wirkt wirklich krank.

„Bist du auf dem Heimweg vom Steininger etwa noch beim Lindenwirt gewesen?", frage ich nörgelnd, denn er ist erst eine Stunde nach uns heimgekommen. Allerdings ist er mir da nicht angetrunken erschienen, sondern eher sehr müde. Und er hat auch nicht besonders viel gegessen, als wir gemeinsam mit Ulli, Nepi, Toni und Lukas, der auf eine kurze Stippvisite vorbeigeschaut hatte, Brotzeit gemacht haben.

Dann hebt es den Opa plötzlich und er erbricht sich heftig. Voller Panik suche ich nach etwas zum Auffangen, doch die ganze Sauerei verteilt sich über seine Beine und die Couch. Er hustet und ächzt zum Herzerweichen, als er benommen wieder zurücksinkt. Ich eile in die Küche, um einen Eimer Wasser, eine Schüssel und ein paar Geschirrtücher zu holen.

Dabei mache ich wohl einen ziemlichen Lärm, weil Toni schon in seinem Schlaf-T-Shirt wieder herunterkommt.

„Was ist denn passiert?"

„Dem Opa geht's nicht gut!", erkläre ich ihm, während ich mit ihm zurück ins Wohnzimmer renne.

Auch Toni sorgt sich und beugt sich über den dahindämmernden Opa. Prüfend berührt er seine Stirn. „Er fühlt sich heiß an, als hätt' er Fieber, aber der Schweiß ist ganz kalt."

Sofort durchzucken mich Erinnerungsblitze an die Situation mit dem Notarzt auf dem Steininger-Hof, als Werner vergiftet worden war: *„… Ich tippe auf Arsenik. Heiße Haut und kalter Schweiß …"*

„Kreuz-Kruzinesn!", fluche ich erschrocken und schaue Toni mit panischem Blick an. „Ruf' schnell einen Notarzt! Und sag' ihm auch gleich, dass es wirklich pressiert!"

„Du glaubst …?", spricht Toni es nicht aus, während es den Opa schon wieder würgt.

Ich helfe ihm, sich aufzusetzen. Diesmal übergibt er sich in die herbeigeholte Plastikschüssel, die ich ihm hinhalte.

Glücklicherweise bleibt Toni ruhig, holt sein Handy, das zum Laden auf seinem Schreibtisch liegt, und setzt den Notruf ab, während ich inzwischen hektisch versuche, die Sauerei zu beseitigen und dem Opa beruhigend zuzureden. Der dämmert immer weiter weg und liegt schließlich ohnmächtig da. Seine Arme und Beine zucken und zittern unkontrolliert, und ich habe wirklich große Angst um ihn. Mein Brustkorb zieht sich zusammen und mein Herz noch mehr. Das Wort *Arsen* windet sich hartnäckig durch mein Gehirn und ich kann keinen klaren Gedanken fassen.

Als Toni aufgelegt hat, forscht er: „Wo und wie hat er das nur zu sich genommen?"

Er vermeidet wohl genau wie ich das Wort Arsen, um mir nicht noch mehr zuzusetzen.

„Vor allem, wer hat es ihm verabreicht?", interessiert mich da schon eher.

„Er war doch mit euch auf dem Steininger-Hof …"

Ich nicke zustimmend und tupfe dem Opa mit einem sauberen Geschirrtuch den Schweiß von der runzeligen Stirn. „Er wollt' sich unbedingt noch weiter mit den beiden Kletterern und dem Fritz unterhalten, bevor ich mit Nepi gegangen bin. Aber ich vermut' mal, ihn hat eher noch eine Halbe beim Lindenwirt gedrückt. Als wir Brotzeit gemacht haben, war es schon fast acht …"

„… und da ist er grad heimgekommen und hat sich dazugesetzt", analysiert Toni weiter.

„Zwei Stunden bis zu den ersten Symptomen", grüble ich und fixiere das Ziffernblatt der Uhr an der Wand über der Couch, aber es gelingt mir nicht, von der jetzigen Zeit kurz vor zehn zwei Stunden zurückzurechnen.

Aber Toni kann noch denken. „Er muss es also kurz vor der Brotzeit eingenommen haben."

Ich schnüffle. „Sein Erbrochenes riecht schon auch nach Bier."

„Er hat am Tisch eine Radlerhalbe getrunken, wie immer."

Weiter kommen wir nicht mit unserer Grübelei, denn wir hören das Martinshorn näherkommen.

„Ich gehe raus und weise sie ein", bietet sich mein Gatte an und eilt aus dem Wohnzimmer.

„Gleich wird dir geholfen, Opa!", flüstere ich dem Todkranken zu und streichle seine eingefallenen, glühenden Wangen. „Gleich geht's dir besser!"

Wen will ich damit beruhigen?

Eine Stunde später hocke ich nervös und ungeduldig mit Toni und Lukas im Wartebereich der Notaufnahme in der Uniklinik in Regensburg. Mein Jüngster hatte sich nach dem Brotzeitmachen bei uns mit ein paar alten Freunden aus Essing beim Lindenwirt schräg gegenüber getroffen. Deshalb bekam er es auch mit, als der Notarzt und der Sanka bei uns vorgefahren waren. Natürlich hatte er sich nicht davon abhalten lassen, mit uns dem Krankenwagen hinterherzufahren. Diesmal war es ein mir noch unbekannter Notarzt, der uns noch daheim keine großen Hoffnungen gemacht hat, dass der Opa das überlebt.

Ich bin völlig durch den Wind und durcheinander. Nur ein Gedanke, der langsam zu Zorn auf mich selbst wird, wiederholt sich immer wieder: Ich hätte ahnen müssen, dass der Opa, als einzig übrig gebliebener Zeitzeuge von damals mit klarem Verstand und seinem Wissen in Gefahr ist! Warum habe ich das so auf die leichte Schulter genommen? Weil ich sowieso immer irgendwie um ihn bin, um ihn zu beschützen? Weil ich die Bedrohung unterschätzt habe? Oder weil ich einfach zu bequem war, dem alten Grantler klar zu machen, dass er aufpassen muss? Ich fühle mich schuldig und das raubt mir fast die Luft zum Atmen. Wenn er das nicht überlebt, werde ich meiner Lebtag nicht mehr froh! Unweigerlich frage ich mich, ob der Opa noch etwas in petto hat, was so prekär ist, um den Mörder von damals und heute zu enttarnen. Oder jener hat es einfach nur angenommen und ist auf Nummer sicher gegangen. Damit hätte er nun alle aus dem Weg geräumt, die ihm gefährlich werden könnten. Einzig Christine Steininger lebt noch, ist aber momentan wegen ihres Aufenthaltes in der geschlossenen Anstalt im Bezirksklinikum nicht erreichbar. Oder hat sie der Täter bisher nur verschont, weil sie sowieso nix weiß, so wie sie es mir versichert hat? Wer um alles in der Welt könnte dieser skrupellose Giftmörder sein, der all dies so unbemerkt in Erfahrung gebracht haben könnte? Wenn mir der Opa nur von Anfang an schon alles erzählt hätte! Und Alfred keine Aussetzer gehabt hätte! Oh, mein Gott! Der Alfred! – Und vielleicht auch Christine! Ich springe auf, zücke mein Handy und rufe in der PI an.

Jo ist dran. „Mary, was tust du denn noch zu so nächtlicher Stunde auf?"

„Der Opa ist vergiftet worden und ringt mit dem Tod", halte ich mich kurz, überhöre sein erschrockenes „Oh Gott!" und befehle dann: „Kommandierst du bitte einen Kollegen sofort ins Altenheim zum Alfred Steininger! Der soll dort vor der Tür Wache halten und niemanden außer dem Pflegepersonal zu ihm lassen! Und er soll auch aufpassen, welche Medikamente die ihm geben!"

„Was? Warum denn?"

„Frag' nicht lang, sondern mach' einfach!"

Zack, lege auf und bitte Toni, der mich verwundert anschaut: „Kannst du auch einen deiner Kollegen ins Bezirksklinikum bei Christine Steininger abstellen?"

Ohne Fragen zückt er sein Handy und tut, worum ich ihn gebeten habe.

„Glaubst du, jemand will alle Steiningers von der Erdoberfläche radieren?", will er dann aber doch wissen, nachdem er telefoniert hat.

Niedergeschlagen reibe ich mir über das angespannte Gesicht. „Der Opa ist kein Steininger!"

„Nein, das ist er nicht …", grübelt Toni.

Ich setze neu an. „Hat der Opa beim Abendessen irgendwas Bestimmtes gesagt?"

Lukas und Toni schauen mich aufmerksam an.

„Ich kann mich an nix erinnern", überlegt Lukas und zuckt mit den Schultern. „Er war so wie immer …" Er seufzt tief und schüttelt ungläubig und erschüttert den Kopf. „Wer tut so was: vergiftet einen alten Mann?"

„Das will ich ja eben herausfinden! Also gehen wir alles noch einmal genau durch: Nepi und ich verabschieden uns ungefähr um halb sieben abends auf dem Steininger-Hof vom Opa, der mir auf meine Mahnung, bald zum Essen heimzukommen, versichert, dass er bald nachkommt. Mehr als eine Stunde später, also um kurz vor acht, taucht er auf, als wir schon essen, und er setzt sich dazu."

„Ich hab' mir mit ihm ein Radler geteilt", erinnert sich auch Toni. „Viel gegessen hat er nicht."

An dieser Stelle muss ich dazu erklären, dass das schon seltsam ist, denn der Opa ist bekanntlich kein Kostverächter.

„Dann hat er woanders etwas gegessen", erkenne ich.

„Oder getrunken!", fügt Toni hinzu.

Die Tür der Notaufnahme geht auf und ein Arzt in grüner OP-Tracht kommt heraus. Er ist ein ziemlich junger Vertreter seines Berufsstandes und das erweckt in mir von vornherein schon kein großes Vertrauen in sein Können. Er wirkt gestresst und seine braunen Haare kleben an seiner schweißnassen breiten Stirn, nachdem er sich die grüne Haube vom Kopf gezogen hat.

Doch er stellt sich uns freundlich und kompetent vor. „Oberarzt Dr. Sedlmeier. Sind Sie die Angehörigen von Vinzent Spangler?"

Wir nicken bedrückt und ich nenne ihm ebenfalls meinen Namen.

Er räuspert sich und knetet die Haube in seinen schmächtigen Händen, während mein Herz rast aus Angst vor dem, was er uns gleich mitteilen wird. „Ihr Vater …?"

„Schwiegervater!", berichtige ich schnell.

Er nickt verständnisvoll. „Jedenfalls hat er eine starke Konstitution. Das Antidot schlägt an und das Schlimmste ist überstanden."

Ich kann gar nicht beschreiben, welche Erleichterung ich verspüre, und falle dem Arzt dankbar um den Hals.

„Wahrscheinlich war die Menge Arsen zu gering, als dass sie ihn hätte umbringen können", erklärt er mir noch, als ich ihn verlegen wieder losgelassen habe.

„Oder er hat einen Schutzengel gehabt!", füge ich selig hinzu.

Dr. Sedlmeier schmunzelt. Ein Halbgott in Weiß glaubt wohl eher nicht an eine höhere Macht.

„Woher wussten Sie, dass es sich laut dem Notarzt um eine Arsenvergiftung handelte?"

Pflichtschuldig berichte ich ihm, dass ich als Kommissarin gerade einen Mordfall mit dieser Todesursache behandle.

„Oh, stimmt!", erinnert er sich. „Vor ein paar Tagen hatte ein Kollege auch so einen Fall …"

Ich kläre ihn auf: „Das Opfer damals hat es leider nicht überlebt."

Erkennend nickt Dr. Sedlmeier. „Na, dann werde ich gleich mal eine Blutprobe Ihres Schwiegervaters hinüber in die Rechtsmedizin zu Leo schicken, damit er Ihre Ermittlungen unterstützen kann."

Dankbar schaue ich den Arzt an.

„Wir behalten ihn diese Nacht auf der Intensiv. Sie können ihn dann morgen früh besuchen. Am besten, Sie fahren heim und schlafen ein paar Stunden. Er ist hier in guten Händen!", versichert er mir noch, faltet die zusammengeknetete Haube wieder auseinander und verabschiedet sich.

Erleichtert lasse ich mich in die Arme von Lukas und Toni fallen und kann mir ein paar Tränen der Erleichterung nicht verdrücken.

Toni fährt uns heim.

„Also noch einmal von vorn!", rattern meine Gedanken schon wieder, als ich auf der Beifahrerseite neben ihm sitze. „Der Opa bleibt auf dem Steininger-Hof zurück ..."

„Jetzt hör' endlich auf!", befiehlt Lukas von der Rücksitzbank aus genervt. „Du wirst die Sache heut' Nacht nicht mehr klären können."

Toni tätschelt meinen Schenkel. „Lukas hat Recht. Gib jetzt Ruhe! Morgen ist auch noch ein Tag."

Die beiden reden sich leicht! Ich kann einfach nicht abschalten. Immer und immer wieder versuche ich mich daran zu erinnern, ob der Opa beim Abendessen irgendeine Bemerkung fallen hat lassen oder etwas gesagt hat, das jetzt wichtig sein könnte. Aber der Großteil des Gesprächs hatte sich um die Rückkehr von Quirin und Vroni gedreht. Deshalb war Lukas eigentlich auch da, um uns mitzuteilen, dass ihr Flug morgen schon gen Heimat geht. Wir haben uns alle gefreut, dass mein Ältester und seine Freundin nach dieser Odyssee endlich wieder heimkommen. Und der Opa hat das nur mit „Endlich haut er ab von dieser Sträflingsinsel!", kommentiert. Total überflüssig, seine hinterwäldlerische Bemerkung! Aber in Zukunft darf er meinetwegen sagen, was er will, weil ich einfach nur froh bin, dass er noch lebt.

„Da fällt mir was ein!", regt sich Lukas hinter mir, der wohl auch seinen Gedanken nachgehangen ist. „Als ich beim Lindenwirt mein Weizen bei der Bärbel bestellt hab', hat sie eine Bemerkung über den Opa fallen lassen."

Bärbel ist die Wirtin und auch meine beste Freundin.

„Was hat sie denn gesagt?"

Toni und ich warten gespannt auf seine Antwort.

„Der Opa sei am späten Abend am Biergarten vorbei heimwärts gegangen, als sie und der Sepp grad draußen eine geraucht haben. Auf ihre Frage, ob er noch auf eine Feierabendhalbe mit reingehen würde, hat er abgelehnt, dass ihm das Bier heut' nicht schmecken würd'."

„Wie denn das?", wundert sich Toni, der genau wie ich weiß, dass der Opa niemals eine solche Einladung ausschlagen würde.

„Das hat die Bärbel ihn wohl auch gefragt, weil er geantwortet hat, dass er grad ein ziemlich greisliges Bier getrunken hätt'", erzählt uns Lukas weiter.

Meine Ohren spitzen sich. „Und mit wem und wo hat er nicht gesagt?"

Mein Sohn zuckt mit den Schultern. „Ich hab' nicht weiter nachgefragt. War ja mit dem Sebastian, dem Christoph und dem Bene beim Wirt ..."

Ich schnaufe tief durch und grüble weiter, auch als ich schon längst neben Toni in unserem Doppelbett liege. Lukas verbringt die Nacht in seinem alten Zimmer und will erst am nächsten Morgen zurück in seine Studentenbude nach Regensburg fahren. Sein Auto steht ja noch vorm Lindenwirt.

Neben meinem schlechten Gewissen plagen mich auch noch Gedanken über die Vergiftung von Werner Steininger, den vermeintlichen Unfall von seinem Sohn und den Giftanschlag auf den Opa. Es sind Bruchstücke, die wild umeinander purzeln. Immer und immer wieder setze ich neu an, füge zusammen, lasse weg oder dichte etwas hinzu, wie es gewesen sein könnte. Manchmal glaube ich, der Sache schon näher zu kommen, doch dann passt wieder ein Puzzleteilchen nicht mit den anderen zusammen.

Mein Gehirn ist zermartert, als ich schon kurz vor halb sechs am Morgen aufstehe. Ich habe kaum geschlafen und halte es im Bett nicht mehr aus. Außerdem warten auf dem Steininger-Hof die Tiere auf ihr Futter und aufs Melken. Ich fühle mich dazu verpflichtet, Gumplinger Fritz zu helfen, und bin direkt froh um ein bisserl körperliche Verausgabung. Ansonsten müsste ich jetzt schon zum Nordic Walken, aber bei der Stallarbeit wird mein Bewegungsdrang wenigstens sinnvoll umgesetzt. Und außerdem brenne ich darauf, Fritz, Marek Jelinek und Johannes Neumann auf den Zahn zu fühlen. Hernach will ich zum Opa ins Krankenhaus fahren, nehme ich mir vor.

Fritz ist schon im Melkstand und säubert gerade die Zitzen einer Kuh. Er trägt die gleiche dreckige Arbeitskleidung samt Gummistiefel wie gestern und hat sich auch nicht gekämmt. Richtig ungepflegt und derb schaut er aus in seinem verschlissenen Blaumann. Er ist halt ein Witwer!

„Guten Morgen, Mary! Wo hast denn heut' deine anderen Helfer gelassen?"

„Keine Ahnung!", bedauere ich mit ergebenen Händen.

Er grinst sarkastisch und spottet, während er nacheinander die vier Saugglocken auf die Zitzen der Kuh stülpt. „Die zwei Jungspunde kommen wohl nicht aus den Federn!"

Eigentlich hatte ich erwartet, dass sie wieder helfen würden.

„Vielleicht haben der Opa und du die zwei gestern Abend mit irgendwas vergrault."

Fritz zuckt mit den Schultern. „Wir haben uns nur über die alten Zeiten unterhalten."

„Das wird sie so gelangweilt haben, dass sie heut' gern fernbleiben", meine ich voller Ironie.

Ich desinfiziere die Zitzen der nächsten Kuh mit einem Lappen. Ich mag das Gefühl des prallen, weichen Euters und lasse die Saugglocken sich nacheinander mit den rhythmischen Geräuschen der Melkmaschine an den Zitzen festsaugen. Während wir unsere Arbeit machen, suche ich mir eine Taktik, wie ich Fritz am besten verhören kann. Ich habe da einen Verdacht und mir brennen tausend Fragen an ihn unter den Nägeln.

Grad als er mich wieder mit den Tränkeimern beim Spülen allein lassen will, halte ich ihn auf.

„Hast du nachgeschaut, ob du Schädlingsbekämpfungsmittel daheim hast?"

Verdutzt bleibt er stehen und schaut mich an. „Hätt' ich das tun sollen?"

Ich ziehe eine entschuldigende Lätschn. „Dann werd' ich meine Männer zu dir schicken müssen, um das zu überprüfen."

Aufgebracht von dieser Androhung stemmt er die Arme in die Hüften. „Sag' mal, du glaubst doch nicht wirklich, dass ich den Werner vergiftet hab'?"

„Du hast doch selbst zugegeben, dass du ihn gehasst hast!", werde ich auch lauter und knalle ihm meine Hypothese vor den dreckigen Latz: „Und gestern, als wir uns nach dem Füttern im Kuhstall unterhalten haben, nachdem die zwei Burschen und ich weg waren, hast du den Opa auch aus dem Weg räumen wollen. Vielleicht hat er einen Verdacht gehabt, weil du dich irgendwie verraten hast! Oder wie war das?"

„Spinnst jetzt komplett?", keift er mich empört an, will noch was sagen, hält sich aber zurück und wirft mir vor: „Ach, mit dir kann man ja nicht normal reden!" Dann haut er einfach ab.

„Kannst dich schon mal darauf gefasst machen, dass ich nachher mit der Spurensicherung und meinen Kollegen bei dir vorbeischauen und deinen kompletten Hof auf den Kopf stellen werd'!", schreie ich ihm wütend hinterher, bereue es aber sofort, weil ich ihn damit vorgewarnt habe. Jetzt hat er genug Zeit, das Gift verschwinden zu lassen.

Bevor ich wieder daheim unter die Dusche steige, rufe ich in der PI an und erteile Schubert den Befehl, sofort ein paar Kollegen und die Spusi zum Gumplinger-Hof abzukommandieren.

„Brauchen wir dazu keinen Durchsuchungsbeschluss?"

„Gefahr im Verzug!", rede ich mich raus. „Der Gumplinger ist durch mein Verhör vorgewarnt und er könnt' das Arsen verschwinden lassen. Den Beschluss reichen wir nach."

Dann funke ich in die Uniklinik. Ich kann es kaum erwarten, den Zustand vom Opa zu erfahren. Nach einigen Weiterverbindungen erreiche ich Dr. Sedlmeier. Seine Stimme klingt erschöpft. Er scheint eine anstrengende Nacht hinter sich zu haben, genau wie der Opa und ich! Er gibt mir Auskunft, dass sich sein Zustand weiter stabilisiert hat, er aber noch tief und fest schlafen würde. Es würde reichen, wenn ich am Nachmittag erst käme. Da wäre er bestimmt voll ansprechbar.

Bei einem weiteren Telefonat, das mir absolut widerstrebt, aber ich muss es halt tun, bitte ich den Staatsanwalt um den erforderlichen Wisch für die Durchsuchung beim Gumplinger Fritz.

Ich schildere ihm kurz, was ich gestern von dem derben Rentner auf dem Steininger-Hof erfahren habe und – oh, welch Wunder – der Übelacker verspricht ohne Widerrede oder irgendwelche Einwände, sich darum zu kümmern.

„Sie denken, er hat auch Ihren Schwiegervater vergangene Nacht vergiften wollen?", bohrt er ein bisserl verlegen nach.

„Woher wissen Sie das?“, staune ich.

Normalerweise dürfte noch niemand über die Sache Bescheid wissen. Wie auch?

„Ich habe meine Kontakte!“, tut er wie üblich überheblich. „Also, Sie glauben, es war dieser Gumplinger Fritz?“

„Er ist zwar schon in Rente, aber er könnte aus alten Beständen noch Schädlingsbekämpfungsmittel mit Arsen daheim haben. Und er hat sich gestern Abend weiter mit dem Opa unterhalten, nachdem ich weg war. Auch über die alten Zeiten und vielleicht hat er die Gelegenheit genutzt und ihm ein Bier angeboten, das er schnell bei sich nebenan geholt hat …“

„Sie sagten, die beiden Kletterer waren bei dem Gespräch ebenfalls anwesend? – Dann sollten Sie sie als Zeugen befragen! Vielleicht haben die ja etwas Verdächtiges mitbekommen.“

Als wäre ich da nicht selbst draufgekommen!

„Das tu’ ich schon! Keine Sorge!“, verkünde ich und lege einfach auf.

Ich merke, dass ich zu müde und zu gereizt bin, als dass ich mich noch weiter von ihm bevormunden lassen wollte.

Als ich nach dem Duschen in die Küche trotte, sitzt Lukas auf einem der beiden Hocker an der erhöhten Theke.

„Guten Morgen!“, grüße ich ihn erstaunt, ihn noch zu sehen. „Was ist mit Studium?“

Er verdreht die Augen. „Ich muss dir noch was erzählen!“

Ich schalte den Kaffeevollautomaten ein und der fuhrwerkt los, bis er sich durch ein grünes Licht auf seiner Front bereit erklärt, mir auf Knopfdruck ein Haferl Kaffee zuzubereiten. Ich fühle mich trotz der Dusche abgespannt und reibe mir die brennenden Augen, während ich auf das Symbol für einen doppelten Espresso drücke und die Maschine anfängt, lautstark die Bohnen zu mahlen. „Schieß los!“

„Gestern Abend beim Lindenwirt sind mir zwei junge Burschen am Nachbartisch vom Stammtisch aufgefallen. Die sind spät gekommen, als die Küche schon zu gehabt hat und der Sepp hat ihnen eine Brotzeit gemacht. Die beiden Typen haben heiß miteinander diskutiert.“

„Und?“, messe ich dem keine Bedeutung bei und schaue zu, wie der Kaffee frisch gebrüht in mein unter den Auslauf gestelltes Haferl mit meinem Namen darauf fließt.

Er seufzt. „Na, jedenfalls ist bei dem lautstarken Streit auch ein paar Mal der Name Steininger gefallen. Aber komischerweise waren die zwei keine Einheimischen, sondern Touris!“

Auf einmal sprühen die Synapsen in meinen erschöpften Gehirnwindungen Funken. Immer und immer wieder kommen diese beiden Burschen mit ins Spiel, doch es scheint mir absurd zu sein, dass sie etwas mit dem ganzen verworrenen Fall zu tun haben. Entweder fange ich jetzt an durchzudrehen, oder aber es läuft da was, was ich noch nicht begreifen kann.

„Das werden die zwei Kraxler gewesen sein.“

„Kraxler?“

„Mit denen der Steininger Michael bei seinem Absturz geklettert ist. Die haben ihr Quartier beim Lindenwirt“, erinnere ich mich an deren Aussagen.

„Aha!“, begreift Lukas nicht ganz, fährt aber fort: „Offenbar hat der Blondgelockte irgendwas angestellt, was dem Älteren von den beiden gar nicht gepasst hat, weil er ihn ziemlich energisch aufgefordert hat, zur Polizei zu gehen.“

„Interessant!“ Es jagen noch mehr elektrische Impulse immer rasanter zwischen meinen Gehirnzellen hin und her. „Hast du noch was von dem Streit verstehen können?“

Mein Jüngster runzelt anklagend die Stirn. „Wir haben Schafkopf gespielt, Mama! Ich hab’ mich aufs Spiel konzentrieren müssen!“

In meinem Gehirn rattert es gewaltig. Ich muss sofort hinüber zum Lindenwirt und mir die beiden Kletterer vornehmen. Mein grad noch so sehnsüchtig gebrühter Kaffee bleibt unangetastet, als ich an Lukas vorbei auf den Flur hinausstürme, mich anziehe und eilig das Haus verlasse, ohne die neugierigen Fragen meines Sohnes zu beantworten.

„Mama! Was ist denn los? Wo willst du denn auf einmal hin?“

Kapitel 17

Ich finde meine Freundin Bärbel wie immer gut gelaunt und adrett gekleidet in karierter Trachtenbluse und Jeans hinter der kleinen Rezeption ihres Hotels, wo sie grad ein Touristenpaar abkassiert. Sie unterhält sich angeregt mit ihnen, so dass ihre dunklen Locken, die ihr mädchenhaftes Gesicht einrahmen, nur so wackeln. Als sie mich sieht, erkennt sie wohl an meiner Miene, dass mein Erscheinen dienstlicher Natur ist, und sie verabschiedet ihre Gäste endlich, aber doch freundlich.

„Die zwei Burschen sind heut' in aller Frühe abgereist", erzählt sie mir dann auf meine Frage nach Neumann und Jelinek.

Kruzinesn!

„Obwohl sie eigentlich bis morgen gebucht hatten", erklärt sie mir weiter. „Aber der Blondgelockte hat die eine Nacht als Trinkgeld draufgelegt. Nettes Bürscherl. Direkt süß!" Doch dann stutzt sie. „Haben die zwei was ausgefressen?"

„Das weiß ich noch nicht so genau, aber sie wären erst mal wichtige Zeugen gewesen", bin ich grantig, dass mir die zwei entwischt sind.

Bärbels große, braune Augen blitzen mich neugierig an. „Zeugen bei dem Giftanschlag auf den Opa?"

Ich stöhne. Sie weiß es also auch schon! Essings Buschtrommeln funktionieren wieder einmal einwandfrei!

Sie kommt hinter der Rezeption zu mir her und legt den Arm tröstend um mich. „Deiner Miene nach zu urteilen, hat er's überlebt. Wie geht's ihm denn?"

Ich zucke mit den Schultern. „Laut dem Arzt am Telefon heut' früh besser."

„Der Opa packt das schon! Der ist zäh wie Leder …"

Weiter zum Aufmuntern kommt Bärbel nicht, weil es lautstark vom Eingang her tönt: „Maria! Maria!"

Katzmeier Rita kommt atemlos und mit wehenden Fahnen auf uns zugerannt. „Ich hab' gehört, ihr habt den Opa gestern Abend mit dem Sanka ins Krankenhaus bringen lassen!", regt sie sich auf. „Wer vergiftet denn einen alten Mann mit Arsen?"

Oh ja, die Buschtrommeln!

Ich schnaufe tief durch. „Das versuch' ich grad rauszufinden!"

Erschrocken packt sie mich am Arm. „Aber er hat's doch überstanden, oder?"

„Sonst hätt' ich dich wohl schon längst informiert", erwähne ich sarkastisch, obwohl es überflüssig ist. Wie sonst üblich wird sofort nach dem Ableben eines Pfarrgemeindemitglieds der zuständigen Messnerin oder dem zuständigen Messner Bescheid gegeben, damit das traurige Ereignis durch das Läuten der Totenglocke den Dorfbewohnern kundgetan wird.

Zuerst wirkt sie erleichtert, aber dann baut sie sich anklagend vor mir auf. „Wie kann denn das in einem Haus passieren, in dem eine Kommissarin wohnt, Himmelherrschaftszeiten?"

„Er ist nicht daheim vergiftet worden", verteidige ich mich.

Ihr Griff um meinen Arm wird noch fester und sie schaut mich durchdringend an. „Der Gumplinger war's, stimmt's? Bei ihm sind grad ein Haufen Polizeiautos auf den Hof gefahren!"

Hier in diesem Kaff bleibt auch gar nix unbemerkt, Kruzinesn!

Bärbel springt helfend ein, indem sie die Hand von Rita wegnimmt und beruhigend auf sie einredet. „Jetzt lass die Mary mal ihre Arbeit machen und halt' sie nicht auf!"

Mit einem dankbaren Blick mache ich mich davon. Aber statt zu meinen Kollegen auf den Gumplinger-Hof zu fahren, rase ich in die PI nach Kelheim. Am Empfang sind nur der Obeth und der Strobl als Besetzung. Die anderen sind alle wie befohlen bei der Durchsuchung.

„Wo sind die Protokolle von den beiden Kletterern?", will ich vom Bär, der in seinem Bürostuhl an seinem Schreibtisch sitzt, wissen, kaum dass ich in unser Büro gestürmt bin.

Anscheinend hat er sich nicht dazu verpflichtet gefühlt, bei der Razzia zu helfen.

„Guten Morgen, erst einmal!", mahnt mich mein Partner gelassen. „Ich dacht', du bist auch beim Gumplinger!"

Ich grusche in der Ablage meines Schreibtisches herum. „Ich verfolge eine andere Spur! – Wo sind denn nun die Protokolle?"

„Was willst du denn damit?"
„Ich brauch' die Adressen von den beiden Kletterern."
„Die wohnen doch bei der Bärbel im Lindenwirt."
„Eben nicht mehr. Von da komm' ich nämlich grad. Sie sind heut' früh abgereist, obwohl sie eigentlich bis morgen gebucht hatten", erzähle ich ihm.
„Oha!", kommentiert er nur und hakt dann nach. „Warum suchst du die denn?"
„Sie haben eventuell gestern was mitgekriegt, als es den Opa erwischt hat. Außerdem hat der Lukas beim Wirt einen komischen Streit von den beiden aufgefangen …"
Genervt lasse ich mich in meinen Bürostuhl fallen, weil ich auf meinem Schreibtisch nicht fündig geworden bin.
„Ich glaub', der Übelacker hat die Berichte vom Kletterunfall neulich mitgenommen", vermutet der Bär und fügt bedrückt hinzu: „Hab' schon gehört, dass der Opa auch ein Opfer von unserem Giftmischer geworden ist. – Wie geht's ihm denn?"
„Er wird's überleben", wiegle ich ab, weil ich mich auf was anderes konzentrieren muss. „Wir haben die zwei Burschen nicht überprüft, Kruzinesn …"
„Aber warum denn? Bis jetzt sind sie doch nur Zeugen von dem Kletterunfall. – Ich dacht', du hast seit gestern den Gumplinger auf dem Radar."
Ich überhöre seinen Einwand und grüble weiter. „Der Jelinek hat von dem Sturz vom Michael doch nix mitgekriegt, oder?"
Der Bär überlegt kurz und nickt dann. „Ja, weil er hinter einer Felsnase festgesteckt ist, hat er zumindest ausgesagt."
„Er hat seinen blondgelockten Freund gedrängt, zur Polizei zu gehen. Die Frage ist doch: warum?"
Verständnislos schaut mich der Bär an. „Also ich komm' nicht mehr mit!"
An meinen Fingern zähle ich darum resümierend auf: „Es gibt zwei mögliche Antworten darauf: Entweder der Neumann hat gestern bei dem Ratsch nach dem Füttern etwas Verdächtiges beobachtet, was Jeli-

nek immerhin so wichtig vorkommt, dass er seinen jungen Freund lautstark auffordert, es uns zu sagen ..."

„... was den Gumplinger Fritz eindeutig zu unserem Verdächtigen Nummer eins macht", schlussfolgert mein Partner richtig. „Oder?"

„Oder dem Jelinek kommt bei dem Kletterunfall und der Rolle seines Freundes dabei etwas komisch vor."

„Du meinst, der Absturz war doch kein Unfall?"

„Du musst doch zugeben, dass die zwei Kraxler seltsamerweise immer dann auftauchen, wenn etwas passiert: Christine hat uns erzählt, dass ihr Sohn mit ihnen unterwegs war, als Werner krank geworden ist. Einen Tag später sind sie dabei, als Michael abstürzt. Und gestern Abend sind die zwei dabeigeblieben, wie der Gumplinger und der Opa über alte Zeiten philosophiert haben. Welche Jungspunde tun sich so was freiwillig an?"

„Mei, vielleicht wollten sie höflich sein ...", wirft der Bär ratlos ein.

„So ein Schmarrn! Die Kraxler hätten die Gelegenheit nutzen können, dem zu entgehen, als auch ich mich mit dem Nepi vom Acker gemacht hab'." Eine weitere logische Schlussfolgerung ergibt sich daraus, erkenne ich: „Und für den Gumplinger waren die zwei als Zeugen für einen Giftanschlag auf den Opa ein zu großes Risiko. Warum also hat er nicht versucht, die Burschen loszuwerden?"

„Was den Gumplinger wiederum entlastet."

„Genau!", stimme ich ihm zu und setze mich angefixt auf. „Immer und immer wieder landen wir bei Jelinek und Neumann!"

Nachdenklich stelle ich mich vor das noch immer herumstehende Flip Chart vom Übelacker mit den Namen der Beteiligten in diesem Fall, notiere die noch fehlenden Gumplinger, Neumann und Jelinek und Stichpunkte mit einem Edding dazu, streiche durch oder kritzle Pfeile darauf. Langsam bildet sich daraus eine plausible Geschichte, zugegeben mit ein paar Lücken oder ziemlich hypothetischen Annahmen, aber so oder so ähnlich muss es gewesen sein! Anders lässt sich das Arsen in Werner Steiningers Bier nicht erklären, oder die leichtsinnige, ungesicherte Kletterei seines Sohnes oder auch die Hilfsbereitschaft der beiden Kraxler. Nur gelingt es mir absolut nicht, die Motivation für die Taten meines Hauptverdächtigen zu finden. Warum nur mussten die zwei Steiningers sterben? Katharina ist wieder die Antwort, die mir durch die Gehirnwindungen jagt. Aber einen überzeugenden Zusammenhang zwischen ihrem Tod anno 1955 und dem von Michael und Werner Steininger kann ich immer noch nicht herstellen.

Mit beiden Händen reibe ich mir wieder einmal über mein angestrengtes, verspanntes Gesicht und seufze tief.

„Willst du mich nicht endlich einweihen!“, fordert der Bär mich ungeduldig auf. Ich habe gar nicht bemerkt, dass er mich die ganze Zeit beobachtet hat, und mich neugierig anstarrt.

Vielleicht hilft es mir, meine Hypothese vorzutragen. Zwei Hirne kommen eventuell besser hinter das Geheimnis.

Ich schnaufe durch und beginne: „Nehmen wir einmal an, die beiden Kletterer machen gemeinsame Sache. Neumann ist der Chef und Jelinek hilft ihm.“ Ich deute mit dem Stift auf die beiden Namen, so wie es der Übelacker neulich gemacht hat. „Nehmen wir weiter an, ihr Zusammentreffen mit Michael Steininger war kein Zufall. Sie freunden sich mit ihm an. Am Todestag vom Werner Steininger kommt Michael mit Neumann und Jelinek um drei nachmittags auf den Steininger-Hof, weil sie irgendwas holen müssen oder Michi etwas vergessen hat. Der Werner ist auch da, weil er an seiner Kreiselegge etwas reparieren muss. Er unterhält sich ein bisserl mit den neuen Freunden seines Sohnes. Wahrscheinlich reden sie auch über den sensationellen Fund des Skeletts auf Michaels Bauplatz, der Werner macht ein paar Äußerungen dazu und verrät so ein bisserl was von seinem Wissen über das Opfer aus längst vergangener Zeit. Bevor die drei Kletterer wieder aufbrechen, trinken sie ein Bierchen miteinander. Die Christine ist zum Kaffeetrinken bei einer Freundin, kann also von dem Besuch nix mitgekriegt haben und der Alfred hält sein Nachmittagsschläfchen. Dann wird der Werner krank und stirbt. Dem Michael kommt die ganze Sache komisch vor, vielleicht hat er sogar einen Verdacht. Das könnte doch der Grund dafür gewesen sein, warum er so früh am Morgen und nach dem Tod seines Vaters schon wieder ans Kraxeln denkt, und er macht irgendwelche Bemerkungen gegenüber seinen Kumpels. Auf jeden Fall könnte er hinter die Tat kommen und muss aus dem Weg geräumt werden. Aus einer Gaudi heraus, gewiss angeregt von Neumann, beschließen die drei, ohne Sicherung zu klettern. Dann stürzt Michael ab. Ein paar Tage später bieten Neumann und Jelinek ihre Hilfe auf dem Steininger-Hof an, wahrscheinlich aber nur, um die Lage zu sondieren. Sie sind beruhigt, denn die beiden letzten überlebenden Steiningers sind in der Klapse und im Altenheim." Ich zeige auf Christine und Alfred Steininger. „Und, welch glücklicher Zufall, der letzte Zeitzeuge von damals, der Opa, läuft den beiden Kraxlern auf dem Hof direkt in die Arme. Sie unterhalten sich mit ihm und dem Gumplinger über die längst vergangenen Ereignisse auf dem Steininger-Hof, wobei sie feststellen, dass sich der Opa noch ziemlich gut daran erinnert. Das ist sein Todesurteil."

Der Gesichtsausdruck vom Bär wird immer verwirrter, je länger ich meine Theorie ausführe.

„Aber was wusste der Werner und was weiß der Opa von dem weit zurückliegenden Mord an einer Magd, was den zwei Kraxlern jetzt gefährlich werden könnt', Zefix?", fragt der Bär ungehalten. „Die sind zu jung, um damit noch irgendwas zu tun zu haben!"

Ich überhöre seinen Protest, weil ich weiter schlussfolgere: „Sie laden die beiden Alten mit der gleichen Masche wie den Werner auf ein präpariertes Bier ein, und schon ist auch der letzte unbequeme Zeuge aus dem Weg geräumt, so hoffen sie. – Und der Opa schlägt auf seinem Heimweg die angebotene Feierabendhalbe von der Bärbel aus, weil ihm heut' das Bier nicht schmeckt! Na logisch! Weil er kurz davor schon ein vergiftetes mit den Kletterern getrunken hat! Mit denen hab' ich ihn nichtsahnend auf dem Steininger-Hof zurückgelassen, ich blinde Kuh!"

„Aber Arsen schmeckt doch nach nix, Mary!", redet er mir wieder dagegen. „Und das Bier könnt' ihm genauso gut der Gumplinger gegeben haben."

„Du und dein Gumplinger!"

„Du musst doch zugeben, dass deine Geschichte schon wirklich sehr an den Haaren herbeigezogen ist", protestiert der Bär weiter, steht auf, nimmt mir den Edding aus der Hand und tritt an das Flipchart. Er schlägt die von mir beschmierte Seite nach hinten um, doch bevor er anfangen kann, mir seine Hypothese aufzuzeigen, kommt der Obeth zu uns herein.

„Der Jo hat grad angerufen. Die haben beim Gumplinger was gefunden! Die bringen ihn zum Verhör in die PI."

Triumphierend sieht mich der Bär an.

„Okay!", murmle ich, weil das meine ganze Kopfarbeit durcheinanderbringt. Doch ich gebe meine Theorie trotzdem so schnell nicht auf. Bevor sich der Obeth wieder verzieht, halte ich ihn auf: „Kannst du bitte die beiden Zeugen von dem Kletterunfall überprüfen: Johannes Neumann und Marek Jelinek."

Der Kollege nickt gehorsam und geht.

„Ich mag Kollegen, die einem nicht widersprechen!", stelle ich grinsend fest, ohne den Bär anzuschauen.

Der übergeht meine Bemerkung und fühlt sich bestätigt. „Lieg' ich also doch nicht so ganz falsch mit meinem Verdacht!"

Er beginnt auf das neue leere Blatt den Namen seines Hauptverdächtigen zu kritzeln. Daneben den von Werner Steininger, dazwischen einen Pfeil, über den er einen verhunzten Totenkopf hinmalt.

„Also ich glaub', der Gumplinger war's!", beschreibt er sein Werk und notiert drunter: **Motive: Rache, jahrelang gewachsener Hass – Gift vorhanden!**

Der Bär macht es mir nach: „Nehmen wir doch einmal an, der Gumplinger gibt nach der ewigen Streiterei vor, sich mit dem Werner versöhnen zu wollen und kommt am Sonntagnachmitttag mit zwei Halben Bier auf den Steininger-Hof, als sein Nachbar grad dabei ist, die kaputte Kreiselegge zu reparieren."

„Klingt logisch", stimme ich ihm zu. „Aber was ist dann mit dem Michael?"

„Das war einfach nur ein Unfall! Blöd gelaufen, dass der am gleichen Tag wie sein Vater hat sterben müssen!"

„Und warum hätt' der Opa ins Gras beißen sollen?", wende ich weiter ein.

Der Bär räuspert sich und fährt fort: „Nehmen wir weiter an, dass sich der Gumplinger Fritz bei der gestrigen Unterhaltung irgendwie verraten hat und der Opa ihm draufgekommen ist, dass er den Werner auf dem Gewissen hat. Der Fritz bietet dem Opa ein Bier an …"

„Und die zwei Kraxler, was spielen die deiner werten Meinung nach für eine Rolle bei der ganzen Sach'?", unterbreche ich ihn und verschränke die Arme vor der Brust.

Der Bär zuckt mit den Schultern. „Die waren einfach nur immer zum falschen Zeitpunkt am falschen Ort. Sie haben nix mit der Sache zu tun!"

„Also noch ein paar Zufälle mehr", stelle ich skeptisch fest.

„Aber warum sollten die beiden oder auch der Neumann allein den Werner und die anderen zwei umbringen wollen? Sie kannten sich nicht, bevor sie in Essing ihren Kletterurlaub gemacht haben", verteidigt der Bär seine Meinung.

An dieser Stelle muss auch ich passen und zugeben, dass er es geschafft hat, mich an meiner Theorie zweifeln zu lassen. Vom Empfang her ist ein lauter Tumult zu vernehmen und mir schwant, was mich erwartet.

Ich seufze. „Am besten, wir befragen die Beteiligten selbst! Mit dem Gumplinger fangen wir an!"

Und wie auf Kommando schieben Jo und der Pollinger den aufgebracht schimpfenden Hauptverdächtigen herein. Die zwei drücken den Rentner, wie üblich in einem dreckigen, stinkenden Arbeitsanzug und mit unrasiertem, furchigem Gesicht, auf einen der beiden Gästestühle neben unseren Schreibtischen.

Jo informiert mich: „Die Spusi hat irgendein Schädlingsbekämpfungsmittel bei der Durchsuchung sichergestellt. Ziemlich alt, das Zeug, und arsenhaltig. Der Klaus hat gemeint, dass es inzwischen in Deutschland verboten sein dürfte. Genaueres werden sie dir erst im Bericht sagen können."

„Das Mittel steht schon seit Ewigkeiten in dem Schrank mit den ganzen Spritzmitteln!", verteidigt sich Fritz sofort und sein Schädel läuft noch roter an. „Das sind Restl, die ich nicht mehr brauch'. Ich hab' alle meine Felder verpachtet."

Mit einem Nicken bedanke ich mich bei den Kollegen und sie beziehen sicherheitshalber vor der offenen Bürotür Posten.

„Warum hast du dann das Gift nicht schon längst entsorgt?“, bohrt der Bär nach, der sich vor ihm aufgebaut hat.

Fritz schlägt mit den Händen auf seine Oberschenkel, dass es nur so staubt. „Was weiß ich! Ich hab’ das Zeug einfach vergessen!“

Jo an der Tür mischt sich ein. „Es war in dem total verdreckten Keller in einem verstaubten Schrank, der zugestellt war mit lauter Glump.“

„Genau!“, pflichtet ihm der Gumplinger eifrig bei. „Ich war schon ewig nicht mehr in dem Keller!“

„Das kann jeder sagen!“, stänkert der Bär. „War’s nicht so, dass du am Sonntag mit zwei Flaschen Bier hinübergegangen bist zum Steininger und so getan hast, als würdest du mit ihm Frieden schließen wollen?“

Empört über diese Anmaßung rumpelt der Verdächtige in die Höhe. „Jetzt langt’s aber! So ein Krampf!“ Dann wendet er sich lautstark und aufgeregt an mich, die ich in meinem Bürostuhl sitze. „Ich hab’ dir doch schon gesagt, dass ich mir eher die Hand abhaken würd’, als mich mit dem zu versöhnen. Der wär’ mir nicht einen Tropfen von dem guten Bier wert gewesen!“

Jo ist während seinem Gebrüll hinter ihn getreten und drückt ihn wieder auf den Stuhl zurück. Als er wieder sitzt, schaut er zwischen dem Bär und mir direkt flehend hin und her. „Ich geb’ ja zu, dass ich ihn gehasst hab’ wie die Pest, aber warum sollt’ ich ihn ausgerechnet jetzt umbringen, wo es sowieso schlecht für ihn gelaufen ist. Der hat sich doch selber so reingeritten, dass ihm das Wasser bis zum Hals gestanden ist. Seine Ehe war kaputt, seinen Sohn hat er vergrault und, wenn ich es richtig mitgekriegt hab’, dann hat er vor lauter Schulden kein Land mehr gesehen!“

In den grauen Augen vom Gumplinger blitzen Funken der Genugtuung auf.

„Wie ist euer geselliges Beisammensein denn gestern Abend weitergegangen, als ich weg war?“, wechsle ich das Thema.

„Das hab’ ich dir doch heut’ früh auch schon gesagt, Kruzifix!“, flucht der derbe Rentner gelangweilt. „Wir haben uns unterhalten …“

„Über was?“, forsche ich.

„Na, über alte Zeiten halt.“

„Ein bisserl genauer, bittschön!“, fordere ich ihn ungeduldig auf.

Er rümpft die knollige Nase und überlegt. „Über die Steiningers halt. – Ist das wichtig?“

„In einem Mordfall ist alles wichtig!“, erkläre ich energisch. „Was genau über die Steiningers?“

Wieder grübelt er. „Mei, der Opa hat noch viel vom Ignaz gewusst und über den komischen Tod von dem. Dann hat er noch von einer Magd und einem Knecht geredet und dass die damals einfach spurlos verschwunden sind. Und das Skelett vom Bauplatz, das ihr gefunden habt, soll angeblich die Magd sein und so weiter. Er hat ein Mords-Geheimnis aus der ganzen Gschicht gemacht und man hat ihm direkt angesehen, dass es ihm gefallen hat, den jungen Burschen so was unter die Nase zu reiben.“

„Das hat die beiden doch bestimmt gelangweilt, oder?“, kommentiere ich.

Der Gumplinger versucht sich mit zusammengekniffenen Augen zu erinnern. „Nein, eigentlich nicht. Besonders der Blondgelockte war sehr interessiert. – Der hat dann sogar noch für jeden ein Bier ausgegeben, das er aus dem Kofferraum von seinem Auto geholt hat!“

Auf einen Schlag bin ich wie elektrisiert. Da ist es wieder, das Bier! Der Bär und ich schauen uns entgeistert an. Der Opa ist so ein Idiot! Kann der nicht einfach mal sein Maul halten, Kruzinesn!

Dann springe ich hoch und bestimme entschieden: „Jetzt wird’s endlich Zeit, dass ich mit dem Opa red’!“

Der Bär erhebt sich auch, jedoch merklich unsicher. „Fahr du ins Krankenhaus zu ihm, ich schreib’ derweil das Vernehmungsprotokoll mit dem Fritz.“

Sein Zugeständnis, diese unliebsame Arbeit mit dem unangenehmen Gumplinger zu machen, zeigt mir, dass er einsieht, wie falsch er mit seiner Theorie gelegen hat und wie richtig ich! Zustimmend nicke ich ihm zu und flitze aus dem Büro. Am Empfang hole ich mir den Obeth an den Tresen.

„Hast du was über den Neumann und den Jelinek rausgefunden?“

Gekonnt zückt er ein Blatt Papier und berichtet brav: „Der Johannes Neumann ist nicht in unserer Datei. Ganz offenbar ist er ein braver Student in Passau, 19 Jahre alt und stammt aus guten Verhältnissen. Seinem Vater gehört die Wurstfabrik Neumann in Grafenau. Hast du bestimmt schon gehört, oder?"

Natürlich kenne ich die Wurst von Neumann! Die Kaminwurzen zum Beispiel esse ich am liebsten. Würzig, rauchig, einfach lecker zu einem Butterbrot! Diese Neumann-Wurst hat in den letzten Jahren sozusagen einen Siegeszug im Kühlregal gemacht. Es gibt sie in vielen verschiedenen Sorten in fast allen Supermärkten zu kaufen.

„Und der Jelinek?"

„Der ist uns allerdings gut bekannt: geboren in der Tschechei, 26 Jahre alt. Mit seiner Mutter kam er nach deren Scheidung 1999 in den Bayerischen Wald nach Grafenau, hat die Schule abgebrochen und ist auf die schiefe Bahn geraten. Mehrere Verstöße gegen das Betäubungsmittelgesetz; kleinere Diebstähle und so weiter. War einige Monate in Jugendarrest. Dort scheint er allerdings geläutert zu sein, denn er hat danach als Fitnesstrainer gearbeitet und sich irgendwann diesen Kletterpark aufgebaut. Scheint in der Region dort recht beliebt zu sein. Engagiert sich mit jungen Straftätern, hält Kletterkurse mit ihnen und so weiter. Er hat eine eigene Internetseite, auf der man das alles nachlesen kann", berichtet mir der Obeth weiter.

„Gute Arbeit", lobe ich ihn.

„Warum hast du die zwei denn auf dem Schirm?"

„Alles deutet darauf hin, dass sie die Arsen-Mörder sind, oder auch nur einer von ihnen."

„Der Jelinek!"

„Würd' sich aufgrund seiner kriminellen Vorgeschichte anbieten, aber da gibt es ein kleines Detail, das ihn eher entlastet. Außerdem kam mir der Neumann bei ihrer Zeugenaussage in unserem Büro eher als der Macher vor."

„Wie kommen zwei so junge Burschen überhaupt dazu, Arsen zu verwenden? Ist doch eine ziemlich altmodische Art und Weise und auch ziemlich unsicher, siehe den Opa", tut der Obeth mir seine Meinung kund und freut sich: „Der zähe Hund hat's doch tatsächlich überlebt!"

„Ja, ziemlich altmodisch ...“, überhöre ich das und erinnere mich, dass auch Jo schon so was Ähnliches von sich gegeben hat. „Du meinst also, das alles passt eher auf einen älteren Täter?“

„Für mich hört sich das alles nach einem altbackenen Agatha-Christie-Krimi an, wenn du so direkt fragst“, scherzt er und fügt makaber lachend hinzu: „Bei der liegt das Motiv für den Mord doch auch meistens in der Vergangenheit.“ Er verstellt seine Stimme und flüstert geheimnisvoll: „Ein greiser Lord beauftragt seinen Nachkömmling, eine alte Rechnung zu begleichen. Oder eben jener Nachkömmling rächt sich mit gefälschter Identität für seinen vor langen Jahren ermordeten Vater. – Von wegen Familienehre und so weiter. Du verstehst schon ...“

Auf einmal habe ich einen Geistesblitz. Die schon an Ort und Stelle gelegten Puzzleteile purzeln in meinem Gehirn durcheinander, als hätte jemand mit der Hand darübergefegt, und setzen sich neu zusammen. Na, jedenfalls teilweise.

Ich wiederhole wie gebannt: „Alter Lord ... Nachkömmling ... Familienehre ...“

„Das war nur so ein Hirngespinst!“, ist der Obeth verlegen, der meine Entgeisterung bemerkt.

Doch für mich ist sein vermeintlicher Unsinn in Sekundenschnelle zu einer Erkenntnis geworden. Auf einen Schlag bin ich hellwach und meine Gehirnzellen sprühen nur so vor Impulsen.

Jo und der Pollinger kommen zu uns und lauschen neugierig.

„Ignaz Steininger ... Arsenvergiftung ... Josef Novotny ... Arsen ... Apotheke ... Eltern von Josef ... Katharina hat Angst vor ihm ... Josef schlägt Alfred nieder ...“, murmle ich vor mich hin, um alles in eine logische Reihenfolge zu bringen, während der Obeth mich verständnislos anstarrt. „Immer wieder der Josef!“

„Josef? Josef Novotny?“, wiederholt Jo verwundert. „Den gibt’s nicht mehr, Mary! Das haben wir doch schon überprüft.“

Ich schüttle den Kopf, weil ich überzeugt bin. „Nein, mein Lieber, den gibt’s noch!“

Meine Intuition hat mich also doch nicht getäuscht! Josef ist der Schlüssel zu allem! Er ist der Drahtzieher in dem ganzen Drama, damals wie heute!

„Du spinnst doch!", tut der Obeth ab. „Und selbst, wenn er noch leben würde, dann unter einem anderen Namen! Das ist doch aussichtslos! Er könnte überall auf der Welt sein!"

„Nein, mein Lieber, er hat Bayern nie verlassen", triumphiere ich und stutze. „Was hast du grad gesagt über seinen Namen?"

„Na, dass er sich einen anderen Namen zugelegt haben muss, falls er noch lebt, denn sonst hätt' der Jo ihn bestimmt ausfindig gemacht."

Und dann habe ich schon wieder eine Eingebung. „Novotny … Neumann!"

Das ist die letzte Bestätigung, die ich noch gebraucht habe!

Begeistert beuge ich mich zuerst zu Jo und dann zum Obeth hinüber und drücke einem jeden ein Bussi auf die Wange.

„Ihr seid die Besten!", bin ich begeistert und renne statt aus der PI zurück ins Büro.

Mit dem Kopfkino, das szenenhaft und unweigerlich vor meinem geistigen Auge abläuft, setze ich mich an meinen Schreibtisch.

Der Bär, der inzwischen allein mit dem Gumplinger im Büro sitzt, wundert sich. „Ich dacht', du wolltest zum Opa?"

„Ich hab' neue Infos! – Jetzt passt alles zusammen, Markus … Naja, fast alles!"

Mit weit aufgerissenen Augen starren er und auch Fritz mich neugierig an. „Wie denn das?"

„Der Obeth und der Jo haben mich drauf gebracht!"

„Der Obeth und der Jo?"

„Die ganze Sache ist eigentlich ganz einfach", gebe ich zu und hacke auf meine Tastatur ein.

Der Bär in seinem Sessel stützt sich mit seinen Ellbogen auf seinen Schreibtisch. „Wir zermartern uns schon den ganzen Tag das Hirn und jetzt auf einmal ist alles ganz einfach?"

Gespannt verfolgt der Gumplinger unsere Unterhaltung.

„Ich muss erst noch was recherchieren! Und jetzt frag' nicht so viel!", wiegle ich ihn ab und konzentriere mich auf meinen Bildschirm.

Die Suchmaschine, in die ich den Namen der Wurstfabrik Neumann eingegeben habe, zeigt mir ihre Treffer an. Ich klicke gleich den obersten an und die Startseite der Webseite erscheint, auf der ihre Produkte farbenfroh und mit viel Natur im Hintergrund angepriesen werden.

Der Bär kommt zu mir herum und schaut mir neugierig über die Schulter. Ich bemerke, wie er mehrmals nacheinander schluckt.

Genervt schaue ich ihn an.

Er entschuldigt sich: „Verdammt, ich hab' Hunger! Und wenn ich meine Lieblingswurst direkt vor der Nase hab', läuft mir halt das Wasser im Mund zusammen."

Ich betrachte ihn prüfend von der Seite. Mir wäre nicht aufgefallen, dass er inzwischen abgenommen hätte. „Bist du immer noch auf Diät?"

Er brummt schlecht gelaunt. „Ja, was glaubst du denn! – Was willst du überhaupt auf dieser Webseite?"

„Johannes Neumanns Vater gehört diese Wurstfabrik."

„Im Ernst?", interessiert sich auch der Fritz, der sich mittlerweile vor lauter Neugier ebenfalls hinter mir platziert hat. „Der Vater von dem Blondgelockten? – Ganz schöner Bonze, würd' ich sagen!"

Ich fahre seine unqualifizierten Kommentare überhörend mit dem Pfeil auf *Firmengeschichte*, drücke die linke Maustaste und tatsächlich erscheint dort als Erstes ein großes Porträt des Firmengründers.

Es ist erstaunlich, wie ihm sein Enkel Johannes ähnelt. Auch der Alte hat diese ausgeprägten Locken, zwar kürzer und ergraut, aber deutlich dieselbe Krause. Die jugendlichen Züge sind freilich aus dem alten, faltigen Gesicht verschwunden, doch er schaut uns hocherhobenen, stolzen Hauptes an. Trotz seines hohen Alters ist er immer noch ein stattlich aussehender, gepflegt wirkender Mann. An seinem vorgestreckten, glatt rasierten Kinn und seinem entschlossenen Blick erkennt man deutlich, dass er ein strenger, konsequenter und zielstrebiger Herrscher sein muss, auch wenn die Firma, wie angegeben, bereits unter der Führung seines Sohnes Leopold ist. Von ihm, der wohl äußerlich eher nach seiner Mutter kommt, prangt auch ein Foto etwas weiter unten neben dem ellenlangen Text zum Werdegang der Firma.

„Darf ich vorstellen: Josef Neumann, alias Novotny!“, verkünde ich euphorisch.

„Wie?“, ist der Bär verwirrt.

„Na, überleg' doch mal: Novotny ist tschechisch für ...“

„... Neumann!“, springt der Gumplinger eifrig ein und entschuldigt sich sofort verlegen: „Meine Frau war eine Tochter von vertriebenen Sudetendeutschen.“

Der Bär kann es immer noch nicht glauben. „Du meinst, der verschwundene Josef Novotny ist der Großvater von unserem Johannes Neumann?“

„Die Ähnlichkeit ist doch nicht zu bestreiten, oder?“, frohlocke ich, während die Nasen der beiden Männer links und rechts neben mir immer näher zum Bildschirm wandern.

„Der Wahnsinn!“, ist der Bär fassungslos.

„Allerdings! Das Ganze ist Wahnsinn! Der Wahnsinn eines alten, mordenden Patriarchen!“

Wir werden in unserem Staunen und Begreifen wieder vom Obeth gestört.

„Mary! Der Schubert, der heut' Wachdienst im Altenheim schiebt, hat einen Sixpack Bier konfisziert. Die Pflegerin an der Pforte hat ausgesagt, dass sie ein blondgelockter, junger Bursch heut' früh für Alfred Steininger abgegeben hätt'.“

Der Bär und ich schauen uns an. „Der Johannes Neumann!“

„Sofort zur Spusi damit!“, befehle ich.

Dann ist schon wieder Bayernhymne. Toni steht als Anrufer auf dem Display.

„Hallo, Mary! Wo bist du?“, fragt er mich.

„Im Büro! Wo denn sonst!“, bin ich irritiert.

„Na, ich bin beim Opa auf der Intensiv, weil ich gedacht hab', du wärst auch hier.“

„Ich wollt' später zu ihm fahren, wenn er wieder ganz bei sich ist“, entschuldige ich mich und zucke zusammen. „Geht's ihm denn schlechter?“

„Nein, er ist wieder ganz der Alte! – Naja, vielleicht noch nicht ganz, aber der wird schon wieder!“

Ich bin erleichtert. „Hier überschlagen sich die Neuigkeiten, ich konnt’ nicht weg.“

„Du klingst, als hättest du eine heiße Spur?“

Er kennt mich halt schon sehr gut!

„Ja, ich hab’ das Rätsel geknackt!“

„Hat es vielleicht etwas mit zwei jungen Burschen zu tun?“

Ich staune. „Wie kommst du jetzt darauf?“

„Na, ich hab’ doch einen Kollegen vor dem Zimmer von Christine Steininger im Bezirksklinikum abgestellt, wie von dir befohlen. Und heut’ Morgen haben zwei junge Kerle eine Schachtel Pralinen für sie auf der Station abgegeben. Der Kollege hat sie gleich sichergestellt.“

Entgeistert schlage ich die Hand vor den Mund. „Jetzt werden sie aber leichtsinnig!“

„Du meinst die beiden Kletterer?“

„Ja, einer von ihnen ist der Enkel von Josef Novotny“, gebe ich preis.

„Der Alte lebt also noch?“

„Allerdings!“, bestätige ich und verspreche: „Ich fahr’ gleich los!“

„Gut, dann halt’ ich dich nicht länger auf. – Wir sehen uns dann hier beim Opa?“

„Ja, der muss mir einige Fragen beantworten!“

Kapitel 18

Gesund schaut der Opa wirklich nicht aus. Seine Visage ist schneeweiß, fast bläulich und noch hutzeliger als sonst. Er hat einige Infusionen im Arm und sein gebrechlicher Körper liegt schlaff unter der dünnen Zudecke in dem Krankenbett auf der Zwischenintensiv. Der Bär ist in der PI geblieben, um das Protokoll mit dem neugierigen Gumplinger zu Ende zu bringen, und um weiter zu recherchieren. Ist mir auch recht!

Ich nicke Toni zu, der auf einem Stuhl neben dem Bett sitzt, gehe zum offenbar schlafenden Opa und nehme vorsichtig seine große, grobe Hand. Dann macht er die Augen auf und schaut mich an. Ein angedeutetes Lächeln huscht über seine trockenen Lippen. „Maria!"

„Servus, Opa!", bin ich tief berührt und streichle liebevoll über seine eingefallene Wange. „Wie geht's dir?"

„Ich hab' mir die Seele aus dem Leib gekotzt und mir in die Hosen geschissen! Wie soll's mir da schon gehen?", antwortet er mir mit unerwartet selbstironischer Energie.

Erleichtert schnaufe ich durch. „Du bist anscheinend wieder ganz der Alte!"

„Sag' ich doch!", pflichtet mir Toni schmunzelnd bei.

Und der Opa kommt erst so richtig in Fahrt: „Wenn die geglaubt haben, die können mich einfach so aus dem Weg räumen, dann haben sie sich aber getäuscht!"

Der Monitor neben seinem Bett, der seine Herzfrequenz misst und aufzeichnet, piept alarmierend.

„Du sollst dich nicht so aufregen!", mahne ich ihn. „Dein Herz!"

Er verdreht die Augen, schnauft ein paar Mal tief durch, und das Gerät schweigt wieder.

„Mein Herz hat diese heimtückische Vergiftung überstanden, also wird es das hier auch überstehen!", ist er sich sicher und wirkt entschlossen: „Ich will Anzeige erstatten und zwar …"

„… gegen die beiden Kraxler. Ich weiß!", komme ich ihm zuvor.

„Ja, die gehören eingesperrt, die zwei Hallodris! Tun mir einfach ein Gift in mein Bier!", fährt er hoch und reißt sich dann wegen des erneuten

Piepsens wieder zusammen. Gewarnt lässt er sich in sein Bett zurückfallen. Der Monitor zeichnet darauf wieder still seine Atem- und Herzfrequenz und die Sauerstoffsättigung im Blut auf.

„Was ist denn genau passiert?“, mischt sich nun Hauptkommissar Weidinger ein.

„Naja, wir haben uns ganz gut zu viert unterhalten. Die zwei Jungspunde hat die Geschichte der Steiningers auch wirklich interessiert. Der Blondgelockte hat dann dem Gumplinger und mir eine Feierabendhalbe angeboten und vier Flaschen aus dem Kofferraum aus seinem Auto geholt …“

„Und freilich hast du da nicht Nein sagen können!“, unterbreche ich ihn grinsend.

Seit seinem zweiten Herzinfarkt erlaube ich ihm nur noch, Radler zu trinken. Und meistens hält er sich auch daran. Er nimmt starke Medikamente, die die Wirkung von Alkohol verstärken. Auch Bärbel habe ich diesbezüglich schon Anweisung gegeben. Von ihr kriegt er am Stammtisch auch nur mehr Radler. Sehr zu seinem Missfallen! Aber was er anderswo macht, wenn ich nicht dabei bin, das kann ich natürlich nicht kontrollieren, und hoffe auf seinen gesunden Menschenverstand und sein Einsehen.

Der Opa verdreht die Augen. „Ich weiß schon! Ich hab' ja nicht viel getrunken.“ Er verzieht sein Gesicht angewidert. „Das war nämlich ein Helles vom Spatzenbräu! Absolut greislig, das Bier von denen! – Aber ich hab' anstandshalber ein paar Schluck getrunken und es dann, als die zwei Burschen beim Bieseln waren und der Gumplinger nicht hergeschaut hat, in den Mist zu den Kühen geschüttet.“ Ein hämisches Grinsen huscht über seine schmalen Lippen. „Und die haben auch nur verächtlich dran geschnuppert! Ha!“

Toni und ich müssen lachen. Und dieses befreite Lachen tut mir gut. Der Opa ist schon ein wählerischer Hund! Aber immerhin hat ihm sein erlesener Biergaumen sein Leben gerettet.

Der Opa fasst mich an der Hand und wird wieder ernst. „Der Blondgelockte war mir gleich so bekannt. Ich bin einfach nicht draufgekommen, woher und warum! – Aber jetzt ist es mir eingefallen!“

„Er schaut deinem alten Freund Josef sehr ähnlich!"

Anklagend beschwert sich der Opa daraufhin beim Toni: „Die weiß immer alles schon im Voraus!"

„Weil sie die neue Miss Marple ist!", besänftigt ihn mein Gatte und wirft mir einen anerkennenden Blick zu.

Ich bedanke mich für dieses Kompliment mit einem liebevollen Lächeln bei ihm.

„Als Sohn vom Josef ist dieser Johannes eindeutig zu jung, deshalb wird er sein Enkel sein, nicht wahr?", resümiert der Opa und wird nachdenklich. „Der Josef hat also die ganze Zeit gelebt …"

„Und das nicht schlecht", erzähle ich. „Er hat sich ein Wurstimperium aufgebaut."

„Wurstimperium?"

„Neumann – die Wurst aus dem Bayerischen Wald!", gebe ich den Werbetext wieder.

Der Gesichtsausdruck der beiden Männer erhellt sich.

„Du meinst die Wurst mit den drei Fichten im Firmenlogo?", fragt Toni.

„Die Kaminwurzen von denen sind die besten!", kommentiert der Opa, und ich sehe förmlich, wie ihm trotz seiner Erkrankung das Wasser im Mund zusammenläuft. „Kruzitürken, hab' ich einen Hunger!"

Ich verdrehe die Augen. „Du kannst den Josef gern im Knast besuchen und ihn für seine Wurst loben!"

„Apropos: Hast du die beiden Kletterer schon zur Fahndung ausgeschrieben?", will Toni wissen. „Ich habe die Schachtel Likörpralinen sofort zur Spusi bringen lassen. Trau' mir wetten, dass die in denen Arsen finden."

„Wollten die noch jemanden vergiften?", ist der Opa hellhörig geworden.

„Die Christine und den Alfred."

„Pah! Um den wär's nicht schad' gewesen!"

Mein mahnender Blick durchbohrt ihn. „Du bist doch nur sauer, weil er dir neulich die Wahrheit ins Gesicht gesagt hat! Du warst es doch, der dem Josef immer die Stange gehalten und alles geglaubt hat, was er dir damals erzählt hat. Und auch ich hab' mir meine Meinung über ihn aus deinen Erzählungen gebildet, derweil war er der böse Intrigant und nicht die Liesl oder der Alfred."

Peinlich berührt schlägt er seine Augen nieder und starrt niedergeschlagen auf seine Bettdecke. „Mich hat er doch auch beschissen." Mit einem treuherzigen Blick schaut er mich dann an. „Ich hab' mir nix dabei gedacht, Maria, weil die zwei Kraxler doch hier fremd waren."

Gutmütig tätschle ich seine Hand. „Lass gut sein, Opa!"

„Wir sollten dann langsam los!", drängelt Toni. „Wir haben einen Haufen Arbeit!"

Ich nicke zustimmend und dankbar. Offenbar kann ich mich auch diesmal auf seine Unterstützung bei der Überführung der Täter verlassen, wie bei den letzten Kapitalverbrechen auch schon. Das erleichtert mich ungemein.

Dann verabschiede ich mich von meinem Schwiegervater und drücke ihm ein Bussi auf seine faltige Stirn. „Ich besuch' dich morgen wieder!"

Toni wirft ihm ein „Servus, Opa!" zu und geht zur Tür. Ich folge ihm.

„Und sagt der Schwester, dass ich einen Bärenhunger hab'! Die soll mir endlich was zu essen bringen, Kruzitürken!", ruft er uns hinterher.

Toni und ich grinsen uns an. „Wieder ganz der Alte!"

Auf dem Weg aus der Klinik bemerke ich den auffordernden Blick von Toni.

„Was?"

„Na, solltest du nicht endlich dein Handy zücken, um die Fahndung einzuleiten?"

„Ich will mir zuerst den Drahtzieher dieser ganzen Tragödie zur Brust nehmen", widerspreche ich. „Ich will die Geschichte aus seinem Mund hören!"

„Das klingt, als hättest du eine persönliche Fehde mit diesem Josef Novotny … oder Neumann."

„Natürlich nehm' ich das persönlich!", ärgere ich mich. „Schließlich hat er fast eine ganze Familie aus meinem Heimatdorf heimtückisch ausgelöscht, mich hinterhältig an der Nase herumgeführt und fast meinen Schwiegervater umgebracht."

„… umbringen lassen, meinst du wohl."

Wir gehen durch die große Drehtür am Eingang hinaus aus dem Krankenhaus. Auch heute ist das Frühlingserwachen deutlich in der Atmosphäre zu spüren. Warme Sonnenstrahlen, Vogelgezwitscher und sprießendes Grün, wohin man nur schaut, jedenfalls soweit man das am Stadtrand von Regensburg sagen kann.

„Du hast also schon einen Durchblick?", erahne ich durch seine Äußerung.

„Grob."

Spitzbübisch lächle ich ihn an. „Dann sollt' ich dich mal in die ganze Geschichte einweihen, denn du musst mir Amtshilfe leisten."

„Also dann, schieß los!", fordert mich Toni entschlossen auf.

Ich schnaufe tief durch und sammle mich, während wir auf dem geteerten Parkplatz zu seinem Auto gehen. Wenn wir miteinander unterwegs sind, dann immer mit seinem Dienstfahrzeug.

„Ich will nicht unterbrochen werden, sonst verlier' ich den Faden, weil alles ziemlich kompliziert ist. Außerdem könnte das Ganze so abgelaufen sein, muss aber nicht. Es ist rein meine Auslegungssache. Also Fragen und Einwände bitte zum Schluss!", stelle ich klar und hole nun doch mein Handy heraus. „Und von allem anderen will ich dabei auch nicht gestört werden."

Gehorsam und schmunzelnd nickt er, während ich mein Mobiltelefon durch ein paar Wischer und Tipps zum Verstummen bringe und es wieder in meine Jackentasche schiebe.

Ich räuspere mich und lege schließlich los: „Gehen wir darum zurück ins Jahr 1955. Ich hab' immer angenommen, dass das Motiv für den Mord am Ignaz Steininger aus rein erbtechnischen Gründen bestanden hat. Sprich', die Liesl und der Alfred wollten verhindern, dass die Katharina an den Hof kommt, wenn der Ignaz sie erst adoptiert hat, und selbst erben. Allerdings wissen wir heute, dass die Katharina und der Josef keine Geschwister, sondern ein Liebespaar, wenn nicht sogar ein Ehepaar waren, und das ändert die Motive eindeutig und grundlegend."

Ich pausiere, um ihn auf die Folter zu spannen, während er per Funkfernbedienung seinen Dienstwagen entriegelt. Dann steige ich auf der Beifahrerseite ein und warte, bis auch er neben mir sitzt.

„Wohin, meine liebe Kollegin?", fragt er mich einsatzbereit und drückt die Starttaste.

Natürlich habe ich mir unter der Kategorie *Kontakt* der Wurstmetzgerei-Neumann-Webseite die Adresse des Firmensitzes notiert und auch gleich im Netz die Privatadresse der Firmenchefs recherchiert. Sie unterscheiden sich nur in den Hausnummern. Stolz halte ich Toni den Zettel mit den beiden Adressen hin.

„Grafenau … Das ist nicht unser Zuständigkeitsgebiet!", stellt er fest und tippt die erste Adresse in das Navi ein.

„Egal!", kommentiere ich entschieden.

„Na gut!", gibt er nach und seufzt. „Ich werd' schon irgendeine plausible Erklärung finden, warum wir die zuständigen Kollegen dort nicht um Unterstützung gebeten haben."

Schmunzelnd tätschle ich seine Hand auf dem Schaltknüppel. „Ganz bestimmt!"

Noch ein Seufzer, dann drückt er auf *Zielführung starten*, legt den Gang ein und fährt rückwärts aus der Parklücke. „Bitte weiter mit deiner Theorie!"

Allzugern befolge ich seine Bitte, denn es hilft mir beim Sortieren meiner Gedanken. Und vielleicht kann Toni etwas dazu beisteuern.

„Versetzen wir uns also in die Lage von der Katharina und dem Josef. Alfred hat mir erzählt, dass sie mit ihren Eltern nach dem Krieg und der Flucht aus der Tschechei im Bayerischen Wald bei einem Bauern untergekommen sind. Vielleicht haben sich die zwei schon als Kinder gekannt, vielleicht aber auch erst auf der Flucht oder hier in Bayern kennengelernt. Entweder sterben dann nach ein paar Jahren seine Eltern und/oder die ihren und sie tun sich zusammen. Kann sein, dass sie auch gleich geheiratet haben. Auf jeden Fall nimmt sie seinen Nachnamen an und sie beschließen, sich als Geschwister auszugeben, denn so bekommen sie zu zweit eher eine Arbeit bei einem Bauern. Sie wollen woanders neu anfangen, wo sie keiner kennt, und es verschlägt sie ins Altmühltal. Keine Ahnung, ob zufällig oder geplant, kriegen sie eine Bleibe auf dem ganz offensichtlich wohlhabenden Steininger-Hof. Der Bauer, der heiratssuchende Ignaz Steininger, verknallt sich in die hübsche, fleißige, junge Magd, doch die weigert sich, ihn zu ehelichen, weil sie ja mit dem Josef beinand ist. Der erkennt einen Weg, endlich Großgrundbesitzer und herrschaftlicher Bauer zu werden, und stachelt Katharina dazu an, den in sie vernarrten Ignaz zu einer Adoption zu überreden, um sich so den Hof unter den Nagel zu reißen. Ich bin davon überzeugt, dass dieser Plan auf dem Mist vom Josef gewachsen ist, weil ich nicht glaube, dass sie so gerissen war. Doch dann kriegt sie Skrupel gegenüber dem Ignaz, weil er, blind vor lauter Verliebtheit, alles für sie tun würd'. Josef beschließt deshalb, selbst tätig zu werden, und mischt das Arsen, aus den Restbeständen aus der Apotheke seines Vaters in der ehemaligen Heimat in den Wildschweinbraten. Damit geht Josef ein großes Risiko ein, denn alle werden krank. Den Hofherrn allerdings erwischt es am schlimmsten, weil er als leidenschaftlicher Fleischesser und Chef eine größere Portion kriegt. Es sollt' ihn auch nicht umbringen, sondern die Adoption durch die seltsame Krankheit, die als Lebensmittelvergiftung abgetan wird, schneller vorantreiben. Denn bestimmt wollt' der dahinsiechende Ignaz sein Erbe nicht seiner herrischen Schwägerin Liesl oder seinem Waschlappen-Neffen Alfred vermachen. Doch bevor es zur Adoption kommt, stirbt der Ignaz. Vielleicht hat die Liesl da doch ein bisserl nachgeholfen, könnt' ich mir vorstellen. Sie hat ihn jedenfalls gepflegt. Da ist es ganz leicht, ihm ein Kissen aufs Gesicht zu drücken oder so was, und vor allem ist es völlig unverdächtig, wenn der Kränkelnde auf einmal tot im Bett liegt. Leichenbeschau hat es damals nicht gegeben, dafür aber Gerüchte und Vermutungen, doch mit der Polizei wollt' keiner was zu tun haben. Wir kennen also die Todesursache nicht, aber ich glaube nicht, dass der Josef ihm noch mal Arsen gegeben hat, wie ich zuerst angenommen hab'. Das wäre völlig unlogisch, weil es ihm ja nix gebracht hätt'. Die Liesl konnt' aber die Adoption verhindern und sich so wieder an die erste Stelle der Erbfolge bugsieren."

Ich stocke, um Toni Gelegenheit für einen Einwand oder eine Frage zu geben, doch er fordert mich nur auf: „Weiter!"

Inzwischen sind wir auf der A 3 in Richtung Bayerischer Wald.

„Die Katharina glaubt wohl, dass ihr Josef den Ignaz auf dem Gewissen hat. Vielleicht erkennt sie erst jetzt sein durchtriebenes, bösartiges

Wesen und kriegt es mit der Angst. Alfred ist den Novotnys mittlerweile draufgekommen, dass sie keine Geschwister sind. Bei einem nächtlichen Treffen in der Waschküche, was weiß ich, wie das zustande gekommen ist, werden der Alfred und die Katharina vom Opa heimlich beobachtet. Alfred stellt sie bloß, dass er ihr Geheimnis kennt, und daraufhin bezirzt sie ihn. Sei's drum, dass sie ihm als neuen Hoferben schöne Augen macht, damit er seinen Mund hält oder sie sich tatsächlich vor ihrem angeblichen Bruder fürchtet und sich vom Alfred Hilfe und Schutz erfleht."

Ich lege eine Atempause ein, obwohl ich grad so richtig in Fahrt bin. Deutlich spüre ich, dass es eine Erleichterung ist, Toni an meinem vermeintlichen Wissen teilhaben zu lassen. Auf jeden Fall aber manifestiert sich meine konstruierte Geschichte aus den wirren, zusammenhanglosen Fakten, die ich in den letzten Tagen immer wieder in Erfahrung gebracht habe, zu einem glaubwürdigen und durchaus möglichen Tathergang.

Toni sieht konzentriert auf die Fahrbahn und drängt mich nicht, weiterzureden.

„Hörst du mir überhaupt zu?", bin ich irritiert.

Er schaut kurz zu mir herüber. „Freilich! Ich bin nur so gebannt, Miss Marple!"

Ich schmunzle. „Gut, also dann weiter im Text! – Der Opa hört dann bei diesem Tête-à-Tête auf seinem Lauschposten am Fenster der Waschküch' plötzlich Schritte näherkommen und haut ab. Bei dem letzten Gespräch mit Alfred hab' ich herausgefunden, dass es Josef war. Logisch, dass er sauer ist, als er die Katharina und den Alfred dort zusammen erwischt, und er schlägt den offensichtlichen Konkurrenten nieder. Wahrscheinlich war er danach bewusstlos oder ist verletzt abgehauen. Dann war Josef jedenfalls allein mit seiner ihm untreu gewordenen Katharina und er zieht ihr, als sie vor dem Tobenden davonlaufen will, die Schaufel, die dort herumsteht, über den Schädel. Und das nicht nur einmal, sondern insgesamt mindestens drei Mal, rasend vor Eifersucht und Wut, auch als sie schon am Boden gelegen war. Er bringt die Leiche in den verwaisten Heuschuppen auf die Wiese hinter dem Hof, verscharrt sie und schlichtet Heu über ihr Grab. Dann packt er alles zusammen, was ihnen gehört, und verschwindet auf Nimmerwiedersehen, noch bevor die Beerdigung vom Ignaz stattfindet. Im Dorf wird viel spekuliert über den mysteriösen Tod vom Steininger, die verschwundene Magd und den Knecht, doch die Familie hüllt sich in Schweigen und sondert sich immer weiter von der Dorfgemeinschaft ab. Aber niemand kommt auf die Idee, die Polizei einzuschalten, und Gras wächst über die ganze Sache."

Wieder warte ich ab, ob Toni etwas auszusetzen hat. Doch er schweigt und fährt konzentriert.

Darum führe ich weiter aus: „70 Jahre später wird beim Ausheben der Baugrube auf Michael Steiningers Grundstück ein weibliches Skelett gefunden. Als bekannt wird, dass es jene Magd ist, die damals von seinem Hof verschwunden war, interessiert sich der Werner auf einmal für die alten, wirren Geschichten, die sein Vater mit seiner Krankheit immer wieder erzählt. Vielleicht hat der Alfred den Josef irgendwo gesehen und wiedererkannt, in der Zeitung, im Regionalfernsehen oder in einer Werbung. Es wird ja immer wieder über die vielen Auszeichnungen berichtet, die die Wurstmetzgerei Neumann die letzten Jahre gekriegt hat."

„*Neumann – Die Wurst aus dem Bayerischen Wald!*", gibt Toni den Werbeslogan aus dem Radio und den Zeitungen wieder.

„Genau! – Und Alfred, oder eher der Werner, kommt auf den Namens-Alias: Neumann = Novotny."

„Josef Neumann, alias Novotny, kehrt also 1955 zurück in den Bayerischen Wald und baut sich sein eigenes Unternehmen auf. Das kann er auch völlig unbehelligt tun, weil er dort ein Fremder ist und er auch nicht wegen seiner Taten in Essing, die niemand mitgekriegt hat, verfolgt wird."

Nickend stimme ich zu. „Jahrelang hat Josef also seine Firma aufgebaut, vergrößert, sie bekannt gemacht und Geld gescheffelt, also das getan, wonach er immer gestrebt hat. Doch dann tauchen auf einmal die Schatten aus seiner Vergangenheit auf: Die täglichen Zeitungsberichte über den Skelettfund in Essing und das Foto vom rekonstruierten Schädel lassen den Josef hellhörig werden."

„Du glaubst, er hat es so ernst genommen?"

Ich zucke mit den Schultern. „Das muss den Josef aufgeschreckt und er muss es dermaßen mit der Angst zu tun gekriegt haben, dass er seinen Enkel in die ganze Geschichte einweiht und ihn mit einem Freund zum Auskundschaften nach Essing geschickt hat. Für den Senior steht viel auf dem Spiel. Wird er in Verbindung mit der ermordeten Katharina gebracht, so würde der Ruf seiner Firma großen Schaden nehmen, auch wenn das Ganze schon so lange her ist. Er weiß, wie die Presse solche Geschichten aufbauscht und zerpflückt. Sein Lebenswerk will er sich auf keinen Fall kaputt machen lassen! Dafür hat er zu hart gearbeitet und er will nicht umsonst gemordet haben."

„Ich muss wirklich zugeben: Ich bewundere dich dafür, dass du dich in andere Menschen so gut hineinversetzen kannst", lobt mich Toni und wirft mir ein bestätigendes Lächeln zu. „Du hättest Polizeipsychologin werden sollen!"

„Diese Gabe ist nicht nur ein Segen, das kannst du mir glauben! Manchmal zermartert es mein Gehirn."

„Du verwechselst da was, Maria!", berichtigt er mich streng. „In Bezug auf deine Familie ist es eher deine Gutmütigkeit, die dich dazu verleitet zu erahnen, was sie denken, fühlen oder brauchen und es ihnen danach recht machen zu wollen."

Damit liegt er wohl nicht so ganz falsch. „Und was ist in Bezug auf meine Arbeit?"

„In Bezug auf deine Arbeit legst du einfach immer zu viel Herzblut hinein. Ein bisserl mehr Distanz und Objektivität würden es dir oft leichter machen."

„Gut!", tue ich gekränkt und ahme mit gerecktem Hals den Übelacker nach. „Dann fahre ich jetzt sachlich und routiniert fort mit meinen Ausführungen, wenn Sie einverstanden sind, Herr Hauptkommissar Weidinger?"

Toni lacht und schaut auf das Navi. Es sind noch gut 30 Kilometer bis zu unserem Ziel. „Natürlich, Frau Kommissarin! Ich bin schon sehr gespannt!"

Ich räuspere mich. „Der beauftragte Johannes Neumann schnappt sich also einen Freund, den Marek Jelinek, sie mieten sich beim Lindenwirt ein und geben vor, Klettertouristen zu sein. Nix Auffälliges bei uns mit den ganzen Felsen. Ich glaube nicht, dass Johannes seinen Kletterkumpel anfangs in seine Pläne eingeweiht hat. Er ist ein herrischer, energischer Typ, wie sein Großvater, der genau weiß, wie er die Menschen lenken und beeinflussen kann, das hab' ich gleich erkannt. Die Kraxler freunden sich also mit dem Michael Steininger an, ob zufällig kennengelernt oder nicht, aber ich behaupte jetzt einfach, dass alles genau ausgekundschaftet war. Vielleicht hat Josef, als gut vernetzter, angesehener Seniorchef mit einflussreichen Verbindungen, im Hintergrund recherchiert und seinen Enkel mit Informationen versorgt. Geschickt fragt Johannes Michael über seine Familie und seinen Opa aus. Von dem alten Mann geht keine Gefahr mehr aus, weil er Alzheimer hat, so nimmt Johannes es zumindest anfänglich an. Niemand erkennt einen Zusammenhang zwischen den alten Geschichten, die er in seinen klaren Momenten erzählt, und dem aktuellen Skelettfund."

„Außer dem Werner und dir!", wirft Toni ein.

Ich nicke fast triumphierend. „In diesem Punkt war meine Gabe wohl ganz hilfreich. Man muss den Leuten nur zuhören und sich reindenken!"

„Wie geht's weiter?"

„Werner Steininger stellt sich auf welche Art und Weise auch immer als der Bedroher der Neumann-Dynastie heraus und das ist sein Todesurteil. Wer dieses Urteil gefällt hat, weiß ich nicht. Aber ich glaube, dass der Josef aus der Ferne den Befehl an seinen Enkel erteilt hat. Zu diesem Zweck hat er ihm auch das alte Arsen mitgegeben, das er noch aus der Apotheke seines Vaters aufbewahrt hat. Er als skrupelloser, egoistischer und zielstrebiger Kämpfer weiß, dass es einfach ist, damit jemanden umzubringen. Die Hemmschwelle bei dieser heimtückischen Mordmethode ist niedrig, weil es gewaltfrei abläuft und man als Täter dazu gar nicht vor Ort sein muss. Vielleicht hat es Josef während seines Werdegangs auch noch öfter angewandt."

„Damit hat er seinen Enkel zu einem Mörder gemacht!", empört sich Toni verständnislos. „Was ist das nur für ein Großvater?"

„Johannes ist ihm sehr ähnlich, wahrscheinlich nicht nur äußerlich. Skrupellosigkeit gehört anscheinend auch zu seinen Charaktereigenschaften. Immerhin geht es hier um sein Erbe, eine Firma mit enormen Gewinnsteigerungen und einem hohen Ansehen."

Ich lege eine kurze Pause ein, um mich wieder zu konzentrieren. Wir sind inzwischen kurz hinter Deggendorf angelangt und fahren von der Autobahn in Richtung Nationalpark Bayerischer Wald.

„Johannes Neumann packt die nächstbeste Gelegenheit beim Schopf, als sie an besagtem Sonntag auf den Steininger-Hof kommen, um etwas zu holen oder weil Michael sich umziehen muss. Neumann bezieht den Vater seines neuen Freundes in ein Gespräch mit ein. Sie unterhalten sich fröhlich zu viert und Johannes gibt bereitwillig ein Bier aus, von dem er zufällig eine Kiste in seinem Kofferraum dabeihat. Der Werner schöpft keinen Verdacht und trinkt mit den freundlichen, jungen Burschen seine vergiftete Flasche leer. Christine ist nicht daheim und der Opa macht sein Nachmittagsschläfchen. Also gibt es keine Zeugen für dieses Treffen, außer seinen neuen Freund, den Michael, und den Marek. In der Nacht stirbt dann der Werner. Vielleicht rätselt Christine auf der Fahrt mit ihrem Sohn ins Krankenhaus offen über das Essen und Trinken, was ihr Mann zu sich genommen hat und kann es nicht glauben, dass es vergiftet gewesen sein soll. Dabei kommen Michael immer mehr Dinge seltsam vor. Er ist wohl hin- und hergerissen von seinen Gefühlen, dass er seinen nervigen Alten endlich los ist, und verwirrt darüber, dass sein Vater ermordet worden sein soll. Und offenbar haben seine neuen Freunde etwas damit zu tun. Vor der nächsten Klettertour macht er also ein paar Bemerkungen oder spricht sie vielleicht sogar offen auf seinen Verdacht an, ob das Bier von ihnen schlecht gewesen sein könnte. Wahrscheinlich ahnt er aber nix über die wahren Hintergründe, könnte Johannes und seinem Plan aber gefährlich damit werden. Also muss schnell eine Lösung her, und er fädelt es locker und lässig ein, an diesem strahlenden Morgen ohne Sicherung zu klettern. In einem günstigen Moment nutzt der Neumann seine Chance und schubst den Michael in die Tiefe. Und das hat, so glaube ich, blöderweis' der Jelinek mitgekriegt", erläutere ich meine Vermutung. „Denn der Lukas hat beim Lindenwirt eine hitzige Diskussion zwischen den beiden Kraxlern mitgekriegt. Marek Jelinek will, dass sein Freund zur Polizei geht und gesteht, doch Johannes macht ihm klar, dass er als vorbestrafter, ehemaliger Kleinkrimineller schon viel zu tief mit drinsteckt und erpresst ihn womöglich, mitzumachen oder zumindest den Mund zu halten. Damit macht er ihn zu seinem Komplizen. Daraufhin erscheinen sie auf dem Steininger-Hof, angeblich um beim Füttern zu helfen, aber sie wollen nur wieder spionieren und auskundschaften, wie weit die Ermittlungen der Polizei schon sind und, ob es noch mehr Zeugen gibt, die ihnen gefährlich werden könnten."

„Und da kommt der Opa ins Spiel!"

„Genau!", bestätige ich. „Den Rest kennst du ja."

„Mit den Pralinen für Christine Steininger hat es der Johannes Neumann aber leichtsinnig übertrieben!", stellt Toni fest.

„Nicht nur das! Er hat auch noch ein Sixpack Bier für den Alfred Steininger im Altenheim abgegeben."

Kopfschütteln von Toni. „Der muss sich schon sehr sicher fühlen!"

„Das oder es ist einfach nur ein verzweifelter Rundumschlag", erörtere ich. „Alfred ist alt und sein Tod durch die vielen Schicksalsschläge vielleicht keine Überraschung und Christine ist dadurch ebenfalls tief erschüttert und selbstmordgefährdet …"

Mein Mann grinst selbstgefällig. „Das könnte alles eventuell durchgegangen sein, wenn du es nicht besser wüsstest!"

„Und wenn der Giftanschlag auf den Opa erfolgreich gewesen wäre, denn dann hätt' ich vielleicht zwei Verdächtige, aber keine Beweise! Und das könnten der selbstherrliche Johannes und der duckmauserte Marek immer noch annehmen und brav heim gefahren sein."

„Du glaubst, sie sind einfach so von ihrem Urlaub wieder in ihr normales Leben zurückgekehrt?"

Ich nicke eifrig. „Auftrag erledigt!"

„Nicht ganz!", wirft Toni ein.

Mit gerunzelter Stirn mustere ich ihn von der Seite. „Wie meinst du das?"

„Na, die ermittelnde Kommissarin erfreut sich bester Gesundheit und eines brillanten Verstandes!", frohlockt er.

Ich mache mit und recke stolz meinen Kopf. „Das Arsen-Bürscherl hat wohl meine Kompetenz vollkommen unterschätzt!"

Toni wirft mir einen entschlossenen Blick zu. „Dann müssen wir unseren Auftrag jetzt eben auch erledigen!"

Dann gibt er Gas.

Kapitel 19

Schon kurz nachdem wir von der Autobahn gefahren sind, haben uns Hinweisschilder mit dem Logo der Wurstmetzgerei Neumann den Weg zur Fabrik gewiesen. Wir gelangen dabei auf immer schmalere Straßen und sind erstaunt, als diese mitten durch einen dichten Fichtenwald führen

„Sind wir hier noch richtig?“, frage ich irritiert.

Toni sieht auf das Navi. „Schaut ganz so aus!“

Und dann hebt sich vor uns auch schon ein grauer Fetzen eines höheren Gebäudes zwischen dem dichten Grün hervor und ein weißer Lastwagen mit dem Firmenlogo kommt uns entgegen.

Toni und ich parken auf dem großen Angestellten-Parkplatz vor dem Firmengelände. Inzwischen ist es kurz nach 13 Uhr und die meisten Arbeiter, die hier ihr Auto abgestellt haben, sind wohl fleißig bei ihren Aufgaben. Die Fabrik selbst, ein typisch nüchterner grauer, aber moderner Fabrikbau bestehend aus mehreren Gebäude-Komplexen, kann man nur durch eine Schranke mit einem Wärterhaus betreten. Das kreisrunde Emblem mit den drei Fichten und dem Namensschriftzug darauf prangt auf einem Schild am höchsten Gebäudeteil. Das geteerte Areal, auf dem Lastwagen an Laderampen rangieren, Stapler herumfahren und emsig be- und entladen wird, ist von einem hohen Zaun umgeben. Darum herum ein Fichtenwald, der den Anschein erweckt, als hätte er für diesen Betonbau weichen müssen, der so gar nicht in dieses idyllische Gehölz hineinpassen will.

Toni und ich schauen uns um, nachdem wir ausgestiegen sind. Die Wohnadresse von Josef Neumann unterscheidet sich nur in der Hausnummer von der des Firmensitzes. Sie kann also nicht weit von der Fabrik weg sein. Wir gehen die Straße am Zaun entlang weiter und siehe da, hinter einer akkurat geschnittenen, grad sprießenden, mannshohen Hainbuchenhecke reckt sich ein weißer Prachtbau hervor, ganz offensichtlich die Residenz der Familie Neumann.

Wir erreichen ein hölzernes, weiß lackiertes Tor, das so hoch ist, dass man nur die oberen Stockwerke der Villa dahinter sehen kann. Hier wird eindeutig der Eindruck erweckt, dass neugierige Einblicke nicht erwünscht sind. Ich drücke auf den Klingelknopf der Freisprechanlage, über der ich die Linse einer Kamera erkennen kann. Die Bewohner wollen also vorab informiert sein, wer hier um Einlass bittet. Unerwarteterweise ertönt nach einer Weile der Summer. Die eine Hälfte des Tores schwingt langsam und mit einem leisen Surren automatisch auf und wir marschieren die gepflasterte Auffahrt zum Haus hinauf. Der Garten links und rechts ist riesig und sehr gepflegt, der unkrautfreie Rasen in zartem Frühlingsgrün, Tulpen und Narzissen blühen üppig in exakt angelegten, geschwungenen Rabatten, und dazwischen stehen immer wieder hohe, majestätische Fichten, wie sie üblich sind im Bayerischen Wald. Das Haus kommt mir vor wie ein Schlösschen aus einem Märchen mit Erkern, Türmchen, Bogenfenstern und einem roten Dach aus Biberschwanz-Ziegeln. Wieder alles so gar nicht typisch für die Region hier. Es ist ein in den Wald hineingepflanzter Protzbau.

Eine mollige Frau, schätzungsweise über sechzig Jahre alt und ganz offensichtlich die Haushälterin, mit einer vorgebundenen, weißen Schürze und ergrautem Pagenschnitt erwartet uns an der mit Holzschnitzereien verzierten, massiven Haustür. „Grüß Gott, meine Herrschaften!“

Sie wirkt korrekt und zuverlässig und hat eindeutig einen tschechischen Akzent.

Toni stellt uns vor und wir zeigen brav unsere Dienstausweise vor.

„Der Senior-Chef erwartet sie bereits!“, erwidert die Haushaltsfee ohne die Miene zu verziehen und geht beiseite, um uns einzulassen.

Wir staunen nicht schlecht und betreten eine große Eingangshalle samt ausladendem Treppenhaus, in dem ein Kronleuchter aus Hirschgeweihen und noch weitere Jagdtrophäen samt den dazugehörigen Jagdszenen auf Gemälden an der Wand hängen. Wir können uns nicht lange umsehen, denn sie dirigiert uns einen langen Flur entlang, der in einen anderen Trakt des Hauses führt. Hier befindet sich noch einmal so etwas wie eine Haustür. Sie öffnet uns und hat wohl den Befehl, nicht weiter mitzukommen, denn sie weist uns auf eine Tür gegenüber, die neben drei anderen von einem achteckigen Eingangsbereich abgeht. „Er erwartet Sie in seinem Büro."

Wir bedanken uns und tun wie uns geheißen. Ein Gefühl der Beklemmung erfasst mich und auch Toni wirft mir einen verunsicherten Blick zu. Es liegt eine düstere Stimmung über dem Haus, das ausgestorben scheint wie ein verlassenes Spukschloss. Innerlich bebe ich vor der Erwartung, endlich Josef Neumann, alias Novotny, gegenüberzutreten. In meiner Phantasie war er anfangs ein netter junger Kerl, doch die Ermittlungen haben meine Vorstellung von ihm verändert. Er ist ein berechnender, skrupelloser und egoistischer Mann, der zielstrebig seine Interessen durchgesetzt hat. Ich bin so gespannt, ihn in Lebensgröße zu sehen.

Toni klopft nach einem tiefen Durchatmen an der genannten Tür aus schwerem Eichenholz, und eine tiefe, männliche Stimme bittet uns herein. Wir folgen der Aufforderung.

Und dann sitzt er vor uns in einem altbackenen Ohrensessel vor dem mächtigen Kamin, in dem die Asche von niedergebrannten Holzscheiten liegt, genauso erhaben, wie ich mir einen Patriarchen vorstelle. Er hat gelocktes, volles, graues Haar ohne Geheimratsecken oder sonst welche Ausfallerscheinungen, aber mit einem leichten Gelbstich, so dass man erahnen kann, dass es einstmals blond gewesen sein muss. Sein Gesicht ist faltig, wie das bei einem 86-Jährigen zu erwarten ist, und seine Augen funkeln uns wachsam unter Hängelidern an. Von seiner hageren Gestalt, die in einem karierten Hemd und einem edlen, dunkelblauen Gilet samt Krawatte und Bundfaltenhose steckt, geht eine unerwartete Energie aus und er zeugt auf keinen Fall von Gebrechen oder einer Krankheit. An seiner rechten runzeligen und groben Hand, die wie die linke herrschaftlich auf der Armlehne ruht, blitzt ein fetter Siegelring. Es kommt mir fast so vor, als hätte er sich extra für uns so herausgeputzt. In der Realität ist die Ähnlichkeit zwischen Großvater und Enkel noch frappierender.

Der ganze Raum, Wohnzimmer und Büro in einem, ist mit antiken, wuchtigen Möbeln und Perserteppichen eingerichtet, die Decke besteht aus mit schnörkeligen Schnitzereien verzierten Eichenpaneelen. Eindeutig mondän, protzig, altmodisch und pompös und somit so gar nicht mein Geschmack. Aber wohl eindeutig der seines Besitzers!

Wieder stellt Toni uns vor, weil ich, ein bisserl befangen von den ganzen Eindrücken, nix herausbringe.

„Es ist wohl überflüssig, dass auch ich mich vorstell', aber bitte, nehmen S' doch Platz!", bietet er uns nüchtern an und deutet auf ein mit rotem Samt bezogenes Biedermeiersofa ihm gegenüber. „Ich hab' Sie schon erwartet, Frau Weidinger! Allerdings hab' ich gedacht, Sie kommen mit ihrem dicken Kollegen."

Er spricht fast akzentfrei Bairisch, nur ganz leise klingt durch, dass er geborener Tscheche ist.

„Bei der Überführung von Mördern ziehe ich es vor, mit meinem Mann zusammenzuarbeiten", schlage ich zurück und setze mich neben Toni auf das Sofa. „Ihr Enkel Johannes hat Ihnen also bereits Bericht erstattet?"

Josef nickt und verzieht keine Miene. „Es freut mich, dass Sie unser Haus nicht gleich mit dem SEK stürmen, als wären wir gefährliche Schwerverbrecher."

Bei dieser Bemerkung muss ich hämisch schmunzeln. Er sieht sich wohl nicht als solcher. „Ich wollt' mich mit dem Mann, der einer Familie aus meiner Heimat zweimal so übel mitgespielt hat, in aller Ruhe unterhalten", erkläre ich freimütig. „Außerdem bin ich neugierig auf den alten Freund meines Schwiegervaters aus längst vergangenen Zeiten."

Josef lacht auf. „Johannes hat mir schon von dem alten Deppen erzählt! Er ist immer noch der gutgläubige, hinterwäldlerische, engstirnige und arme Schlucker, der er damals war!"

Das macht mich wütend und ich brause auf. „Sie hätten ihn fast umgebracht!"

Doch er zuckt nur gleichgültig mit den Schultern. „Kollateralschaden!"

Toni drückt mich an der Schulter zurück in das Sofa, weil ich dem Alten wegen seiner Gleichgültigkeit am liebsten an die Gurgel gehen möchte.

Unverhohlen abschätzend und überheblich mustert mich Josef. „Sie sind also die Schwiegertochter vom Vinzent?“ Er schmunzelt zynisch. „Hat er doch eine Frau gefunden, nachdem ihm die Katharina eine Abfuhr erteilt hat?“

„Allerdings!“, sage ich. „Und hat zwei Kinder mit seiner Magda gekriegt.“

Er höhnt. „Die Hartl Magda hat er geheiratet? – Ich hätt' nicht gedacht, dass der sture Hartl Nepomuk das zulässt.“

„Tja, es kommt eben manchmal anders, als man denkt!“, kommentiere ich voller Ironie. „Das müssten Sie doch am besten wissen.“

Der Senior grinst selbstgefällig. „Ich hab' immer dafür gesorgt, dass alles so läuft, wie ich das will!“

„Das wissen wir ja bereits“, mischt sich nun auch Toni ein. „Sie haben sogar nicht einmal davor zurückgeschreckt, Ihren Enkel für Ihre Interessen zu missbrauchen!“

Grantig richtet er sich in seinem Sessel auf und berichtigt Toni streng: „Manchmal muss man eben Opfer bringen.“

„Kein Menschenleben wiegt den Wert eines Ansehens oder einer Firma auf!“, fühle ich mich dazu gezwungen, ihn seiner Taten klar werden zu lassen.

Doch er ignoriert es.

Toni rutscht ein Stück nach vorne, zieht sein Diktiergerät aus der Jackentasche, legt es auf das kleine Tischchen zwischen Josef und uns und beginnt dann sachlich mit der Vernehmung: „Herr Neumann, Sie geben also zu, dass Sie Ihren Enkel dazu angestiftet haben, Menschen zu vergiften?“

Der Angesprochene schnaubt verächtlich. „Was gibt es da noch zu leugnen? Ich denk', Sie haben genug Beweise, sonst wären Sie ja nicht hier.“

Dass er es uns so leicht machen würde, hatten wir nicht erwartet. Gelassen lehnt er sich wieder zurück, faltet die Hände in seinem Schoß und räuspert sich. „Darf ich Ihnen meine Version der Geschichte erzählen?“

Ich nicke. „Wir brennen darauf!“

Konzentriert schlägt er die Augen nieder und beginnt ruhig und sachlich zu erzählen: „Das Ganze hat damals mit unserer Vertreibung begonnen. Mein Vater hatte eine gutgehende Apotheke in Tachau. Das gehörte einst zum großdeutschen Reich. Wir waren eine angesehene Familie und es ist uns gut gegangen, bis Hitler den Krieg verloren hat. Sie müssen wissen, dass meine Mutter eine Deutsche war, und darum sind tschechische Soldaten eines Tages in unser Haus gestürmt und haben uns Zeit bis zum nächsten Morgen gegeben, um das Nötigste zusammenzupacken und zu verschwinden. Wir haben ein Pferd und eine Kutsche besessen, die wir bis oben hin vollbeladen haben, und uns einem Flüchtlingszug gen Deutschland angeschlossen. Ich war damals dreizehn Jahre alt. In einem Nest im Bayerischen Wald nahe an der Grenze zur ehemaligen Heimat haben meine Eltern, meine beiden jüngeren Geschwister und ich dann eine Bleibe bei einem Bauern gefunden. Dieser Bauer war ein dermaßen grober, rücksichtsloser, bösartiger Mann und hat uns behandelt wie Sklaven. Mein Vater hat aus den Beständen seiner Apotheke ein bisserl Arsenik für alle Fälle aufbewahrt, denn man wusste ja zu der Zeit nie, wozu es eventuell helfen konnte. Er hat es dem Bauern in sein Bier getan und der ist jämmerlich daran verreckt!"

Er speit uns den letzten Satz so voller Abscheu her, dass mir ganz anders wird. Es war also schon seines Vaters seltsamer Gerechtigkeitssinn oder nennen wir es doch lieber Rache, sich durch Gift von unliebsamen Mitmenschen zu befreien. Das zeugt doch von einem gestörten Ich, würde ich sagen. Oder hat es an der Zeit damals gelegen, dass die Leute so verroht waren? Ich beantworte mir diese Frage eindeutig mit einem Nein. Aus Erfahrung weiß ich, dass die äußeren Umstände dazu beitragen können, aus einem Menschen einen gewissenlosen Mörder zu machen, aber es ist auch immer Erziehungs- und Charaktersache.

Weiter zum Nachdenken komme ich nicht, weil Josef durchgeschnauft hat und weiterredet: „Leider haben sich die Leute im Dorf nicht auf die Polizei verlassen, die ein argwöhnischer Nachbar eingeschaltet und die nix gegen meinen Vater unternommen hatte. Darum verübten sie Selbstjustiz. Meine Mutter und meinen Vater hat der wütende Mob am nächstbesten Baum aufgehängt und meine Geschwister und ich haben dabei zusehen müssen, wie sich unsere Eltern mit Händen und Füßen gewehrt haben, bis ihre Körper leblos an den Seilen hingen. Im Todeskampf hat es ihnen die Augen aus den Höhlen getrieben und die Zunge aus dem Mund gedrückt, als sie jämmerlich erstickt sind. Ich war 16 Jahre alt und dieses Bild hat mich nie wieder losgelassen. Nie wieder!" Niedergeschlagen bricht er ab, fasst sich aber schnell wieder.

„Wir wurden ins Waisenheim gesteckt, aber ich bin ausgerissen. Irgendwie hab' ich mich durchgekämpft, hier und da auf einem Hof oder in einem Geschäft für einen Hungerlohn mitgeholfen, und dabei die Katharina kennengelernt. Wir haben uns ineinander verliebt. Sie war wie ich mittellos, elternlos und ganz allein. Die Nazis hatten während des Krieges alle ihre Angehörigen deportiert und sie selbst hatte sich monatelang im Wald in einer Höhle versteckt gehalten."

„Die Katharina war Jüdin?", bin ich baff. Das hatte ich nicht geahnt.

Josef nickt. „Katharina Hirsch war ihr Mädchenname." Er macht eine bedeutsame Pause. „Wissen S', so schlimm die Nachkriegsjahre mit den Flüchtlingsströmen, den gefallenen, vermissten oder gefangenen Soldaten und der Zerstörung auch waren, sie hatten auch ihr Gutes: Katharina und ich konnten uns bei den Amerikanern einfach als Geschwister ausgeben und sie konnte meinen Nachnamen annehmen. Wer hätt' auch ein junges Paar eingestellt, das bestimmt bald ein Kind nach dem anderen in die Welt gesetzt hätt', oder gar eine Jüdin."

Er lacht verbittert und reibt sich die lange Nase.

„Wie sind Sie nach Essing gekommen?"

Meine Frage bringt ihn zum Schmunzeln. „Wir haben uns in den nächstbesten Zug gesetzt. Wir wollten einfach nur weit weg vom Wald mit all den schlimmen Erinnerungen."

So gesehen war also ihr Aufenthalt auf dem Steininger-Hof ein Zufallstreffer wie beim russischen Roulette, denn die beiden Novotnys hätten auch in den Zug nach Nürnberg oder Berlin steigen oder an jedem anderen Bahnhof als dem in Kelheim aussteigen können.

„In Kelheim haben wir zuerst in einer Brauerei gearbeitet. Von einem Brauer aus Essing hab' ich erfahren, dass es in seinem Dorf einen Großbauern gibt, der dringend Bedienstete sucht. Der Ignaz Steininger hat uns auch gleich eingestellt. Die Arbeit auf dem Hof war hart, aber wir hatten ein Dach über dem Kopf, was zu essen und …"

„Und der Steininger hat sich Hals über Kopf in die Katharina verknallt", vollende ich den Satz.

Das Grinsen des Seniors geht von einem Ohr zum anderen und seine Augen blitzen höhnisch. „Total vernarrt war er in sie! Und das war der Liesl und dem Alfred ein ziemlicher Dorn im Aug'."

„Ihnen wohl auch!", bemerke ich ironisch.

„Sagen wir es so: Die Aufdringlichkeit vom Ignaz wurd' mit der Zeit extrem nervig. Katharina und mir ist es fast nicht mehr gelungen, ihn von ihr fernzuhalten. Doch er war ihr direkt hörig, der oide Schwerenöter, wenn sie sich auch nur mit ihm unterhalten hat, und das hat einen Plan in mir reifen lassen."

„Sie haben sie angestiftet, ihn dazu zu überreden, sie zu adoptieren, wenn er sie weiter hier auf dem Hof haben wollt'", ergänzt Toni. „Damit hätten sie zwei Fliegen mit einer Klappe geschlagen: Er hätt' hoffentlich die Finger von seiner Adoptivtochter gelassen, denn an seiner Tochter vergreift man sich nicht, und sie wär' an das Erbe gekommen, gemeinsam mit Ihnen."

„Und er hat angebissen!", freut sich Josef, als wäre es erst gestern gewesen, doch dann verfinstert sich sein Gesichtsausdruck wieder. „Sofort hat er alles in die Wege geleitet und sogar seine alten Kontakte spielen lassen, um an die Papiere für die Adoption zu kommen. Wir hatten ja weder eine Geburtsurkunde oder sonst was. Durch den Krieg und das Chaos danach, so hatten Katharina und ich gedacht, würde er nie herausfinden, wer sie wirklich war. Aber wir hatten uns getäuscht!"

„Er hat erfahren, dass sie eine Jüdin war!", erkennt Toni folgerichtig.

„Das ist also das Motiv für den Mord am Ignaz …", komme ich zur Erkenntnis. „Und ich hab' angenommen, der Giftanschlag diente dazu, die Adoption zu beschleunigen."

Der Senior lacht sarkastisch. „Da hat es nix mehr zu beschleunigen gegeben! Getobt hat er und sie als falsche Judenschlampe beschimpft. Er drohte damit, sie in aller Öffentlichkeit bloßzustellen. Doch dann muss ihm durch Katharinas Bitten und Betteln die Idee gekommen sein, sie zu ganz was anderem zu erpressen." Verbittert und noch voll angestauter Wut verzerrt sich sein Gesicht zu einer Fratze. „Er ist wieder ziemlich aufdringlich geworden, der alte, geile Bock, und Katharina hat ihn beschworen, das Schäferstündchen auf seinen bevorstehenden 50. Geburtstag zu verlegen, quasi als Geschenk. Das hab' ich doch irgendwie verhindern müssen!"

Sein Atem geht schneller und ich sehe, wie er mit seinen aufwallenden Gefühlen kämpft.

„Und ein bisserl was von dem Arsen aus Vaters Beständen landete im Wildschweinbraten", schlussfolgere ich richtig.

Josef nickt. „Mir war klar, dass wir alle davon krank werden würden, aber ich habe auch gewusst, dass der Ignaz von dem Festtagsbraten immer das meiste kriegt. Leider hat seine Portion trotzdem nicht ausgereicht!"

„Glücklicherweise hat die Liesl Ihnen dann ein bisserl in die Hände gespielt."

Sein Auflachen ist höhnisch. „Sie haben eine gute Kombinationsgabe, Frau Weidinger!", lobt er mich. „Die alte Beißzange hat nix mitgekriegt von der geplatzten Adoption, und dass Katharina Jüdin ist, wie auch der Alfred nicht. Ich glaub', sie hat dem wehrlosen Ignaz im Bett den Hals umgedreht." Er macht mit seinen schrumpeligen Händen eine würgende Handbewegung, hebt sie dann ergeben und lächelt selbstzufrieden. „Mit seinem Tod hatte ich also nix zu tun!"

Plötzlich fällt mir ein, dass ich das rekonstruierte Bild von Katharina noch in der Jackentasche haben muss. Tatsächlich finde ich es zerknittert in der Innentasche neben meinen Visitenkarten, ziehe es heraus, falte es auseinander, streiche es glatt so gut ich kann und halte es Josef vor die Nase. „Aber die naive Katharina hat Ihnen das nicht abgekauft."

Wie gebannt starrt er auf das Bild. Ich versuche in seiner Mimik zu lesen. Es spiegeln sich so viele Gefühle darin, angefangen bei Liebe, Bedauern, Schmerz und zum Schluss dann Hass. Seine Stirn runzelt sich in tiefe Falten und seine Augen verfinstern sich. Dann fährt er aus seinem Sessel hoch, geht zum Kamin, vergräbt seine zitternden Hände in den Taschen der Bundfaltenhose und starrt auf die Asche. „Auf einmal war sie so abweisend zu mir, obwohl es unser Plan gewesen war, den Ignaz mit dem Arsen zu beseitigen. Und dann hab' ich sie einen Tag später auch noch in der Waschküch' erwischt mit diesem windigen Alfred! Sie hat sich ihm an den Hals geworfen, nachdem ich sie vor dem Ignaz gerettet hatte!"

Ich sehe ihm ganz deutlich an, wie er mit seiner Selbstbeherrschung ringt, und lege das Bild neben das aufnehmende Diktiergerät auf den Tisch.

„Sie haben zuerst ihn verdroschen?", bleibt Toni sachlich.

„Na logisch!", macht Josef seiner Wut lautstark Luft. „Er hat mir mein Mädchen stehlen wollen und war trotzdem so feig', sich gleich nach den ersten paar Faustschlägen aus dem Staub zu machen, die Memme!"

„Dafür haben Sie es dann Katharina spüren lassen!", füge ich hinzu.

Jetzt ist der Alte so richtig in Rage und schimpft wild gestikulierend los: „Ich hab' das alles nur für sie getan, aber sie, die liebe und brave Kathi, bekommt auf einmal ein schlechtes Gewissen und wirft sich gleich in die Arme des Nächstbesten! Auch noch in die vom Alfred! Aber dann hab' ich sie durchschaut! Sie hat mich nur benutzt: Ich räume ihr den Ignaz aus dem Weg und dann heiratet sie den Alfred, damit sie doch noch an den Hof kommt! Aber nicht mit mir! Nicht mit mir!"

Sein Kopf ist rot angelaufen vor Zorn und Aufregung und er schnaubt wie ein Walross, so dass er sich am Kaminsims festhalten muss. Er starrt auf die Asche, als könnte er seine Geliebte dort mit eingeschlagenem Schädel liegen sehen. „Ich wollt' ihre Lügerei nicht länger hören, ich konnt' es nicht ertragen … und dann lag sie auf einmal da …"

Das erste Mal, seit wir hier sind, erkenne ich eine Schwäche an ihm. An der Ermordung seiner geliebten Katharina hat er wohl sein ganzes Leben schwer getragen, es ungeachtet seiner Selbstverliebtheit doch auch irgendwie zutiefst bereut und seine Unbeherrschtheit verflucht.

„Würden Sie sich bitte wieder beruhigen und hinsetzen, Herr Neumann!", fordert Toni ihn bestimmt auf und deutet auf den Sessel uns gegenüber.

Es dauert ein paar Sekunden, bis Josef dieser Bitte Folge leistet und wieder Platz nimmt. Auf einmal scheint er gebrechlich und alt. Nun ist er ein geständiger Mörder!

„Und dann haben Sie ihre Leiche in der Heuschupfa vergraben und sind abgehauen", setze ich wieder an, weil er benommen und schweigend auf den Boden starrt.

„Ich wollt' nach all den Jahren wieder heim nach Tachau, dahin zurück, wo ich meine glückliche und unbeschwerte Kindheit verbracht hatte. Aber an der Grenze war Schluss. Sie haben mich nicht zurück in meine Heimat gelassen! Eiserner Vorhang!" Er schüttelt verbittert den Kopf, hebt ihn aber dann entschlossen wieder. „Aber einen Novotny haut so was nicht um! Er kämpft, so wie es meine Eltern bis zu ihrem Ende an dem Baum getan haben!" Er ballt die Fäuste und schlägt auf die Stuhllehne. „Und ich hab' gekämpft! Zuerst um ein Dach über dem Kopf und etwas zu beißen und dann etwas Eigenes, etwas, das ganz mir allein gehört. Wohlstand und Erfolg! Das war es, was ich immer wollt'!"

„Zu welchem Preis?", wende ich ein, weil ich einen Verdacht habe.

Er lacht hämisch. „Um jeden Preis, meine liebe Frau Weidinger!"

„Es gibt also noch mehr Leichen auf Ihrem Werdegang?", hinterfragt Toni neugierig.

„Ich erzähl's Ihnen gern, wenn Sie noch Zeit haben!"

„Bitte!", bietet Toni an. „Wir sind ganz Ohr!"

Wieder ganz auf seine Rolle als erzählender Geschäftsmann konzentriert, schlägt er die Beine übereinander, lehnt sich zurück und berichtet weiter: „Anfangs ist mir nix anderes übriggeblieben, als wieder als Knecht meinen Unterhalt zu verdienen. Zuerst hab' ich allerdings meinen Namen geändert. Novotny heißt auf Deutsch Neumann. Also war es im eigentlichen Sinne gar kein Schwindel. Jedenfalls kam ich hier in der Nähe von Grafenau auf einem Einsiedlerhof bei einem verwitweten Bauern unter und der hatte passenderweise eine Tochter."

„Lassen Sie mich raten!", unterbricht Toni ihn. „Sie haben dem Bauern Arsen in den Sonntagsbraten gemischt und diese Tochter geheiratet."

Das Grinsen des Seniors ist süffisant. „Sie lernen schnell, Herr Weidinger! – Allerdings hab' ich es nicht in den Braten getan, sondern in sein

Bier. Diesmal wollt' ich nicht mitleiden müssen, um eine Lebensmittelvergiftung zu erleiden und mich unverdächtig zu machen. Der Hof war so abgelegen und die beiden hatten kaum Kontakt mit anderen Leuten, also hat niemand Verdacht geschöpft, als er gestorben ist."

„Auch die Tochter nicht?", frage ich.

„Mit dem Magen und Gedärmen hatte der Alte schon lange Probleme. Ich hab' der Gisela eingeredet, dass ihr Vater bestimmt ein Magengeschwür gehabt hat, das aufgeplatzt und an dem er innerlich verblutet war." Selbstzufrieden faltet er die Hände im Schoß und als wir ihn nur abwartend und kommentarlos anschauen, fährt er fort. „Jedenfalls hat die Gisela von ihrem Vater gelernt, zu metzgern und zu wursten. Hauptsächlich für den Eigenbedarf, ein paar Nachbarn oder für den Bauernmarkt im nächsten Ort, um sich ein bisserl was dazu zu verdienen. Doch unsere Kunden waren begeistert von dem guten Geschmack unserer Kaminwurzen. Und das hat mich auf eine Geschäftsidee gebracht. Zusammen mit ihr hab' ich das Rezept verfeinert, experimentiert und ausprobiert. Dann haben wir die Wurst auf mehreren Bauernmärkten, später dann auch am Hof, verkauft und die Leute haben sie uns aus der Hand gerissen. Die Nachfrage ist ständig gewachsen, so dass wir unser Sortiment erweitert haben und in den Sechzigern dranbauen mussten. Der Schweinestall und die Wursterei wurden vergrößert und zu den ortsansässigen Supermärkten und der privaten Kundschaft kamen immer mehr dazu, bis sich richtig große Supermarktketten für unsere Wurstwaren interessierten. Ein Produkt aus dem Bayerischen Wald war auf einmal etwas ganz Besonderes und heiß begehrt, so dass wir Anfang 2000 den alten Hof abgerissen und die Metzgerei samt Fabrik ganz neu aufgebaut haben."

So kenne ich die Geschichte schon von der Webseite im Internet.

„Hört sich nach einer richtigen Erfolgsgeschichte an", lobt ihn Toni dann doch, kann sich aber einen ironischen Anhang nicht verdrücken: „Bis auf die vielen Toten!"

Josef übergeht das aber und redet einfach weiter: „Wissen S', ich hab' mich aus der Firma zurückgezogen. Mein Sohn leitet jetzt die Geschäfte und mein Enkel wird später einmal mein Lebenswerk weiterführen. So war es geplant und darauf hab' ich hingearbeitet, schon als der Johannes noch ein kleiner Bub war. Ich hab' gleich gemerkt, dass er mir nicht nur äußerlich sehr ähnlich ist." Ein sanfter, fast liebevoller Ausdruck huscht über das ernste Gesicht des Alten.

Ich will nicht, dass er jetzt gefühlsduselig wird. „Doch dann steht da auf einmal was von einem siebzig Jahre alten Skelett in der Zeitung, das in Essing ausgegraben wird, kurz darauf auch ein Bild von dem Gesicht der Toten. Klar, dass Sie sofort herausfinden mussten, wer von Ihren damaligen Zeitgenossen noch lebt und vor allem, was die von damals noch alles wissen", setze ich die Geschichte fort. „Und zu diesem Zweck rekrutieren Sie Ihren Enkel und schicken ihn zum Spionieren, ach, was sag' ich, zum Morden nach Essing!"

Er schaut mich durchdringend an und steht wieder auf, als ich ihm eisern und ohne die strenge Miene zu verziehen, Kontra biete. Er geht zu dem mächtigen Schreibtisch aus Eichenholz hinüber, zieht eine Schublade auf, holt ein Papier heraus und spottet: „Sie verstehen gar nix! Was juckt mich so ein Skelett oder ein Foto von einer Unbekannten in der Zeitung!"

Während er das sagt, ist er wieder zu uns zurückgekommen und gibt mir das zweimal zusammengelegte Din A4 Blatt.

Ich falte es auseinander, während Toni in Richtung Diktiergerät spricht: „Fürs Protokoll: Josef Neumann hat uns einen Zettel gereicht."

Ich lese laut vor: *„Ich weiß, dass Sie die Katharina auf dem Gewissen haben! Ich kenne die ganze Geschichte und auch Ihren richtigen Namen! 500.000 € wäre Ihnen doch sicher mein Schweigen wert! Hinterlegen Sie das Geld innerhalb einer Woche in dem Schließfach 223 am Hauptbahnhof in Regensburg. Der Schlüssel dazu liegt bei! Falls nicht, wäre die Polizei sicher sehr interessiert an meiner Geschichte!"*

Das ist ein Erpresserbrief und ich ahne, von wem er kommt. Und auch Josef weiß es!

„Ich lasse mich von keinem Steininger erpressen!", faucht er ungehalten. „Aber dann hätte mein Ruf auf dem Spiel gestanden und eng damit verbunden ist meine Firma. Sie können sich doch lebhaft vorstellen, was passiert wär', wenn ich verhaftet worden wär' und die Presse erst mal

Lunte gerochen hätt'. Die zerreißt einen in der Luft und aus wär's gewesen mit der Wurst aus dem Wald. Aus und vorbei …" Er pausiert ein paar Sekunden niedergeschlagen und sinkt schwer zurück in seinen Sessel.

Jetzt, nachdem wir ihn gestellt haben, wird ihm wohl klar, dass er diesen Presserummel nicht mehr verhindern wird können. Doch dann reißt er sich zusammen und fragt uns überheblich: „Sagen Sie mir schon, liebe Kommissare, wer dem Werner Steininger eine Träne nachweint, so unbeliebt, wie der war! Sogar seine Frau und sein Sohn haben ihn gehasst!"

„Wie haben Sie herausgefunden, dass der Werner den Brief geschrieben hat?", will ich wissen.

Josef lacht voller Häme auf. „Wer soll ihn denn sonst geschrieben haben? Der alte Alfred ist inzwischen verblödet, seiner Schwiegertochter, einem bemitleidenswerten Mauerblümchen, trau' ich so was nicht zu, und der Enkel hat keine Ahnung von der ganzen Gschicht gehabt, weil er nix mehr wissen wollt' von seiner Familie und seiner Herkunft. Also bleibt doch nur der Werner!"

Der umtriebige Senior ist wirklich gut informiert. Respekt! Allerdings ist das eher erschreckend als bewundernswert. Sein Spion hat gute Arbeit geleistet. Es scheint fast so, als wäre Josef Neumann selbst in Essing gewesen.

Er schnauft tief durch. „Und der Werner hat sich verraten, als Johannes den modernisierten Hof bewundert hat, als sie dort waren, nachdem er und Marek sich mit dem Michael Steininger angefreundet haben. Geprahlt hat der Werner sogar damit, dass ihm bald ein Batzen Geld ins Haus stünde und er damit die Schulden locker abzahlen könnt'!", lässt er uns stolz an seinem Wissen teilhaben und lacht zufrieden auf. „Johannes besitzt die Gabe, andere geschickt auszufragen. Er wär' ein guter Polizist geworden, wie Sie!"

„Und er hat nicht lang gefackelt und dem Werner das Arsen ins angebotene Bier getan", schlussfolgere ich.

Josef nickt ganz unverhohlen. „Der Michael hatte über seinen Vater, über den er übrigens gegenüber vom Johannes und vom Marek kein gutes Wort verloren hat, gespottet, dass er ein alter Bierdimpfel ist. Was liegt da also näher, als ihm ein präpariertes Bier anzubieten?"

„Und Michael musste beseitigt werden, weil er was geahnt hat", kombiniert Toni richtig.

Stolz hebt Josef den Kopf. „Der Johannes hat es wie einen Kletter-Unfall aussehen lassen."

„Und weil es mit dem Morden grad so schön gelaufen ist, hat er sich auch gleich noch den Vinzent Spangler, den letzten Zeitzeugen von damals, vorgenommen."

Der Alte grunzt schmunzelnd. „Ich hab' den Vinzent wirklich gern gemocht damals, aber er war halt ein armer Schlucker, der zufrieden war mit dem, was er gehabt und wie er gelebt hat, ohne jeglichen Ehrgeiz, Antrieb oder Zielstrebigkeit."

Mir wird schlecht über so viel Arroganz. „Ist es ein Frevel, wenn seinen Lebensweg keine Leichen pflastern?"

Darauf sagt er nix, sondern starrt sinnierend auf das Bild von Katharina auf dem Tischchen.

Ich habe noch eine brennende Frage: „Warum haben Sie mich nicht aus dem Weg räumen lassen?"

„Johannes und ich haben lange beraten, das können Sie mir glauben!", gibt er hochmütig zu, als wäre er Gott höchstpersönlich. „Aber, was hatten Sie denn schon für handfeste Beweise! Gar keine! Nur die Aussagen von einem verwirrten Demenzkranken und dem todgeweihten Vinzent!" Wieder lacht er selbstzufrieden. Dann schaut er mich, die ich innerlich bebe vor Wut, direkt an. „Wie sind Sie eigentlich auf mich gekommen?"

„Agatha Christie hat meine Kollegen und mich drauf gebracht", gebe ich bereitwillig zu. Und dann bin ich dran mit Zynismus: „Und natürlich auch der Opa, der den feigen Anschlag überlebt hat."

Und Toni fügt hinzu: „Ehrlich gesagt war es auch sehr leichtsinnig und ein bisserl überheblich von Ihrem Enkel und seinem Freund, bei ihrem Abzug auch noch das vergiftete Bier beim Alfred und die präparierten Pralinen bei Christine Steininger abzugeben, ohne anzunehmen, dass wir ihnen draufkommen würden."

Josef lächelt bitter. „Da mögen Sie Recht haben. Ich hab' ihn deswegen schon geschimpft. Irgendwie ist er doch ein bisserl zu selbstsicher und bedenkenlos geworden. Sie müssen ihn entschuldigen. Er ist halt doch noch ziemlich jung und ein bisserl zu eifrig bei der Sache gewesen."

Toni und ich wechseln einen kurzen Blick. Welch Sarkasmus!

Doch der ruchlose Firmenboss gibt weiter das selbstsichere, reuelose und ehrbare Familienoberhaupt. „Ich hab' alles für meine Familie getan, was in meiner Macht gestanden ist. Ich wollt' nur nicht mein Lebenswerk zerstört hinter mir lassen, wenn ich bald abtret'."

„Wäre es nicht viel ehrenwerter gewesen, Werner einfach die 500.000 für sein Schweigen zu geben, statt ihn zu ermorden?", hinterfrage ich spitzig.

Damit habe ich ihn absichtlich bei seinem Stolz gepackt, denn er fährt hoch. „Damit er die Früchte meiner harten Arbeit erntet! Nie und nimmer!"

Es sind also nicht nur sein Ansehen, seine Ehre und seine Besorgnis um seine Familie und sein Schaffen, sondern auch ein alter Hass auf eine Familie aus längst vergangener Zeit, deren Vorgänger ihm in seinen Augen damals in Essing seine ersten, hoffnungsvollen Pläne zerstört haben. Und vielleicht hat er sogar seinen Selbsthass wegen des Totschlags an Katharina auf die Steiningers gerichtet, quasi um sich von der Schuld freizumachen.

„Wo ist Ihr Enkel, Herr Neumann?", hakt Toni eindringlich nach.

Wie am Boden zerstört lässt sich der Senior wieder in seinen Sessel fallen. Deutlich sehe ich Tränen in seinen Augen stehen. Irgendetwas stimmt da nicht! Ein ungutes Gefühl steigt in mir auf. Ich stehe auf und gehe zu ihm hinüber.

„Wo ist der Johannes, Josef?"

Dann trifft sein Blick auf den meinen. In ihm erkenne ich Schmerz und Resignation, aber auch eine Spur Entschlossenheit.

„Ein Neumann geht nicht ins Gefängnis!", bestimmt er und über seine traurige Miene huscht ein spöttisches Grinsen.

Toni ist nun auch gewarnt, während sich meine düstere Ahnung in Angst verwandelt und kribbelnd in mir ausbreitet. „Wo wohnt Ihr Enkel, Herrschaftszeiten!"

Immer tiefer sinkt der Alte in seinen Sessel und verändert sich in Sekundenschnelle zu einem verhärmten, resignierten und gebrechlichen Greis. Sein Auftritt ist vorüber.

Matt hebt er die Hand und deutet nach oben. „Unter dem Dach! – Aber Sie werden zu spät kommen!“

Wie von der Tarantel gestochen rennen Toni und ich aus dem Zimmer durch den langen Flur zurück in das Treppenhaus. Natürlich ist er schneller und steigt vor mir zwei Stufen auf einmal nehmend hinauf. Ab dem zweiten Stock in den dritten verengt sich die Treppe und endet an einer weiß lackierten Wohnungstür. Toni hat sie bereits aufgerissen und orientiert sich in dem großen, luftigen Apartment, in das wir eingedrungen sind.

Schnaufend stütze ich mich an einem Balken ab und schaue mich um. Der weite Raum ist durch die großflächigen Dachfenster hell und nüchtern eingerichtet mit modernen Möbeln. Es gibt nichts Unnötiges, was herumsteht, bis auf ein paar Bilder auf einem langen Wandregal. Sie zeigen Johannes im Kletteroutfit mit seinem Freund Marek vor einer Felswand, ihn am Steuer eines teuren Sportwagens, Arm in Arm mit seinem Großvater vor der Golden-Gate-Bridge und, ich nehme an, es sind seine Eltern, zwischen denen er festlich gekleidet und freudestrahlend mit seinem Abi-Zeugnis posiert. Die Fotos zeugen davon, dass der Sohn des Hauses ein privilegiertes Leben führt.

Toni hat inzwischen drei weitere Türen entdeckt. Eine führt ins Badezimmer, die nächste in einen begehbaren Kleiderschrank und die dritte in das Schlafzimmer. Dort finden wir Johannes. Es ist kein schöner Anblick, das junge, hübsche Bürscherl seitlich zusammengekrümmt in seinem eigenen Erbrochenen auf dem breiten französischen Bett zu sehen. Auf dem Nachttisch steht eine grüne alte Apothekerflasche mit einem vergilbten Etikett mit der Aufschrift *Arsenik*, daneben eine leere Flasche Bier. Toni beugt sich über ihn und tastet an seinem Hals nach dem Puls. Nach ein paar Sekunden schaut er mich kopfschüttelnd und bedauernd an.

„Kreizkruzinesn!“, fluche ich ungehalten und reibe mir entsetzt mit beiden Händen übers Gesicht.

Johannes hat es also vorgezogen, lieber zu sterben, als seine gerechte Strafe zu verbüßen. Für mich ist es einfach nur feige, sich den Konsequenzen seines Tuns auf diese Weise zu entziehen und seine Angehörigen damit und mit jeder Menge Selbstvorwürfen und Fragen zurückzulassen. Andererseits erfordert so ein Selbstmord auch unbegreiflichen Mut. Mut, den sein narzisstischer Großvater mit Sicherheit noch gefördert hat. Wie sich gezeigt hat, hat er großen Einfluss auf seinen Enkel gehabt. Meine Gefühle schwanken zwischen Unverständnis, Mitleid, Anteilnahme und Wut hin und her. Ich kann den Umfang dieser ganzen Geschichte nur schwer begreifen.

Toni kommt zu mir her und legt den Arm um mich. „Beruhig' dich, Maria!"

Da knallt plötzlich ein Schuss. Es kommt eindeutig von unten.

„Der Josef!", durchfährt es mich panisch.

Hastig stürzen Toni und ich die Stufen wieder hinunter, zurück in die Wohnung vom Josef. Und da hockt er zusammengesunken in seinem angestammten Sessel mit einem Loch in der rechten Schläfe seines zur Seite gekippten Schädels. Ein Blutrinnsal bahnt sich einen Weg über seine Wange. Die Waffe, eine Kleinkaliberpistole, ist ihm aus seiner herunterhängenden rechten Hand geglitten, mit der er sie geführt hat. Auch bei ihm fühlt Toni an der Halsschlagader nach dem Puls, doch er braucht nicht erst resigniert zu seufzen, damit ich weiß, dass er tot ist.

Auf dem Tischchen liegt immer noch das eingeschaltete Diktiergerät. Toni nimmt es und drückt die Aus-Taste. Erst dann flucht er, wie ich ihn noch nie gehört habe.

„... Einer von uns hätte hierbleiben sollen, Zefix!"

Selbst den sonst so gefassten, erfahrenen Hauptkommissar lässt das alles nicht ungerührt und er schlägt mit der Faust wütend und fassungslos gegen den Kaminsims, so dass das Porträt von Josef darauf umkippt.

Und er hat Recht! Es war absolut unprofessionell, dass wir eher unseren Gefühlen nachgegangen sind, statt dem, was wir während unserer Ausbildung gelernt haben.

„Ich hätte doch die örtlichen Kollegen um Hilfe bitten sollen", werfe auch ich mir vor. „Was hab' ich mir nur dabei gedacht? Wir hätten ihn verhaften und abführen und ihn erst im Gewahrsam verhören sollen, wie es sich gehört!"

„Jetzt hat er jedenfalls seinen gefürchteten Skandal, der Neumann!", meint Toni voller Hohn, fährt sich durch seine graumelierten Haare, fasst sich wieder und holt sein Handy aus der Jackentasche. „Ich ruf' die Kollegen und die Spusi."

Dann kommt die Haushälterin irritiert herein. „Da war doch grad eben ein Knall …" Sie sieht ihren toten Hausherren und schlägt erschrocken die Hände vors Gesicht. Dann rennt sie wieder hinaus, ohne dass ich mich dazu in der Lage fühle, sie aufzuhalten. Ich höre sie schluchzen, bis sie in irgendeinem Raum verschwindet.

Während Toni telefoniert und seine berufliche Routine wiedergefunden hat, setze ich mich in den Sessel hinter dem monströsen Schreibtisch des gefallenen Patriarchen und kann den Blick nicht von dem Toten abwenden. Ich fühle mich in einer Art Trance aus Selbstvorwürfen, Begriffsstutzigkeit und Empörung gefangen. Nur langsam gelingt es mir, mich wieder zu beruhigen und einen klaren Gedanken zu fassen.

Nachdem Toni aufgelegt hat, kommt er zu mir her, dreht mich im Sessel vor sich hin und beugt sich zu mir herunter. Liebevoll hebt er mit Daumen und Zeigefinger mein Kinn an, so wie er es immer tut, wenn er mich aufheitern oder trösten will. „Hey, wir haben beide Mist gebaut."

„Josef könnt' noch leben, wenn ich logisch gedacht hätt'!"

„Mach dich nicht verantwortlich für sein Handeln, Herrschaftszeiten!", ist er wütend. „Es war seine Entscheidung!"

Dann packt er mich an den Armen, zieht mich zu sich hoch und drückt mich an sich. „Lass dein Herz da raus! Verstanden!"

Doch ich kann nicht anders, sondern weine los. Und das tut unheimlich gut!

Später, als ich mich wieder gefangen habe und die Horden von Polizisten, Leichenfledderern und Spurensicherern die Tatorte wie einen Markt bevölkern, reden Toni und ich mit der niedergeschlagenen Haushälterin, die wir in der Küche des Hauses finden. Von ihr erfahren wir, dass Leopold Neumann nebst Frau und jüngerem Sohn in Dubai ihren

Osterurlaub verbringen. Nun stehen sie vor dem Scherbenhaufen, den ihnen ihr Vater und ihr ältester Sohn hinterlassen haben.

Dasselbe Schicksal haben auch Christine und Alfred Steininger durch diese beiden erleiden müssen. Nun ist sie allein mit einem verwirrten, kranken Mann, einem Schuldenberg und einer großen Landwirtschaft, und ich befürchte, dass es mit dem Hof wie mit der Wurst aus dem Wald zu Ende gehen wird.

Übermorgen ist Karfreitag. Wie passend!

Ein weiterer Scherbenhaufen liegt auch vor Marek Jelinek. Als Toni und ich den örtlichen Kollegen, darunter ein älterer, ziemlich überfordert scheinender Kommissar aus der PI in Straubing, die Vorgänge geschildert und den Fall grob erklärt haben, verlassen wir das Anwesen eilig. Genau wie bei Toni drängt mich die Angst vor einem weiteren Selbstmord oder einer Flucht des tatbeteiligten Jelinek. Auf der Straße und dem Parkplatz haben sich zwischen den ganzen Polizei- und Notarztfahrzeugen einige Schaulustige versammelt, die uns neugierig beäugen und sich angeregt unterhalten. Die Frühschicht ist wohl grad zu Ende und die Mitarbeiter wundern sich über den Auflauf hier. Erste sensationslüsterne Gerüchte scheinen die Runde zu machen, denn die Leute stecken die Köpfe zusammen.

Wir rennen zum Auto.

„Jetzt pressiert's! Hoffentlich erwischen wir den Jelinek noch! Weißt du, wo der wohnt?"

„Das hab' ich gleich rausgefunden!", behaupte ich, springe auf den Beifahrersitz neben Toni und schalte mein Handy wieder ein. Es zeigt mir zwei eingegangene Anrufe vom Bär und vom Übelacker. Ich rufe Ersteren zurück.

„Endlich!", motzt er. „Der Übelacker ist schon wieder hier! – Bist du immer noch beim Opa?"

„Kannst du mir schnell die Adresse vom Jelinek durchgeben!", habe ich keine Zeit für eine Verteidigung.

Er erkennt meine Aufregung. „Was ist denn passiert?"

„Der Josef und der Johannes Neumann haben Selbstmord begangen."

Ich höre, wie er scharf Luft holt. „Sch …! – Moment, ich muss erst im Computer nachschauen. Ich meld' mich."

Zack und hat aufgelegt.

„Er schaut nach!", meine ich zu Toni, der die Augen verdreht.

Das dauert alles zu lang!

Grad, als er den Motor starten will, um wenigstens schon einmal loszufahren, klopft jemand an sein Seitenfenster. Erst auf den zweiten Blick erkenne ich, dass es Marek Jelinek ist. Ich sage es Toni, denn er kennt den jungen Mann noch nicht, und er reagiert blitzschnell. Diesmal handelt Toni wirklich nach Vorschrift, nutzt das Überraschungsmoment, springt aus dem Wagen, dreht Jelinek gekonnt die Arme auf den Rücken, drückt ihn gegen das Auto und tastet ihn nach möglichen Waffen ab, während er ihm seine Rechte vorbetet und ich um das Fahrzeug gelaufen bin.

„Marek Jelinek, ich verhafte Sie wegen der Mitwisserschaft und Beteiligung an mindestens einem Mord …"

Er dreht den völlig Perplexen wieder um, befiehlt ihm, seine Arme herzuhalten, und legt ihm Handschellen an.

„Hey, ich hau' nicht ab, verdammt!", beteuert Marek Jelinek aufgeregt und völlig überrumpelt. „Sonst wär' ich ja auch gar nicht freiwillig hier!"

Wir haben die Aufmerksamkeit der neugierigen Gaffer auf uns gezogen und müssen schauen, dass wir hier wegkommen. Toni schiebt den schimpfenden Verhafteten auf die Rücksitzbank, während ich ihm die Tür aufhalte, sie zuhaue, wieder ums Auto spurte, hinten neben Jelinek einsteige und Toni dann davonbraust.

Als wir einige Kilometer durch den Wald gefahren sind und zurück auf die Staatsstraße gelangen, hat sich der Verhaftete einigermaßen beruhigt. Ich informiere ihn, was sein Freund und dessen Großvater getan haben.

Fassungslos schaut mich Marek aus seinen stechend blauen Augen an. „Im Ernst jetzt?"

„Über so was mach' ich keine Scherze!", mahne ich und hake nach: „Was wollten Sie grad dort?"

„Ich wollt' nach dem Urlaub zuerst in der Arbeit vorbeischauen wegen neuem Schichtplan und so und dann den Johannes besuchen", verteidigt er sich und erklärt uns weiter: „Er hat mir die Stelle in der Wursterei besorgt. Vom Kletterpark allein kann ich nicht leben und als Ex-Knacki ist es schwer, eine Arbeit zu finden."

„Er war also tatsächlich Ihr Freund?"

Marek wird immer redseliger. „Wissen S', am Anfang, als er zu mir in den Kletterpark gekommen ist, war er ein verwöhntes, reiches Bürscherl, das immer auf der Suche nach dem nächsten Kick war. Er ist voller Übermut und Energie gewesen und ich hab' ihm erst Körperbeherrschung und Respekt vor der Kletterei beibringen müssen. Da lernt man sich halt besser kennen und auch mögen."

„Und er hat Ihnen dann den Job bei seinem Vater verschafft", erkenne ich den hintergründigen Zweck dieser ungleichen Freundschaft.

„Schon, aber das ist doch nix Schlimmes, oder?"

Ich schüttle den Kopf. Natürlich ist es das nicht, aber es verdeutlicht mir ein bisserl das Abhängigkeitsverhältnis zwischen den beiden, das hiermit eindeutig zu Gunsten Johannes Neumanns ausfällt.

„Er hat Sie erpresst, nicht wahr?", spreche ich ihn direkt an.

Verlegen weicht Marek mir aus. Doch er begreift, dass er sich nicht mehr rausreden kann, als er tief durchschnauft und sich umständlich mit den gefesselten Händen über das Gesicht reibt. Die Verzweiflung ist ihm in sein osteuropäisches Gesicht geschrieben. „Na gut! Er hat es nicht direkt getan, eher so durch die Blume! Ich war schon mal im Knast und ich wollt' da nicht wieder hin! Alles, was ich wollt', war ein normales Leben, verdammte Scheiße!", flucht er, wütend geworden.

„Wie hat es angefangen?"

„Ich hatte keine Ahnung, dass es ihn nicht nur wegen *The Face* nach Essing gezogen hat, aber den ersten Verdacht hatte ich, als er sich so aufdringlich mit Michi angefreundet und ihn nach seiner Familie ausgefragt hat. Es ist mir komisch vorgekommen, als die zwei sich an dem Montagmorgen gegenseitig gepuscht haben, ohne Seile zu klettern. Ich hatte keine Chance, ihnen das auszureden, und Michi hat wirklich keinen Ton darüber verloren, dass sein Vater letzte Nacht gestorben war. Die beiden sind am Felsen schnell vorangekommen.“ Er stockt kurz, so als sähe er es wieder bildlich vor Augen. „Und dann dacht’ ich, ich seh’ nicht recht, als der Johannes den Michi da oben auf dem Vorsprung einfach so schubst. Er hat regungslos hinterhergeschaut, wie unser Kumpel hinuntergestürzt und durch das Dach geschlagen ist. Ich bin da noch so halb hinter der Felsnase festgehangen und hab’s nicht glauben können, mit welcher Gelassenheit Johannes das getan hat. Er hat sogar gegrinst! Gegrinst! Können Sie sich das vorstellen, so als hätte es ihm Spaß gemacht, einen Menschen einfach so umzubringen!“

Immer noch ist ihm die Fassungslosigkeit anzumerken. Schweißperlen stehen mittlerweile auf seiner blanken Stirn. Ich lasse ihn einfach weiterreden: „Aber das Beste kommt ja noch: Seelenruhig ist er weitergeklettert und hat gemeint, dass wir unten sein sollten, bis die Polizei da wär’. Er hat mich nicht mal drum gebeten, mein Maul zu halten, obwohl er mir bestimmt angemerkt haben muss, dass ich alles beobachtet hab’. Ich war total durch den Wind!“

„Warum haben Sie uns dann nicht einfach alles gesagt?“, hinterfragt Toni und schaut Jelinek im Rückspiegel an.

Der lacht höhnisch. „Na, weil ich Schiss gehabt hab’, verdammt! Wenn der so mir nix, dir nix einen Kumpel vom Felsen stößt, würd’ er kaum zögern, mit mir das gleiche zu machen!“

„Und Sie hatten Angst um Ihren Arbeitsplatz“, füge ich hinzu.

Nickend pflichtet er mir bei und schluckt schwer. „Ich war in so einem beschissenen Zwiespalt und hab’ mich immer beschissener gefühlt, wie damals im Knast, das können Sie mir glauben! Aber ich hab’ brav mitgemacht. Da war mir noch gar nicht klar, dass er auch den Werner vergiftet hat und was er noch vorhatte. Ich hab’ gar nix mehr kapiert …“

Mein Blick an ihn muss wohl skeptisch sein, denn er hebt ergeben die Hände. „Ich hab’ das Gift nicht angefasst, verdammt! Johannes hat ganz offen vor mir dieses weiße Pulver mit einem Trichter in eine Flasche Bier gefüllt, das Etikett ein bisserl eingerissen, um sie zu kennzeichnen, sie wieder verschlossen und sie zurück in die Kiste in seinen Kofferraum gestellt. Dann sind wir auf den Steininger-Hof gefahren, um beim Füttern zu helfen. Und, als er sich da so für die Geschichten von diesem alten Vinzent interessiert hat, war mir klar, wer das nächste Opfer sein sollt'."

„Haben Sie nicht wenigstens probiert, den Opa zu warnen?", wende ich energisch ein. „Beihilfe in einem Mord zu leisten, ist eine Nummer größer als das, was Sie schon auf dem Kerbholz haben."

Jelinek grinst. „Das war nicht notwendig, denn ich hab' mitgekriegt, dass dem Alten das Bier nicht geschmeckt und er es heimlich ausgekippt hat."

„Trotzdem haben Sie sich der Mittäterschaft schuldig gemacht", erwähne ich kühl, denn ich bezweifle, dass Marek eingegriffen hätte, wenn der Opa sein Bier getrunken hätte.

Er nickt deprimiert und starrt auf seine gefesselten Hände in seinem Schoß. „Ich hab' danach wirklich versucht, Johannes zur Vernunft zu bringen, aber er war so verbohrt und so verbissen darin, die Steiningers auszulöschen. Ich hab' gar nicht begriffen, warum überhaupt, und er hat es mir auch nicht gesagt." Er schnaubt verächtlich. „Einmal in meinem Leben läuft es richtig gut und dann kommt so ein reicher, verzogener Schnösel daher und zieht mich da in seine Scheiße mit rein, verdammt! Erst da hab' ich geschnallt, was für ein selbstverliebtes Arschloch der Johannes eigentlich ist!"

Irgendwie tut mir Marek Jelinek direkt leid. Auch er ist halt ein Kollateralschaden, wie so viele andere in diesem Fall!

Kapitel 20

Toni und ich sitzen grad beim Frühstücken, als es Sturm an der Haustür klingelt. Wir wechseln genervte Blicke. Wer bitte schön will um kurz nach sieben Uhr morgens schon was von uns, Kruzinesn?

Ich stehe auf und öffne. Draußen steht die Katzmeier Rita. In aller Frühe ist sie schon adrett gekleidet wie immer und ihre Pagenfrisur korrekt geföhnt. Sie drängt sich aufgebracht und eilig an mir vorbei in den Flur.

„Du hättest mir auch mal Bescheid sagen können, wie es dem Opa geht, Himmelherrschaftszeiten!“, beschwert sie sich. „Und was hab’ ich da beim Kramer erfahren? Du hast den Gumplinger wieder frei gelassen! Er ist doch der Giftmörder! Wie kannst du so einen wieder rauslassen?“

„Er war’s nicht!“, antworte ich ruhig.

War ja klar, dass die Gerüchteküche wieder überbrodelt.

„Pah!“, spottet sie abfällig. „Ich hab’ die halbe Nacht kein Auge vor lauter Sorge zugetan und den lieben Herrgott angefleht, dass der Gumplinger ihn nicht doch noch um die Ecke bringt!“

„Das hat anscheinend geholfen!“, kann ich mir ein bisserl Spott über ihr tiefes Gottvertrauen nicht verdrücken. „Der Gumplinger ist wirklich unschuldig, Rita! Und der Opa ist im Krankenhaus ganz sicher und wieder ganz der Alte!“

Ihr erleichterter Seufzer ist so groß, dass ich sie vor Schreck festhalte, weil sie gegen das Gardenrobenschränkchen zurücksinkt. „Dem Herrgott sei Dank!“

„Dem, den Fachkünsten der Ärzte und unserer Polizeiarbeit!“, fühle ich mich dann doch gezwungen, hinzuzufügen.

Dann kommt ihr anscheinend die Erkenntnis. Ihre grauen Augen funkeln mich vorwurfsvoll an und sie richtet sich wieder zu voller Größe auf. Es folgt eine weitere Schimpftirade: „Warum bis du dann nicht in deiner PI und ermittelst? Es läuft immer noch der irre Giftmischer da draußen rum, der das halbe Dorf umbringt, Maria! Schau bloß, dass du den erwischst! Er kann doch nicht einfach meinen Vinzent vergiften, einen armen, herzkranken, alten Mann, der niemandem was getan hat!“

„Deinen Vinzent?“, hinterfrage ich argwöhnisch, weil ich offenbar was verpasst habe.

Das neuerliche Gefühl, dass zwischen den beiden mehr als nur Freundschaft ist, kommt wieder hervorgekrochen.

Meine Frage macht sie verlegen und sie starrt auf den Boden. „Wenn man so viel Zeit miteinander verbringt wie wir zwei, dann …“

„Dann?“, bohrt Toni, der mit einem Marmeladenbrot in der Küchentür steht und offenbar von dort alles verfolgt hat, nach.

Wir sehen, wie Ritas Gesicht rot anläuft, sie sich beschämt windet und dann mit den Worten „Ach, habts mich doch gern!“ zur Haustür hinausstürmt.

„Was war das denn?“, wundert sich Toni irritiert und amüsiert zugleich.

Ich zucke mit den Schultern. „Wenn ich es nicht besser wüsst’, dann würd’ ich annehmen, der Opa und sie haben was miteinander.“

„Weißt du es denn besser?“, hakt Toni nach, während wir zu unserem Frühstück in die Küche zurückkehren.

Ich kann mich noch gut daran erinnern, wie Rita und der Opa mich jeweils angefleht haben, dass er wieder bei uns wohnen kann, als sie ihm Obdach gewährt hatte, nachdem ich ihn wegen der Demo rausgeschmissen hatte. Also weiß ich eindeutig, dass es mit den beiden niemals funktionieren würde. Darum verwerfe ich jegliche Gedanken daran, ziehe eine Lätschn und beiße in mein Schinkenbrot.

Toni grinst nur still vor sich hin, dass es mich richtig nervt. Aber ich will die Stimmung zwischen uns nicht verderben, denn er hat angeboten, heute mit mir in die PI zu fahren, um den ganzen Schreibkram zu erledigen. Und darüber bin ich richtig froh, auch weil ich ahne, dass unser Staatsanwalt mit Sicherheit auflaufen wird. Ich habe seine gestrigen Anrufe nach den beiden Selbstmorden einfach ignoriert.

Jedenfalls hat der Übelacker irgendwie Respekt vor meinem Mann. Oder besser gesagt, er achtet ihn seit dem Tag, als er Toni damals zu meiner Unterstützung aus dem Präsidium in Landshut angefordert hat, um den Fall mit der Babyleiche mit mir aufzuklären. Kurz gesagt, er schreibt hauptsächlich ihm unsere Erfolge bei der Klärung der drei Morde zu, die ich mit Hilfe vom Toni gelöst habe. Aber unsere Zusammenarbeit hatte sich, außer beim Babymord, eher immer zufällig ergeben, aber das sind andere Gschichten …

Der Bär, Toni und ich hören uns grad die Vernehmung von Josef Neumann auf dem Diktiergerät in unserem Büro an. Soeben sind wir bei der Stelle angekommen, an der Josef sagt: „… Aber Sie werden zu spät kommen!“, als der Staatsanwalt schwungvoll und geschäftig hereinschneit und seinen edlen Aktenkoffer auf den zweiten Gästestuhl neben Toni platziert. Der Bär steht brummig auf, murmelt etwas von „… Kaffee holen …“ und verzieht sich, während Toni sein Diktiergerät ausschaltet.

„Ich könnte Sie jetzt rügen, Frau Weidinger, weil Sie meine Anrufe wie üblich ignoriert haben, aber wie ich höre und sehe, haben Sie kompetente Unterstützung.“ Er nickt Toni freundschaftlich zu.

„Ja, alles ist gut, Herr Dr. Übelacker!“, sage ich lakonisch.

Klar stinkt es mir, dass er den Hauptkommissar mir vorzieht und ihm mehr Anerkennung schenkt, aber dieser Hauptkommissar ist halt auch mein Gatte! Und darum überwinde ich meinen Ärger.

Der Staatsanwalt räuspert sich. „Das würde ich nun nicht gerade behaupten, Frau Weidinger! Zwei Selbstmorde während Ihrer Anwesenheit in der Villa! Was ist da verdammt noch mal schiefgelaufen?“

„Wenn Sie sich gedulden, dann können Sie das alles in unseren Berichten nachlesen!“, fertigt Toni ihn schnell, aber bestimmt ab.

Er hat, genau wie ich, keine Lust, sich rechtfertigen zu müssen, vor allem, weil wir uns auch irgendwie schuldig fühlen. Gegen Toni traut sich der Jurist nicht zu intervenieren, wie er es mit Sicherheit mit mir allein getan hätte. Und er weiß nur zu gut, dass wir nicht nur als Ehepaar, sondern auch als Kollegen zusammenhalten.

Aber, um seine Würde zu bewahren, schaut er mahnend zwischen Toni und mir hin und her und befiehlt: „Nicht nur das, sondern ich erwarte auch einen lückenlosen Bericht darüber, welche Unterlassenschaften Sie beide als Kommissare sich selbst vorzuwerfen haben. – Kruzitürken, Herr Weidinger, ich kann mich doch sonst auch immer auf Ihre Professionalität verlassen!“

„Beide Männer waren keine Selbstmörder im typischen Sinne“, verteidigt sich Toni dann doch.

Der Übelacker nickt mehrmals sinnierend und rückt sich seine eckige Brille zurecht. „Die Presse rennt mir schon wieder vor lauter Anfragen die Tür ein. Wir werden um eine Konferenz wohl kaum herumkommen!“

Da ist es wieder, dieses *Wir*, doch das lässt mich kalt, und ich protestiere nur: „Ohne mich!“

„Ich meinte mit dem Wir auch Ihren Mann und mich“, stellt der Jurist richtig.

„Schon klar!“, motze ich missmutig.

Toni mischt sich ein: „Aber es war Mary, die den Josef Neumann als Hauptverdächtigen ermittelt und als Josef Novotny enttarnt hat. Ich war nur zur Unterstützung mit dabei. Die ganze Vor- und Denkarbeit hat sie gemacht!“

Der Staatsanwalt schmunzelt höhnisch. „Es ist natürlich verständlich, dass Sie Ihrer Frau die Stange halten. Allerdings weiß ich schon auch, was sie leistet, aber die Art und Weise, wie sie es tut, ist halt so gar keine routinierte Polizeiarbeit und immer rein ihrer Intuition und ihren Gefühlen geschuldet.“

„Tja, man kann nicht alles haben, Herr Dr. Übelacker!“, meine ich lapidar.

„Sie erwarten also von mir wieder Loyalität und Rückendeckung vor der Öffentlichkeit und dem Polizeipräsidenten?“, forscht er überlegen. „So wie in der Sache damals mit Ihrem Schwiegervater?“

Ich grüble übertrieben und wage eine Anspielung. „Mir war nicht bewusst, dass der Opa oder ich die je freiwillig von Ihnen bekommen hätten!“

Der Jurist schnaubt grantig und droht mir mit erhobenem, manikürtem Zeigefinger. „Werden Sie nicht ungerecht, Frau Weidinger! Soweit ich mich erinnere, sind Ihr Schwiegervater, Sie und auch ich durch unser beider Einvernehmen unbescholten aus der ganzen Affäre hervorgegangen.“

Es ist schon bewundernswert, wie der Übelacker ein nicht ganz astreines Geschäft wie unsere Abmachung nach der Geiselnahme damals in einen hochtrabenden Satz verpacken kann, so dass es gar nicht mehr so übel klingt.

„Und wir waren kurze Zeit per du“, wundere ich mich kopfschüttelnd, was mich damals geritten hat.

Toni wirft mir einen mahnenden Blick zu. Ich verdrehe entschuldigend die Augen und zucke mit den Schultern. Ich kann einfach nicht anders, als den Paragraphenreiter auflaufen zu lassen, wenn er sich so aufplustert.

„Mary und ich werden natürlich gradstehen für die Fehler, die wir gemacht haben. Die beiden Selbstmorde von Josef und Johannes Neumann waren geplant, als sie gemerkt haben, dass es aussichtslos geworden war. Die zwei hätten es durchgezogen, auch wenn wir nicht vor Ort gewesen wären. Doch im Endeffekt ist der Fall doch gelöst, alle Morde und Mordversuche geklärt – sogar der an dem Skelett – und die Schuldigen gefunden!“, versucht Toni die Wogen zu glätten, was ihm auch einigermaßen gelingt, denn der Übelacker schnauft tief durch.

Und doch ist er über noch etwas unzufrieden: „Zu viele Tote! – Es sind mir eindeutig zu viele Tote dabei!“

Ich verschränke schadenfroh grinsend die Arme vor der Brust. „Darunter die Mörder, die Sie leider nicht mehr öffentlichkeitswirksam vor den Kadi schleifen können, gell!“

Jetzt ist es aus mit der Selbstbeherrschung vom Staatsanwalt und er pflaumt mich an: „Ihre Ausdrucksweise spottet jeden Anstandes!“ Dann schnappt er sich seinen Koffer vom Stuhl und dampft grußlos ab.

„Mary!“, schimpft mich Toni und lehnt sich genervt zurück. „Hat’s das jetzt wieder gebraucht?“

Ich verschränke die Arme vor der Brust. „Ja, hat es!“

„Jetzt kann ich ihm wieder in den Arsch kriechen!“

Der Bär schwankt mit drei Haferln Kaffee herein, nachdem er draußen auf dem Flur fast mit dem Übelacker zusammengestoßen wäre, und kommentiert zynisch: „Da passt du eh nicht mehr rein, Toni, weil schon zu viele andere drinstecken!“

Ich verziehe angeekelt das Gesicht. „Ich jedenfalls nicht!“

Der Bär grinst und reicht uns je ein Haferl. „Und ich schon gleich gar nicht!"

Am Abend, als Toni und ich müde und erschöpft die Haustür aufsperren, erwartet uns eine Überraschung. Zwar hatte ich gewusst, dass Quirins und Vronis Flug schon gestern von Australien gen Heimat gestartet war, doch in dem ganzen Trubel mit den Doppel-Suiziden und dem Durcheinander mit der Zeitverschiebung habe ich nicht mehr überrissen, dass sie heute heimkommen würden. Schon auf dem Flur höre ich die Stimmen meiner Söhne und von Ulli im Esszimmer.

„Quirin ist schon da!", sage ich voll Begeisterung zu Toni und er lächelt milde.

Ohne meine Schuhe und die Jacke auszuziehen, rumple ich sofort weiter ins Esszimmer.

Quirin springt von seinem Stuhl hoch, als er mich sieht, und wir fallen uns in die Arme.

Vor Freude und Erleichterung kann ich mir ein paar Tränen nicht verkneifen und ich drücke ihn so fest, dass er aufstöhnt. „Meine Rippen, Mama!"

Erschrocken lasse ich ihn wieder los und entschuldige mich mehrmals, während ich ihm durch sein langgewachsenes, braunes Haar fahre und ihn neugierig mustere. „Endlich bist wieder da!"

Ich erkenne den braungebrannten, unrasierten, ziemlich verwegen aussehenden, muskulöser gewordenen, jungen Mann kaum wieder, obwohl wir fast wöchentlich geskypt haben. Er scheint in den sieben Monaten seiner Abwesenheit gealtert und gereift zu sein. Auf seiner Nase prangt noch ein dickes Pflaster und er stinkt nach Schweiß.

„Ja, jetzt bin ich wieder daheim!", stimmt er mir glücklich zu.

Vorsichtig streichle ich über seine lädierte Brust, die ein verknittertes, olivfarbenes T-Shirt bedeckt. „Wie geht's dir? Wie war dein Flug? Und wo ist Vroni?"

„Typisch Mama!", kommentiert Lukas von der Eckbank aus und stupst Ulli mit Nepi auf dem Schoß an, die schmunzelnd neben ihm sitzen.

„Warum hast du mich nicht angerufen und mir gesagt, dass er heut' landet!", werfe ich ihm gleich vor, während auch Toni Quirin umarmt und ihm erfreut auf die Schulter klopft.

Wieder stöhnt der geschlagene Heimkehrer auf und greift sich an die rechte Brust.

„Ich hol' uns ein Bier! Dann wird's gleich besser!", bestimmt Toni und verschwindet in die Küche.

„Hey Mama, du warst so dringehangen mit der Arsen-Sache und dem Opa!", verteidigt sich Lukas vor mir. „Außerdem sind wir eh erst vor einer halben Stunde vom Flughafen gekommen."

„Und Nepi und ich wollten es uns nicht nehmen lassen, Quirin zu begrüßen, gell, Nepi!", fällt Ulli begeistert mit ein, die schon immer die Lieblingstante meiner Söhne war.

„Willkommen Quilin! Willkommen Quilin!", trällert der fast Zweijährige begeistert und klatscht in die kleinen Hände.

Wahrscheinlich kann er sich nicht einmal an seinen Cousin erinnern, der vor sieben Monaten weggegangen ist, aber Ulli hat ihren Sohn offensichtlich für seine Heimkehr trainiert.

„Ja, willkommen Quirin!", fällt sie in den kindlichen Singsang mit ein und wirft die Arme in die Höhe.

Wir müssen alle lachen. Sei es aus Erleichterung, Freude, Ironie oder allem zusammen! Ich bin jedenfalls so froh, dass er wieder da ist!

Kapitel 21

Ein weiteres Happy End gibt es zwei Tage später, als ich den Opa aus dem Krankenhaus abhole. Es ist Ostersamstag und meine neu zusammengeführte Familie und ich planen, am Ostersonntag nach dem gemeinsamen Kirchgang daheim ein ausgedehntes Osterfrühstück zu machen. Bei diesem Familienfest darf natürlich der Opa nicht fehlen!

Doch davor besuche ich noch Alfred Steininger. Irgendwie fühle ich mich dazu verpflichtet, ihm möglichst schonend zu erzählen, dass das Drama um seine Familie nun aufgeklärt ist.

Wie schon bei meinem letzten Besuch sitzt er auf dem Stuhl vor dem Fenster. Sein Gesicht hellt sich auf, als er mich erkennt. „Ja, Maria! Freut mich, dass du bei mir vorbeischaust!"

Offenbar geht es ihm gut. Ich hole mir einen Stuhl und setze mich zu ihm.

„Du hast den Josef gefunden, hab' ich gehört", sagt er dann ganz von selbst.

Ich nicke. „Er hat den Freitod gewählt."

Sinnierend schaut er aus dem Fenster und lacht dann spöttisch. „Er war schon immer ein Feigling, der sich einfach aus dem Staub gemacht hat, wenn es brenzlig geworden ist. So wie damals."

Soll ich es riskieren, ihn wieder aufzuregen? Ich wage es einfach. Ich glaube, er sollte es wissen: „Er hat die Katharina auf dem Gewissen. – Und den Werner und den Michael auch!"

Alfreds Blick geht weiter stur hinaus über die Häuserdächer. Ich bemerke, wie seine Gesichtsmuskeln unter der Haut beben und er die Zähne zusammenbeißt. Seine runzeligen Hände krallen sich an die Stuhllehne, so dass die Knöchel weiß hervortreten. Meine Information wühlt ihn sichtlich auf, aber er beherrscht sich.

Dann legt er plötzlich seine Hand auf meinen Schenkel und sieht mich an. „Weißt, ich mag vielleicht zu einem Deppen werden, der sich nix mehr merken kann und alles vergisst, aber meine Erinnerung an die Katharina wird mir weder die Krankheit noch der Josef jemals nehmen können."

„Das ist gut!", sage ich und drücke seine Hand.

Und weil ich grad bei Pflichtbesuchen bin, fahre ich auch gleich noch ins Bezirksklinikum zu Christine Steininger. Inzwischen liegt sie auf einer normalen Station und liest in einem graumelierten Jogginganzug auf ihrem Bett liegend in einem Roman, als ich ihr Zimmer betrete, nachdem ich höflich geklopft habe.

Erstaunt grüßt sie mich.

An ihrem Bett bleibe ich stehen. Ich habe nicht vor, lange zu bleiben.

„Ich komm' grad von deinem Schwiegervater. Es geht ihm gut", erzähle ich ihr verlegen, weil ich nicht weiß, was ich sagen soll.

„Ich weiß! Mein Schwager, der Peter, hält mich auf dem Laufenden", gibt sie zu und schaut bedrückt drein. Dann erhellt sich ihr geschundener Gesichtsausdruck. „Ich werd' den Hof verkaufen, Mary!"

In den letzten Tagen habe ich schon mitbekommen, dass auf dem Steininger-Hof reges Treiben war. Ein Viehtransporter nach dem anderen hat die Tiere abgeholt und wohl zum Schlachthof gebracht. Schade um die schönen Kälber!

„Hab' ich mir schon gedacht."

„Eine Hotelkette hat Interesse bekundet. Sie wollen ein Wellnesshotel draus machen", berichtet sie mir heiter und lacht zynisch. „In den Kuhstall wollen sie ein Fitnesscenter und ein Hallenbad reinbauen!" Sie setzt ein paar Sekunden aus, besinnt sich und erzählt dann weiter. „Mit dem Verkauf kann ich die Schulden decken, die der Werner in seinem Bau-Wahn gemacht hat. Die Bank hat schon ihre Ansprüche bei mir angemeldet." Ihre Augen schauen gläsern zu mir auf. „Ich hatte keine Ahnung, wie viel Schulden er angehäuft hat, Mary."

Werner war es also auch gelungen, sogar vor seiner Frau den Schein einigermaßen zu wahren. Aber es gefällt mir, dass sie offenbar ihre Zukunft plant.

„Und was machst du?", forsche ich darum.

Sie zuckt mit ihren schmalen Schultern. In ihren Augen, die mich traurig ansehen, sammeln sich Tränen. „Ich bin allein."

„Was wird aus dem Alfred?", wage ich es, sie zu fragen.

„Der Peter sagt, dass er sich im Altenheim gut eingelebt hat. Ich werd' ihn dort lassen. Wo soll er auch hin, wenn der Hof erst verkauft ist."

Sie schaut mich abwartend an. Anscheinend hofft sie auf meine Zustimmung.

„Ich glaub' auch, dass er dort gut aufgehoben ist. – Ich kann ihn ab und zu besuchen und mich mit ihm über die alten Zeiten unterhalten", biete ich an.

Dankbar nickt sie. Einerseits beschämt, andererseits aber auch entschlossen, bestimmt sie: „Weißt, Mary, jetzt bin einfach mal ich dran!"

„Das klingt doch nach einem Plan für die Zukunft!", versuche ich sie zu bestärken.

Ich lächle sie aufheiternd an und dann lächelt sie auch endlich.

„Kruzitürken, Maria! Wo bleibst denn du so lang!", empfängt mich mein Schwiegervater ungeduldig in seinem Krankenhauszimmer, als ich eingetreten bin. Er springt von seinem Bett auf, auf dem er schon fertig angezogen und mit gepackter Reisetasche hockt, drückt sie mir in die Hand und wetzt zur Tür hinaus, kaum, dass ich mich orientieren kann.

Jetzt ist er wirklich wieder ganz der Alte!

Draußen auf dem Flur kommen zwei Schwestern auf uns zu.

„Ach, Herr Spangler! Sie verlassen uns jetzt?", bedauert die junge Blonde.

Die Brünette, eher mollig, klein gewachsen und mit einem Piercing in der rechten Augenbraue, übertreibt traurig: „Jetzt wird es auf unserer Station wieder langweilig werden!"

Ich seufze und amüsiere mich über die Schleimerei. Ich weiß, dass der Opa eine Schwäche für Krankenschwestern hat. In den letzten Jahren habe ich das immer wieder miterleben müssen, weil er ja oft genug im Krankenhaus gewesen ist. Keine Ahnung, wie er es macht, aber die Schwestern mögen ihn scheinbar und ohne Ausnahme, obwohl seine Anmache wirklich altmodisch und peinlich ist. Allerdings ist er auch sehr spendabel mit Trinkgeld.

So auch jetzt: „Maria! Leih mir mal zwei Zehner! Ich muss mich doch noch bei den zwei netten Damen hier erkenntlich zeigen!"

Was bleibt mir anderes übrig, als seine Tasche, die ich ihm hinterhertrage, auf den Boden zu stellen und meinen Geldbeutel zu zücken. Und er ist so frech, greift hinein, zieht zwei Scheine heraus und steckt sie den beiden in die Kitteltaschen ihrer Arbeitskleidung, und zwar so blitzschnell, dass ich gar nicht reagieren kann. Überaus erfreut bedanken sie sich beim Opa, dass mir gleich schlecht wird von ihrem Gesülze. Die wissen offenbar auch ganz genau, wie diese lüsternen Alten zu nehmen sind! Zufrieden schmunzelnd glotzt er ihnen hinterher, als sie im Schwesternzimmer verschwinden.

„Können wir jetzt endlich heimfahren?“, kommandiert er mich dann grantig.

In solchen Momenten bedauere ich, dass er das vergiftete Bier nicht ganz getrunken hat!

Der Ostersonntag ist ein wunderbarer, lauwarmer Frühlingstag. So wie ich es mir gewünscht habe, ist meine ganze Familie inklusive Ulli, Nepi und Jo angetreten, um miteinander den Ostergottesdienst in unserer Altessinger Kirche zu besuchen. Wie es christliche Tradition ist, habe ich einen Weidenkorb mit Schinken, Salz, bunten Ostereiern und Osterbrot hergerichtet, damit die Speisen in der Kirche den Segen erhalten und uns nachher beim Brunch wohl bekommen.

Während des Gottesdienstes, ich gebe zu, ich schweife mit meinen Gedanken auch mal ab, erfüllt mich eine tiefe Zufriedenheit. Für uns Christen ist die Auferstehung Christi die Erlösung von unseren Sünden, weil Jesus sie für uns auf sich genommen und sich für uns geopfert hat. Und irgendwie fühle ich mich grad, vom Glauben mal ganz abgesehen, ziemlich erlöst und auch befreit. Zwar wird mich der Fall noch länger in Anspruch nehmen und es im Dorf eine Zeit lang dauern, bis sich die Wogen glätten, aber der Opa ist wieder fit, die Mordserie aufgeklärt und sogar dem unbekannten, alten Skelett ist nach siebzig Jahren wieder eine Identität zurückgegeben und dessen Todesumstände sind aufgedeckt worden.

Die letzten Tage bin ich fast täglich ziemliche Strecken gewalkt, so als wäre ich auf einer Art Pilgerreise oder einem Kreuzweg. Dieser Gottesdienst heute erscheint mir wie das Ziel und die Erteilung der Absolution, weil ich die beiden Suizide nicht verhindern konnte. Jedenfalls habe ich festgestellt, dass es ein viel befriedigenderes Gefühl ist, wenn ich den Täter oder die Täterin lebend erwische. Es ist bedeutend leichter, mit ihrem Hass gegen mich klar zu kommen, als mit ihrer feigen Art und Weise, sich durch Freitod den Konsequenzen zu entziehen. Mit dieser Feststellung und diesem Wohlbehagen genieße ich die Ausführungen des Pfarrers vorne am Altar und bitte Gott insgeheim auch um Gnade für die verirrten Seelen der beiden Neumanns.

Nach dem Gottesdienst und dem Grabbesuch wollen wir uns alle grad auf den Heimweg machen, da kommt unser Bürgermeister auf mich zu und hält mich auf: „Frau Weidinger, warten S' noch kurz!"

Ich werfe Toni einen genervten Blick zu, bleibe aber stehen und ergebe mich.

„Was gibt's?", frage ich so diplomatisch wie möglich und winke meiner Familie zu, dass sie schon vorausgehen sollen und ich nachkomme.

Wie üblich trägt der Dorfhäuptling seinen Trachtenjanker und seine dünnen Resthaare seitlich über die Glatze gekämmt. Edmund Stoiber könnte sein älterer Bruder sein. Wenn er mir gegenüber ein Anliegen vorzubringen hat, wackelt sein Kaiser-Franz-Josef-Gedächtnisschnurrbart verdächtig nervös, was mir immer wieder zeigt, dass er doch auch Respekt vor mir hat.

„Aus der Essi ist ja nun nix geworden …", stammelt er verlegen.

„Das war zu erwarten", bin ich direkt.

„Ich wollte Ihnen nur sagen, dass ich froh bin, dass Sie diese unsäglichen Selbstmorde nicht hier geschehen haben lassen. Die anderen beiden Morde reichen ja auch vollkommen …"

„Ich bin nur eine Kommissarin und nicht Gott, Herr Weinzierl. Es liegt nicht in meiner Gewalt, was hier oder anderswo geschieht", meine ich sarkastisch.

Doch wie erwartet folgt nach dem Lob, so man es denn so nennen mag, auch die Schelte: „Aber der Informationsfluss zwischen Ihnen und mir war wieder nicht zufriedenstellend."

„Soweit ich weiß, wurden Sie von meinem Kollegen auf dem Laufenden gehalten", rede ich mich gelassen heraus.

Ich merke, wie angestrengt der Bürgermeister seine Wut im Zaum hält. „Was ist so schwer daran, einfach auf einen meiner Anrufe zurückzurufen, Frau Weidinger? Ich bin der Bürgermeister hier und stehe da wie ein Depp, weil Sie mir keine Infos darüber geben, was hier in meinem Essing geschieht!“

„Es reicht mir schon, wenn ich der Hanswurscht vom Staatsanwalt bin“, verteidige ich mich. „Da brauch' ich nicht noch einen Gschaftlhuber, der mir sagt, was ich zu tun hab'!“

Das bringt den Weinzierl nun endgültig aus der Fassung und er schäumt vor Wut. „Also das ist doch die Höhe!“

Einige andere übriggebliebene Gottesdienstbesucher schauen uns schon neugierig an, was auch der Aufgebrachte bemerkt, und er zügelt sich. Er rückt sich seinen Janker zurecht und räuspert sich verlegen. „Trotzdem möchte ich Sie hiermit offiziell ins Rathaus einladen, um unsere ... naja, sagen wir es, wie es ist ... unsere Probleme aus der Welt zu schaffen.“

„Ich hab' keine Probleme mit Ihnen!“, bestimme ich grad heraus. „Und außerdem keine Zeit für so einen Schmarrn! – Es passt doch alles, so wie es ist! Ich mach' meine Arbeit und Sie die Ihre. So kommen wir uns nicht in die Quere. Aus, basta!“

Ich werfe dem sprachlosen Bürgermeister noch ein aufmunterndes Lächeln zu, während ich ihm freundschaftlich auf die Schulter klopfe. „Frohe Ostern, Herr Weinzierl!“

Dann folge ich meiner Familie heimwärts.

Im Esszimmer haben Toni und ich den Esstisch ausgezogen, damit wir alle daran Platz haben. Und es wird langsam ganz schön eng, denn Lukas hat seine Jacky und Quirin seine Vroni dabei, die nach weiteren Untersuchungen nun auch das Krankenhaus hier verlassen durfte. Ganz fit schaut sie allerdings noch nicht aus mit dem großen Pflaster am Kopf und dem blassen, aber wie gewohnt hübschen Gesicht. Der Opa setzt sich, wie es für das vermeintliche Familienoberhaupt üblich ist, auf seinen angestammten Stuhl auf der Stirnseite, gleich neben den Hochstuhl von Nepi, dem er sofort etwas zu essen auf sein kleines Plastiktellerchen herrichtet. Dazu redet er in kindlicher Sprache auf ihn ein und mein Neffe greift sich fröhlich glucksend gleich ein Stück Osterbrot, dick bestrichen mit Erdbeermarmelade, während Ulli den Opa angeht, er soll ihrem Sohn nicht immer so viel Süßes geben. Natürlich lässt sich der Opa das nicht bieten und schimpft zurück. Die gewohnte Zankerei zwischen den beiden! Doch Jo beschwichtigt sie, wie es so seine ruhige, gelassene Art ist, und schiebt sie auf die Eckbank vom Opa weg. Schließlich sieht sie ein, dass sie schon wieder übertrieben hat, und bedankt sich bei Jo für seine Intervention mit einem dicken Bussi.

Meine Söhne ordern bei mir Kaffee für sich und ihre Freundinnen und lassen sich, wie gehabt, von mir bedienen. Heute tue ich das aber gern. Toni und ich setzen uns als Letztes, nachdem wir alle Speisen aufgetischt haben und jeder etwas zu trinken hat. Am Tisch herrscht fröhliches Schnattern, werden Butter, Marmelade, Ostereier, Salz und die Schinkenplatte rumgereicht, wird genussvoll gegessen und sich unterhalten. Es ist also alles so wie immer! Trautes Familienglück!

Die Türglocke unterbricht dieses Idyll jäh und Toni geht freiwillig, um zu öffnen. Zurück kommt er mit der Katzmeier Rita. Wie ein Eindringling bleibt sie verlegen in der Tür stehen. Als der Opa sie sieht, steht er auf und geht zu ihr hin.

„Vinzent!", freut sich Rita gerührt. „Ich hab' so Angst um dich gehabt!"

„Rita …", bebt auch seine Stimme und dann fallen sie sich in die Arme. Er tätschelt ihren Rücken. „Du weißt doch: Ich bin ein zäher Hund!"

Wie gebannt haben wir alle diese Szene verfolgt und staunen nicht schlecht.

Als das Paar sich wieder losgelassen hat, schauen sie beschämt in die Runde.

„Komm, Rita!", fasst dann der Opa entschlossen seine Freundin an der Hand. „Setz' dich zu uns!"

Zögernd folgt sie seiner Aufforderung zum Tisch und nimmt am Ende der Eckbank neben dem Stuhl vom Opa Platz, nachdem die anderen nachgerutscht sind.

„Wow! Was läuft denn da, Opa?", macht Lukas als Erster eine Bemerkung, zwinkert seinem Großvater verschwörerisch zu und durchbricht damit die betretene Stimmung.

Dem Opa ist das Ganze zwar peinlich, ich kann es direkt an seinem puterroten Schädel erkennen, aber wie immer überspielt er seine Gefühle gekonnt und rabiat: „Jetzt schaut nicht so blöd, oder habt ihr noch nie ein Paar gesehen?"

Absichtlich hat er das *Liebes-* vor Paar weggelassen. Zu viel Gefühlsduselei!

„Ja, varreck!", freut sich auch Quirin. „Der Opa hat eine Freundin!"

Und dann stimmen alle in das fröhliche Gelächter und Gejohle ein. Ich natürlich auch, doch ich weiß wirklich nicht, was ich davon halten soll. Egal, für heute geht es durch und es wird weiter gefrühstückt, geschäkert, erzählt und gelacht. Und Rita ist dabei, als gehöre sie schon immer dazu. Hauptthema sind, wie soll es anders sein, Quirin und Vronis Erlebnisse in Australien und der Überfall. Natürlich spart der Opa dabei nicht mit seinen altertümlichen Stammtischparolen über das Land mit der einstmaligen Sträflingskolonie, doch ich übersehe und überhöre die Rempler und Mahnungen von seiner Rita auch nicht, die ihn in die Schranken weisen sollen.

Seltsamerweise ist meine Arbeit kein Thema am Tisch, denn niemand fragt nach. Auch nicht, als die Vergiftung vom Opa zur Sprache kommt und meine Jungs ihn loben, was für ein zäher Hund er ist.

„Hätten die mir ein gescheites Bier gegeben, dann würd' ich jetzt nicht hier sitzen!", höhnt der Opa mit vor Stolz geschwellter Brust. „Aber meine Hopfengeschmackszellen sind da ganz empfindlich!"

„Was war's denn für eins?", hakt Lukas schmunzelnd nach.

„Spatzenbräu! Pfui Deife!", verzieht der Opa angewidert das Gesicht und alle lachen los.

Diese Brauerei ist hier bei uns in der Gegend dafür verrufen, dass ihr Können leider nicht den erlesenen niederbayerischen Bier-Gaumen erfreuen kann.

„Die Australier bringen auch kein gescheites Bier zusammen", fängt Quirin an zu erzählen. „Drum rumpeln alle, sogar die Einheimischen, in die deutschen Brauhäuser. Da geht's zu, das könnt' ihr euch gar nicht vorstellen!"

„Das schreit ja fast nach einer Frühschoppen-Halben!", bietet Toni an, steht auf und schaut fragend in die Runde.

„Ich hab' schon Angst gehabt, du fragst nie!", freut sich Jo und bestellt gleich ein Helles.

Quirin und Lukas folgen seinem Beispiel, nur der Opa schweigt und wirft mir einen fast flehenden Blick zu.

Wie könnt' ich da nicht weich werden. „Dem Opa darfst auch eine Halbe einschenken! – Und für uns Frauen …" Ich schaue der Reihe nach Vroni, Jacky und Ulli an. „… hab' ich ein Fläschchen Sekt kaltgestellt!"

„Und bitte diesmal arsenfrei!", ruft der Opa dem Toni in die Küche hinterher.

Es folgt ausgelassenes Gelächter. Noch vor ein paar Tagen war mir nicht zum Lachen. Doch was soll ich der düsteren Vergangenheit nachhängen. Ich sitze hier mit meiner Familie zusammen. Allen geht es gut und meine kleine Welt ist wieder in Ordnung!

Zwei verlassene Söhne, ein Kleinstadt-Mafioso und ein Zuagroaster, dem niemand glaubt …

Marion Stadler · **Preißnmörder**
1. Auflage 2019, 264 Seiten
ISBN 978-3-95587-753-8 · Preis: 16,90 €

Der Mord an der Dorfalkoholikerin Betti bringt die Hochzeitsvorbereitungen von Kommissarin Mary Spangler gehörig durcheinander! Bei ihren Nachforschungen trifft sie auf ein Geflecht aus Habgier, Rache und Zorn – und auf jemanden, der ihr nahesteht.

Mathias Petry · **Hudlhub**
Ein kriminell-kurioser Heimatroman
3. Auflage 2019, 240 Seiten
ISBN 978-3-86646-794-1 · Preis: 14,90 €

Mathias Petry · **Kainegg**
Ein mörderisch-kurioser Heimatroman
2. Auflage 2018, 272 Seiten
ISBN 978-3-95587-715-6 · Preis: 14,90 €

Mathias Petry · **Gailing**
Ein verschwörerisch-kurioser Heimatroman
1. Auflage 2019, 256 Seiten
ISBN 978-3-95587-749-1 · Preis: 14,90 €